KB076164

人間冒瀆所

인간모독소

人間冒瀆所

《김유경 장편소설》

메카북스

차례

일러두기 ──

배경과 등장인물의 특성상 북한에서만 사용되는 단어나 문장 등이 있다. 부득이한

경우 각주로 뜻을 적어 두었다.

음산한 밤

1.

시커먼 하늘이 당장 덮칠 듯이 땅 위로 바싹 다가붙는다. 논이며 밭을 가로지른 울퉁불퉁한 길이 거대한 뱀이 기어가듯 아슴푸레 뻗어 있다. 새벽에 평양을 떠난 자동차는 한나절째 달리고 있다. 자동차 적재함 허술한 판자 위에는 원호네 가족이 짐짝처럼 구겨 박혀 있다. 도살장으로 끌고 가는 짐승들마냥 그들을 가운데로 몰아넣고 보위원 셋이 지키고 있다. 끼니때가 오면 지방의 보위부 마당에 차를 세우고 잠간[1] 지체했다. 보위원들은 교대로 식당에 가서 밥을 먹고 원호네는 차 위에 던져진 옥수수밥 한 덩이를 씹는 둥 마는 둥 했다. 변소 가는 것도 그때에만 보위원과 동행하에 허용된다.

---

[1] '잠깐'의 북한말.

그래도 낮에는 사람 사는 동네며 오가는 사람들을 지나치니 얼떨떨한 정신에 밤보다는 덜 무서웠다. 어둠이 주변을 삼키자 세상 밖으로 완전히 던져진 것처럼 극심한 공포가 엄습한다. 옹기종기 모여 앉은 농가들의 불빛이 이따금 나타나 반딧불처럼 빙빙 돌며 지나간다. 가물가물한 그 불빛은 마지막으로 보는 인간 세상의 흔적 같다.

털썩거리며 들길을 한참 달리던 차는 산길에 접어든다. 번들거리는 계곡물이 골짜기를 따라 길게 누워 꿈틀거린다. 서늘한 물비린내가 숲 속의 차가운 바람에 실려 차 안으로 밀려든다. 오가는 차 한 대 없는 괴괴한 산속 길이다. 숨넘어갈 듯이 가릉거리는 승리 58형 화물자동차의 엔진 소리만 깊은 정적을 바수고 있다. 자력갱생의 산물이라고 자랑하는 구닥다리 차는 외로운 전조등으로 어둠을 가르며 산속으로 하염없이 빨려 들어간다.

어디로 가는지, 왜 이렇게 죄수처럼 끌려가고 있는지 원호네는 모른다. 부지불식간에 벌어진 일이고 상상도 못 하던 일이어서 도저히 사태를 가늠할 수 없다. 불과 하루 전만 해도 평양 집에서 달콤한 신혼 생활에 젖어 있던 원호다. 대학을 갓 졸업하고 큰 신문사 기자로 배치받아 일에 대한 희망과 열정에만 부풀어 있었다. 아무리 머리를 쥐어짜보아도 보위부에 끌려갈 만한 죄는 고사하고 체제나 당에 반하는 말 한 마디 한 적 없다. 오히려 일을 잘하여 입당도 하고 발전하려는 욕망과 충성심이 가득했을 뿐.

2.

전날 저녁, 원호가 퇴근하니 집 안은 마구 휘저어 놓은 장기판마냥 난장판이었다. 아내는 방구석에 옹크리고 앉아서 오들오들 떨며 울고 있었다. 구둣발째로 소파에 걸터앉았던 사내 둘이 원호가 들어서자 포위하듯 양옆으로 다가서며 문을 잠그고는 간단한 세간으로 짐을 싸라고 명령했다. 무슨 일이냐고 따지다가 귀싸대기만 몇 대 얻어맞았다. 짐을 싸자 사내들은 원호와 아내를 나란히 앉히고 종이 한 장을 내밀었다.

"이수련, 당신은 여기에 지장을 찍고 한원호와 이혼하면 지금 이 집에서 나가도 된다."

눈물이 흐르던 아내의 두 눈이 커다랗게 확대되며 원호를 돌아보았다.

"눈치 볼 것 없다. 이수련, 당신에게는 마지막 기회다. 물론 선택은 당신 몫이다."

아내의 턱이 눈에 띄게 덜덜 떨렸다. 그녀의 얼굴이 귀뿌리부터 목덜미까지 발갛게 달아올랐다가 다시 밀랍처럼 창백해졌다. 아내는 지그시 눈을 감으며 원호에게 쓰러지듯 몸을 기댔다. 경련하는 그녀의 볼 위로 굵은 눈물이 줄지어 흘러내렸다. 원호는 얼결에 그녀를 그러안으며 어찌할 바를 몰라 했다.

"뭐야? 이혼 거절이야?"

아내가 원호에게 더 바싹 기대며 천천히 고개를 끄덕였다.

"저런, 열녀 났네. 하긴 부부가 같이 가면 그 골짜기에서 덜 외
롭겠는걸."

이혼 서류를 주머니에 구겨 넣은 사내가 할 일을 끝냈다는 듯
손을 탁탁 털었다.

그때는 평양에서 지방으로 추방시키는 것이라고 짐작했다. 다
음날 새벽 들이닥친 자동차에 그들 부부와 짐을 마구 던져 싣고
구역 보위부에 들어서자 원호는 오줌발이 콱 몰려들며 등골로
전율이 흘렀다.

보위부 건물은 온통 침침한 잿빛을 띠고 있었다. 높은 콘크리
트 담장 위에 유리 조박이 고슴도치 가시마냥 뾰족뾰족 솟았고
그 위에 전기 철조망까지 둘렀다. 정문에는 차단 봉이 막아섰고
쌍 보초가 장총을 메고 차렷 자세로 서 있었다. 차가 마당에 들
어서자 대기하던 보위원 한 명이 두툼한 서류 가방을 옆구리에
낀 채 운전칸에 올라타고 집에서부터 동행하던 보위원 둘은 그
냥 원호네를 지키고 있었다. 이어 보위부 건물에서 두 명의 보위
원에게 양팔이 잡힌 웬 여인이 비칠거리며 차 쪽으로 다가왔다.
그 여인은 보름 전에 출장을 가신다고 집을 나선 어머니였다. 그

동안 출장이 아니라 보위부에 갇혀 있었다는 것을 알 수 있었다. 자동차 적재함을 바라보던 어머니의 얼굴이 하얗게 질리며 눈에 띄게 턱을 떨었다. 보위원 한 명이 어머니를 차 적재함 위로 떠밀어 올리더니 저도 훌쩍 올라탔다. 원호는 그냥 추방 정도가 아니라 심각한 상황임을 깨달았다. 어디로 끌고 가는 걸까.

3.

어머니는 뭔가 사정을 알고 계실 것 같았으나 말을 못 하게 하여 이야기를 나눌 수 없다. 원호는 어둠 속에서 어머니의 손을 당겨 잡으며 슬쩍 흔든다. 도대체 어디로 가고 있는지 묻고 싶다. 어머니는 원호의 생각을 알아챈 듯 알릴락 말락 고개를 가로젓는다. 말을 하면 안 된다는 무언의 표현이다.

옹송그리고 옆에 앉은 아내의 숨죽인 울음소리가 산 너머에서 울리는 하울링처럼 아득하게 들린다. 평양을 떠나기 전, 아내에게 이혼하자는 말 한 마디 못 한 것이 후회된다. 그때는 하도 얼이 빠진 데다 생각지 못한 급작스러운 제안이라 어리벙벙했다. 아내를 두고 왔어야 했는데, 하는 생각을 하면서도 원호는 아내에게 몸을 붙인다. 아내에게 기대니 덜덜 떨리던 것이 조금 진정되는 것 같다.

자동차는 바싹 마주 붙은 험준한 절벽 사이로 달리고 있다.

막막한 두려움 같은 절벽이 손끝에라도 닿을 듯 가까워졌다가는 빙그르 뒤로 물러난다. 원호는 시커멓게 입을 벌린 절벽 사이의 좁은 골짜기를 망연하게 내려다본다. 여기서 뛰어내린다면 저 심연 속에 편안히 잠길 수 있을까. 아니면 갑자기 천국 문이 열리듯 도망칠 길이라도 생기지 않을까. 원호의 생각을 눈치라도 챈 듯 보위원이 꽥 소리를 지른다.

"개자식! 어딜 내려다봐. 고갤 돌려!"

자동차가 산 정상으로 오르자 갑자기 짙은 밤안개가 밀려온다. 아무리 애를 태워도 알 수 없는 미지의 운명처럼 한 치의 앞도 보이지 않는다. 온몸에 달라붙는 진득진득한 밤안개가 숨통을 조이는지 가슴이 답답해진다. 차 속도가 늦춰지자 어둠 속에서 보위원들의 살벌한 시선이 살을 벨 듯 느껴진다. 자동차가 한참 산마루를 내려서서야 주변 지형이 어렴풋이 보인다. 겹쳐진 산발들이 침침한 하늘에 저마다 머리를 구겨 박고 자고 있다. 길옆까지 수림이 꽉 들어찬 걸 봐서 사람이 살지 않는 깊은 산골이라는 것만 알 수 있다. 차는 엉덩이를 들까불며 내리막길을 달리다가 높다란 산들이 병풍처럼 둘러선 계곡으로 다시 접어든다. 좁고 우불꾸불한 산길이 에워싼 산발들 가운데 외로이 뻗어 있다.

4.

얼마 안 가서 갑자기 주위가 대낮처럼 밝아진다. 원호는 어리둥절하여 사방을 두리번거린다. 앞쪽 공중에 호랑이 눈처럼 시퍼런 조명등 두 개가 100m가량 되는 곳에서부터 그 주변을 환하게 비추고 있다. 흰 모래가 선을 긋고 그 위에 가시철조망이 골짜기 허리를 잘라 놓았다. 철조망 안에는 7~8미터 정도 높다란 곳에 위치한 망루 두 개가 보인다. 거기에는 기관총이 걸려 있었고 군인 둘이 서성거리며 내려다보고 있다. 철조망과 연결된 대문은 나무와 철사로 얼기설기 묶어 투박하고 거칠다. 그 괴상한 문은 대문이라기보다 철조망의 연속이라 해야 알맞다. 대문 양쪽으로 한 명씩 두 명의 보초가 서 있다.

높이가 3미터는 실히 될 철조망 앞에 자동차가 멈추어 선다. 운전칸에서 사나이가 고개를 내밀고 보초에게 뭐라고 말하자 대문이 열리고 차는 철조망 안으로 들어간다. 감시등 불빛이 비칠 때부터 딸꾹질을 하던 아내는 차가 가시철조망 안으로 들어서자 발작적으로 흐느끼기 시작한다.

자동차는 약 이백 미터가량 골짜기 안으로 더 들어가서 비슷한 초소를 또 하나 통과한다. 2중 초소다. 얼마 안 가 차는 컴컴한 2층짜리 건물 앞에 멈추어 선다. 운전칸에서 내린 보위원이 서류 가방을 들고 건물 안으로 들어간다. 뒤를 지키고 앉아 있던 사나이가 먼저 차에서 뛰어내리더니 거친 말투로 빨리 내리라고 명령한다. 아내는 화들짝 놀라며 몸을 더 옹송그린다.

"야! 뭘 꾸물거리는 거야!"

오는 내내 말 한 마디 없이 적재함 옆에 앉아 감시하던 우악스럽게 생긴 사내가 눈을 부라린다. 원호는 얼른 차에서 먼저 내리고 아내가 부축하는 어머니를 받아 내린다. 원호가 다시 손을 내밀어 아내를 받으려는데 보위원이 아내를 와락 밀어 버린다. 아내는 비명을 지르며 땅바닥에 나둥그라진다.

"젠장, 마지막까지 반동 새끼들 뒤치다꺼리를 하란 말이야? 이 개자식아, 어서 여편네를 놓고 냉큼 올라가 짐을 부리지 못하겠어?"

아내를 일으키던 원호는 높아가는 숨을 누르며 차에 올라서 짐을 내렸다.

"이 개자식아. 그렇게 꾸물거리다간 언제 다 내리겠어?"

야료를 부리던 그 사내가 돌멩이 던지듯 짐을 마구 내던지기 시작한다. 쟁가당 그릇가지 깨지는 소리가 소름 끼치도록 밤 대기를 찢는다. 삽시에 짐을 부린 자동차는 부르릉 발동을 걸더니 단층집에서 나오는 보위원을 태우고 곧바로 오던 길을 되돌아나간다. 바깥과 연결된 유일한 흔적 같던 자동차가 어둠 속으로 사라지자 아내와 어머니는 그 자리에 무너지며 흐느껴 울기 시작한다. 원호도 그 옆에 털썩 주저앉는다. 그는 터지는 울음만은 간신히 참으며 이곳 상황을 가늠해보려 애를 썼다.

등 뒤의 2층 건물은 오는 내내 상상했던 감옥 같지는 않다. 감시등 불빛에 훤히 드러난 골짜기 풍경에서는 그 어떤 학대의 흔적 같은 것을 찾을 수 없다. 원호는 러시아 영화에서 보았던 아우슈비츠 수용소를 떠올린다. 널찍이 둘러친 가시 돋친 철조망들, 흙먼지 날리던 메마른 등성이 가운데 얼기설기 들어앉은 초라한 막사들, 헐렁하고 너덜너덜한 줄무늬 잿빛 파자마를 걸친 바싹 마른 유대인들, 빳빳한 독일 군복을 입은 군인들의 총에 떠밀려 커다란 콘크리트 건물 안으로 들어서던 음울한 죽음의 그림자들……

그러나 눈앞의 골짜기는 그냥 깊은 산중처럼 보인다. 눅눅한 땅바닥에서는 진한 풀잎 냄새가 풍겼고 서치라이트의 잔광으로 나뭇잎들이 무대 위 장치물처럼 화려하게 반짝인다. 계곡의 우중충한 수림이 쏴쏴 뿜어 대는 숨소리는 힘찼고, 그 너머 어디선가 흐르는 물소리와 적막을 흔드는 밤새의 울음소리는 잘 조화된 하모니처럼 무척 평화롭게 들린다. 정말로 그냥 깊은 산중 추방지가 아닐까, 상상했던 그런 끔찍한 지옥은 아니지 않을까, 하는 기대가 슬며시 치민다.

뜻밖의 손님

1.

원호네가 골짜기로 들어서던 시각, 민규는 수용소 입구 사무실에서 새로 오는 정치범 가족을 기다리고 있다. 아침 조회 때 수용소 소장은 평양에서 내려오는 정치범 가족을 민규가 관할하는 1작업반에 배치하라는 지시를 주었다.

민규가 대기하고 있는 건물은 수용소 보위원들이 모여서 회의를 하거나 문건을 보관하기도 하는 2층으로 된 종합사무실이다. 1층에는 보위원들 식당과 담화실 겸 사무실로 쓰는 방 네 개가 나란히 있고, 2층에는 보위원들 회의실과 문서를 보관하는 방 그리고 수용소 소장의 방이 있다.

초저녁이면 도착한다던 평양 가족을 실은 차는 밤이 퍽 깊어서야 철조망 안에 들어선다. 1층 담화실 의자에 앉아 *끄덕끄덕* 졸던 민규는 자동차 경적 소리에 정신을 차린다. 워낙 길이 험하니 예정대로 도착 못 할 수 있다는 것을 알면서도 민규는 툴툴거리며 사무실 문을 연다. 차에서 내린 평양 보위원이 두툼한 서류철을 들고 방에 들어선다. 문건을 건네는 평양 보위원의 얼굴에도 지친 표정이 역력하다.

창문 밖에서는 짐을 부리는지 그릇 깨지는 소리가 부산스럽다. 꽥꽥거리는 고함 사이로 여인들의 처량한 울음소리가 들려온다.

"제길, 궁상맞네."

평양 보위원이 시끄럽다는 듯 투덜거린다. 민규는 예민하게 구는 평양 보위원의 심정이 이해된다. 밤새껏 털털이 차를 타고 험한 산길을 달려왔으니 당연히 신경이 날카로워졌을 것이다. 민규는 연이어 하품을 해 대며 머리를 끄덕였다.

"그러게요. 운다고 운명이 달라지는 것도 아닌데 말이지요."

서류철에 사인을 하고 민규가 주는 인계 서류를 받아든 평양 보위원은 서둘러 돌아선다. 낮이라면 오랜만에 만난 평양 보위원과 이 말 저 말 이야기를 나누었을 텐데 한밤중이라 붙들 수도 없다. 하긴 이 을씨년스러운 골짜기에 순간인들 머물고 싶으랴 싶어 민규는 아쉬운 대로 악수를 나눈다.

"이번엔 어떤 작자가 들어온 거야?"

민규는 의자에 앉으며 서류철을 당겨 펼친다. 선하품을 하며 문건을 훑어보던 순간 그의 두 눈에 번쩍 불이 켜진다. 문건 속에 박혀 아련히 웃고 있는 여자의 사진이 무척 낯익다. 사진에 머리를 틀어박고 찬찬히 들여다보던 민규는 엉덩이에 못이라도 박힌 듯 튕겨 일어난다. 가슴속에 그 무엇이 쿵 내려앉으며 머리카락이 곤두선다. 민규는 자기의 눈을 의심한다. 하지만 아무리 문건을 훑어보고 또 들여다보아도 틀림없는 그녀다. 이수련, 무대에서 가야금을 타던 바로 그 이수련.

'허억, 어쩜 이런 일이?'

쇠몽둥이에 뒤통수를 얻어맞은 것처럼 머리가 멍해진다. 여기가 어디라고 그녀가 들어온단 말인가? 4년 만의 청천벽력 같은 재회다. 그녀가 이 음산한 골짜기로 오리라곤 상상도 못 했다. 그냥 평양에 잘 있겠지, 지금쯤은 결혼도 하고 아이 엄마가 되었을지도 몰라, 하고 아주 가끔 생각했던 그녀다.

문건을 보니 시아버지 문제로 들어왔다. 대남연락소 요원이었던 그녀의 시아버지가 남한에 파견되었다가 발각되어 체포되었다고 한다. 이어 전향했고, 가족은 연좌제로 정치범수용소에 들어왔다. 시아버지가 남한에 파견된 연도를 보니 며느리인 수련은 시아버지 얼굴도 보지 못했다. 이 정도면 이혼을 하고 수련은 들어오지 않을 수도 있는데 왜 그녀가 들어왔는지 알 수 없다.

민규는 문건을 서류함에 넣고도 한참을 선 자리에 굳어진다.

수련이네를 싣고 온 자동차가 떠난다고 경적을 울리지만 선뜻 문을 열고 나가지 못한다. 그녀의 얼굴을 마주 볼 용기가 없다. 와와 하고 소를 세우는 소리가 들려오자 민규는 하는 수 없이 문을 열고 나선다.

애젊은 경비병 두 명이 달구지를 몰고 마당에 당도한다. 새로 정치범 가족이 들어올 때마다 경비 서는 군인들이 달구지로 짐을 날라준다. 감시 겸이다. 마당에는 짐들이 산만하게 널려 있고 그 가운데 두 여인이 부둥켜안고 흐느끼고 있다. 보매 수련이와 시어머니 같다. 민규는 헛기침을 지으며 외면한다.

"야, 뭘 해. 빨리 짐을 실으란 말이야."

얼결에 호령이 튀어나온다. 수용소 보위원 생활 몇 년에 인이 박힌 거친 말투다. 소리를 질러 놓고 보니 정말로 짜증이 난다. 수련이가 정치범수용소에 들어오다니.

"야, 이 새끼야, 귀가 먹었어? 어서 짐을 실어."

새파란 경비병이 민규의 말투를 흉내 내며 곁달아 소리를 질러 댄다. 수련의 남편으로 보이는 남자가 허둥지둥 짐을 싣기 시작한다. 주저앉아 울던 두 여인도 서로 부축하며 일어서더니 짐을 나른다. 민규는 얼결에 짐 하나를 들었다가 정신을 차리고 발로 차는 시늉을 한다. 짐을 다 실을 때까지 민규는 그들을 외면하고 서성거린다.

'이 일을 어쩌면 좋단 말인가?'

텅 빈 머릿속에서는 외마디 말이 반복해서 울린다. 민규는 행여 수련이 아니기를 바라며, 두 여인 중 머리 긴 젊은 여자를 슬그머니 눈여겨본다. 그 여자는 고개를 수그린 채 휘청거리며 달구지에 짐을 싣고 있다. 흐트러진 머리카락 사이로 보이는 그녀의 흰 볼로 눈물이 흘러내린다. 울어서 눈두덩이 부었지만 희붐한 달빛 속에 드러난 여자의 얼굴은 수련이 분명하다.

민규는 어깨를 떨어뜨리며 모두숨을 내쉰다. 수련은 민규가 누구인지 모른다. 수년 동안 그녀 모르게, 민규 혼자 수련을 바라만 보았다. 그 사이에 한 번도 정식으로 인사를 나누지 않은 것이 어쩌면 다행스럽게 여겨진다.

2.

경비병들에게 딸려 그녀의 가족을 선전실로 올려 보내고 사무실에 들어온 민규는 맥이 풀려 소파에 털썩 쓰러진다. 오늘밤 그녀네 가족은 관리위원회 선전실에서 재우고 내일 아침에 1작업반이 있는 그녀의 집으로 데려간다. 말이 집이지 다 허물어지는 반토굴이다. 보수를 하지 않으면 잠을 잘 형편도 안 되는 오두막이다. 그 집에서 살던 가족은 몇 달 전에 독버섯을 잘못 먹고 한날한시에 급사했다. 가보지는 않았지만 몇 달 비어 있던 집이라 가뜩이나 허름한 반토굴이 말이 아닐 것이다. 새로 들어오는 정치범 가족이 수련이네인 줄 알았더라면 미리 수리해 놓았을 것을 하는 후회가 다 든다.

밤새 뒤척이다 새벽에 깜빡 잠이 들었던 민규는 성급하고 앙칼진 종소리에 깨어난다. 수용소 사람들을 깨우는 기상 종소리다. 새벽 시간이지만 해가 짧아져서 아직 한밤중이다. 수용소 사람들은 이 시간에 일어나 어두울 때까지 일을 한다. 수용소의 일과는 종소리로 시작되어 종소리로 끝난다. 새벽 기상 종소리로 시작하여, 일 시작, 점심시간, 일 끝내는 시간, 취침 시간, 비상 소집 등 모든 것을 종소리로 알린다.

관리위원회 처마 밑에 매어달린 종은 시간을 어긴 적 없이 찌르는 듯한 금속성으로 수용소 사람들을 호령한다. 녹이 쓸고 투박한 종은 수용소 사람들을 조종하는 보이지 않는 채찍이다. 아주 뛰어난 조물사가 일부러 수용소 분위기를 고려해 만든 듯이 종소리는 오두막들을 뿌리째 뽑을 것처럼 날카롭고 높다. 정치범들만 종소리를 끔찍해하는 것이 아니라 보위원들도 싫어한다. 어쩔 수 없이 그들도 그 시간에 일어나야 한다. 늘 들어 오던 종소리지만 그날따라 귀에 거슬린다.

자리를 차고 일어난 민규는 차비를 하고 아침을 먹으려 식당으로 향한다. 수용소 입구 종합사무실에는 보위원들과 경비대 군인들의 식사를 보장하는 식당이 따로 있지만 정치범들과 같은 시간표대로 아침을 새벽에 먹는다. 처음 수용소에 들어와서는 이 시간에 도저히 아침을 먹을 수 없었는데 몇 년 지나니 습관이 되어 새벽이면 배꼽시계가 울리곤 한다. 그런데 지금은 밥이 입 안에서 와글거리고 도저히 넘어가질 않는다. 민규는 밥을 먹는 둥 마는 둥 하고 식당을 나선다.

밖은 아직도 캄캄하다. 민규는 관리위원회를 향해 자전거 페달을 들이밟는다. 관리위원회는 민규가 담당한 1작업반 골짜기에 있다. 관리위원회도 민규가 관리한다. 자전거 전조등에 좁은 오솔길이 간신히 보인다. 자동차 하나가 겨우 다닐 좁은 산길 왼편으로는 누런 풀들이 빼곡히 엉켜 붙어 있고, 그 뒤쪽으로는 컴컴한 수림이 장벽처럼 뻗치고 있다. 길 오른쪽 개울가 옆에는 꽤 넓은 버들 숲이 우중충하게 펼쳐졌다.

관리위원회에 도착한 민규는 통계원에게 세 명의 식사를 새로 들어온 사람들에게 가져가라고 지시한다. 통계원은 의아한 표정을 짓는다. 새로 들어온 정치범이 굶든 말든 보위원들은 관심도 가지지 않는다. 그래서 대개 첫날은 굶기가 일쑤다. 민규는 통계원이 독신자반에서 아침밥을 가져다 선전실로 들어가는 것을 보고서야 관리위원회 옆에 있는 자기 사무실로 들어간다. 각 작업반 골짜기마다에는 담당 보위원 사무실이 따로 있다.

일하러 나오라는 두 번째 종소리가 울리자 민규는 사무실을 나와 그녀의 가족이 있는 선전실로 향한다. 일단 그녀가 살 집까지 같이 가볼 심산이다. 보위원이 굳이 가지 않아도 작업반장에게 임무를 주면 되는 일이지만 자신이 직접 가보고 싶다. 수용소에 들어온 첫 날은 대개가 넋이 빠져 제정신이 아니다. 그렇다고 보위원인 민규는 위안의 말 한 마디 할 수 없다.

푸릇한 새벽 여명이 조명처럼 비쳐주는 선전실 마당에는 벌써 몇십 명 사람들이 유령처럼 어슬렁거리고 있다. 독신자반 사람들이다. 신속하기로는 그 어떤 군대도 수용소 사람들을 따르지 못한다. 종소리가 울린 지 불과 몇 분 사이에 다 모인다. 선전실을 등지고 사람들과 마주 선 작업반장이 꽥꽥 소리를 질러 대고 있다.

"오늘부터 겨울나기 나무를 하겠다. 우리 독신자반에서는 자기 앞에 맡겨진 도급제를 수행하기 전에는 산에서 내려올 생각일랑 하지 말라. 날밤을 새서라도 하루 과제는 무조건 해야 한다. 알았는가."

작업반장이 위세를 돋울 땐 보위원은 슬그머니 피해준다. 그래야 반장들을 내세워 정치범들을 다스리기가 쉽다. 그동안 터득한 요령이다. 민규는 사람들 무리 뒤에 조금 떨어져 악을 쓰듯 고아대는[2] 작업반장을 물끄러미 바라본다. 저런 자들은 자기 자리를 지키기 위해 최선 이상을 발휘한다.

침울하게 땅바닥을 주시하며 줄을 지어 서 있는 사람들은 남루하기 그지없다. 모두가 본색을 알아볼 수 없이 더덕더덕 기운 옷을 입고 있다. 신발에 칡 줄기를 칭칭 휘감고 칡 줄기로 허리를 동였다. 얼굴은 하나같이 피골이 상접하다. 까맣게 번들거리는 무표정한 얼굴에서는 퀭한 눈망울들이 불안하게 흔들리고 있다. 누더기에 싸인 몸들은 미라처럼 바싹 말라 회오리바람이라도 한번 불면 모두 검불처럼 날려 갈 것만 같다. 누가 누군지 가려보기 힘들게 모두 한 모양새다. 초겨울의 싸늘한 새벽바람이 시큼하고 텁텁한 악취를 몰아온다. 그들 무리에서 풍겨 오는 수용소 사람의 냄새다. 수용소에 들어오면 누구든 저 몰골을 피해 갈 수 없다. 이제 수련이도 저 사람들처럼 될 것이다. 숨이 막힌다. 토할 것만 같다.

문득 그녀의 얼굴이 보인다. 작업반장 등 뒤 선전실 문이 빠끔히 열렸는데 그 사이로 수련과 남편이 내다보고 있다. 그녀의 얼굴이 공포로 굳어진 것이 멀리서도 보인다. 아마 종소리에 깨어났을 것이다. 그들로서는 처음 보는 수용소 사람들의 몰골에서

---

2) 북한말로 '큰 소리로 시끄럽게 마구 떠들다'라는 의미.

충격을 받은 것 같다.

이어 거지 떼 같은 독신자반 사람들이 앙칼진 구령 소리에 쫓기듯 열을 지어 산으로 향한다. 그들이 섰던 자리에는 검불이 어지럽게 휘돈다. 점차 주변의 찌그러져 가는 움막들이 초라하고 더러운 모습을 말짱 드러낸다. 정치범들의 교류를 막기 위해 반토굴들은 몇 미터 간격으로 떨어져 한 채씩 지었고 오두막들 사이에는 나무로 대강 막은 허술한 울타리를 쳐 놓았다. 마치 서로의 경계선을 넘나들면 안 된다고 팔을 벌리고 서 있는 파수병들 같다. 반토굴들은 모두 산 쪽으로 등을 대고 개울 쪽으로 문이 나 있는데, 벽체가 검누런 흙집이다. 지붕들은 판자로 엮었는데 썩은 자리 위에 봇나무 껍질이나 넙죽한 돌을 덧놓아 원래의 형체를 알아보기 힘들다. 벽들도 당장 허물어질 듯 기울어져 있다. 마치 석기시대 유물 같다.

그러나 마을을 둘러싼 골짜기의 풍경은 화려하다. 일반인들은 접촉할 수 없는 격리 구역이라 골짜기를 빙 둘러싼 산들에는 원시림이 그대로 보존되어 있다. 이파나무, 분비나무, 자작나무, 소나무들이 꽉 들어찬 침엽수림은 가늠할 수 없이 깊고 높다. 수림의 안쪽에서부터 파도쳐 밀려 나오는 나무들의 춤사위는 활기가 넘쳤고 그 소리는 장중하다. 산자락에서는 마지막 열정을 발산하는 누렇고 붉은 단풍들이 군데군데 커다란 꽃 뭉치처럼 널려 있다. 그 사이로 장난치는 새 떼들이 분주하다. 골짜기 가운데로는 맑은 개울이 크고 매끈한 바위들 사이로 주절대며 흘러가고 있다. 자연이 그려 놓은 골짜기의 풍경은 여기가 수용소라는 것을 망각할 정도로 눈길을 유혹한다.

한참 부산을 떨며 정치범들이 모두 일하러 나가자 동네는 곧 조용해진다. 아주 옛날에 폐가가 된 빈 동네 같은 느낌이다. 정상적인 마을이 아니어서 강아지나 병아리 한 마리도 보이지 않는다. 돌아치는 아이들도 없다.

민규는 서둘러 그녀가 있는 선전실로 걸음을 옮긴다. 선전실로 들어가기 전에 그는 잠간 심호흡을 한 후 짐짓 무뚝뚝한 표정을 짓고 선전실 문을 연다. 방바닥에는 그들의 아침으로 가져다 준 음식이 놓여 있다. 음식이래야 우그러든 알루미늄 쟁반에 노란 옥수수밥 한 식기와 절인 배추 몇 잎이 놓인 접시가 달랑 놓여 있다. 독신자반 아침식사다. 밥그릇은 귀퉁이만 조금 축이 나고 그대로다. 첫날 충격이 큰 데다 음식이 험해서 못 먹은 것 같다. 처음 수용소에 들어온 사람들이 똑같이 보여주는 행태다. 앞으로는 이런 음식도 없어서 헤매게 될 것이다.

수용소 초보답게 그녀의 일행은 보위원인 민규를 보고도 허리를 구십 도로 굽힐 생각을 못 한다. 충격에서 헤어나지 못한 명한 표정으로 엉거주춤 일어나며 가볍게 목례를 한다. 민규는 못 본 척 따라오라고 지시한다.

　　3.

　　　　그녀가 배정받은 집은 산자락 쪽으로 제일 끝자리
에 앉은 집이다. 가까이 가보니 키 낮은 출입문은 위쪽 돌쩌귀가
떨어져 있다. 손바닥만 하게 뚫린 창문이라는 것은 비닐이 너덜
너덜하게 찢어졌다. 얼핏 보아도 원체 낡은 데다 파손이 많이 된
집이라는 것이 드러난다. 민규는 지그시 입술을 깨문다. 그냥 돌
아설까 하다가 출입문을 잡아 젖히고 안을 들여다본다. 달구지
꾼의 눈이 휘둥그레진다. 보위원이 정치범이 들어갈 집을 들여다
보니 놀랄 만도 하다. 민규는 일부러 군소리를 한다.
　"오늘 하루 동안 집수리를 끝내야 한다. 내일부터는 일을 나와
야 해."
　부엌과 방이 하나로 붙은 약 14평방 정도의 작은 집이다. 바닥
과 벽이 전부 진흙으로 돼 있다. 방바닥에는 피나무 껍질로 만
든, 모서리가 너슬너슬한 헌 돗자리 한 장이 뎅그렇게 놓여 있
다. 매캐한 먼지와 곰팡이 냄새가 코를 찌른다. 가만히 있어도
천장이며 벽에서 흙먼지가 푸실푸실 떨어진다. 판자로 된 천장
은 썩어 금방이라도 무너져 내릴 것만 같다. 부엌이라는 것도 가
마 두 개만 걸 수 있게 진흙으로 부뚜막을 대강 만들어 놓은 것

이 전부다. 아무리 보아도 오늘 하루에 집수리를 다 끝낼 것 같지 않다.

"보위원 동지."

"뭐야?"

민규는 흠칫 놀라며 얼결에 소리를 지른다. 정치범이 감히 부를 수 없는 호칭이다. 이 골짜기에 들어서는 순간, 국민권도 박탈당하고 인간적인 모든 대우도 사라진다는 것을 아직 모르는 것 같다. 미련한 자식, 수련이 여기로 들어온 게 그의 탓이라도 되는 듯 민규는 원호를 흘겨본다.

"어따 대고 감히 동지야? 여기가 어딘지 아직도 모르겠는가? 보위원들과 경비대 군인들을 다 선생님이라고 부르고 마주치면 즉시 구십 도로 허리를 굽혀야 한다. 알았는가?"

민규는 일부러 거칠게 소리 지른다. 얼떨떨한 그녀의 남편이 다른 보위원이나 경비원들에게 두 번 다시 실수하지 않기를 바라서다. 수용소에서 실수는 혹독한 대가를 초래한다. 남편이란 작자는 허리를 깊숙이 숙여보지 못했는지 엉거주춤 고개를 수그리는 척한다. 선생님이라고 선뜻 부르지도 못한다. 대신 그녀가, 남편의 앞을 막아서며 허리를 깊숙이 숙인다. 무대 위에서 공연을 끝내고 관객들에게 허리를 굽혀 인사를 하듯이, 그렇게 정중하고 우아하게 머리를 숙인다.

"용서해주십시오."

민규는 흠칫 한 걸음 물러선다. 그녀의 수그린 머리에서 윤기
흐르는 긴 머리가 치렁치렁 드리운다. 검은 머리 사이로 드러난
가냘픈 흰 목덜미가 눈뿌리를 자극한다. 민규는 헛기침을 지으
며 그녀의 남편에게 눈길을 돌린다.

"왜 나를 불렀는가?"

"저…… 여기가 어디인지……"

"멍텅구리…… 짐을 다 부리고 10시까지 저기 보이는 담화실
로 오라."

민규는 버럭 소리를 지르며 홱 돌아선다. 수련의 남편은 계집
애처럼 멀쑥한 얼굴에 영민한 눈빛을 가진 게 책상물림인 녀석
같다. 어지간히 잘난 척해 왔을 듯하다. 저런 녀석은 사내다운
배짱이나 의지는 없고 기껏 얄팍한 자존심이나 들먹이며 작은
감성에도 일희일비할 작자다. 첫인상부터 도저히 마음에 들지
않는다.

10시가 되자 수련네 가족은 담화실로 왔다. 담화실은 민규 사
무실 옆에 붙은 방이다. 민규는 비로소 그녀의 얼굴을 찬찬히
본다. 몇 년 전 모습 그대로다. 슬픔에 절어 조금 부석부석하지
만 오밀조밀 잘 다듬어진 흰 얼굴은 여전히 아름답다. 무대 위에
서 초승달처럼 휘어져 웃던 매혹적인 두 눈은 촉촉하고 긴 속눈

썹에 반쯤 가려져 있다. 멍하니 그녀를 바라보던 민규는 얼핏 정
신을 차리고 목소리를 가다듬는다.

"당신들도 짐작하겠지만 여기는 사상과 육체를 단련하는 혁
명의 용광로와 같은 곳이다. 자기 앞에 주어진 노동 과제는 반드
시 수행해야 하며 선생님들 말에는 무조건 복종해야 한다. 특히
도주할 생각 같은 것은 애초에 버려라. 전혀 불가능하거니와 잡
히면 무조건 총살이다. 그러나……"

민규는 정말 간절한 마음으로 다음 말을 잇는다.

"그러나 여기는 다른 관리소보다는 경한 혁명화 지역이다. 모
든 것은 당신들에 달렸다. 명심하라. 내일 하루 더 시간을 줄 테
니 집수리를 끝내라. 작업반장이 다음 지시를 줄 것이다."

민규는 서둘러 말을 끝내고 그들을 돌려보낸다. 수련이 불쌍
하단 생각에 가슴이 먹먹해 와 더 이상 그녀를 마주보기 힘들다.
생각 같아서는 그녀의 두 손을 잡고 어쩌다 여기로 들어왔냐고
소리라도 지르고 싶다. 그녀가 자기를 몰라보는 것이 다행스럽
다. 어쩔 수 없이 거친 반말로 욕설을 해야 하는 그의 입장이다.

'아, 이제 어쩌면 좋단 말인가?'

수십 번도 더 곱씹은 말이 또다시 민규의 맥 빠진 가슴을 훑
으며 한숨으로 터져 나온다. 인사하던 그녀의 모습이 눈앞에서
서물거린다. 그녀가 당할 앞으로의 고난을 생각하니 진저리가

쳐진다.

"차라리 나와 결혼했으면 이런 불행은 없었을 것을."

생뚱맞게 튀어나온 말이다. 어처구니없는 자기 생각에 콧방귀
가 나갔으나 알 수 없는 후회가 갈마든다.

낙엽 밑의 비밀

1.

"평양에서 정치범 가족이 또 내려왔다며?"

종합사무실에서 아침 조회를 마치고 나오는데 조 대위가 민규를 불러 세운다. 민규가 돌아보자 조 대위는 바싹 다가붙으며 입을 비죽거린다.

"이 수용소에는 평양에서 내려온 사람들이 태반이군. 정수분자만 모아 놓은 평양에서 유독 반동이 많이 생기는 게 참 아이러니야."

"인텔리들이 이중적 경향이 많지."

민규는 조 대위와 한담할 생각이 없어 적당히 대꾸하고 돌아선다. 조 대위가 그러는 민규의 팔을 덥석 잡는다.

"오늘 저녁 우리 집으로 가세. 우리 처가 뭘 좀 준비한 모양이야."

"고맙군. 매번 신세만 지는데?"

"뭘 그러나 친구끼리. 자네 홀아비 생활 하느라 고생 말고 이참에 우리 집사람한테 재취 자리 하나 얻어 달라고 할까? 우리 처가 그런 일엔 일가견이 있다네."

기어이 민규에게 신세를 지우고 싶어 하는 조 대위의 속셈이 훤히 보인다. 애교 떠는 기생마냥 눈웃음을 치며 찰찰 감겨 도는 조 대위를 슬쩍 밀치며 민규는 넘어가는 척 웃어준다.

"허허…… 하긴 자넬 보면 처가 좋긴 좋아."

"자고로 수컷은 암컷이 옆에 있어야 허리가 죽 펴지는 법이야. 오늘이 마침 자네 처 제삿날이지 아마?"

조 대위는 자신만만하게 너스레를 떤다. 민규는 흠칫한다. 수련이 문제로 머리가 복잡해 죽은 아내의 제삿날을 깜빡했다.

"자네가 내 처 제삿날까지 어떻게?"

"친구니까 당연히 기억하지. 자네 처 사망한 지 이제 겨우 2년이야."

"유난스럽군, 자넨 우리 처 얼굴도 못 보지 않았나."

"왜 이러나. 친구 성의를 무시하다니."

조 대위는 저녁에 술 한잔 하자는 약속을 기어이 받아내고야 민규를 놓아준다. 민규는 허를 찔린 기분으로 의기양양한 조 대위의 뒷모습을 아연하여 바라본다. 일부러 가까운 척 생색을 내는 그의 과장된 친절이 벌레처럼 징그럽다. 절대로 속을 주어서는 안 되는 위험한 작자라는 걸 알면서도 민규는 그와의 술자리 친구 관계를 유지해 온다. 이 삭막한 수용소 생활을 견디는 데 그나마 조 대위의 번한 수작이 도움이 되기도 한다.

2.

잊고 지나칠 뻔했던 아내의 제삿날도 조 대위가 귀 띔해준 셈이다. 어차피 제사는 평양에 있는 아내의 친정에서 지 낼 것이지만, 그래도 제사에 올라가겠다는 겉치레 인사 전화는 해야 한다. 전화를 해봤자 작년처럼 올라오지 않아도 된다는 냉 담한 대답이 돌아올 것이다. 민규는 새삼 입이 써서 정말로 술 생각이 난다.

장인은 민규가 다닌 보위대학 교수다. 장인은 대학 전 기간 민 규를 각별히 총애하고 돌봐주었다. 보위대학을 졸업하는 학생들 에게는 평양 국가보위부에 배치받는 것이 최고의 목표다. 특히 지방에서 올라온 학생들은 이 기회에 평양에 눌러앉고 싶어 한 다. 그러나 그 경쟁률이 만만치 않았고, 어지간한 백이 없이는 불 가능하다. 민규도 평양에 떨어지고 싶어 몸살을 앓았는데 이때 장인은 기꺼이 도와주겠노라고 나섰다. 대학을 졸업하고 한창 배치 문제 때문에 신경이 날카로워질 무렵, 장인이 민규에게 거 래를 해 왔다.

"자네가 쉽게 평양에 떨어질 방법은 평양 여자와 결혼하는 거네. 우리 딸과 결혼하세. 그럼 국가보위부에 배치받는 것은 내가 힘써주겠네."

장인은 딸이 조금 병약한 부분이 있으니 감안하라고 했다. 처음 맞선을 본 아내의 얼굴은 척 보아도 병색이 돌고 창백해 보였다. 하지만 그렇게 깊은 병을 가지고 있는 줄은 몰랐다. 그때 아내의 병 사태는 조금 병약한 정도가 아니었다. 결혼 후에 알게 된 일이지만 장인은 지병이 깊은 과년한 딸을 떠맡기다시피 민규와 결혼시켰다. 지방 사람인 민규가 평양에 배치받고 싶어 하는 약점이 적절한 타협 조건이 된 셈이다. 장인은 딸이 결혼을 하면 혹시 병이 나아지지 않을까 하는 미련으로 결혼시켰다고 변명을 했다. 결국 아내는 그 병으로 자식 하나 남겨 놓지 못하고 결혼 3년 만에 하늘나라로 갔다.

아내가 죽자 민규는 끈 떨어진 뒤웅박 신세가 되었다. 사실 수용소로 내려올 때 장인은 민규의 이직을 막지 못한 것에 미안해하며 곧 소환되도록 노력할 테니 아내는 평양에 두고 가라고 했다. 아내가 친정에 떨어지게 되면서 민규는 그 약속을 굳게 믿었다. 그래서 몇 년간의 합숙 생활도 군소리 없이 견디어냈다. 그런데 장인은 딸이 죽자 소환 약속은 감감 잊었는지 두 번 다시 민규의 소환 얘기를 꺼내지 않았다. 오히려 수용소 경력이 앞으로의 발전에 도움이 될 것이라고 했다. 이 골짜기에 갇혀 있으니 장인 장모와의 관계는 자연히 소원해졌고 민규 스스로 더는 기대하지 않게 되었다.

하는 수 없이 민규는 고향에 있는 어머니를 모셔 와서 살림을 차렸다. 마냥 합숙 생활을 할 수도 없는 데다 아버지도 돌아가시고 어머니 혼자 고향에 계셨기 때문이다. 혼자 난 아들을 걱정하던 어머니는 흔쾌히 민규를 따라 이 골짜기로 들어왔다. 어머니는 철조망 너머 골짜기에 있는 보위원들 사택 마을에 집을 잡고 아들의 뒷바라지를 하고 계신다. 그리고 보니 사무실에서 자면서 집에 들어가보지 않은 지 며칠이 되었다. 수련이 들어오는 바람에 그동안 정신이 하나도 없었다. 내색은 안 해도 어머니는 아들이 집에 들어와 자기를 은근히 기다리신다.

오늘은 조 대위의 초청을 받아들일 겸 집에 가봐야겠다는 생각을 한다. 모름지기 조 대위는 어머니도 집에 초청할 것이다. 민규를 집으로 초청할 때는 꼭 어머니를 함께 모시고 오라고 하는 것이 조 대위의 방식이다. 약삭빠른 조 대위는 민규를 구워삶으려면 어머니한테 먼저 환심을 사야 한다고 타산한 것 같다. 그렇지 않아도 어머니는 조 대위를 친절하고 상냥한 사람으로 좋게 생각한다.

조 대위가 자기의 엄청난 과오를 감추기 위해 민규를 계획적으로 쟁취하려 한다는 것을 민규는 알고 있다. 그들 사이에는 그들만의 엄청난 비밀이 있다. 민규는 조 대위의 약점을 이용하려는 생각이 꼬물만큼도 없다. 그런데 조 대위가 제 편에서 늘 불안하여 안달한다. 누굴 제대로 믿어본 적이 없거나, 진실된 신뢰를 받아보지 못한 작자가 하는 전형적인 행태다. 어쩌면 민규의 약점을 잡아내려고 가장 촉각을 곤두세우고 있는 사람이 조 대위일 수 있다. 조 대위의 치근덕거림을 받아주면서도 상당히 조심을 하게 되는 민규다. 아무리 친절을 베풀어 와도 숲 속의 뱀처럼 섬찟한 느낌이 가는 작자다. 그가 조금만 진정성 있는 인간이라면 그의 과오를 공유하고 있다는 것으로 차라리 좋은 친구가 되었을 것이다.

3.

　　조 대위가 대형 사고를 저지른 날은 일 년 전, 민규 아내 첫 돌 제삿날이다. 그날 민규는 기분이 몹시 언짢았다. 설마 하고 우려했던 일이 현실로 드러난 것이다. 아내 제사차 평양으로 올라가겠다고 장인에게 전화했더니 제사는 자기들이 알아서 지낼 테니 수고스럽게 올라오지 말라고 했다. 장인은 가정사때문에 잔걱정하지 말고 맡은 업무를 잘 하라고 점잖게 충고했다. 겉으로는 민규를 생각하는 척했지만 얼음물을 확 뒤집어쓴 것처럼 추위가 느껴지는 확실한 냉대다. 민규는 기가 막혔다. 딸 없는 사위는 불 꺼진 화로라고 하지만 이렇게 빨리 외면당할 줄은 몰랐다.

그날, 이래저래 마음이 쿨쿨해 난 민규는 저녁 취침 종소리가 울린 뒤, 꽁무니에 술 한 병 차고 조 대위를 찾아 나섰다. 조 대위가 관할하는 2작업반은 관리위원회가 있는 민규의 1작업반 다음 골짜기에 있다. 골짜기 위로 올라가면서 차례로 3, 4, 5작업반이 있다. 민규의 1작업반에서 조 대위의 2작업반까지는 5리 조금 남짓한 거리다.

당시 조 대위도 합숙생이었다. 수용소에 배치받은 지 이 년이 가까워 오지만 아이들 교육 문제 핑계를 대고 가족을 데려오지 않았다. 워낙 약삭빠른 그라 상부에 나름의 줄을 잡고 이곳에서 나가기 위한 공작을 하고 있었다. 그래서 조 대위는 사무실 침실에서 자곤 했다. 민규와 비슷한 처지이고 연령대도 같고 하여 종종 술친구로 지냈다. 조 대위는 술을 몹시 좋아했다. 수용소 안의 몇 안 되는 보위원들은 외롭고 지겨운 동병상련의 처지로 통하는 것 같으면서도 서로를 경계하는 묘한 관계다.

조 대위는 사무실에 없었다. 보위원들의 사무실 구조는 똑같다. 사무실과 옆에 침실이 곁달아 달린 가옥이다. 사무실이 잠겨 있어 침실 쪽 창문을 두드려보아도 대척이 없었다. 모처럼 벼르고 술을 마시러 왔는데 그냥 돌아가기 싫어 민규는 혹시나 하고 작업반 사무실 쪽으로 가보았다.

작업반 사무실도 선전실도 캄캄한 게 인적기가 없었다. 돌아갈 생각을 하며 멍하니 서 있던 민규는 갑자기 귀를 바짝 세웠다. 어디에선가 인기척이 들렸다. 작업반 사무실 뒷면에 붙여 지은 창고 쪽에서 나는 소리였다. 신음 소리 같기도 하고 몸싸움을 하는 것 같기도 했다. 가까이 다가가보니 뭔가로 창문을 가렸는데 옆쪽에 생긴 짬으로 희미한 불빛이 새어 나왔다. 영문을 알 수 없어 민규는 불빛이 새어 나오는 창문 짬 사이로 눈구멍을 들이댔다. 창고 안에는 농기구며 가마니 짝들이 쌓여 있었는데 가운데 공간 바닥에 담요가 펼쳐져 있었다. 그 위에서 실오리 하나 걸치지 않은 두 남녀가 맞붙어 씩씩거리고 있었다. 민규는 얼굴이 화끈해 오며 한 걸음 물러섰다. 여자의 얼굴은 잘 보이지 않았는데 벌겋게 달아오른 남자의 얼굴은 정확히 보았다. 조 대위였다. 이 야밤에 작업반 창고에서 정치범이 감히 저런 짓을 할 수는 없었다.

그럼 여자는 누구란 말인가, 수용소 안에 여자라고는 정치범밖에 없다. 조 대위는 지금 정치범하고 관계를 하고 있는 것이다. 민규는 가슴이 서늘해 왔다. 보위원과 정치범과의 관계가 발각되면 조 대위는 영락없이 철직이고 상대는 죽음이다. 공교롭게 현장을 보아 버린 이상 아예 모르는 척할 수도 없었다. 위험한 도박을 하는 조 대위를 어떻게든 말려야겠다는 생각을 하고 있는데 갑자기 철썩 철썩 때리는 소리와 여자의 비명 소리가 났다. 그 짓을 하다가 왜 여자를 때리지? 민규는 어둠 속에서 머리를 갸웃거리다가 다시 들여다보았다.

담요 위에는 방금 나눈 정사의 흔적인 양 옷들이 여기저기 흩어져 있었고 조 대위는 한창 옷을 주워 입고 있었다. 여자는 실오리 하나 걸치지 않은 알몸으로 옴짝 않고 엎어져 있다. 옷을 다 입은 조 대위는 알몸인 여자의 머리채를 잡아 쥐고 연방 귀싸대기를 갈겨 댔다. 자세히 보니 여자는 조 대위 작업반 통계원인 옥별이다. 그녀는 밖에서 사범대학을 다니다가 종파로 몰린 아버지와 함께 들어온 처녀다. 그녀의 아버지는 들어온 지 얼마 안 되어 뇌졸중으로 죽고 그녀는 고아가 되었다. 그녀가 숫자에 밝아 작업반 통계원으로 쓰겠다고 조 대위가 소장에게 건의하던 일이 생각났다.

"이 미친년, 사람을 잡으려고 환장을 했어? 그런 거야 네년이 조절을 해야지, 매번 좋다고 정신없이 들이대더니 끝내 일을 쳐?"

독기가 짙어 가는 조 대위의 얼굴을 바들바들 떨며 바라보던 옥별이도 차츰 얼굴이 새파래졌다.

"임신 주기여서 안 된다고 해도 선생님이 무작정 하지 않았습니까? 왜 나만……"

조 대위는 옥별의 머리를 확 밀어치우며 한참 숨을 씨근덕거렸다. 이어 핏줄 어린 눈알을 굴리며 푹 가라앉은 어조로 말했다.

"걱정 마. 내 다 대책을 세울 테니……"

"호…… 내 그러실 줄 알았어요. 그런데 어떻게……?"

"그건 묻지 마. 그저 시키는 대로 하면 좋은 일이 생길 거야."

조 대위가 옥별의 젖가슴을 꽉 움켜쥐자 옥별은 금방 매 맞은 것은 감감 잊은 듯 요염한 눈빛을 과장하여 흘렸다. 마치 연약한 짐승이 자기 보호의 색깔을 만들어내듯이.

"허 이년, 염통이 보통 아닌데? 그래? 또 하고 싶단 말이지? 좋아."

조 대위는 옥별을 바닥에 쓰러뜨리며 슬며시 여자 목으로 두 손을 가져갔다. 다음 순간 옥별이 갑자기 두 눈을 홉뜨고 버둥거리기 시작했다. 민규는 비로소 조 대위의 의중을 알아차렸다. 민규가 문을 박차고 뛰어들었을 때, 여자는 이미 눈을 까집고 마지막 경련을 일으키고 있었다. 여자의 다리 짬으로 흘러나오는 배설물에서 지독한 악취가 풍겼다. 순식간에 일어난 일이었다.

조 대위는 갑자기 뛰어든 민규를 멍하니 바라보며 넋을 잃고 앉아 있었다. 한참 만에야 정신이 돌아온 듯 조 대위가 쉬어 버린 소리를 짜냈다.

"최 대위. 살려주게. 이따위 정치범 계집은 사람도 아니지 않은

가. 아무래도 죽을 계집 한발 먼저 간 것뿐이야."

조 대위는 눈을 희번덕거리며 악에 받쳐 씨불거렸다.

"도대체 어떻게 된 일인가?"

민규의 목소리가 더 떨려 나왔다.

"자네도 알다시피 난 가족하고 떨어져 지내지 않나. 자네가 그 심정을 누구보다 잘 알 거네. 그래서 이년을 몇 번 데리고 놀았는데 글쎄 이 재수 없는 계집이 임신을 했어. 정치범을 임신시킨 게 드러나면 내 신세가 어떻게 될지 불 보듯 뻔하지 않나. 제발 날 살려주게나. 응? 그럼 내 자네를 평생 은인으로 모시고 개처럼 충성하겠네."

조 대위의 절망적인 얼굴에는 땀과 눈물이 번들거렸다. 희멀쑥한 몸을 말짱 드러낸 채 눈을 까집고 죽은 여자를 보며 민규는 몸서리를 쳤다. 이건 살인이다. 그러나 다시 생각해보면 정치범을 죽인 것은 살인이 아니라 처형이라고 할 수도 있다. 민규는 같은 보위원으로서 조 대위를 파멸의 구렁텅이에 몰아넣는 것은 바람직한 일이 아니라는 생각이 들었다. 이왕 죽은 여자인 데다 조 대위 말대로 그까짓 정치범 계집, 하고 냉정을 찾으려 했다. 이 상황에서 젊은 여자가 불쌍하다는 동정심이 조금도 생기지 않는 것에 안도했다. 보위원은 정치범에 대해 일말의 동정심도 품어서는 안 된다. 민규는 자신의 생각이 아주 정상이라고 스스로 인정했다. 마침내 민규는 단호히 고개를 끄덕이었다.

"정말, 날 살려준다는 건가?"

"자네 말대로 이따위 정치범 계집 때문에 보위원의 인생을 망칠 수는 없지 않나."

"고맙네. 정말 고맙네."

조 대위는 민규의 다리에 매달려 울부짖었다.

"이제 어떻게 수습할 셈인가?"

어쩔 수 없이 공범자가 되어 버린 민규는 얼굴을 찡그리며 물었다.

"자살로 처리할 생각이네. 여기 기둥에 목매달아 죽은 걸로 해야지. 뒷수습은 내가 깔끔히 할 테니 걱정 말게."

조 대위가 화색이 도는 얼굴로 여자의 시체를 쏘아보았다. 민규는 고개를 끄덕이고 말없이 창고를 나와 버렸다. 정치범이 자살했다고 해도 누가 사유를 따질 사람도 없고 보위원이 상부에 보고하면 그만이어서 조 대위 말대로 처리는 별로 어렵지 않을 것이다. 어떤 연유로 죽었든 정치범이 죽는 것은 결코 놀랄 일도, 새삼스러운 일도 아니다. 다음날 아침, 옥별은 자살로 처리되어 깊숙한 골짜기 눅눅한 낙엽 밑에 평토로 묻혀 버렸다.

그 뒤 조 대위는 정말로 민규의 발바닥이라도 핥을 자세다. 지나치게 발라맞추는 조 대위가 부담스러워 일부러 멀리할라치면 눈물까지 쏟으며 자기를 버리지 말라고 애원한다. 조 대위의 우려와 달리 민규는 조 대위를 버릴 생각이 없다. 계급적 원수인 정치범 때문에 한 사람의 보위전사가 파멸되는 것은 혁명의 이익 견지에서도 옳지 않은 일이라고 확신하고 있다. 민규 역시 조 대위의 행위를 실수로, 별치 않은 것으로 여겼고, 조 대위처럼 정치범들을 애초에 사람으로 치지 않았다. 당연히 죽어야 할 원수고 더러운 짐승이다. 그래서 정치범들에 대한 경멸은 진정으로 끓어올랐고 학대를 가하는 것은 아주 정당한 행위라고 인정했다.

그런데 수련이 그 정치범으로 들어왔다. 이제 민규는 그녀를 사람이 아닌 짐승으로, 원수로 대해야 할 처지에 놓였다. 민규는 그녀를 그렇게 대할 자신이 도저히 없다.

골짜기의 첫 세례

1.

원호네 가족은 각기 다른 작업조에 배치되었다. 원호와 수련은 농산반 서로 다른 분조에, 어머니는 노인들로 조직된 부업반에서 일하게 된다. 이미 추수가 끝났으므로 장정들은 곧바로 겨울 화목 하는 데 내몰리고 여인네들은 옥수수 말리기와 밭 정리를 한다.

원호가 일하게 될 화목조는 두 명씩 조를 지었는데 한 사람당 길이 10미터 이상 되는 나무 네 대를 산 밑까지 끌고 와야 한다. 점심은 오전 중에 두 대를 끌고 내려오면 다 같이 먹는다. 현장에서는 작업 지휘와 감독을 작업반장이 한다. 그자는 같은 정치범인데도 매 눈처럼 눈빛이 날카롭고 득의양양하다. 처음 나타난 원호를 향해 괜히 눈을 흘기기도 하고 손에 들린 채찍을 휘둘러 보이기도 한다. 다른 정치범들이 그자에게 굽실거리며 아첨 어린 눈빛을 보내는 것이 보인다. 같은 정치범인데 야비하게 노는 꼴이 아니꼽고 어처구니없다.

평양에서 나서 자랐고 고스란히 대학을 졸업하고 기자로 살아온 원호는 산에서 나무를 해본 경험이 없다. 하지만 일에 대한 공포나 두려움보다 조금은 안심을 한다. 수용소로 오는 내내 최악의 상황만을 상상했다. 정치범들은 지심 깊은 갱도에서 유해물이 나오는 코발트 광석을 캔다거나, 비밀 갱도 건설에 동원되었다가 흔적 없이 죽는다거나, 화학무기 성능을 시험하는 인체실험 대상이 된다거나, 하는 흉흉한 소문을 들은 적 있다. 그런데 농사를 짓거나 땔나무를 한다니 다행스럽게 여겨지고 견딜 수 있을 것 같기도 하다.

원호의 짝패는 나이를 짐작하기 어려운 중년 남자다. 얼핏 보면 40대 중반으로 보이나 구부정한 허리와 희끗희끗한 머리는 50도 넘어 보인다. 억세 보이는 네모진 턱에는 수염이 꺼칠하고 홀쭉한 볼 편에는 굵은 주름이 패어 있다. 지치고 피로한 기색이나 만만치 않은 인상이다. 그는 여러 색깔 천을 덧대어 누덕누덕 깁고 때가 반들거리는 옷을 입었다. 허리에 칡 밧줄을 칭칭 감고 자그마한 천 망태기를 어깨에 둘러멨다. 흔히 보게 되는 수용소 사람들의 차림새다.

갓 수용소에 들어온 원호는 작업복이 따로 없어 평양에서 취재 다닐 때 입었던 점퍼를 입었다. 짙은 밤색의 고급 원단 점퍼는 흠집 하나 없이 깨끗하고 햇볕에 반짝거린다. 짝패의 옷과 대조되는 자신의 차림에 원호는 스스로도 민망스러웠다. 수용소에서 내준 도끼가 원호의 매끈한 손에 어색하게 매달려 있다. 원호는 미안한 생각이 들어 눈치를 보았으나 짝패는 모든 것에 무감각한 듯 말 한 마디 없이 걸음만 옮긴다. 그의 어깨에 걸쳐진 천망태기 입구에 반들반들 닳아진 쟁기 손잡이 두 개가 삐어져 나와 부딪치며 흔들거린다.

원호가 보건대는 가까운 산비탈 주변에도 흔해 빠진 것이 나무 같은데 그는 꾸역꾸역 산을 톺아 오르기만 한다. 그만 산으로 오르고 땔나무를 했으면 좋으련만 정해 놓은 보물을 찾으러 가듯 주변에는 눈길조차 주지 않는다. 땔나무로 어떤 것이 적당하며 어떻게 해야 하는지 방법도 모르는 원호는 모든 것을 짝패가 하는 대로 따라할 수밖에 없다.

짝패는 수용소에 와서 구체적으로 맞닥뜨린 첫 번째 사람이다. 수용소 생활 경험이 많을 그에게 정말 물어보고 싶은 것이 많다. 원호는 말을 걸고 싶어 입이 근질거렸으나 상대가 하도 무덤덤하니 도저히 말을 붙일 수 없다. 일을 하면서 쓸데없이 잡담을 하면 매 벌이를 한다는 것을 훈육받은지라 섣불리 말을 걸 수도 없다. 또 상대의 속내가 어떤지 알 수도 없는 노릇이다.

2.

　　그도 원호도 숨이 턱에 닿아 헐떡거린다. 원호는 더운 김을 씩씩 내뿜었으나 그 사람은 원호보다 걸음은 빠른데 식은땀을 빠질빠질 흘린다. 뒤에서 조금만 건드려도 그대로 픽 쓰러질 듯 위태롭게 보인다. 원호는 그 사람의 헐떡이는 숨소리에 귀를 기울이며 부지런히 뒤따른다. 그렇게 말 한 마디 나누지 않고 한 시간 가량 걸려서야 산마루에 다다른다.

　　정상에 와서야 짝패가 왜 기를 쓰고 올랐는지 이해된다. 수림이 꽉 들어차 끝을 알 수 없는 펑퍼짐한 등성이에는 하얗게 마른 나무들이 드문드문 보인다. 강대를 찍으면 운반하기 쉬울뿐더러 좋은 화목재가 될 것이라는 생각이 초짜임에도 얼른 든다.

　　짝패는 사방을 둘러보다 그중 실팍해 보이는 강대 옆에 자리를 잡고 앉더니 주머니를 부스럭거린다. 담배를 태우려는 것 같다. 그는 주머니에서 마른 풀잎 부스러기를 꺼내들더니 바닥에 널린 마른 나무 잎사귀 하나를 집어 담배처럼 만다. 원호는 평양 직장에서 공급받은 담배를 떠올린다. 담배를 피우지 않지만 쓸데가 있을 것 같아 짐 속에 넣어 가지고 왔다. 그 담배를 가져와 건넸더라면 이야기를 쉽게 나눌 수도 있었을 것을, 하고 머리를 친다.

　　원호도 조금 간격을 두고 앉아 땀을 들인다. 확 들씌워지는 늦

가을의 서늘한 바람 속에 숲의 냄새가 진하다. 여기저기서 들려오는 새 울음소리 사이로 딱따구리 벌레 쫓는 소리가 유난스럽다. 추위에 대비를 하며 나무들이 비듬 같은 낙엽들을 후두둑 털어 버리고 있다. 새로 깔린 낙엽은 색조가 선명했고 푸르렀을 때의 향이 아직 남아 있다. 하지만 곧 서리를 맞고 눈 밑에 깔려 향도 없어지고 색도 퇴색할 것이다. 자기도 저 낙엽처럼 얼마 안 있어 짝패와 꼭 같은 모습이 될 것을 상상하니 원호는 심장이 졸아든다. 갑자기 온몸이 노곤해지며 눅눅한 낙엽 위에 쓰러지고 싶다. 한숨 푹 자고 싶은 유혹이 슬며시 눈썹에 매달린다. 원호는 졸음을 쫓으려고 벌떡 일어선다.

골짜기 아래 수용소 전경이 아물아물 보인다. 정상에서 보니 크고 작은 골짜기 다섯 개가 줄레줄레 뻗어 있다. 골짜기마다 자리 잡은 정치범들의 반토굴들은 수려한 자연 속에 마구 던져 버린 쓰레기 같다. 원호네 반토굴이 있는 1작업반 골짜기가 제일 넓다. 늙은 버섯 무지처럼 쪼그려 붙은 반토굴들 사이에 관리위원회와 보위원 사무실이 호령하듯 솟아 있다. 마을 뒤쪽으로는 길게 앉은 단층 건물이 보인다. 아이들이 마당에서 얼른거리고 있다.

"아, 학교도 있구나!"

가슴이 뭉클해진다. 조금은 인간 세상 같은 생각이 든다.

'그래, 어머니 말씀대로 여기도 사람이 사는 세상이겠지. 어디 한번 바싹 정신을 차리고 부딪쳐보자.'

원호는 으스러지게 주먹을 틀어쥔다. 담배를 다 태운 짝패는 헛기침으로 원호를 부르더니 옆에 강대를 손가락으로 가리킨다. 자르라는 말없는 지시다. 원호는 어찌할 바를 몰라 망설이다가 할 수 없이 조심스레 먼저 말을 걸었다.

"도끼로 나무 밑동을 찍으면 되는가요?"

순간 흐리멍덩하던 그의 눈에 사나운 빛이 어린다. 담배 내와 땀내가 섞인 고약한 악취를 풍기며 짝패가 위협적으로 다가온다. 원호가 한 걸음 물러서자 한 걸음 더 다가선 그는 악의에 차서 이죽거린다.

"개자식, 내 등에 업힐 생각일랑 말고 니 몫은 니가 해. 기생오라비 같은 자식아."

웃는 얼굴에 침 받기라더니 너무도 뜻밖의 반격이다. 그 사람의 무조건적인 적의에 원호는 당황했다. 수용소에도 먼저 들어온 텃세라고 생각되니 저절로 허탈한 웃음이 나온다. 원호는 말없이 그가 손가락질한 나무 앞으로 다가가 그 사나이가 하는 양을 곁눈질해본다.

그는 망태기를 열어젖히고 도끼와 톱을 꺼내든다. 손바닥에 침을 탁 뱉더니 한쪽 무릎을 땅에 대고 허리를 조금 굽힌다. 톱을 나무 밑동에 수직으로 대고 잠시 가늠하더니 슬슬 당기기 시작한다. 점차 톱은 일정한 속도로 율동하듯 오고가며 허연 톱밥을 기세 좋게 날린다. 그의 도끼와 톱은 금방 갈아 가지고 온 듯 시퍼렇게 날이 서 번쩍거린다. 원호 손에 들린 도끼는 둥글둥글 날이라곤 없는 데다 군데군데 이가 빠졌다. 도끼는 어디서 갈며, 톱은 어디서 얻는지 모든 것이 생소하다. 묻고 싶었으나 더 이상 말을 거는 것은 무리다.

원호는 할 수 없이 그 사람의 자세를 따라 한다. 한쪽 무릎을 꺾고 젖 먹던 힘까지 다해 나무를 향해 도끼를 날린다. 바싹 마른 나무는 조금 생채기를 내고는 탕 하고 도끼를 튕겨버린다. 뒤로 벌렁 넘어진 원호는 슬그머니 약이 오른다. 이를 악물고 연거푸 들이쳤으나 겨우 작은 나무 조각만 떼어내고 맥만 뽑는다.

그 사내를 곁눈질해보니 절반쯤 켜던 톱을 슬슬 뒤로 당겨 뽑고는 반대편 조금 위쪽에 대고 맞받아 켠다. 이어 나무는 먼저 쏠던 쪽으로 기울어지기 시작한다. 한쪽이 들리자 얼른 톱을 뽑고 어깨로 나무를 밀면서 이러 저리 방향을 조절한다. 거대한 거목이 찌지직 소리를 내며 기울더니 나무들 사이로 쿵 하고 넘어진다. 그렇게 잠깐, 두 대를 해치운다. 나무를 켜는 솜씨도 대단했지만 촘촘한 나무들 사이에 걸리지 않게 땅으로 무사히 눕힌 것도 대단하다. 능숙하게 톱으로 가지를 잘라내고 나무를 다듬는 그 사나이를 원호는 경이에 차 바라본다. 부러움을 넘어 존경심마저 든다.

"정말 대단하시군요."

원호는 얼결에 탄성을 지른다. 그 사내는 원호를 흘겨보더니 아무 말 없이 나무 앞쪽에 둥글게 홈을 판다. 그리고 망태기에서 칡 밧줄을 꺼내 홈에 끼워 단단히 옭아맨다. 그가 준비를 끝낼 때까지 원호는 홀린 듯 그가 일하는 양을 지켜보기만 한다. 그 사람은 나무 밑동에 생채기만 내고 구경하는 원호를 보고 혀를 찬다. 원호는 그의 혀 차는 소리마저 자기에게 걸어 온 말처럼 반갑다. 짝패는 자기의 톱을 아기 다루듯 조심히 들어 쑥 내민다.

"이봐, 그따위로 일하다간 죽물도 못 얻어먹어. 조심해서 내가 하던 것처럼 나무를 자르라우."

원호는 얼른 톱을 받아 든다. 눈물이 찔끔 나온다. 원호는 눈요기한 대로 톱질을 시작한다. 그 사람만큼은 아니어도 워낙 톱이 좋으니 쓱쓱 나무가 순조롭게 켜진다. 나무를 밀어뜨릴 때 그 사나이가 말없이 다가와 방향을 조절해준다. 두 대 다 그 사람이 넘어뜨려준다. 처음 인상과는 달리 아주 고약한 사람은 아닌 것 같다. 원호는 거듭 고맙다고 인사를 하며 그 사람이 하던 대로 가지를 다듬고 나무 앞쪽에 홈을 팠다. 무딘 도끼로 홈을 파기란 쉽지 않다. 도끼까지 빌려주었으면 좋으련만 그 사람은 모르쇠를 하고 담배만 태운다. 원호는 땀을 흠뻑 흘리며 신고를 하고서야 겨우 끝낸다. 홈을 판 나무 두 대를 칡 밧줄로 한데 묶는 일도 그가 알려준다.

3.

그들은 서둘러 나무를 끌고 산을 내리기 시작했다. 그 사내처럼 요령으로 일을 하지 못하고 있는 맥을 다 짜낸 원호는 벌써부터 온몸이 나른하고 다리가 휘청거린다.

"이봐, 내가 먼저 내려갈 테니 조금 간격을 두고 따라 오라우. 돌멩이가 굴면 앞 사람이 위험해."

"넵, 알겠습니다."

원호는 힘차게 대답했다. 그가 말을 걸어주니 힘이 난다. 원호는 나무를 처맨 밧줄을 어깨에 메고 조심스럽게 걸음을 옮긴다. 비탈길이고 강대라 별로 무겁지 않게 끌려 내려온다. 그러나 얼마를 못가 뭉그적거리기 시작한다. 길이 있는 것도 아니고 나무 사이를 요리조리 빠지고 잡관목을 헤치며 길을 톺아야 한다. 능숙하지 못한 원호는 바위며 나무 사이에 자꾸 들이박고, 뽑아내느라 안간힘을 쓴다. 나무를 묶은 밧줄까지 느슨해져 매번 고쳐 묶어야 하니 시간이 곱절로 흐른다. 그 사람은 벌써 다 내려갔는지 기척도 나지 않는다. 원호는 마음이 조급해져 허둥거린다. 종내 푸석푸석 썩어 가는 진대나무 사이에 나무를 쑤셔 박는다. 아무리 꺼내려고 애를 써도 사선으로 쏠린 나무 힘에 꿈쩍도 하지 않는다. 혼자 힘으로는 어림도 없다. 원호는 끝내 포기를 하고 만다. 도끼만 달랑 든 채 빈손으로 산을 내려간다. 내려가서 자초지종을 이야기하고 오후에 봉창하리라 생각했다.

산을 내려오니 다른 이들은 벌써 각기 자기 나무 앞에 줄을 지어 있다. 그들은 빈손으로 내려오는 원호를 비웃듯이 바라본다. 원호는 공손히 작업반장 앞으로 다가갔다. 사연을 설명하려는 순간, 원호는 눈앞에 불이 번쩍 이는 것을 느끼며 그 자리에 쓰러졌다. 한참 후에야 작업반장의 손에 들려 흔들거리는 채찍이 보인다.

"이 개자식이 어디서 엄살이야. 노란 물이 다 빠져야 정신이 들갔어? 앙?"

연이어 채찍 세례가 들이닥친다. 가죽채찍은 휙휙 바람을 일으키며 원호의 몸에 달라붙는다. 원호는 채찍을 막으려 헛되이 몸을 꼬며 마구 비명을 지른다. 난생 처음 맞아보는 매다. 처음엔 아파서 정신이 없다가 온몸이 얼얼해 오자 악이 치민다. 자기와 다를 바 없는 정치범이 정치범을 학대하다니, 안간힘을 쓰며 자리에서 일어난 원호는 그 자를 노려보았다.

"사연을 들어도 안 보고 사람을 마구 때리는 법이 어디 있습니까?"

"어쭈, 이 자식 아직 정신이 덜 들었네. 법? 인마, 오늘은 내가 법이야, 안 되겠다. 야, 이 자식의 옷을 몽땅 벗겨."

그자의 말이 떨어지자마자 주변에 있던 몇 명이 와락 원호에게 달려든다. 필사적으로 맞섰으나 어림도 없다. 끝내 바지와 팬티까지 홀딱 벗겨지고 알몸으로 땅에 주저앉았다. 여기저기서 킥킥거리는 소리가 들린다.

"인마, 두 손 높이 들고 일어서! 냉큼."

당장 내려칠 듯이 높이 들린 채찍이 눈앞에서 위협적으로 흔들거린다. 이 순간을 모면하려는 한 가지 생각으로 원호는 손으로 사타구니를 가린 채 울부짖었다.

"한 번만 용서해주십시오. 제발 한 번만."

"개자식, 여기서는 용서가 없어! 잘못하면 대가를 치러야 하는 거야!"

이어 채찍이 그의 알몸을 휘감는다. 그자는 원호가 손을 머리 위로 쳐들 때까지 채찍을 휘두른다. 끝내 아픔을 견디지 못하고 원호는 손을 쳐들고 굴욕의 자세로 서고 만다. 채찍에 얻어맞은 볼이며 등짝이 화끈거린다. 머릿속이 하얗게 비어진다. 아무것도 보이지도 들리지도 않는다. 유령처럼 둘러싼 자들의 조롱도,

뭐라고 훈시하는 작업반장의 목소리도 웅웅거리는 벌떼 소리 같다. 작업반장은 자기가 입었던 냄새나고 더덕더덕 기운 상의와 바지를 휙 던져주고는 원호가 벗어 놓은 옷을 주워 입는다. 그자는 싱글거리며 옷자락을 쓰다듬는다.

"여, 노랑 물, 오늘은 이 옷 덕에 네가 살아난 줄 알아. 그만 앉아."

털썩 그 자리에 주저앉은 원호는 옷 입을 생각도 못 한다. 주먹만 한 강냉밥 한 덩이가 더러운 옷가지 위에 털썩 떨어진다.

"자식아, 얼른 처먹고 오후에 봉창을 해."

비로소 눈물이 하염없이 흘러내린다. 분노도 설움도 아닌 무의식의 눈물이다. 그냥 머릿속은 하얀 채로 아무 생각도 할 수 없다. 온몸의 피가 깡그리 빠져나가고 빈껍데기만 남은 듯 갑자기 몸이 공중으로 뜨는 것 같은 어지러움을 느낀다. 팔다리가 기계적으로 움직이며 옷을 주워 입는다. 원호는 순식간에 다른 사람들과 꼭 같은 모양새가 된다. 오히려 그게 편하다. 원호는 더 내려갈 데가 없는 바닥에 떨어진 자신을 본다. 거울을 보지 않아도 눈빛은 겁에 질려 희뜩거릴 것이다. 원호는 강한 배고픔을 느끼며 뜬내 나는 강냉밥 한 덩이를 한 알도 남김없이 다 먹는다. 어느새 그의 육신은 무의식으로 현실에 순종하고 있다.

4.

　　원호는 허청허청 다시 산으로 오르면서 오후 중으로 두 대의 나무를 더 할 걱정만을 한다. 놀랍게도 좀 전에 당한 치욕을 되새기거나 분노 같은 감정에 골몰하지 않는다. 오전에 끌고 오다가 진대나무에 처박은 강대를 찾은 원호는 그 자리에 주저앉아 와락 울음을 터뜨린다. 혼자서는 도저히 나무를 움직일 수 없다는 무력함에 어린애마냥 마구 흐느낀다. 죽음에 직면한 나약한 짐승마냥 처량하고 슬프게,

　한 걸음 먼저 걷던 짝패가 원호를 한심하다는 듯 지켜본다. 혀를 차던 그는 말없이 다가와 나무를 꺼내주기 시작한다. 원호는 헉헉 흐느끼며 그 사람을 거든다. 무뚝뚝한 그에게 무한한 순종의 마음을 느끼며 고맙다고 거듭 머리를 조아린다. 나무를 다 꺼내준 짝패는 돌아보지도 않고 다시 산으로 오른다.

　다시 칡 밧줄을 어깨에 멘 원호는 비장한 마음으로 이를 악문다. 빨리 이 나무를 내려다 놓고 다시 산으로 올라야만 한다. 에누리는 생각도 못 한다. 그러나 노동의 요령과 숙련은 순간에 터득되는 것이 아니다. 몸을 사리지 않고 밧줄을 메고 죽어라 산 아래로 달리던 원호는 끝내 나무에 치이며 넘어진다. 급경사에서 쏠리는 나무는 그의 정강이를 후려치고 멈춰 선다. 나무의 무게에 짓눌린 그는 덫에 걸린 짐승마냥 애처롭게 비명을 질러 댄다.

한참 후 작업반장이 씩씩거리며 다가온다. 나무를 한쪽으로 치우고 피가 철철 흐르는 원호의 다리를 내려다보던 작업반장은 채찍을 허공에 휙 저으며 소리 지른다.

"이 얼간이 같은 자식아. 냉큼 내의를 찢어 싸매고 일어서 걸어봐."

원호는 시키는 대로 속내의를 찢어 상처를 싸매고 기를 쓰고 일어선다. 절뚝이며 걸음을 옮긴다. 다행히 뼈가 상한 것 같지는 않다.

"짜식, 엄살은, 똥집이 천 리야! 당장 나무를 끌어내리고 야밤까지라도 나머지 두 대를 더 해! 알았어? 니 같은 부르주아 자식들은 초장에 단단히 맛을 봐야 해."

작업반장은 장난치듯 채찍을 흔들며 산 아래로 내려간다. 원호는 다리맥이 풀려 털썩 주저앉는다. 비로소 여유를 가지고 다시 상처를 풀어본다. 흰 살이 보이게 쩍 헤어진 다리의 상처에서는 아직도 선지피가 흐르고 있다. 끔찍하여 몸서리를 치며 다시 상처를 조여 매려는데 뒤에서 짝패의 목소리가 들린다.

"이걸 붙이고 상처를 처매. 그래야 지혈이 된단 말이야."

짝패는 나무 송진을 잎사귀에 담아서 내민다. 원호는 그의 동정에 코가 쩡해 온다. 짝패는 멍하니 쳐다만 보는 원호에게 휙 송진을 던지며 말한다.

"계집년처럼 그렇게 눈물이 많으면 여기서 못 살아남아."

반쯤 감긴 그의 무표정한 눈에서 무기력한 어린애를 바라보듯 안타까운 빛이 언뜻 스친다. 다시 스적스적 산으로 오르는 그의 등을 보는 순간, 원호는 더럭 겁이 난다. 그를 놓치면 안 된다는 절박한 생각이 든다. 원호는 눈앞에서 점점 멀어지는 그를 향해 목메어 부르짖었다.

"여보시오! 여보시오!"

그가 흠칫 멈춰서며 뒤를 돌아보더니 다시 등을 돌린다.

"여보시오! 잠시만요, 잠시만요오."

필사적인 원호의 부르짖음에도 그냥 멀어지던 그 사람이 무슨 생각이 들었는지 발걸음을 돌린다. 도로 산을 내려온 그가 원호를 마뜩찮게 쏘아본다.

"미쳤어? 왜 그래?"

"저기요. 혹시 해당화 담배가 필요치 않으시오?"

"무슨 소리야?"

"저의 집에 해당화 담배 몇 곽이 있는데 담배를 태우시니 필요하신가 해서……."

순간 그의 눈에 섬광이 번뜩인다. 그 사람은 미심쩍은, 그러나 강렬한 호기심이 어린 눈으로 원호를 뚫어지게 바라본다.

"정말 있어?"

"네, 들어오기 전 직장에서 공급받은, 전 피우지 않지만……"

"오늘 일 끝내고 당신 집으로 데리고 가서 줄 수 있어?"

그가 원호의 말꼬리를 자르며 바싹 다가온다. 원호는 비로소 안도의 숨을 내쉰다.

"물론입니다. 대신 오늘 절 좀 도와주세요."

"거짓말 하면 그땐 없어!"

그 사람이 거듭 다짐을 한다.

"전 거짓말 안 해요."

"보아하니 그럴 것 같군, 뭘 어떻게 도와 달라는 거야?"

"이 나무는 거의 내려왔으니, 새로 두 대를 해야 하는데 같이 올라가게 해주세요. 전 도구도 없고, 해서요."

"헛 참, 제법 제 살 도리를 하는군, 좋아."

그는 선선히 응하며 손을 내민다. 냉담하던 처음 태도와 달리 그는 부상당한 원호가 따라오도록 뒤를 돌아보며 몇 번 손을 잡아 이끌어준다. 원호는 용기를 내어 수용소에서 고문도 하고 감옥에 가두기도 하냐고 물었다.

"아까 그만큼 당해보고도 모르겠나? 그게 고문이고 일상이야. 그리고 철조망 안이면 감옥 아닌가? 뭘 더 필요해?"

그는 버럭 화를 낸다. 원호가 볼 부은 소리로 대꾸한다.

"작업반장도 같은 정치범인데 왜 그리 악독하게 구는 겁니까?"

"그자들의 생존 방식이지. 보위원들에게 잘 보이려고 동료들에게 늘대처럼 사납게 구는 거야. 그래야 좀 편안하고 먹을알도 생기는 반장 자리를 유지할 수 있으니까."

"참 슬프군요. 노예들 사이의 비참한 서열이군요."

"자네처럼 입만 까진 사람일수록 혹독한 대가를 치르지. 주둥이 그만 놀리고 어서 일할 생각이나 해!"

말투는 거칠어도 마음은 착한 사람 같다. 두 번째 나무 두 대는 짝패가 거의 해주다시피 한다. 나무를 끌어내릴 때도 원호를 앞세우고 자기가 뒤따르며 원호를 도와준다. 원호는 집에 있는 나머지 담배 한 보루도 요긴하게 써먹을 수 있다는 생각을 한다.

집으로 돌아온 후, 밤이 퍽 깊어 짝패가 담배를 가지러 집 앞에 나타난다. 원호는 담배 한 보루를 더 드릴 수 있는데 톱을 얻어줄 수 없냐고 넌지시 물었다. 짝패는 잠시 궁리하더니 방도를 내놓는다. 내일 아침 작업반장에게 못쓰게 된 톱이라도 달라고 청하라고 한다. 옷까지 빼앗아 입었기 때문에 그 정도는 들어줄 것이라고 한다. 자기는 아무리 못쓰게 된 톱이라도 잘 벼릴 수 있다고 한다.

다음날 원호는 짝패가 시키는 대로 용기를 내어 작업반장에게 들이댔다. 짝패 예상대로 작업반장은 큰 선심이라도 쓰듯 생색을 내면서 톱니가 우그러든 낡아 빠진 톱 하나를 내준다. 원호의 톱과 도끼를 가지고 간 짝패는 이틀 후 정말로 새것처럼 날이 번뜩이게 만들어 가지고 나타난다.

"일은 사람이 하는 게 아니라 도구가 한단 말이야."

원호는 짝패하고 친하면 앞으로 여러 가지로 도움을 받을 것이라고 생각했다. 그런데 며칠 후 짝패가 다른 사람으로 바뀌었다. 알고 보니 수용소에서는 작업조를 자주 뒤섞는다. 정치범들이 친분을 쌓는 것을 방지하기 위해서다.

수용소의 겨울

1.

　　수용소의 겨울은 유난히 사납고 심술궂다. 전날에 나무를 끌어내리며 힘들게 다져 놓은 길을 밤새 내린 눈이 흔적 없이 묻어 버린다. 울창했던 수림은 탱탱한 우듬지만 남겨 놓고 깊이를 알 수 없는 눈 속에 잠긴다. 나무 키는 반으로 줄고 언가지는 잎사귀 하나 없이 바싹 여윈다. 헐거워진 나무들 사이로 칼끝 같은 바람이 광란을 부린다. 매일 산에 올라 땔나무를 하는 수용소 사람들은 겨울의 횡포에 진저리를 치며 거친 욕설을 퍼붓는다. 고원의 겨울은 특히 수용소 남자들에게 잔인한 계절이다. 여자들은 끌어온 나무를 자르는 일을 하지만 남자들은 엄동설한에 산에 올라 나무를 해야 한다.

　　아무리 기상 조건이 나빠도 수용소 사람들은 산으로 내몰린다. 일 자체보다 정치범들을 괴롭히는 게 목적 같다. 아침마다 종소리에 떠밀려 모여든 사람들은 도살장으로 끌려가는 짐승 무리 같다. 모두가 냄새나는 넝마를 있는 대로 다 걸쳤지만 추위를 이기지 못해 어깨 사이에 고개를 잔뜩 틀어박고 발을 동동 구른다. 수용소 사람들은 제대로 된 겨울옷도, 변변한 동화도 없이 허기진 몸으로 하루 종일 눈과의 사투를 벌여야 한다. 한번 발을 잘못 디디면 우물 같은 눈 속에 빠져 죽을힘을 다해야 간신히 헤쳐 나온다. 그러기를 반복하며 산으로 오르고 나면 나무를 찍기도 전에 픽픽 쓰러진다. 추위를 못 견뎌 눈 속에 웅크리고 앉아서 얼어 죽거나 동상을 입어 죽는 사람들이 매일같이 생긴다. 낙오자로 죽는 것은 제 탓이다. 죽더라도 나무를 끌다 죽어야 하는 것이 수용소 사람들의 운명이다.

원호는 잠자리에 누울 때, 차라리 아침에 깨어나지 말았으면 하는 생각을 매일 했다. 산에 올랐을 때, 눈구덩이에 주저앉아 잠을 자고 싶었던 아슬아슬한 순간도 있다. 더 죽을 맛은 낮에 일하고 돌아와서도 제대로 자지 못하고 야밤에 집의 땔나무를 해야 하는 것이다.

수용소 사람들은 추위가 닥쳐오기 전에 짬짬이 기를 쓰고 겨울에 땔 나무를 장만한다. 그러지 않으면 혹한 속에서 낮에는 수용소 나무를 하고 밤에는 집 땔나무를 해야 한다. 땔나무를 장만 못 해 가족이 한시에 얼어 죽은 집도 있다. 땔나무 한 가지

장만 못 하고 겨울을 맞은 원호네 가족도 죽기 살기로 땔나무를 하지 않으면 당장 얼어 죽게 생겼다.

저녁에 강냉죽 한 그릇 들이키고 나면 자리에서 일어날 수 없을 정도로 녹초가 되지만 악을 쓰고 젖은 나뭇가지 한두 개라도 끌고 와야만 한다. 처음엔 원호와 수련이 둘이서 다녔지만 나중에 어머니까지 합류한다. 아무리 말려도 어머니 고집을 꺾을 수 없다. 밤이면 눈바람이 더 세지고 어둡기까지 하여 산에 오르기가 정말 힘들다. 어머니도 아내도 나뭇짐을 진 채 몇 번이고 눈밭에 뒹굴어야 한다. 그러면서도 누구도 나뭇짐을 포기하지 않는다. 그야말로 사생결단으로 움직인다.

힘들게 해 온 땔나무는 또 불을 때는 데도 애를 먹는다. 가까운 산으로 다니니 푹 젖은 나무만 해 오게 되고, 말릴 새 없이 바로 아궁이에 넣어야 하니 불이 붙지 않고 연기만 난다. 아무리 불을 때도 집안은 덥혀지지 않았고 얼굴이 시려 이불을 뒤집어쓰지 않고는 잠을 잘 수가 없다. 워낙 허술하기 짝이 없는 반토굴집은 토벽 사이로 칼날 같은 성에가 뚫고 들어와 하얗게 둥지를 튼다.

제대로 죽을 못 끓여 생 낟알이 서걱거리는 비린 죽물을 들이키고 일하러 나가는 날이 많다. 그런 날은 영락없이 설사를 한다. 가뜩이나 허기진 몸에 설사까지 하고 나면 눈밭이 노랗게

물들어 보인다. 당장 죽을 것 같으면서도 살아나는 것이 사람의
모진 목숨이다. 죽지 못해 이어 가는 수용소의 목숨들은 티끌처
럼 가볍고 산골짝 겨울 해처럼 짧다.

2.

수련은 남편을 따라 이 골짜기로 들어온 것을 후회
하게 될까 봐 겁이 난다. 들어오기 전, 보위원들이 이혼 서류에
도장을 찍으라고 할 때, 짧은 시간이지만 갈등을 하지 않은 것
은 아니다. 무엇보다 그토록 좋아하는 무대에 설 수 없는 것이
슬펐고 평양을 떠나는 것도 싫었다. 예술대학 동창들이 저마다
오고 싶어 하던 평양국립교향악단에 선발된 것을 얼마나 자랑
스럽게 여겼던가. 하지만 남편과 헤어질 수는 없었다. 그녀는 자
기가 생각했던 이상으로 남편을 사랑한다는 사실을 여기로 들
어오면서 깨달았다. 불과 몇 분 사이의 결정이지만 서슴없이 남
편을 따라나선 자신이 스스로도 놀라웠다.

연애결혼도 아니고 그녀가 다니던 극장 첼리스트인 시어머니
중매로 만난 남편이다. 후에 생각해보니 시어머니는 계획적으로
자기 아들에 대한 이야기를 수련에게 해준 것 같다. 왜인지 시어
머니는 수련을 며느리로 맞으려고 무던히도 애를 썼다. 자기를
예쁘게 봐주는 시어머니가 고맙기도 했지만 남편 역시 괜찮은

신랑감이었다. 명문대를 졸업하고 최고의 신문사 기자로 배치받았다는 자랑은 흔하게 할 수 있는 아들 소개가 아니다. 게다가 남편은 잘 다듬어 놓은 조각처럼 훤칠한 몸매와 수려한 외모를 가진 미남이다. 세련되고 활달한 몸가짐은 자신감이 넘쳤고 반듯한 이마 아래 곧은 콧날은 지적이면서 도도한 인상을 자아낸다. 오목할사한[3] 두 눈은 푹 잠겨들 것처럼 촉촉하고 깊다. 그녀는 첫 맞선에서 남편에게 반해 버렸고 만나는 횟수를 거듭할수록 깊이 빠져들었다. 남편은 말솜씨까지 능란하여 그녀를 매혹시키기에 충분했다. 남편이 그녀에게 엎어지지 않고 도의적인 태도를 취할수록 그녀는 초조해 났고 남편에게 더 끌렸다.

결혼 생활 1년 동안 그녀는 남편과 시어머니에게 정신없이 헌신했다. 극장 독신자합숙 2층 침대가 아닌, 안락한 아파트 신혼방에서 남편과 잠자리에 들 때면 무한한 행복감에 잠기곤 했다. 친정이 북단 국경 멀리에 있고 평양에는 아무 연고도 없는 그녀에게 시집은 둘도 없는 보금자리였다. 극장 악단에서부터 알고 지낸 시어머니하고는 친정어머니처럼 가까운 사이로 지냈다. 남들에게는 고추보다 더 맵다는 시집 생활이 그녀에게는 꿀맛이었다. 그럴수록 남편에게 더 잘하고 싶었다.

---

3) 북한말로 '약간 오목하다'는 의미.

그녀는 남편과 시집을 떠난 자기의 삶은 상상도 못 했다. 마치 우주 궤도에 정착한 인공위성처럼 자기의 인생은 확고하게 하나의 궤도만을 갈 뿐이라고 확신했다. 그래서 수용소로 들어올 때, 남편하고 이혼을 감히 할 수 없었다. 미지의 고난보다 당장 남편과 헤어지는 것을 더 무서워했다.

그러나 수용소 생활은 첫 걸음부터 그녀의 헌신적인 사랑을 시험한다. 수용소 생활 초엽에 그녀는 이미 녹초가 된다. 밖에서처럼 남편이나 시어머니를 위해 사랑을 바치기는 고사하고 자기 한 몸 가누기도 힘들다. 더 고통스러운 것은 남편의 허우적거리는 모습을 보는 것이다. 평양에서 보아 온 남편의 멋스러운 자태는 흔적도 없다. 마치 트웨인의 《왕자와 거지》에서처럼 남편은 완전히 다른 사람처럼 보인다. 트웨인의 《왕자와 거지》에서는 왕자가 거지의 겉옷만 바꾸어 입었을 뿐, 왕자로서의 기품은 그대로 가지고 있다. 그러나 남편은 겉모습과 동시에 속에서 발산하던 빛까지 다 꺼 버린 것 같다. 늘 당당함이 어려 있던 남편의 얼굴에는 슬픔과 절망만이 가득 찼다. 때로는 섬뜩한 체념이 느껴지기도 한다. 기지 있는 말솜씨를 뽐내던 남편의 입은 그녀에게 힘을 주는 말 한 마디 할 줄 모른다. 남편에게는 그녀가 기댈 만한 의지의 힘이 그 어디에도 보이지 않는다.

남편이 하염없이 약해 보일수록 그녀는 작은 주먹을 더 꼭 틀어쿤다. 울고 싶어도 밤에 가만히 혼자 베개를 적신다. 남편이나 시어머니 앞에서는 되도록 울지 않으려 노력한다. 남편을 따라 들어온 것을 후회하는 것으로 오해받고 싶지 않다. 그녀는 자기 앞에 차려진 힘겨움과 무서움을 혼자 감당하려고 애를 쓴다. 홀로 서려는 그녀의 강단은 차츰 남편이나 시어머니를 향한 보호자연한[4] 마음으로 변하기 시작한다.

3.

     설날이 오자 하루 휴식을 선포한다. 수용소에서는 일 년에 단 3일만 쉬는데, 설날과 김일성, 김정일 생일이다. 설이라고 입쌀 일 킬로를 내준다. 의외다. 수용소에 들어온 후 처음으로 보는 흰쌀이다. 밖에서는 아무 생각 없이 보아 오던 흰쌀이 신기하여 온 식구가 모여 앉아 쌀알을 만지고 들여다본다.

  어머니는 쌀을 절반 갈라 비상용으로 건사한다. 나머지 쌀로 밥을 해서 한 그릇 푼 다음, 남은 밥에 물을 조금 더 붓고 진밥을 만든다. 진밥을 그릇에 담고 주걱으로 한참을 문댔더니 떡 비슷하게 되어 간다. 어머니는 소반 위에 할아버지 할머니 사진을 놓고 그 앞에 밥 한 그릇과 떡 한 그릇을 올려놓는다.

---

4) 북한말로 '보호자가 된 듯한'이라는 의미.

"아버지 제사도 함께 지내요."

원호가 아버지의 사진을 꺼내 든다. 어머니는 아들을 물끄러미 바라보며 나직이 한숨을 내쉰다. 아들의 손에서 사진을 받아든 어머니는 한참 뭔가를 망설이다가 밖을 경계하며 속삭이듯 말한다.

"너의 아버지는 아직 살아 계신다."

원호는 화들짝 놀라며 얼결에 어성을 높인다.

"살아 계셔요? 그럼 전사통지서는 뭐예요?"

어머니는 두 번째 손가락을 입가에 가져간다.

"살아 계신 것만은 확실하다."

"어디에요? 아버지 지금 어디 계세요?"

"그 이상은 나도 모른다."

어머니는 굳게 입을 다물어 버린다. 전사한 줄 알았던 아버지가 살아 있다니? 그럼 혹시 여기로 들어온 것도 아버지와 연관이 있는 것일까? 원호가 거듭 물어도 어머니는 더 이상 대답하지 않는다.

수용소로 들어오기 얼마 전, 원호네 가족은 아버지가 비밀공작 중 사망했다는 전사통지를 받았다. 돌이켜 생각해보니 그때 상황이 이상했다. 나라를 위해 큰일을 하다 사망했다는 아버지를 국가에서는 통지 하나로 그쳤고, 유족들에게 훈장 하나 수여

되지 않았다. 당시는 아버지를 잃었다는 슬픔에 미처 다른 생각을 못 했다. 결국 당에서는 거짓 통보를 한 셈이다. 아버지는 대남공작을 하던 특수 요원이다. 아버지가 살아 있다면 남조선에 있다는 결론에 이른다.

원호는 잠자리에서 벌떡 일어났다. 만약 그게 사실이라면 원호네 계급적 토대는 치명적이다. 혁명의 배신자 집안이다. 그동안 수용소에 왜 들어왔는지 모르냐고 수차 물어도 도리머리를 흔들던 어머니다. 그냥 장본인인 자신 때문이라고 미안하다고만 했다. 극장에서 첼로나 타던 어머니가 도대체 무슨 정치적 과오를 범했는지 이해되지 않던 원호다. 그러면서도 전사자 가족이기 때문에 설사 어머니가 과오를 범했어도 앞으로 수용소에서 나갈 수도 있다는 막연한 희망을 품었다. 그런데 아버지 때문에 수용소로 들어왔다면 문제가 다르다.

원호는 어릴 때부터 아버지와 떨어져 살다시피 했다. 아버지의 얼굴이 기억 안 날 때쯤이면 아버지는 얼핏 나타나서 며칠을 집에서 묵어가곤 했다. 원호는 다른 애들처럼 늘 아버지와 함께하지 못하는 것이 불만스러워 엄마에게 자주 투정을 부렸다. 그럴 때마다 어머니는 아버지는 나라를 위해 큰일을 하러 갔다고 자랑스럽게 말해주었다. 아들이 다 커서 대학에 들어갈 때에야 어머니는 비로소 아버지가 대남공작을 하는 특수부대 요원이라는 사실을 말해주었다. 당의 요구대로 오랜 세월 비밀로 간직하다가 아들이 비밀을 감당할 나이가 되어서야 조심히 털어놓은 것이다. 원호는 아버지에 대해 자부심을 느끼며 아버지 부재로 섭섭했던 일을 이해하려 했다.

그렇게 가족마저 돌보지 않으면서 나라를 위해 헌신해 왔다는 아버지다. 정말로 아버지 때문에 수용소로 들어왔다면 자신 때문에 가족이 지옥에 떨어진 걸 알기나 할까. 원호는 아버지가 원망스럽다. 당에 대한 충성심만을 간직했던 자신이 아무 죄도 없이 아버지 때문에 인생을 망친 것이 새삼 억울하다. 밖에 있을 때, 원호는 정치범수용소로 가는 정도면 응당 엄중한 죄를 지었겠지, 하고 생각했다. 그것은 제도에 대한 믿음이기도 했다. 그러나 원호 자신은 아무 죄도 없이 원인도 모른 채 무조건 정치범이 되었다. 가시철조망을 넘어서는 순간, 이 골짜기의 음침한 기운은 독처럼 그의 몸에 스며들어 정치범임을 급급히 숙명으로 받아들이게 했다.

옆집 여인

1.

원호네 식구가 저녁을 대강 먹고 땔나무를 하려고 서둘러 집을 나서는데 웬 여인이 문 앞에서 서성거린다. 말을 섞은 적 없어도 얼굴은 익히 아는 옆집 여인이다. 그 여인은 보위원에게 인사하듯 허리를 깊숙이 숙여 보이고는 주춤주춤 다가서며 사방을 흘깃거린다. 원호네도 괜히 불안하여 주위를 둘러본다. 수용소 규범 중에는 정치범들끼리 대화를 나누지 말며, 둘 이상 모이지 말라는 것도 있다. 그리고 일이 끝난 다음 다른 사람의 집으로 찾아다니는 것도 금지다. 굳이 규정을 강조하지 않아도 수용소 사람들은 언제 이웃집에 오고갈 여력이 없다. 옆집 사람들하고 마주쳐도 못 본 체 그냥 지나치는 게 예사다. 원호가 먼저 밀어내듯 다가서며 묻는다.

"웬일이세요?"

"저…… 혹시 절구와 옷을 바꿀 수 없나 해서요. 금방 들어왔으니 옷 여벌이 있지 않을까 해서, 우리 애가 옷이 너무 헐어서 만들어 입혀야 하는데 우린 들어온 지 오래되어 그럴 만한 옷감이 없어서…… 전 절구를 드릴 수 있는데,"

여인이 중언부언 설명을 하며 눈치를 본다. 그 여인이 절구와 옷을 바꾸러 왔다. 그러지 않아도 절구가 없어 애를 먹던 차라 아내가 얼른 수응한다.

"제가 입던 옷 한 벌을 드릴게요. 아이 옷을 충분히 지을 수 있을 거예요."

"감사합니다. 정말 감사합니다. 제가 얼른 가서 절구를 가져올게요."

뒤로 돌아선 그 여인은 두 손을 합장하며 뭐라 중얼거리더니 오른손을 들어 이마와 가슴을 집고 연달아 왼쪽 오른쪽을 짚는다. 원호는 이상한 행동을 하는 여인이 괜히 꺼려진다. 절구를 품에 안은 여인이 금방 다시 나타난다. 원호가 절구를 받아 안고 아내가 옷을 내민다.

"옷 한 벌 더 넣었어요."

"이 은혜를 잊지 않겠습니다. 꼭 복을 받을 겁니다."

그 여인은 옷을 받아들고 다시 뭐라 중얼거리며 아까와 같은 행동을 반복한다. 좀 이상해 보이긴 해도 무척 착해 보이는 여인이다. 어머니와 아내는 방으로 들어와 절구를 몇 번이고 쓰다듬으며 좋아한다. 그동안 절구가 없어 고생한 생각을 하면 그럴 만도 하다.

수용소에서는 배급으로 옥수수를 이삭째 한 달분씩 나누어 준다. 한 끼에 한 사람 앞으로 겨우 한두 이삭이 차례지는 옥수수로 죽으나 사나 한 달을 버텨야 한다. 수용소 사람들은 절구에다 이삭째로 대강 찧어서 죽을 끓여 먹는다. 원호네는 절구도 없고 그런 식량을 손질해 먹은 경험도 없다. 할 수 없이 개울에서 넙죽한 돌판과 절굿공이 모양 비슷하게 된 돌멩이를 주워 절구 대용으로 썼다. 이삭째로 돌판 위에 놓고 돌멩이로 대강 짓이겨서 죽을 쑨다. 석기시대로 돌아간 셈이다. 돌이 깨어지는 바람에 가뜩이나 껄껄하고 거친 죽에 어석어석 모래까지 씹힌다. 송치째로 으깨고 소금으로 대강 간을 맞춘 죽에서는 퀴퀴한 곰팡이 냄새가 난다. 부식물도 없다. 원호네가 탄 부식물은 흙먼지 절반이나 섞인 굵고 누런 소금 몇 킬로가 전부다.

"어머니, 우리도 옆집 아줌마처럼 그릇가지 여분을 가지고 시래기라도 좀 바꿀 수 있지 않을까요?"

수련의 말에 어머니가 반색을 짓는다.

"내가 미처 그 생각을 못 했구나. 돈으로 사지는 못해도 물물교환은 할 수 있지 않겠니?"

어머니가 즉시 그릇 몇 개를 들고 집을 나선다. 시간이 퍽 지나서야 어머니는 시래기를 거의 한 자루 되게 얻어온다.

"사람들이 그릇가지보다 옷을 달라고 하더구나. 강낭죽은 가마째로 먹어도 되지만 옷이 없으면 추위를 견디지 못하니 그러겠지. 동네 몇 집을 돌아서야 겨우 바꾸었다. 우리도 옷가지 하나라도 아껴야겠다는 생각이 번쩍 들더라."

누렇게 시든 시래기를 큰 버치에 쏟으며 어머니는 큰 보물이라도 얻은 듯 좋아한다. 아내도 덩달아 얼굴이 환해진다. 아무 부식물도 없이 소금으로 견디던 원호네 형편에 대단한 수확이다. 오랜만에 집안에 화기가 돈다.

"아무리 수용소라고 해도 배추나 무 같은 건 줘야 목숨을 부지할 거 아니에요? 보아하니 배추 무 밭들이 꽤나 되던데 거기서 생산되는 것들은 안 준대요?"

원호가 투덜거리자 어머니가 한숨을 내쉰다.

"그런 걸 정상으로 공급하면 정치범관리소겠니. 생산된 채소는 보위원 선생님들 집이나 밖으로 실어 내간다고 하더라. 정치범들은 가을이면 버린 시래기를 밤마다 이삭주이 한다더라. 그것도 날쌔게 주어야 차례진단다. 여기 사람들은 봄과 여름이면 먹을 수 있는 풀은 기를 쓰고 뜯어 말린다지 않니."

"우린 늦가을에 들어와서 배추 떡잎도 줍지 못하고, 산나물도 말리지 못했으니 더 고생을 하는군요."

수련이 안타까이 중얼거린다.

"내년 봄까지 어떻게 하나 견뎌야지. 새싹이 나오기 시작하면 좀 숨통이 트이지 않겠니?"

어머니와 수련은 말린 시래기를 살살 씻어 물에 불린다. 시래기를 좀 더 알차게 오래 먹으려면 절임을 하는 게 제일 좋은 방법이라고 어머니가 말한다. 평양의 화려한 무대에서 첼로를 연주하시던 어머니가 이런 상황에 지혜롭게 적응하는 것이 놀랍기만 하다. 시래기를 씻느라 물 출렁이는 소리와 그릇 움직이는 소리가 오두막의 무거운 적막을 흔든다.

시래기를 씻은 어지러운 물을 마당에 버린 원호는 물통을 들고 개울로 향한다. 물을 길어 와야 내일 아침을 할 수 있다. 캄캄한 밤이지만 어림짐작으로 개울로 가는 길을 찾아낸다. 이제는 주변의 지형이며 수용소의 생활에 조금씩 익숙해지고 있다. 사람의 적응력이 참 무섭다는 생각을 한다. 그중 사람의 입만큼 적응이 빠른 것은 없는 것 같다.

평양에서는 흰쌀밥도 진밥은 맛이 없다고 고슬고슬한 밥만 먹었다. 어머니가 아내에게 밥을 안칠 때 물 양을 몇 번이고 알려주는 것을 보았다. 어머니는 아들이 성장한 다음부터는 마치 아버지나 남편 대하듯이 정성스럽고도 정중하게 대해주었다. 아들이 좋아하는 젓갈 반찬은 어떤 일이 있어도 밥상에서 떨구지 않았다. 그런데 이젠 시래기 절인 것도 감지덕지해하고 있다.

수용소로 들어와서 보름간은 가지고 온 식량을 아껴 가며 괜찮은 죽을 먹었다. 작은 단지에 된장도 조금 있어 그런대로 식사할 수 있었다. 그것들이 떨어진 다음부터는 소금으로 간을 맞춘 서걱거리는 옥수수죽을 먹는다. 처음 몇 끼는 먹지 못하고 그냥 상을 물렸다. 그러나 이틀이 지나서부터는 그 죽을 정신없이 먹었고 점차 그것도 없어서 못 먹는다. 이러다가 영영 수용소 사람으로 살게 되지 않을까, 하는 생각에 원호는 몸서리를 친다.

2.

다음 날 저녁, 원호가 퇴근하여 집 앞에 이르니 옆집 여인이 또 나타난다. 이번에는 뭔가를 넣은 자루를 들고 있다.

"이건 제가 작년 가을에 이삭주이 해 말린 시래기예요. 많지는 않지만 보태세요. 빈 자루는 돌려주시고요. 여긴 자루가 귀해요."

"고맙습니다만 저흰 대신 드릴 만한 게 없는데요."

원호가 난처한 표정을 짓자 그 여인이 수줍게 웃는다.

"그냥 드리는 거예요. 전번에 옷 한 벌을 더 주셨잖아요. 정말 고마워요."

그 여인은 거듭 허리를 굽혀 인사를 하고는 얼른 돌아선다. 돌아서면서 전에 하던 대로 또 두 손을 합장하며 뭐라 중얼거리더니 오른손을 들어 이마와 가슴을 짚고 연달아 왼쪽 오른쪽을 짚는다.

"아주머니, 잠시만요."

원호는 여인을 불러 세웠다.

"전에도 그래, 방금 한 행동 말이에요. 이렇게, 이렇게……"

그 여인의 행동을 흉내 내던 원호는 얼결에 손이 굳어진다. 십자가가 그려진다. 원호는 불에 덴 듯 흠칫 손을 내리고 숨죽인 소리로 묻는다.

"이건 무슨 의미에요?"

"아무것도 아니에요. 그냥 복 많이 받으시라고 빌었어요."

"절 바보로 아세요? 이 행동이 뭘 의미하는지 모를 줄 아세요? 혹시 하느님을 믿어요?"

뜻밖에도 그 여인은 놀라지도 성급히 부정하지도 않는다. 잠 간 눈을 감고 침묵하더니 체념하듯 조용히 고개를 끄덕인다. 원호는 화들짝 놀라며 한 발 물러선다. 어스름 속에서 원호를 바라보는 여인의 눈빛은 겁에 질리긴 했어도 맑게 빛나고 있다.

"고발하시겠어요?"

여인이 나직이 묻는다. 늘 각오를 하고 기다린 사람처럼 태도가 담담하다.

"우리 상종하지 맙시다. 난 아주머니의 그런 행동을 본 적도 없고, 뭔지도 몰라요. 다신 우리 집으로 오지 마세요."

단호하게 돌아선 원호는 방 안에 들어서서도 다리가 후들거리고 범죄에 공모한 듯이 찜찜하기 그지없다. 옆집 여인이 수용소로 들어온 이유가 어쩌면 저런 행동과 연관이 있을 수 있다. 그런데도 여전히 그 행위를 멈추지 않는 여인이 놀랍다. 연약하고 착해만 보이는 여인 어디에 그런 배심이 숨어 있는지 알 수 없다.

"어머니, 옆집 여자 말이에요. 절대로 상대하지 마세요. 당신도."

"왜? 착해 보이던데?"

"아주 이상한 여자에요. 상대했다간 우리도 화를 입을 수 있어요."

"알았다. 언제 이웃하고 노닥거릴 새가 있냐. 모두 제 목숨 부지하기도 힘든데. 그래도 시래기를 가져온 건 고맙지."

어머니도 아내도 군말 없이 고개를 끄덕이자 원호는 안도의 숨을 내쉰다. 앞으로는 아는 척도 말고 경계를 하리라 마음을 단단히 먹는다. 자칫 연루자로 잘못 걸려들 수 있다.

최민규

1.

　　수련이 골짜기로 들어오자 권태에 찌들어 있던 최민규는 바싹 긴장하게 되었다. 생각 같아서는 당장이라도 그녀를 골짜기 철조망 너머로 내보내고 싶다. 하지만 그건 권한 밖의 일이다. 수용소 보위원들은 들어온 정치범들을 관리할 의무만 있다. 그가 할 수 있는 일은 기껏해야 그녀가 수용소 생활에 적응하도록 도와주는 것뿐이다. 그것도 조심스럽게 해야 한다. 정치범을 도와주는 것은 물론이고 동정을 품었다는 것 자체가 수용소 보위원에게는 자살행위나 같다.

　　민규는 이전에 정치범들에게 동정 같은 것을 품어본 적이 없다. 정치범은 계급적 원수이고, 짐승보다 못한 자들이라는 인식이 너무도 강했다. 그런데 그녀만은 도저히 계급적 원수로, 인간이하로 여겨지지 않는다. 아무 죄도 없이 시아버지 문제로 들어온 수련을 정치범으로 보기에는 자신이 당한 듯이 억울한 생각만 든다. 그녀는 조난을 당해 어쩔 수 없이 무인도의 야만 무리에 끼어든 공주처럼 보인다. 민규에게 그녀를 돕는 일은 당연한 일처럼 여겨졌다.

민규는 우선 수련을 관리위원회 통계원 자리로 들이밀 궁리를 한다. 작업반마다 통계원이 따로 있지만 민규가 담당한 1작업반과 관리위원회는 관리위원회 통계원이 같이 보고 있다. 수용소에서 여자가 제일 편히 일할 수 있고, 특혜도 많은 자리다. 앞으로 출소 가망이 있는 자들로 선발하여 앉히는 자리다. 하지만 관리위원회 통계원 자리는 민규 마음대로 조정할 수 있는 자리가 아니다. 정치범이 하는 일이지만 관리위원회 통계원 일은 한 개 농장과 맞먹는 수용소 재산 관리를 하는 간단치 않은 일이다. 통계원이 눈치 빠르고 잘해줘야 수용소에서 나오는 이런저런 생산물을 상부에서 슬쩍 해치울 수 있다. 그 모든 장부를 통계원이 만들어야 한다. 작업반 통계원은 보위원이 임의의 시각에 교체할 수 있지만 관리위원회 통계원만은 소장의 승인을 받아야 한다.

통계원 자리에는 이미 노련한 선임이 있다. 선임 통계원은 예순이 가까워 오는 여인이다. 밖에서부터 회계 전문직인 그녀는 눈썰미가 빨랐고, 지금껏 통계원 일을 빈틈없이 잘해 왔다. 그래서 이젠 10년 가까이 그 자리를 지켜 온 여자다. 그런 선임을 밀어내고 수련을 앉히려면 납득할 만한 구실이 있어야 한다. 상부의 의심을 받지 않게 자연스럽게 수련을 통계원 자리에 앉혀야 한다. 수련은 그런 일을 해본 경험도 없다. 그러니 당장 실행할 수 없다. 쉽지 않은 일이다.

다행스러운 것은 선임 통계원이 골골 앓고 있다는 것이다. 종종 일을 못 나올 때도 있다. 민규는 일을 제대로 못 한다고 통계원을 윽박지르는 한편 회의 때 수용소 소장에게 그 점을 슬슬 주입하기 시작했다. 앞으로 통계원을 바꾸기 위한 포석을 까는 셈이다. 당분간은 수련이 고생을 견디어주어야만 했다.

2.

수련이 속한 농산반 여자들은 겨울이면 남자들이 해 온 나무를 톱으로 켜는 일을 주로 한다. 다음 해 봄 농사철이 되기 전까지 줄곧 해야 할 일이다. 여자들에게 도급제로 할당된 일은 어지간한 장정도 하기 힘들다. 톱질을 해보지 못했을 수련이 노동강도를 어떻게 이겨낼지 민규는 걱정이 깊다. 그렇다고 정해진 노동량을 이유 없이 조절할 수는 없다.

수용소에서 해마다 겨울에 나오는 화목은 막대한 양이다. 질 좋은 원목을 일정 규격으로 자르고 쪼갠 땔나무는 도나 군 보위부에서 침을 흘리는 뇌물 중 하나다. 그 외에 수용소에서 생산되는 농산물도 적지 않은 양이 뇌물로 나간다. 도보위부에서는 뇌물을 받는 대신 수용소 보위원들 사생활에 대한 사찰을 소홀히 해준다. 수용소 보위원들은 그들대로 수용소 생산물을 마음껏 착복한다.

아내가 죽은 후, 홀어머니를 모시고 독신 생활을 하고 있는 민규는 다른 보위원들처럼 생산물 착복에 그리 신경을 쓰지 않았다. 그래서인지 동료들이 은근히 질투하고 경계하는 눈치다. 민규는 앞으로 수련을 도와주기 위해서도 동료들과 관계를 잘해야겠다고 생각한다.

민규는 이틀에 한 번 꼴로 수련이 일하는 작업장을 맴돈다. 이전에는 정치범들에 대한 감독을 전적으로 작업반장에게 맡기고 마지못해 이따금 현장을 시찰하곤 했다. 민규가 구태여 돌지 않아도 감독들은 기대 이상으로 정치범들 관리를 잘해준다. 죽고 싶을 만큼 힘겨운 노동에서 조금이나마 탈피할 수 있는 특혜의 자리를 그자들은 수단과 방법을 가리지 않고 지키려 애를 쓴다. 밑의 동료들이 더 많은 노동실적을 내게 하고 더 고분고분하게 길들일수록 그자들의 자리는 안정적이다. 보위원들에게는 삽살개마냥 아부와 굴종을 하고 같은 동료들에게는 무지막지한 학대를 휘두른다.

수련이 오기 전에는 감독들의 그러한 행위가 전혀 문제되지 않았고 오히려 편했다. 손대기 싫고 어지러운 민규의 일들을 그 자들이 대신 해주고 있다. 이제는 감독들의 약삭빠르고 악착스런 충성이 걱정된다. 그자들의 채찍 밑에 수련이 있다.

나무 켜는 작업은 주로 관리위원회 뒤쪽, 넓은 공지에서 하였는데 민규의 사무실 창문으로 훤히 보인다. 민규는 매일 사무실 창문에서 그녀의 일하는 모습을 하염없이 지켜본다. 다른 여자들은 톱질에 숙련이 되어 요령으로 일하고 있는데 그녀는 나무 한 대를 켜는 데도 안간힘을 쓰고 있다. 한 토막을 썰고도 비칠거리는 모습이 보인다. 남들이 두 대를 켜는 새 한 대를 겨우 켜는 것 같다. 작업반장이 그녀의 주변을 맴돌며 뭐라고 고함을 지른다. 민규는 당장 달려가 작업반장을 한 대 갈겨주고 싶은 충동을 간신히 참는다.

그녀는 남들이 집으로 간 뒤에도 혼자 남아 톱질을 한다. 민규는 그녀가 톱질을 다 끝낼 때까지 잠자리에 들지 못하고 불을 끈 창문 앞에서 지켜본다. 달빛에 의지해 톱질을 하는 그녀의 모습은 애처로워 차마 보기 힘들다. 그녀는 일을 끝내면 나무토막 위에 쓰러져 한참을 움직이지 못한다. 민규는 당장 달려가 그녀를 안아 일으키고 싶은 충동을 참느라 괜히 방 안을 서성거렸다.

나날이 야위어 가고 힘들어하는 그녀를 보는 것이 죽을 만큼 힘들면서도 민규는 그녀를 시야에서 놓치지 않기 위해 애를 쓴다. 깊이 눌러쓴 머릿수건 사이로 추위에 얼어든 창백한 볼과 꼭 다문 입술이 언뜻 보일 때마다 흠칫 몸을 떤다. 평양에서나 어울릴 하얀 패딩은 얼마 안 되어 송진과 먼지로 얼룩졌다. 민규는 그녀가 겨울을 넘기지 못하고 쓰러질 것만 같아 더럭 겁이 난다. 한시바삐 그녀를 통계원 자리로 옮겨야만 한다는 스스로의 압박이 민규를 조급하게 만든다.

3.

수용소 소장에게 지금의 관리위원회 통계원이 더는 일을 감당하지 못할 것 같다는 보고를 한 지 며칠 후, 민규에게 후임을 고르라는 지시가 내려졌다. 수용소 소장도 나름 알아본 것 같다. 민규는 안도의 숨을 내쉰다. 통계원을 추천하는 권한이 민규에게 주어진 것이다. 수련을 통계원으로 추천하면 소장이 굳이 반대할 이유는 없다. 어차피 민규의 관할이고, 민규가 책임져야 할 일이다. 이제 수련을 며칠만 고생시키면 된다. 가벼운 걸음으로 회의실을 나오는데 조 대위가 다가서며 속살거린다.

"지금 통계원을 밀어내는 데 나도 한몫 했다는 거 알아주게."

조 대위가 의미 있는 웃음을 지으며 눈을 껌뻑한다. 민규는 괜히 가슴이 섬뜩하여 조 대위를 노려보았다.

"뭔 소리야?"

"내가 어제 지금 관리위원회 통계원이 일을 제대로 처리 못 해서 작업반 통계원들이 곱절로 애를 먹는다고 투덜거렸어. 이젠 늙어빠진 당나귀는 교체해야 한다고 간곡히 들이댔지. 솔직히 소장 동지 내 말이라면 잘 듣는 편이잖아."

"내가 언제 통계원을 교체하고 싶다고 했어?"

민규는 얼결에 큰 소리를 쳤다. 자신의 속내를 간사한 조 대위가 눈치챈 것 같아 뒷골이 서늘해 온다. 조 대위는 재빨리 눈알을 굴리며 어리둥절한 표정을 짓더니 곧 눈웃음을 치며 낮추붙는다.[5]

"오해 말게. 자네가 통계원을 교체하고 싶어 했다는 소리가 아니라 우리가 힘들어서 제기했다 뭐 그 말이야."

재빨리 말을 돌린 조 대위는 추파를 던지듯 해사한 웃음을 지으며 얼른 몸을 사린다. 민규는 구지렁물을 삼킨 것처럼 속이 메스껍고 찝찝했다. 잔머리를 굴리는 조 대위가 패주고 싶도록 얄밉다. 수련을 추천하는 데 더욱 심중해야겠다는 생각이 든다.

며칠 후, 선임 통계원이 민규를 찾아와 눈도 보이지 않고 머리도 잘 돌지 않아 통계원 일을 못 하겠노라 한다. 뭔가 기류를 눈

---

5) 북한말로 '남에 대하여 자신을 낮추고 겸손하게 대하다'라는 의미.

치챈 것 같다. 그러면서 자기를 노인 작업반 반장으로 옮겨 달라고 제기한다. 작업반장 임명은 민규의 권한이다.

4.

민규는 반년 만에 선임 통계원을 밀어내는 데 성공했다. 모략에 가까운 방법으로 선임 통계원을 해임시켰지만 조금도 마음에 걸리지 않는다. 정치범인 선임 통계원에게 미안함 따위는 가질 필요도 없다. 그동안 민규가 뜸을 들이고 심사숙고한 것은 상부나 동료 보위원들에게 의심을 사지 않기 위해서다. 수련을 그 자리에 앉힌 날 민규는 사무실에서 큰 소리로 한참을 웃었다.

통계원이 아침에 제일 먼저 하는 일은 보위원의 방을 청소하는 것이다. 전에 통계원이 청소를 할 때 민규는 꼭 옆에서 지켜보곤 했다. 깨끗이 하라고 잔소리도 했고 통계원을 혼자 두고 사무실을 비울 수도 없었다. 그러나 수련이 사무실 청소를 할 때면 민규는 사무실 밖에 멀찌감치 떨어져 서성거린다. 수련이어서 마음이 놓이기도 했지만 한동안 다가설 엄두가 나지 않는다. 마주 서면 그녀가 자기를 알아볼 것만 같아 겁이 난다. 가까이에서 그녀의 상한 모습을 보기도 힘들다.

들어온 지 반년도 안 된 사이에 그녀는 몰라보게 변했다. 광채가 나던 흰 얼굴은 감실감실하게 탔고 살이 빠져 조막만 해졌다. 치렁치렁 윤기가 흐르던 머리도 부옇게 퇴색되었다. 수용소에 들어와 반년 동안을 사람들은 제일 힘들어한다. 생활환경이 갑자기 열악해지고 모든 일이 고되고 생소하기 때문이다.

일단 통계원 자리에 수련을 앉히는 데 성공한 민규는 그녀를 도울 방도를 차근차근 생각해본다. 수용소에서 가장 중요한 것은 영양실조에 걸리지 않는 것이다. 영양실조에 걸리면 여러 가지 질병에 걸려 죽어 나간다. 수련은 영양실조 초기로 보인다. 우선 절대적으로 부족한 식량을 보충해주어야겠다고 민규는 생각한다. 그녀를 돕는 것은 그의 인생을 건 위험한 모험이나 포기할 수는 없었다.

본능의 한계

1.

겨우내 얼어든 수용소 사람들의 몸은 그 다음 해 봄이 되어서야 녹기 시작한다. 쇠약해질 대로 쇠약해진 정치범들은 봄볕의 얼음 덩어리처럼 맥없이 스러진다. 값없는 목숨들은 봄을 맞아 질병과 영양실조로 하루건너 죽어 나간다.

버들개지 활짝 핀 4월 중순, 원호가 일을 끝내고 집으로 들어오니 어머니와 아내가 사색이 되어 있다. 한 걸음 먼저 집으로 들어서다가 앞집 아이의 기겁한 울음소리에 가보니 이미 애 아버지가 죽어 있었다고 한다. 성하 아버지는 나무를 하다 다친 다리에 골수염이 와서 밤마다 고래고래 소리 지르곤 했다. 그 비명 소리 때문에 온 집안이 제대로 잠을 잘 수 없어 은근히 속상했었는데, 그 고달픔도 한 달 만에 끝이 났다.

원호가 앞집으로 나가보니 역한 고름 냄새가 진동하는 방구석에 성하 아버지가 다리를 꼬부리고 굳어져 있다. 마지막 순간까지 아픔에 몸부림 친 자세다. 열다섯 살 난 성하는 죽은 아버지가 무서운 듯 부뚜막에 걸터앉아 울고 있다.

곧 달구지를 끌고 사람들이 나타난다. 그 사내들은 어기적거리며 오던 자세와는 달리 잽싸게 방 안으로 달려 들어간다. 그리고는 죽은 사람의 몸에서 냄새나고 피고름이 묻은 넝마 같은 옷을 마구 벗겨내기 시작한다.

"당신들 지금 무슨 짓을 하는 거요?"

원호가 보다 못해 한 걸음 나섰다. 그중 나이 지긋해 보이는 사나이가 흘끔 돌아보며 이죽거린다.

"흥, 아직도 왜 이러는지 모르는 걸 보니 신병인가 보군."

그 사이에 성하 아버지의 아랫도리를 벗겨낸 다른 사내가 돌아서며 비죽이 비웃음을 보낸다.

"당신도 욕심나면 저 남은 팬티를 벗겨 가던가."

그 사나이들은 팬티만 남은 발가숭이 성하 아버지를 거적때기에 둘둘 말아 짐짝 신듯 달구지에 홱 올려 던진다. 달구지가 움직이자 부엌 옆에 서 있던 성하가 달려 나와 달구지에 매어달리며 아버지를 부른다. 그동안 아버지 대소변을 받아내느라 아침저녁으로 싸우던 성하지만 정작 아버지가 죽어 나가자 서럽게 흐느껴 운다.

새벽 어스름 속으로 달구지가 삐걱거리며 멀어져 간다. 성하 아버지는 골짜기의 으슥한 곳에 묘도 없이 평토로 묻히고 성하는 독신자반에서 소년 노동을 해야 한다. 반년 남짓한 사이에 사람이 죽어 나가는 것을 흔하게 겪었지만 원호는 자꾸 눈물이 난다.

잔인한 봄이라고 하지만 수용소 사람들은 봄을 눈이 빠지게 기다린다. 그들은 누구보다 숨겨진 봄을 민감하게 알아맞힌다. 살찐 나무순이 가지 속에 고개를 움츠리고 있을 때부터 봄을 서둘러 끄집어낸다. 짬만 있으면 땅속의 물오른 순을 찾아 헤매고 바위짬에 있는 바늘만 한 싹도 사정없이 잘라 먹는다.

원호네는 첫해 겨울 진저리나게 고생한 경험이 있어 짬이 나면 봄풀을 닥치는 대로 뜯어 말린다. 봄을 맞아 온 식구의 피부가 한 껍질씩 벗겨진다. 그래도 겨울을 이겨내고 살아남은 것에 감개무량하다. 목숨은 간신히 건졌지만 원호네 식구들은 모두 영양실조다. 불과 반년도 안 되는 사이에 온 식구가 몸이 절반으로 줄었다. 원호의 희고 준수하던 얼굴은 흑인처럼 가맣게 변하고 광대뼈가 치솟아 전혀 다른 사람 같다. 수련도 원래 가는 목이 싱아대처럼 가늘어지고 허리는 개미허리마냥 더 잘록해져 조금만 다쳐도 조립 인형처럼 부러질 것만 같다. 어머니는 반년 사이에 머리가 백발이 다 되었다.

항시적인 굶주림은 인간을 나약한 식욕의 동물로 만들어 버린다. 언제부터인가 원호는 체면을 가릴 새 없이 죽 찌꺼기를 손가락으로 박박 훑어 쫄쫄 빨아 먹는다. 가마를 가신 숭늉도 두 그릇이나 훌쩍거리며 마신다. 끊임없이 먹여줄 것만을 요구하는 치사하고 쇠약한 육체를 마구 두들겨 패고 싶을 때가 한두 번이 아니다. 그 완강하고도 솔직한 욕구에는 그 어떤 이성적인 논리도 맥을 추지 못한다. 머리는 단순 명백하게 변해 버린다. '배고프다, 먹고 싶다'라는 단조로운 명령어만이 맹렬하게 머릿속을 뜀박질한다. 이성적 의지는 초겨울의 풀잎처럼 맥없이 스러져 간다. 원호는 먹으려는 육체의 욕망에 끌려다니며 지쳐 갔다.

2.

수용소에 들어오면 누가 강요하거나 재촉을 하지 않아도 겉모습도, 생각도, 행동도, 철저히 수용소 사람이 되어 간다. 원호네 식구들도 어느새 본능으로, 무의식으로 살아간다. 보위원을 만나면 기계적으로 허리가 구십 도로 굽어지고 먹을 수 있는 풀을 보면 날쌔게 손이 먼저 나간다. 수용소 사람들은 이성보다 오감이 먼저 반응한다. 제일 먼저 예민해지는 것은 후각이다. 먼 곳에서 풍겨 오는 미세한 옥수수죽 냄새에 머리는 온통 죽 생각으로 하얘지고 코가 벌름거린다. 희멀건 두 눈은 식탐만으로 번들거린다.

언제부터인가 원호네도 쥐를 잡아먹는다. 저녁 죽 나발을 불고 오줌을 싸고 나면 한밤중부터 못 견디게 속이 쓰리다. 배고픔에 잠이 오지 않아 뒤척이는데 천장에서 후다닥거리는 쥐까지 잠을 방해한다. 어느 날, 쥐를 향해 상욕을 퍼붓던 원호는 문득 저놈의 쥐를 잡아먹어야겠다는 생각을 했다. 어머니도 아내도 쥐를 잡아먹자는 원호의 말에 별로 놀라지도 않는다. 원호가 천장의 쥐를 손가락으로 가리키며 식칼을 가져오라고 하자 아내가 냉큼 부엌으로 내려간다.

원호는 칼을 한손에 쥐고 천장을 살피다가 둥글게 처진 구석 쪽으로 살금살금 다가간다. 분명 쥐가 누워 있을 것 같다. 언제 발랐는지 모를 천장지는 형체도 알아볼 수 없게 누렇게 되어 슬쩍 건드려도 찢어질 것 같다. 살그머니 손을 대보니 온기가 느껴진다. 시퍼렇게 날이 선 칼을 바싹 가까이 들이댔다가 불시에 꽉 올려 찌른다. 순간 찌익 하는 날카로운 비명 소리와 함께 쥐가 천장 위에서 마구 요동친다. 이리저리 날뛰던 쥐는 천장 구석에 가서 길게 비명을 지르더니 널브러진다. 쥐가 너부러진 천장 밑에 그릇을 가져다 대고 칼로 북 찢으니 털썩 쥐가 떨어진다. 무엇을 먹었는지 갓 낳은 강아지만큼 큰 놈이다. 배로 피를 질질 흘리는 쥐가 끔찍하기는커녕 원호는 강열한 식욕을 느낀다. 그전 같았으면 놀라 기겁을 했을 수련도 어머니도 상기된 얼굴로 쥐를 바라본다.

원호가 부엌에 내려와 불을 때자 아내가 솥에 물을 안친다. 그것도 고기라고 온 집안에 갑자기 화기가 돈다. 쥐 내장을 끄집어내고 통째로 불에 그슬려 털을 털어낸 다음 깨끗이 씻어 그대로 솥에 넣었다. 그리고 고기 형체가 흐트러질 때까지 푹 고았다. 제법 부연 물에 기름까지 둥둥 뜬다.

쥐고기 국물이 그렇게 고소할 줄은 몰랐다. 세 식구는 말 한마디 나눌 새 없이 쥐고기 국물을 말끔히 마셔 버린다.

"우리가 정말 기갈이 들긴 들었구나."

어머니가 씁쓸한 웃음을 짓는다.

"쥐 덫창을 당장 만들어야겠어요. 쥐 잡아먹을 생각을 왜 이제야 했는지 모르겠어요."

"그래, 쥐고기라도 먹고 영양 보충을 해야지. 에그, 며늘애도 그 곱던 얼굴이 반쪽이 되었구나."

어머니가 한숨을 내쉬자 수련이 고개를 살래살래 젓는다.

"어머니가 더 걱정이에요. 반년 사이에 너무……"

원호는 밥상 밑으로 수련의 손을 잡아 꼭 쥔다. 아내는 손을 맡긴 채 얼굴에 살짝 생기를 담는다. 바깥에서부터 남편의 칭찬이나 배려에 민감하게 반기는 아내다. 이전에는 왜 고마움의 표현마저 그리 인색했던지, 몰라보게 변모된 수련의 얼굴을 물끄러미 바라보는 원호는 새삼 후회한다.

맞선으로 그녀를 처음 만났을 때, 그녀는 수줍음으로 얼굴이 발개지면서도 원호를 향해 생긋 웃기부터 하였다. 수련은 말을 맺을 때마다 함박꽃 같은 웃음을 짓는 게 특징인데 살짝 미소만 지어도 눈이 초승달처럼 휜다. 어머니는 수련이 웃음으로 빚어졌다고 농을 하시곤 했다. 아내는 작은 일에도 아주 잘 웃었는데 그녀의 웃음소리는 가야금의 하울링처럼 은근했다.

벌써 그녀의 웃는 모습이 가물가물하다. 수용소에 들어와 그녀가 웃는 모습을 본 기억이 없다. 윤기 흐르던 그녀의 얼굴은 부석부석하고, 핏줄이 엉킨 두 눈은 불안으로 경직되었다. 아예 다른 사람처럼 변한 건 어머니도 마찬가지다. 어머니도 얼굴에 깊은 주름이 새겨져 갈데없는 시골 할머니다. 아내도 어머니도 어지간히 때가 묻은 옷은 그대로 입고, 해진 곳에 천을 덧대어 입는 것을 당연하게 여긴다.

수용소의 고단함은 떠나온 바깥세상의 흔적을 아주 빠르게 지워 갔고, 낯선 세계로 멀어지게 했다. 수용소의 시간은 너무 힘겨워 멎어 버린 듯했지만 너무 고달파 시간이 흐르는 것을 망각하기도 한다. 정신없이 일을 하노라면 어느새 아침이 저녁이 되고 느낄 새 없이 계절이 바뀐다. 수용소의 시간은 사람들을 흐물흐물 삼켜서는 멍청한 표정에 짐승 같은 촉각만을 가진 새로운 인간형, 수용소의 사람을 뱉어낸다. 이러다가 영원히 수용소 사람으로 살게 되지 않을까, 하는 생각에 원호는 진저리를 친다.

이 골짜기는 정치범을 격리시켜 놓았다고 하지만 이곳 사람들에게는 정치범다운 구석이 꼬물만큼도 없다. 수용소 사람들은 그 어떤 이념 같은 것은 안중에도 없다. 그냥 생존을 위해 하루, 한 시간을 간신히 버티고 있을 뿐이다. 원호는 인간이 마지막 바닥에 떨어지면 과거와 미래를 쉽게 망각한다는 것을, 현실에 빠르게 굴복하는 놀라운 본성이 있다는 것을 깨달았다. 운명에 대한 비탄도, 과거에 대한 애수와 미련도 얼마 가지를 못한다. 앞날에 대한 고민도 곧 사라진다. 내일을 생각할 겨를도 없고 먼 미래는 중요치 않다. 코앞의 현실이 가혹하고 숨을 조인다. 현재의 순간에 전력을 다해도 견디기 힘들다. 목욕탕에서 발가벗은 이들끼리 부끄러움을 모르듯이 이 골짜기 안에서는 그 어떤 비굴하고 철면피하고 추한 짓도 당연하게 여겨진다. 이 골짜기는 인간을 허무와 무의미, 냉담과 자기 멸시로 재빨리 물젖게 한다.

3.

봄이 어물거리는 새에 여름이 화들짝 덮친다. 사람들은 눈길조차 주지 않지만 자연은 아랑곳없이 여름 단장을 시작한다. 수림은 삽시에 몸이 풍만해지고, 두터워진 잎사귀들은 에나

멜이라도 바른 듯이 번들거린다. 햇빛 무늬가 드리운 수림 속 여기저기에 흰빛, 보랏빛, 핑크빛 이름 모를 야생화들이 무더기로 피어나기 시작한다. 겨우내 땅과 가까워진 낙엽 사이로 소담한 흰 버섯들이 고개를 갸웃거리다가 수용소 사람들에게 날것으로 먹이가 된다. 향기를 좇아 벌과 나비가 부산하게 붕붕거리고 때를 만난 새들이며 풀벌레들이 경쟁적으로 목청을 돋운다. 왕성할 대로 왕성한 천연 수림이 내쉬는 숨결로 계곡의 공기는 싱그럽고 달다.

수용소 사람들은 자연의 아름다움을 느낄 새도 없고 느낄 줄도 모른다. 여름은 자연의 아름다움이 아니라 또 다른 고통으로 수용소 사람들에게 다가온다. 사람들은 더위에 허우적거린다. 여름은 여름대로 사람들의 삭아 빠진 몸에서 진을 뽑아낸다. 아무리 풀을 손톱으로 후벼 파고 몸으로 짓이겨도 옥수수밭의 풀들은 다음 날이면 조롱하듯 새파랗게 되살아난다. 완강한 생명력을 뽐내는 풀 앞에서도 수용소 사람들은 약자다. 도급제로 맡은 밭이랑에서 풀 한 포기라도 나오면 그대로 감독의 채찍이 된다.

강냉이며 밀들이 열매를 맺기 시작할 때쯤이면 수용소 사람들은 김매기를 끝내고 풀베기에 동원된다. 정해진 양의 풀을 베어 쌓아 놓지 않으면 밤에도 집으로 들어갈 수 없다. 그야말로 여름은 풀과의 전쟁이다.

수용소의 노동 강도는 인간이 견딜 수 있는 마지막 한계를 훨씬 넘어서 정해져 있다. 수용소의 노동은 그저 노동이 아니라 고통을 주기 위한 일종의 고문이다. 수용소 노동은 사람들의 살을 저미고 뼈를 깎기 위해 필요한 칼날 같은 것이고, 사람들의 뇌를 진공상태로 무력하게 만들기 위한 독약 같은 것이다. 일할 때는 오직 아지랑이 아물거리는 밭머리 휴식 장소가 얼마나 가까워지는가에만 신경이 집중된다. 비 오듯 흐르는 땀에 짜증을 내며 늘어지는 팔다리를 끊임없이 재촉할 때에 머릿속이 텅텅 비어 간다. 해가 지면 오두막의 잠자리에 누울 생각만이 간절하고, 죽이나마 저녁을 먹는다는 생각에 심장이 뛴다.

관리위원회 통계원이 되면서부터 수련은 고된 노동에서 벗어날 수 있었다. 그녀가 하는 일은 주로 작업반들에서 올라온 실적을 종합하고 관리위원회 재산 관리를 하면서 보위원실 청소와 빨래 담당이다. 통계원 일을 한 지 몇 달이 지나자 그녀의 앙상한 팔다리에 조금씩 살이 붙기 시작하고, 얼굴도 본색을 찾아가기 시작했다.

남편과 시어머니는 여전히 밭일에 내몰린다. 수련은 그게 미안하여 어쩔 줄 몰라 한다. 시어머니와 남편은 그녀가 관리위원회 통계원이 된 것을 대단한 행운으로 생각한다. 그 자리에는 앞으로 이 골짜기에서 나갈 수 있는 사람들을 앉힌다는 것을 알기에 실낱같은 희망도 품는다.

유혹

1.

민규는 십여 킬로의 강냉쌀에다 일부러 곰팡이 낀 낟알을 뒤섞었다. 자신의 것인데 곰팡이가 생겼으니 처리하라고 수련에게 시킬 작정이다. 눈감고 아웅 하는 격이지만 수련에게 식량을 보충해줄 방도가 달리 생각나지 않는다.

민규는 관리위원회에 갔다가 조용한 틈을 타서 수련에게 저녁에 사무실로 오라고 지시했다. 아침마다 보위원 사무실 청소를 해 온 터라 수련은 별 기미 없이 수긍한다.

날이 어두워 오기 시작하자 민규는 괜히 사무실을 들락거린다. 책상 위의 물건을 옮겨 놓기도 하고 그녀가 청소하여 깨끗한 사무실을 휘둘러보기도 한다. 강냉쌀 몇 킬로에 자신의 속이 훤히 드러날 것 같아 망설여진다. 드디어 그녀가 나타난다.

"선생님, 분부대로 왔습니다."

그녀는 다소곳이 고개를 숙이고 천천히 허리를 숙인다. 그녀의 인사하는 모습은 늘 한결같다. 오래 전에 눈에 익은 그 자세다. 허름한 작업복 차림이어도 한복을 입고 무대에서 인사하듯 그녀의 자태는 아련하고 우아하다.

"이걸 버려."

민규는 일부러 시답지 않게 말했다. 강냉쌀 자루를 받아든 그녀가 눈이 둥그레지며 얼핏 쳐다본다.

"날 보고 그 썩어빠진 걸 먹으라고? 곰팡이 낀 것을 감히 보위원에게 주는 거야?"

민규는 화를 내며 수련의 눈치를 살핀다. 그녀는 여전히 어리둥절한 표정이다. 정치범들은 탈곡장에서 썩은 낟알 한 줌을 주워도 처벌을 받는다. 그런데 한 자루나 되는 강냉쌀을 버리라고 하니 놀라는 것은 당연한 일이다.

"젠장, 버리든지 네가 가져다 먹든지 맘대로 하라니까. 대신 어디다 말하지 말고."

그제야 그녀는 민규의 말귀를 알아차린 듯 깊숙이 허리를 숙이며 떨리는 목소리로 말한다.

"네, 분부대로 하겠습니다."

귓불이 발갛게 달아오르며 허리를 펴는 그녀의 눈가에 물기가 어린다. 무대의 조명을 받았을 때처럼 검은 눈동자가 반짝 빛이 난다. 그녀는 고맙다는 말을 하지 않는다. 민규가 먹으라고 주는 것이 아니라 버리라고 주는 것이기 때문이다. 숨바꼭질 같은 상황을 그녀는 정확히 이해한다. 민규는 눈치 빠른 그녀가 고마웠다.

2.

그 일이 있은 후, 민규는 수련을 대하기도, 무엇을 주기도 한결 편하다. 보위원실 땔나무도 밤에 가만히 날라 가라고 했다. 보위원실 나무는 때는 족족 관리위원장이 알아서 날라 오기 때문에 하룻밤에 한 달구지를 다 때 버려도 누가 뭐라 할 사람이 없다.

그녀는 아주 영리하다. 한꺼번에 많이 날라 가지 않고 어두워지면 배낭을 가지고 와서 땔나무를 메고 가곤 한다. 민규는 사무실에 앉아 밖에서 들려오는 바스락 소리에 온 신경을 모으곤 한다. 그녀가 배낭에 나무를 넣는 조심스러운 인기척, 이어 자박자박 멀어지는 그녀의 발자국 소리…… 그녀가 매일 밤 나타나 나무를 가져가기를 민규는 바랐다.

아침마다 그녀가 사무실 청소하러 오기를 기다리는 시간이 좋았다. 밖에서 귀 익은 발자국 소리가 나고 이어 똑똑 조심스레 문 두드리는 소리가 들리면 민규는 저도 몰래 벌떡 일어선다. 가까스로 마음을 다잡고 일부러 투박한 어조로 들어와, 하고 소리를 지른다. 그러면 그녀가 들어서서 공연을 시작하겠습니다, 하고 인사를 하듯 살포시 허리를 굽힌다.

"선생님, 안녕하십니까. 청소하러 왔습니다."

"어, 그래, 깨끗이 해."

민규는 희떱게 한 마디 하고는 얼른 문을 열고 밖으로 나간다. 열려진 문 안으로 청소를 하느라 오가는 그녀가 얼핏얼핏 보인다. 짧게 자른 단발머리가 그녀의 인상을 소녀처럼 보이게 한다. 살이 빠져 더 가늘어진 목에 자꾸 눈길이 간다.

그녀는 민규와 마주치면 큰 눈동자에 눈물이 핑 고이곤 한다. 표출해서는 안 되는 감사의 마음이다. 그녀는 입으로 주절주절 마음을 표현하지 않는다. 대신 그윽한 눈으로 많은 말을 전한다. 정치범으로부터 감사의 인사를 받는 것이 보위원인 민규에게 위험한 일이라는 것을 그녀는 알고 있다. 민규는 그녀의 사려 깊은 마음에 감동되었고 그녀를 돕는 일이 뿌듯하고 즐거웠다. 민규는 어떻게 하면 그녀를 도울 것인가 하는 생각에 온통 집중했다.

3.

감자 줄기에 밤알만 한 감자가 달리기 시작하던 무렵, 밭 주변에 설치한 올가미에 송아지만 한 멧돼지가 잡혔다. 감자밭을 자꾸 헤집어 놓는 바람에 사방 돌아가며 덫을 놓았더니 운 좋게 한 마리 걸렸다. 관리소 보위원들과 경비대 군인들은 멧돼지 고기를 먹게 되어 명절 분위기다. 잡기는 정치범들이 잡았지만 그들에게는 꼬랑지도 돌아갈 수 없다. 수인들은 정해진 양의 옥수수와 배추 외에는 다른 공급을 받을 수 없다. 정치범들은 대신 능력껏 자연에서 동물성 단백질을 찾아낸다. 쥐, 뱀, 개구리, 곤충들이 그 대상이다.

멧돼지는 관리위원회에서 손질한다. 가죽을 벗기고 각을 떠서 크게 두 등분으로 나눈다. 경비대 군인들에게 한 몫을 보내고 보위원들 식구 수에 따라 세대별로 다시 분배한다. 뼈와 부스러기들은 관리위원회 사람들에게 조금씩 나누어준다. 수용소를 움직이는 실질적 수족들이어서 불법이지만 슬쩍 준다. 수련이도 조금 차례지게 된다. 그래봤자 한 근도 안 된다.

민규 앞으로는 4킬로의 멧돼지 고기가 차례졌다. 민규는 그 고기 절반을 수련에게 줄 궁리를 한다. 집에 가져가 봐야 어머니 혼자이니 절반도 많은 양이다. 민규는 보위부 식당에서 실컷 먹을 수 있다. 민규는 사무실에 날라 온 고깃덩어리 중 절반을 보자기에 싸서 사무실 책상 밑에 감추어 놓았다. 여름이지만 산골 밤 날씨가 쌀쌀하여 하룻밤쯤 사무실에 둔대도 상하지는 않는다. 나머지 절반을 자전거로 어머니 드시라고 집에 가져갔다.

다음날 아침, 그녀가 청소하러 왔을 때, 민규는 책상의 밑의 것을 저녁에 가져가라고 했다. 이제는 단도직입적으로 가져가라는 말을 할 수 있다. 그녀는 책상 밑을 닦으며 보자기를 당겨보다 눈을 홉뜬다. 민규를 쳐다보며 입을 벙싯거렸지만 종내 아무 말도 못 한다. 눈에 익은 모습대로 천천히 고개만 숙인다. 그녀는 수그린 고개를 좀처럼 들지 못한다. 좁은 어깨가 잔잔히 흔들리고 굵은 이슬방울이 그녀의 발등에 똑똑 떨어지고 있다. 민규는 머쓱하여 사무실을 나와 버렸다.

그날 저녁, 민규는 사무실 불을 켜지 않고 수련을 기다렸다. 불이 켜진 사무실에 그녀가 들어오다 혹 누구의 눈에 뜨일까 염려되어서다. 컴컴한 사무실 의자에 기대앉은 민규는 몸을 뒤로 젖히고 졸음을 청했지만 정신은 더 말똥말똥해진다. 창문을 넘어온 희미한 달빛이 컴컴한 방 안에 줄무늬를 그린다. 고요한 방 안에 민규의 숨소리만 턱없이 크게 울린다.

그녀의 발자국 소리가 들린다. 토끼만큼이나 가볍고 희미한 그녀의 인기척이 가까이로 다가온다. 민규의 가슴이 갑자기 벌렁거리기 시작한다.

'왜 이래? 젠장.'

그는 주먹으로 자기의 가슴을 쿵 친다. 그녀의 기척이 문 앞에서 사뿐히 멎는다. 민규는 헛기침을 지으며 들어오라는 신호를 한다. 슬그머니 입가가 벌어진다. 숨바꼭질하는 듯한 이 상황이 신기하고 그녀와 은밀히 공모하는 이 밀회가 신선하다. 문이 열리고 촉촉한 봄바람이 휙 안으로 밀려든다. 그녀가 문 앞에 오뚝 서서 두리번거린다.

"잠깐 서 있어. 내가 가져다줄게, 일부러 불을 켜지 않았어."

고기를 싼 꾸러미를 들고 다가가며 민규가 변명하듯 말한다.

"네, 알고 있습니다. 정말 고맙습니다."

가야금 밑줄을 튕기듯 낮고 맑은 소리가 또렷이 울린다. 처음 들어보는 감사의 표현이다. 민규는 어둠 속에서 씩 황소 웃음을 지으며 보자기를 건넨다. 그녀의 촉촉한 손이 민규의 손등에 닿는다. 순간 그녀가 흠칫 손을 사린다. 민규도 전기에 감전된 듯 몸을 떤다. 서슬에 보자기가 털썩 그들 사이에 떨어진다. 동시에 집으려다 서로의 어깨를 부딪친다. 둘 다 한 걸음 물러난다.

후다닥 급발진하는 민규 심장의 박동 소리가 똑똑히 들린다. 민규의 두 손이 자동 프로그램이 작동하듯 어느 결에 그녀의 어깨를 끌어당긴다. 몽클 그녀의 살이 느껴진다. 오랜만에 맡아보는 여자의 살 냄새에 멀미가 난다. 밤이슬에 젖은 그녀의 축축한 머리카락이 민규의 턱을 만지고 있다. 그녀가 몸을 빼내려 움씰거린다. 민규는 보물을 빼앗기지 않으려는 어린애마냥 몸을 흔들며 그녀를 더 바싹 그러안는다. 그녀의 몸이 굳어지는 것이 느껴진다.

"결국 이거였습니까? 이러려고……?"

가늘게 떨리는 그녀의 목소리가 선명히 들린다. 순간 민규는 온몸에 찬물이 뿌려지는 느낌을 받는다. 오한이 난다. 민규는 그녀를 확 밀쳐 버린다. 수련이 돌아서려는 순간 민규는 꾸러미를 주워들고 퉁명스레 소리 지른다.

"가지고 가."

잠시 머뭇거리던 수련은 꾸러미를 받아들고 깊이 허리 숙여 인사를 한 다음 바람처럼 나가 버린다.

4.

사무실을 나와 도망치듯 달려가던 수련은 집이 빤히 보이는 오솔길에서 걸음을 멈추고 숨을 몰아쉰다. 달리기 경주를 했을 때처럼 심장이 펄떡거린다. 조마조마해하던 일이 드디어 현실로 나타났다. 수용소에서 보기 드물게 선량한 보위원을 만났다고 처음엔 감격했다. 하지만 최 대위의 보살핌이 거듭 반복될수록 야릇한 불안이 갈마들기 시작했다. 그러면서도 수련은 보위원의 호의를 인간적인 동정이라고 애써 믿으려 했다. 결국 자기 속임수에 불과했다.

수련은 손에 들린 고기 꾸러미를 물끄러미 내려다보며 허탈한 웃음을 웃는다. 보위원의 진속을 다 눈치채고도 쥐어주는 고기 꾸러미를 그대로 들고 나왔다. 어쩌면 보위원의 호의를 거절하지 못한 자신이 더 비겁할지도 모른다.

'아니야. 그분은 그리 비열해 보이지는 않았어. 까짓것 정 그러면 통계원 일 그만두지 뭐.'

그녀는 또 자신을 속여보려 안간힘을 쓰며 집을 향해 천천히 걸음을 옮긴다. 수련이 보자기를 펼치자 남편과 시어머니는 숨이 넘어가듯이 놀란다.

"이 많은 고기가 어디서 났니?"

"오늘 잡은 멧돼지 고기에요. 관리위원회 사람들에게 가만히 나누어주었어요. 밖에 나가 내색만 내지 않으면 돼요."

수련은 거짓말을 한다. 남편과 시어머니는 수련의 말을 조금도 의심하지 않고 고개를 끄덕이며 좋아한다. 수련이 가지고 온 멧돼지 고기는 비계 층이 적당하고 벌건 살집이 잡히는 게 못 견디게 식욕을 자극한다. 2킬로는 돼 보이는 고기를 어떻게 먹을 것인지 잠깐 의논한다. 여름철에 고기를 보관하기도 힘들고 하여 비계 층을 소금에 절이고 나머지는 다 삶기로 한다. 비계 층을 잘라 절이고도 1킬로는 훨씬 넘어 보이는 고기가 남는다. 밖에서라면 그 많은 고기를 세 식구가 먹을 엄두를 못 낸다. 원호는 그 정도 고기는 자기 혼자서도 다 먹을 수 있다고 큰소리친다.

남편이 불을 지피는 새 수련은 오랜만에 옥수수밥을 안치고 시어머니는 고기를 손질한다. 참으로 오랜만에 고기를 먹게 된다는 흥분으로 남편도 시어머니도 얼굴이 상기된다. 그동안 쥐를 세 번인가 잡아먹은 거 말고는 수용소에서 제대로 된 고기는 처음이다. 곧 구수한 고깃국 냄새가 좁은 오두막을 꽉 채우며 내장을 발칵 뒤집는다. 원호는 연신 흠흠 냄새를 들이키며 들떠 돌아간다. 이럴 때 보면 남편은 신통히 어린애 같다. 입에서 신물이 솟구치기는 수련도 마찬가지다. 좋아하는 남편과 시어머니를 보자 온갖 불안하고 무거운 생각들이 싹 사라진다. 이 순간만은 그 멧돼지 고기가 어떤 대가를 초래하게 될지, 앞으로 어떻게 처신해야 할지, 하는 생각들을 하고 싶지 않다.

고기를 삶았다고 오랜만에 먹게 된 옥수수밥 한 공기에 고기가 그득히 담기고 기름이 둥둥 뜨는 고깃국이 한 사발씩 차려진다. 수련은 자기 사발 안의 고깃점을 덜어 남편에게 옮겨 놓는다. 남편은 이 많은 걸 어떻게 다 먹냐고 군소리를 하면서도 고깃국 한 사발을 깨끗이 비운다. 시어머니도 수련도 앞에 차려진 것을 다 먹는다. 그 많은 고기를 세 사람이 한 끼에 다 먹은 것이다.

"이 수용소에서 멧돼지 고기를 먹게 될 줄은 몰랐구나. 사람 죽으라는 법은 없나 보다. 수련이 덕에 우리 가족이 목숨을 부지하는구나."

시어머니가 거듭 수련의 어깨를 쓰다듬는다. 시어머니 칭찬에 그녀는 가슴이 벅차오른다. 세 식구는 오랜만에 마주 웃으며 저녁 늦게까지 이런저런 정담을 나눈다. 굶주린 자에게 한 끼의 포식이 이토록 커다란 안정과 만족을 준다는 것이 놀랍기만 하다. 수련의 마음속에서는 이렇게 견디노라면 언젠가는 이 골짜기를 벗어날 것 같은 희망이 퐁퐁 솟아난다. 수련은 내친김에 가을에 원호가 식료공장으로 갈 수 있다는 소식도 말해 버리고 말았다. 최 대위가 약속한 일이다. 최 대위의 호의를 자꾸 받아들이는 것이 무엇을 의미하는지 알면서도 어느새 입은 소식을 토해내고 만다. 오직 남편과 시어머니가 좋아하는 모습을 보기 위해서다.

얼마나 잤는지 수련은 인기척에 깨어난다. 아직 한밤중인데 누군가 부스럭거리며 오두막 출입문을 열고 밖으로 나가고 있다. 어둠을 눈에 익히고 둘러보니 시어머니도 남편도 보이지 않는다. 이상한 생각이 든 수련은 자리에서 일어나 밖으로 나온다.

어둠 속에서 살랑살랑 불어오는 여름 바람에 상큼한 숲의 냄새가 시원하게 얼굴에 들씌워진다. 찌르레기 소리가 고요한 밤 정적을 헤집고 있다. 여러 마리가 겨끔내기로 울어 대는데, 그중 큐리리리 하고 유난히 맑고 청 높은 소리가 또렷이 들린다. 어느 놈이 구애를 하는 모양이다. 찌르레기는 구애를 할 때 저렇게 청아한 소리를 낸다고 친정어머니가 말한 적이 있다. 부모님 생각에 불쑥 눈물이 솟구친다. 어린 시절 고향집 뒷산에서 울어 대던 찌르레기 소리가 생각난다. 창문을 흔들던 찌르레기의 구애 소리에 괜히 마음이 싱숭생숭하여 눈물을 흘리던 사춘기 소녀 시절이 있었다. 이 평화로운 밤이 수용소의 밤이 아니었으면, 날이 밝으면 마치 꿈결처럼 오두막이 고향집으로 변해 있었으면 하는 상상을 한다.

수련은 비현실적인 자기의 생각에 픽 웃으며 눈에 힘을 주어 어둠 속을 둘러본다. 집 뒤의 무성한 풀밭 쪽에서 인기척이 난다. 변소 쪽이다. 바닥을 파고 거적으로 사방을 막은 허름한 변소 앞에 웬 사람이 서성거리고 있다. 찬찬히 보니 남편이다.

"어머니, 아직 멀었어요?"

"에그, 재촉은, 뒷간으로 드나들다 날밤 새겠다."

변소 안에서 시어머니 목소리가 들려 나온다.

"아이고 배야. 난 벌써 다섯 번째예요. 어머니는요?"

"난 이젠 몇 번인지도 모르겠다. 그래도 수련인 괜찮은가 보다. 아이고, 아까워라."

"뭐가요?"

"뭐긴 뭐겠니. 설사로 나가는 고깃국이지."

"어머니도 참."

"며늘애가 우릴 먹이려고 그리 애를 쓰는데……"

"그러니까요. 오랜만에 영양보충 했나 싶더니 나무아미타불이
돼 버렸어요."

시어머니가 변소를 나오고 남편이 부리나케 들어간다. 수련은
얼른 집으로 들어와 이불을 뒤집어쓴다. 허한 속에 기름진 고깃
국을 많이 먹어 설사를 만난 것 같다. 아까 남편에게 고기를 덜
어주는 바람에 탈이 난 것 같아 괜히 미안하다.

"에그, 아까운 고깃국을 설사로 다 버리네."

시어머니가 다시 구시렁거리며 자리에 눕는다. 수련은 얼결에
터져 나오는 웃음을 막으려 손바닥으로 입을 누른다.

날이 밝자마자 수련은 뒷산자락으로 가서 애기똥풀을 뜯어
왔다. 수용소 사람들은 배가 아프거나 설사를 만나면 이 풀을
달여 먹는다. 수련은 한쪽 가마에 죽을 안치고 다른 가마에 애
기똥풀을 달였다. 시어머니와 남편은 밤새 뒷간을 드나들어 그
런지 아침 기상 종소리에도 깨어나지 못하고 노그라져 있다. 간
장 색깔이 나는 풀 달인 물 두 사발을 들고 방으로 들어간 수련
은 시어머니와 남편을 깨운다.

"식전에 이 약물을 마시면 금방 멎을 거예요."

수련이 내미는 약사발을 받아들며 시어머니와 남편이 면구스
러운 표정으로 흘깃 마주 본다.

"미안하다. 수련아. 아까운 걸 그만 다……"

수련은 제 편에서 당황해하며 성급히 고개를 젓는다.

"아니에요. 가뜩이나 맥이 없는데 괜찮겠어요?"

"괜찮다. 그래도 고깃국을 먹지 않았니."

남편이 웃음을 터뜨린다.

"맞아요. 아무리 설사를 해도 몸에 기름기가 얼마간은 스며들었겠지요."

그만에야 셋은 마주보며 큰 소리로 웃고 만다.

운명

1.

요즘 민규는 전에는 몰랐던 강렬한 외로움을 느낀다. 잠이 오지 않아 인적기 하나 없는 괴괴한 산속 길을 혼자서 터벅터벅 걷기도 한다. 잠을 청하는 새들의 달짝지근한 울음소리는 허전한 마음을 더 울적하게 만든다. 어떤 날에는 사무실 토방에 앉아 별들이 파랗게 뿌려진 하늘을 하염없이 올려다본다. 배부른 달이 소소리 높은 전나무 가지에 걸터앉아 고요한 표정으로 민규를 내려다볼 때면 불쑥 눈물이 솟구치기도 한다.

"내 아들이 보람 있는 일을 하게 되니 이 애비는 죽어도 여한이 없다."

민규가 보위대학을 졸업하고 국가보위부에 배치받은 다음 집으로 내려왔을 때, 아버지는 술도 마시지 않은 맑은 정신에 이런 말을 했다. 평소 아들 칭찬에 인색했던 과묵한 아버지다. 한생을 시골 보위원으로 살아오신 아버지에게서 처음으로 들어보는 연극 대사 같은 비장한 말에 민규는 어리둥절하면서도 가슴이 뿌듯했다.

그러나 이제 와서 아버지의 말씀대로 자신이 정말로 보람 있는 삶을 살고 있는지 회의감마저 든다. 이 적막한 산속에서 좋은 시절을 다 흘려보내고 있는 자신이 가엽게 여겨지기도 하고 지금껏 자부심을 가졌던 지난 세월이 아무것도 아닌 듯 하찮게 생각되기도 한다. 적수공권의 정치범들 앞에서 제왕 노릇을 하는 자신이 오히려 초라해 보인다. 민규는 요즘 자신의 마음속에서 아득한 하울링 같은 것이 심금을 흔들고 있음을 느낀다. 그 울림은 민규로 하여금 불쑥 눈물이 솟구치게도 하고, 불안하여 서성거리게도 한다.

그 울림은 그녀가 타던 은은한 가야금 선율이다. 민규는 시도 때도 없이 수련이 생각에 잠기는 자신을 발견하고는 소스라치게 놀란다. 수련이 아무리 허름한 옷을 걸치고 순종하여도 민규는 늘 그녀의 눈치를 살핀다. 멧돼지 고기를 주면서 그녀를 안았던 그 순간부터 오로지 그녀에 대한 생각에만 골몰하고 있다. 처음엔 창피하고 쑥스러웠으나 얼마 안 되어 그 서먹한 감정은 난로 위의 얼음덩어리처럼 녹아 버린다. 그녀를 멀리하려 할수록 그녀의 존재가 민감하게 느껴진다. 그날의 적막과 공기, 냄새, 느낌과 숨소리 섬세한 잔향까지 생생히 되새겨진다. 함씬 품에 들어왔던 그녀의 체취가 그의 오감을 낱낱이 깨운다. 그녀의 살 냄새에 대한 기억으로 코끝이 간질거린다. 미역줄기 같이 상쾌한 그녀의 머리카락에 볼을 부비고 싶은 충동으로 때 없이 가슴이 벌렁거린다.

요즘은 재혼하라는 어머니의 지청구가 심해지고 있다. 아내가 죽은 지 2년이 돼 온다. 민규는 아직 삼년상도 안 치렀는데 뭔 재혼이냐고 했다. 수련이 때문에 재혼을 미루는 것은 결코 아니지만 아주 무관하다고는 할 수 없다. 그렇다고 정치범 신분인 수련이 민규의 여자가 되거나, 재혼할 상대는 결코 아니다.

그에게 있어서 수련은 오랜 세월 억눌러 온 갈망 같은 것이다. 그녀만 생각하면 속 깊은 곳에서 불시에 흐느낌 같은 것이 치솟고 한없이 마음이 나약해진다. 지금껏 한 번도 느껴보지 못한 야릇한 감정이다.

'그래서는 안 돼! 절대로!'

그녀와 마주설 때마다 민규는 수련이 넌 정치범이야! 하고 스스로 주문을 건다. 일부러 그녀를 거칠게 대하고 돌아서면 아무 사람이나 붙들고 욕설을 퍼붓고야 만다. 그는 스스로의 위선에 점차 지쳐 가고 있다.

어느 날 밤, 민규는 수련을 안고 뒹구는 꿈을 꾼다. 잠을 깨고도 호흡은 달리고 꿈의 여운을 되새기는 잠자리는 질펀하다. 그 후부터 그녀를 보면 꿈에서 보았던 희미한 알몸이 상기되곤 한다. 스스로를 속이는 일은 더 이상 의미가 없게 된다.

인정하자 욕망은 질주를 시작한다. 수련은 약자고, 민규의 요구를 끝내 거절 못 할 것이다. 민규는 그 약점을 이용해서라도 그녀를 가지고 싶다. 분명 신선했던 그녀에 대한 감정과 그녀를 도우려는 선의가 욕정으로 더럽혀져도 상관없다. 그녀를 안고 싶어 미칠 것만 같다.

그녀의 생일날, 민규는 집에서 입쌀 2킬로 정도를 봉지에 넣어 가지고 온다. 그리고 그녀를 부른다. 그녀는 눈을 내리깐 채 담담한 표정으로 말없이 쌀 봉지를 받는다. 그 후에도 그녀는 민규의 이런저런 도움을 거절하지 않는다.

민규는 호의를 받아들이는 그녀의 행동을 자신의 요구에 대한 승낙으로 밀어 버린다. 어쩌면 그녀가 자신에게 더 의지하고 싶어 하는지도 모른다는 생각을 한다. 유혹을 견디지 못한 것은 자신이나 그녀나 마찬가지이다. 그녀는 수용소에서 엄청난 편리를 주는 통계원 자리를 뿌리칠 만큼 강해 보이지도 않는다. 그의 주체할 길 없는 욕망은 무조건 자신을 옹호하는 방향으로 생각을 몰아간다. 자신감이 충만해진 민규는 기회를 노리는 맹수마냥 수련의 주변을 맴돌기 시작했다.

2.

수련은 누군가 젖가슴을 압박하는 바람에 잠에서 깨어난다. 어둠 속에서 열기가 번뜩이는 두 눈이 보인다. 남편이다. 남편은 그녀를 꽉 그러안으며 귀에 더운 김을 쏟는다.

"여보, 정말 고마워. 당신 아니었으면 난 아마……"

수련은 남편의 입을 손으로 막으며 옆에 누운 어머니를 돌아본다. 어머니는 가늘게 코를 골며 잠에 곯아떨어져 있다. 남편은 머리를 흔들어 수련의 손을 뿌리치고 다시 속삭인다.

"여보, 진심이야. 사랑해."

수련은 가만히 한숨을 내쉰다. 남편의 진정을 느낄수록 마음이 무거워난다. 아내의 한숨을 나름대로 이해한 원호가 방구석으로 옮겨 누우며 수련을 바싹 끌어당긴다.

"내가 더 잘할게. 미안해."

입술을 들이대는 남편의 얼굴에서 질벅한 눈물이 감촉된다. 수련은 떨리는 손으로 남편의 얼굴을 쓰다듬며 순순히 몸을 맡긴다. 원호는 수련의 가슴에 얼굴을 묻고 오래도록 어깨를 떤다. 그녀는 어린 아들을 다독이듯 말없이 남편을 애무해준다.

남편이 잠든 뒤에도 수련은 오래도록 뒤척인다. 남편이 요즘 들어 자기에게 깊이 의지하는 것이 고마우면서도 죄스럽다. 사실 남편은 결혼 초기에 수련의 헌신을 응당한 것으로 여기고, 별로 고마워할 줄도 몰랐다. 그녀는 자기가 더 좋아서 한 결혼인데 하고 남편의 오만한 행동을 너그럽게 눈감아주었다. 하지만 지금 남편은 평양 신혼 때 철없던 신랑이 아니다. 수용소에 들어온 후, 남편은 완벽하게 조화된 하모니처럼 그녀에게 녹아든다. 그녀가 그토록 바라던 사랑이다. 그녀가 이곳 생활을 견디게 한 힘이기도 하다.

남편의 사랑을 느낄수록 그 사랑을 지키려는 그녀의 열망은 더 절박해져 간다. 사랑과 가정을 지키기 위해서는 그 어떤 어려움도 이겨낼 수 있을 것 같다. 그런데 그 희생이 최 대위의 요구를 들어주어야 하는 것으로 되었다. 수련은 그동안 최 대위의 호의를 동정이라고 여기면서 자신이 가족의 보호막이 된 것을 뿌듯해했다. 그렇게 견디노라면 언젠가는 이 골짜기에서 나갈 수도 있고, 다시 행복하게 살 수 있다는 희망도 가졌다.

보위원 사무실에서 최 대위의 진속을 확인한 후, 수련은 더는 스스로를 속일 수 없었다. 자신이 통계원이 된 것이 전적으로 최 대위의 의도에 의한 것임을 더는 의심할 나위 없었다. 돌이켜보면 통계원으로 발령되기 썩 이전부터 최 대위에게서 심상치 않은 느낌을 받았다. 여자의 직감이다. 최 대위의 애써 무심한 듯 거친 말투에도 쩌릿한 전류가 감지되곤 했다. 자기에게 꽂히는 최 대위의 시선은 목덜미에서도, 수그린 머리 위에서도 오뉴월

뙤약볕처럼 강렬했다.

최 대위의 감정이 무엇이든 거절하기 힘든 것이라는 것에 그녀는 절망한다. 전적이다시피 그녀만을 바라보는 남편과 시어머니의 의존이 비로소 무겁게 느껴진다. 품 안에 숨겨 가지고 들어온 강냉쌀 한 줌에 고마워 어쩔 줄 모르는 시어머니와 조금 많아진 강냉죽에 어린애처럼 좋아하던 남편의 모습이 눈앞에 얼른거린다. 그녀가 땔나무를 조금씩 가져오면서부터는 선 죽을 먹는 일이 없다. 바싹 마른 땔나무는 불쏘시개로 요긴하게 쓰인다. 유혹을 물리치지 못한 것은 자신이다.

그녀는 피 나게 입술을 깨문다. 최 대위를 뿌리친다는 것은 거절이 아니라 배신이 된다. 배신의 결과는 혹독할 것이다. 처음 수용소에 들어와 겪은 일들이 끔찍하게 돌이켜진다. 통계원 자리를 지키지 못하면 가족의 생존이 위협받을 것이고, 최 대위의 요구를 수용하면 종당에는 남편이 등을 돌릴 것이다. 아무리 생각해도 사랑도 지키고 가족도 살릴 수 있는 방도는 없다. 불가항력적인 운명의 낭떠러지에서 수련은 밤새껏 공포에 떤다.

3.

"오늘 저녁 사무실로 와."

등 뒤에서 최 대위의 나직한 말소리가 들린다. 관리위원회 사무실에서 문서를 작성하던 수련은 소스라치게 놀라며 자리에서 일어선다. 최 대위는 수련의 인사를 받지 않고 벌써 사무실을 나선다. 그녀는 황급히 주위를 둘러본다. 마침 사무실에는 그녀 혼자 있다. 이전에 최 대위가 끌어안았을 때처럼 가슴이 뜀박질을 한다. 자기의 의지 따위는 필요치 않는, 불가사의한 숙명이 닥쳐왔다는 예감이 든다.

하루 종일 불안에 허둥거리던 그녀는 이렇다 할 마음의 결정을 내리지 못한 채, 날이 어두워지자 최 대위의 사무실로 향한다. 보위원이 오라고 하면 무조건 가야 하는 것이 정치범인 그녀의 처지다. 어둠 속에서 지켜보는 눈이 있는 것 같아 한껏 몸을 옹송그리고 발끝으로 걷는다. 사무실은 불도 켜지 않은 채 기다리고 있다. 며칠 전 고기를 가지러 갔을 때처럼.

최 대위 사무실 앞에 다다른 그녀는 우두커니 서서 사무실 출입문을 바라본다. 차마 문을 두드릴 용기가 나지 않는다. 그 문 안에서 무엇이 기다리는지 번히 알면서도 기어이 그 문 앞까지 다가온 자신이다. 사무실 문은 이제 손을 뻗쳐 열고 들어오면 된다고, 돌아설 길은 없다고 완력을 부리듯 바싹 마주 서 있다.

그녀의 어깨를 흔들며 억눌린 울음이 왈칵 쏟아진다. 결혼식날 좋은 신랑을 만나 평양에서 살게 되었다고 좋아하던 어머니 모습이 불쑥 떠오른다. 자기가 이런 곳에 끌려온 것을 부모님은 모를 수도 있다.

슬며시 문이 열린다. 컴컴한 문틈으로 최 대위의 검은 모습이 보인다.

"뭘 해? 어서 들어오지 않고."

속삭이는 소리와 함께 억센 손이 그녀를 안으로 끌어들인다. 문 안으로 들어섬과 동시에 화끈 달아오른 사내의 품이 그녀를 한껏 끌어안는다. 그녀는 숨을 죽이고 바싹 긴장해진다. 눈물이 순식간에 말라 버린다. 거친 사내의 숨소리가 코앞으로 바싹 다가온다. 수련은 얼결에 고개를 돌려 버린다.

"수련이!"

최 대위가 마치 연인처럼 그녀의 이름을 부른다. 다른 사람의 말소리 같다. 사내는 수련의 얼굴에 볼을 비빈다.

"그 대가가 아니야. 절대로, 이건, 이건……"

떨리는 목소리가 사정하듯 울린다. 수련은 어리둥절하여 최 대위를 쳐다본다. 어둠 속에서 열기가 번뜩이는 최 대위의 눈이 수련을 응시하고 있다. 뭔가를 사정하는 듯 애절한 눈빛이다. 그녀는 눈을 감아 버린다. 상관없다. 최 대위가 조심히 입을 가져다 댄다. 데일 것처럼 뜨거운 입술이다. 사내의 손길은 뜻밖에도 정복자의 횡포한 손놀림이 아니다. 나긋하고 소심하기까지 하다. 사내는 몸을 떨며 오래 키스를 들이댄다. 그의 키스에서는 깊은 갈망이 느껴진다.

최 대위는 반응 없이 굳은 수련을 조심히 안고 사무실 벽 쪽 문을 열고 침실로 들어선다. 수련을 사뿐히 침대에 내려놓은 최 대위는 옷 입은 채로 그녀의 옆에 눕는다. 그리고 그녀를 모로 그러안은 채 한참이나 고개를 틀어박고 있다. 망설임이 느껴진 다. 그녀가 용기를 내어 몸을 비트는 순간 사내는 몸이 부서질 정도로 억세게 그러안는다. 그리고 정신없이 키스를 퍼붓는다. 불붙기 시작한 사내의 몸은 질주하는 말처럼 맹렬해져 간다. 그 가 먼저 와락와락 옷을 벗는다. 털썩 하고 권총집이 수련의 발치 에 떨어지는 소리가 난다.

희붐한 달빛이 스며든 방 안에 신기루 같은 사내의 허연 알몸 이 드러난다. 근육질의 팽팽하고 강마른 몸이다. 최 대위는 천천 히 수련의 옷을 벗기기 시작한다. 의식을 거행하듯 마지막까지 꼼꼼히 차근차근 해 나간다. 알몸이 된 수련은 손바닥으로 얼굴 을 가리고 허리를 꼬부린다.

"너무 걱정 마."

멀리서 최 대위의 목소리가 웅얼거리고 있다. 난로 같은 사내 몸이 바싹 붙어 눕는다. 사내는 마치 부부처럼 수련의 머리를 들 어 자기의 팔 위에 올려놓는다. 그리고 모로 상반신을 조금 일으 키고 수련의 몸을 이윽히 들여다보다가 천천히 쓰다듬기 시작한다.

"널 안다니, 꿈만 같아."

수련은 최 대위의 속삭임 소리가 무슨 소린지 알아들을 수
없다. 그녀는 눈을 꼭 감고 어서 끝나기만을 기다린다. 최 대위
는 처음 열기와는 달리 서두르지 않는다. 구석구석 천천히 애무
를 하며 인내성 있게 기다린다. 사내의 근기에 지쳐 가며 의지와
달리 그녀의 몸이 서서히 달아오르기 시작한다. 수련은 떨림을
억제하려고 주먹을 꽉 쥔다. 그녀의 변화를 느낀 듯 사내가 환하
게 웃는다. 낯선 사람의 웃음이다. 최 대위는 조금 더 자신 있게
그녀의 몸에 키스를 들이댄다. 사내의 몸짓에는 보위원이 정치
범에게 행할 수 있는 권위적인 무시가 없다. 오히려 애원과 감격
이 느껴진다. 이해할 수 없는 그 진정성에 그녀의 몸도 반응하고
있다. 그녀는 주먹을 더 꽉 그러쥐고 입술을 깨물었지만 높아 가
는 숨소리를 억누르기 힘들다. 귓가로 눈물이 흘러내리고 흐느
낌이 거친 숨소리와 함께 터진다.

"너무 그러지 마."

사내는 그녀의 눈물을 닦아주며 자기의 몸을 완전히 밀착시
킨다. 사내의 입에서 탄성이 터져 나온다. 수련은 더 이상의 뻗침
이 의미가 없음을 깨달으며 맥을 탁 놓아 버린다. 머릿속을 하얗
게 비운 채 몸이 가는 대로 끌려간다. 가장 격렬한 순간에도 사
내의 몸은 조금도 거칠지 않다. 절정의 순간에 수련은 얼결에 최

대위를 그러안는다.

화끈 달아오른 좁은 방 안에 야릇한 냄새가 진동한다. 최 대위는 땀에 젖은 몸에 수련을 꼭 안고 한참이나 굳어져 있다. 수련이 몸을 일으키려 하자 최 대위는 자리에서 먼저 일어나 수건을 건네준다. 둘이 옷을 주워 입는 부스럭 소리가 어색한 침묵을 메워주고 있다. 수련은 도망치듯 방 안을 빠져나온다. 뒤에서 최 대위의 긴 한숨 소리가 들려온다.

허리를 굽히고 정신없이 집까지 달려온 수련은 집 앞에서 우뚝 걸음을 멈춘다. 남편과 시어머니는 벌써 잠들었는지 기척이 없고 희미한 등잔이 껌뻑이며 그녀를 맞이한다. 문고리를 쥐던 수련의 손이 스르르 미끄러져 내린다. 아직도 심장이 방망이질하고 있다. 남편과 시어머니를 마주 볼 자신이 없다. 한 걸음 물러선 그녀는 벌레를 털어내듯 손바닥으로 몸을 털어내며 어둠 속으로 달음박질친다. 집 뒤쪽으로 달리던 그녀는 자그마한 나무에 몸을 부딪치며 그 자리에 주저앉는다. 손바닥 안에 꽉 막힌 입에서 호곡이 터져 나오려고 용을 쓰고 있다. 후둑후둑 떨어지기 시작한 빗방울이 그녀의 어깨를 다독인다.

4.

언제부터인가 민규는 누군가 자기 뒤를 밟는 듯한

느낌을 받는다. 그 느낌은 잠자리에 누워서도 사무실에 앉아 있을 때도 짙은 안개처럼 끈적거리며 몸에 매달린다. 이 찜찜한 느낌의 정체를 밝혀내기 전에는 수련을 만나는 것도 조심해야겠다고 민규는 생각한다.

어느 날 저녁, 사무실 침실에 자리를 펴고 누우려던 민규는 부스럭거리는 인기척을 느낀다. 분명 창문 밑에서 돌멩이 구는 소리가 들려온다. 살그머니 일어나 기척 없이 문을 열고 나온 민규는 창문이 있는 사무실 뒤쪽으로 잽싸게 달려간다. 창문 밑에는 아무도 없다. 머리를 기웃거리며 돌아서던 민규는 등 뒤 어둠 속에 숨어 있는 그림자를 예민하게 감지한다. 홱 몸을 돌린 민규는 권총을 뽑아 철컥 장탄을 하며 사무실 울타리에 바싹 붙어 선 그림자 쪽으로 천천히 다가간다. 사무실 둘레를 빙 둘러친 판자 울타리에 웬 사내가 매어 달리듯 바싹 붙어 서 있다. 민규가 다가서자 그 사내는 두 손을 번쩍 들고 권총을 흘깃거리며 부들부들 떤다. 민규는 최근 으스스한 느낌의 정체를 대번에 알아챈다. 이 사내가 자기 뒤를 밟고 다닌 것이다. 그 사내는 무너지듯 주저앉으며 두 손을 싹싹 마주 비빈다.

"죽을죄를 지었습니다. 용서해주십시오. 선생님."

이를 덜덜 맞쪼며 사내가 울먹인다. 민규는 낮게 명령한다.

"조용히 따라와."

사무실에 들어와 보니 건설작업반 조장이다. 젊어서 정찰총국에 복무한 경력이 있는 자다.

"살려주십시오. 조 선생님이 자기 말을 잘 들으면 2작업반 농산반으로 옮기고 반장을 시켜주겠다고 해서……"

사내는 묻지도 않는 말을 줄줄이 실토하며 눈물을 찔끔 짠다. 지금 자기의 목숨이 민규에게 달렸다는 것을 재빨리 간파한 것이다. 이따위 작자를 믿고 이런 위험천만한 일을 시킨 조 대위가 한심하게 느껴진다. 하긴 조 대위도 한심한 작자니까, 민규는 침착하게 의자에 앉아 횡설수설하는 그자를 지켜본다.

"말해봐. 조 선생님이 뭘 시켰고, 뭘 했고."

"최 선생님이 밤에 누구와 만나는지만 알아내라고 했습니다. 죽을죄를 지었습니다."

"그래서?"

"며칠을 지켜봐도 아무도 만나는 사람이 없어 그대로 보고하려고 했습니다. 선생님."

그자는 특이한 보고거리가 없는 것이 마치 자기의 공로라도 되는 듯 다행스러운 표정까지 지어 보인다. 민규는 벌떡 자리에서 일어나 그자의 배를 발로 걷어찬다. 윽 하고 외마디 비명을 지르며 나동그라졌던 그자가 꿈지럭거리며 민규의 발을 두 손으로 그러잡는다.

"살려주십시오. 제가 선생님에게 들켰다는 말은 절대로 하지 않겠습니다. 그리고 선생님이 시키는 것은 뭐든 다 하겠습니다. 제발 살려주십시오."

대단히 약삭빠르고 위험한 자다. 민규는 보위원들끼리 질투하는 모양새를 들킨 것이 화가 나 그자를 한참 밟아주었다.

"너 정말 죽고 싶지 않으면 주둥이 조심해."

민규는 사무실 문을 열고 그자를 확 차 버린다. 애고고 비명을 지르며 마당에 나동그라졌던 그자가 벌벌 기어 어둠 속으로 사라진다.

민규는 전신에 소름이 돋는 것을 느끼며 가슴을 내리 쓴다. 하마터면 조 대위한테 수련과의 관계를 들켜 버릴 뻔했다. 설사 수련과의 관계를 조 대위가 눈치챈다 해도 절대로 고발은 하지 못할 것이다. 다만 조 대위는 민규도 자기와 같은 과오를 범해주기를 간절히 바라고 있다. 그래서 수련을 통계원 자리에 넣을 때도 왼심을 썼다.[6]

"비열한 자식, 은혜를 원수로 갚아?"

민규는 나직이 욕설을 씹어 뱉는다. 앞에서는 살이라도 떼어줄 것처럼 살갑게 굴며 눈웃음을 치던 조 대위의 해사한 얼굴이

---

6) 북한말로 '속으로 안타깝게 애쓰며 조바심을 내다'라는 의미.

떠오른다. 자기와 수련과의 관계는 조 대위 따위는 절대로 이해할 수 없는, 조 대위가 범한 것과 같은 그런 너절한 과오는 결코 아니라고 민규는 믿고 싶다.

추락

1.

　　민규와 한 자리에 든 후, 수련은 될수록 남편과 시어머니와 마주 앉지 않으려 애를 쓴다. 집에 들어와서 할 수 있는 한 일손을 잡는다. 아침에도 밥상을 차려주고 먼저 관리위원회에 나갔다가 남편과 시어머니가 일을 나간 다음 들어와 대강 한술 먹는다. 저녁에도 설거지나 빨래를 하며 시간을 끌다가 남편과 시어머니가 잠든 다음 방으로 들어간다.

　　"왜 집안일을 혼자 하려고 애를 쓰느냐? 나도 있고 원호도 있는데 부딪치는 사람이 먼저 하자꾸나. 그러다 너 탈나겠다."

　　시어머니가 수련이 걱정을 한다. 숨바꼭질 하는 것 같은 아슬아슬한 날이 흐르는 사이에도 수련은 최 대위의 사무실에 몇 번 들락거린다. 한번 거절 못 한 걸음을 멈출 방도가 없다.

　　최 대위와 관계를 맺은 지 한 달가량 되었을 때, 수련은 자기의 몸이 정상이 아니라는 것을 알아챈다. 언제부터인가 강낭죽 끓이는 냄새에 참을 수 없는 구역질이 난다. 생리할 날짜를 퍽 지났다. 처음엔 수용소 생활이 힘겨워 생리가 끊어졌는데 통계원 일을 하면서부터는 정상으로 돌아왔다. 임신이 의심되자 그녀는 얼굴을 싸쥐고 폴싹 주저앉았다.

제일 놀란 것은 혹시 최 대위의 아이가 아닐까, 하는 것이다. 곰곰이 따져보니 최 대위 아이 같지는 않다. 벌써 두 달째 생리를 하지 않고 있다. 그렇다면 임신한 지 여섯 주 아니면 일곱 주 정도는 된다. 남편하고 잠자리를 같이한 날짜를 돌이켜보아도 틀림없이 남편의 아이다. 일단 그 문제는 안도의 숨을 내쉬면서 그제야 이 골짜기에서 아이를 낳아 기를 생각으로 눈앞이 캄캄해진다.

입덧이 심해지면서 시어머니가 먼저 눈치챈다. 그녀의 임신에 시어머니도 남편도 당황해한다. 밖에서라면 당연히 경사였을 첫아기이지만 이 골짜기에서는 반가워할 수 없다. 그들 가족은 침울해진다. 수용소에서 태어날 새 생명이 가엽고, 그 아이가 수용소에서 커서 수용소 인생으로 살아가야 하는 것이 끔찍하다.

수련은 옥수수 죽물마저도 입에 대기 힘들지만 이를 악물고 일하러 나간다. 시어머니도 남편도 그러는 그녀를 말리지 못하고 어떻게 하나 견뎌내기를 기대한다. 그녀가 임신하자 제일 큰 걱정의 하나가 통계원 자리에서 쫓겨나지 않을까 하는 우려다.

"통계원 자리에서 쫓겨나는 일은 없을 거예요."

어느 날, 시어머니와 남편을 안심시키던 수련은 고개를 폭 수 그런다. 얼결에 최 대위를 떠올린 자기의 속내에 기겁한다. 최 대위가 있는 한 통계원 자리에서 쫓겨나지 않는다는 것을 그녀는 잘 알고 있다.

"그럼 얼마나 좋겠니. 앞으로 아이를 기르자고 해도 며늘애가 통계원 자리를 유지해야 살아갈 수 있는데, 정말이지 수련이 없 었으면 우린 벌써 죽었을지도 모른다."

시어머니가 수련의 손을 쓸며 코멘소리를 한다. 그럴 때면 쥐 구멍에라도 들어가고 싶다. 시어머니는 한시름 놓았다는 듯 해 산 걱정을 한다.

"여기는 산전산후 조리도 할 수 없고, 미역 한 꼬리 구할 수 없 는데, 아이를 어떻게 낳고, 산후 조리는 어찌할지 모르겠구나. 그 저 장본인인 이 할미가 죄인이다."

시어머니는 늘 그러하듯 당신 탓부터 한다.

"애를 생각해서라도 이를 악물고 살아보자꾸나. 어떻게 목숨 을 부지하노라면 이 골짜기에서 나갈 수도 있지 않겠니."

"아무렴요. 우리 애까지 이 골짜기 사람으로 만들어서는 안 되지요."

남편이 목소리에 힘을 주지만 종내 깊은 한숨으로 마무리를 한다. 가슴이 답답해 와 자리에서 일어난 그녀는 양동이를 들고 개울가로 향한다. 할 수만 있으면 시어머니나 남편 얼굴을 보지 않고 혼자 있고 싶다. 어느새 뒤따라 나온 남편이 수련의 손에서 양동이를 뺏어낸다.

"당신은 이제 자기 몸만 생각하고 통계원 일이나 신경 쓰오. 집안일은 나와 어머니가 다 할 테니."

수련은 와락 남편의 가슴에 얼굴을 묻고 울음을 터뜨리고 만다. 흐느끼는 그녀의 마음을 알 길 없는 남편은 수련의 어깨를 토닥이며 속삭인다.

"우리 힘냅시다. 여보."

2.

민규는 처음 수련이 임신 소식을 듣고 깜짝 놀랐다. 수련은 임신하자 곧 민규에게 솔직히 털어 놓으면서 그 아이는 확실하게 남편의 아이이니 절대로 오해를 말라고 설명하였다. 수련의 말에 전적으로 매어 달리면서도 민규는 이름할 수 없는 초조감과 불안에 시달린다. 그 아이는 수련을 몇 배 힘들게 할 것이고, 민규의 책임 또한 갑절 무거워질 것이다. 간혹 수용소에서 태어난 아이들도 있지만 지금처럼 태어날 새 생명에 대한 안타까운 마음이 든 적은 없다. 수련이 수용소에 들어오면서 민규 생활의 많은 부분은 어느 사이엔가 그녀와 연결된다.

그녀도 어느 정도 민규를 의지하는 것 같다. 자신을 정치범으로 학대하려 하지 않는다는 것을 느낀 것이다. 민규는 그녀의 눈빛에서 자신에 대한 차분한 믿음을 엿볼 때면 이름할 수 없는 환희를 느끼곤 한다. 이제는 수련에게 지난 과거를 털어놓을 때가 되었다는 생각을 한다. 오래전부터 아주 특별한 사이로 되었던 그녀와의 인연이다.

민규는 수련과 한 고향 사람이다. 그녀의 어머니는 민규의 중학 시절 음악 선생이다. 민규는 중학교 때, 음악 선생의 유치원 꼬맹이 딸을 종종 보았다. 민규가 중학교를 졸업하고 군대에 입대할 무렵 음악 선생의 꼬맹이 딸은 초등학교 학생이 되었다. 민규가 제대하여 보위대학에 입학하고 모교를 찾았을 때, 음악 선생의 딸은 얌전한 중학생 소녀로 자랐다. 그때에도 민규는 그냥 예쁘게 잘 자랐네, 하고 혼자 생각할 뿐 아는 척하지 않았다. 민규는 음악 선생의 딸이 중학교를 졸업하고 도 예술대학에 입학했다는 소식도 보위대학을 다니던 중 우연히 들었다.

보위대학을 졸업하고 배치를 받기 전, 민규는 고향에 잠간 다녀간 적이 있었다. 그때, 마을 앞을 지나는 그녀를 우연히 보았다. 수련이 역시 대학 방학차로 고향에 왔다. 처음엔 오랜만에 보는 수련을 알아보지 못했다. 귀여운 소녀로 기억되었던 그녀는 숲 속의 백합처럼 활짝 피어 있었다. 민규는 고향에 머무는 며칠간, 그녀를 다시 보기 위해 그녀의 집 주변에서 일부러 서성거리기도 했다.

수련은 민규가 자기 엄마의 제자이고, 마을 보위지도원의 막내아들이라는 것을 모른다. 수련이 초등학생이던 때, 중학교를 졸업하고 고향을 떠난 민규를 그녀가 기억할 리 만무했다.

고향에서 그녀를 보고 난 후부터 민규는 늘 수련의 소식이 궁금했다. 아버지와 전화할 때면 음악 선생의 안부를 묻는 것처럼 하며 그녀의 소식을 슬쩍 물어보곤 했다. 그러던 중 대학을 졸업한 그녀가 평양 국립교양악단에 뽑혀 왔다는 것을 알게 되었다. 민규는 날듯이 기뻤다. 평양의 한 하늘 아래 그녀와 같이 있게 된 것이다.

민규는 짬을 내어 국립교양악단 공연에 자주 갔다. 처음엔 악단의 구석 쪽에 앉아 가야금을 타던 그녀가 공연 횟수가 바뀔수록 앞자리 무대 중앙을 차지했다. 어느 공연에선가 가야금 이중주에 출연했다. 잠자리 날개 같은 연한 하늘색 한복을 입은 그녀가 가야금을 사뿐히 무릎에 놓고 연주하는 모습에 민규는 넋이 나가곤 했다.

민규는 수련의 가야금 소리가 정말 좋았다. 마치 그녀가 맑고 명랑한 소리로 행복을 이야기해주는 것 같았다. 그녀의 가야금 연주를 듣노라면, 인생은 가야금 소리처럼 늘 밝고 기쁨이 넘칠 것만 같았다. 특히 그녀가 해맑게 웃는 모습을 볼 때면 형용 못할 환희가 가슴에 차오르곤 했다. 그녀의 웃는 모습은 아주 특이했는데 얼굴 안쪽에서 조명 같은 것이 조도를 한껏 높이듯 얼굴이 확 밝아지며 눈이 초승달 모양으로 휘어든다. 그녀의 공연을 본 날이면 그녀의 낭랑한 가야금 소리와 그녀의 특이한 미소, 사뿐히 허리를 굽혀 우아하게 인사를 하던 그녀의 자태를 잠자리에 끌고 온다. 초저녁부터 수면제 힘으로 잠자리에 노그라진 아내 옆에서 민규는 방 안에 가득한 그녀의 빛을 느끼며 혼자 웃음을 짓곤 했다.

'미친놈, 장가간 놈이 왜 이래? 뭘? 내가 뭘 잘못하기라도 했어? 그냥 그 애 연주를 듣는 것이 좋을 뿐이야. 그래, 한 고향 소녀를 귀여워하는 거야.'

그는 자신의 감정을 놓고 괜히 변명을 해 대며 혼자서 구시렁거리기도 했다. 그녀가 평양에 올라오기 전에 민규는 이미 결혼을 했다. 그렇다고 그녀의 가야금 소리를 좋아하는 것이 아내에게 미안한 일이라고 생각하고 싶지 않았다.

언젠가 그녀를 만나, 내가 네 고향 선배 오빠다. 넌 기억하지 못할 수 있지만 난 널 잘 알지, 하고 멋지게 악수를 청하리라 벼

르던 찰나에 민규는 정치범수용소로 이직되었다. 보위대학을 졸
업하고 장인의 뒷심으로 국가보위부에 배치받기는 했으나 워낙
백이 약한 민규는 종내 수용소 골짜기 보위원으로 밀려나고 말
았다. 평양을 떠나 산골 배치지로 떠나게 된 것도 기분 나빴지만
다시는 그녀의 가야금 소리를 듣지 못하는 것이 못내 아쉬웠다.
그녀의 가야금 소리가 마음속에서 둥기당 둥기당 울리고 있는
동안 민규는 행복했고, 조금 들떠 있었다.

　수용소에 내려간 몇 년 동안은 그녀의 소식을 들을 기회가 없
었다. 수용소 골짜기는 수인들뿐 아니라 민규도 가두어 버렸다.
이곳 환경에 적응하느라 경황도 없었다.

　어느 날, 민규는 사무실 청소하러 온 수련에게 두 사람 사이
의 과거 인연을 다 털어 놓았다. 민규는 변명조로 설명을 하며
수련의 눈치를 살핀다. 수련은 두 눈을 동그랗게 뜨고 처음 보는
사람처럼 민규를 쳐다본다. 그러다가 갑자기 얼굴을 싸쥐고 흐
느낀다. 그녀의 눈물에는 설움과 노여움이 짙게 배어 나온다. 민
규는 얼굴이 화끈 달아오르며 수치심이 술기운처럼 몰려온다.
그녀에게 아주 부당한 짓을 저질렀다는 자책이 정신을 몽롱하
게 만든다. 다음 순간 민규는 단호히 머리를 흔든다.

　"아니야!"

　그녀가 울다 말고 흠칫 고개를 든다. 민규는 수련을 외면하며

퉁명스러운 어조로 외마디 소리를 낸다.

"그만 울어."

"죄송합니다. 전 그저……"

"됐다고."

그녀는 갑자기 무뚝뚝해진 민규의 태도에 주눅이 들어 자세를 바로 하면서도 또렷하고 확실한 어조로 조곤조곤 말한다.

"절 도와주세요. 태어날 애가 수용소 인생을 살지 않게 해주세요. 부탁이에요."

그녀에게서 처음으로 들어보는 강한 주장이 어린 말이다.

3.

아내의 입덧이 조금씩 나아져 가고 있다. 어머니는 수련의 부담을 덜어주려 부엌일을 도맡아 하려 애를 쓴다. 집안일을 서로 하겠다고 아내와 어머니는 자주 실랑이를 벌인다. 요즘 들어 아내는 이상할 정도로 혀끝처럼 공손해져 간다. 수련이 때문에 온 식구가 살아간다고 어머니가 고마움을 표시할라 치면 아내는 황황히 고개를 흔들며 불안한 표정을 짓곤 한다. 아내가 너무 순진하고 착해서 생색낼 줄도 모르는 것 같다. 그럴수록 원호는 아내가 더 고맙고 미안하다.

아내는 늘 늦은 밤에 오두막으로 돌아온다. 관리위원회 사람들은 정치범들이 집으로 다 돌아간 다음 뒤처리를 하고 퇴근한다고 한다. 원호는 수련이 언제 들어오는지 모르게 잠들 때가 많다. 그게 미안하여 아내를 마중하거나 기다릴라치면 그녀가 눈물이 글썽해서 사양한다. 보위원이나 관리자들의 눈에 뜨이면 혹시 도적질이라도 하지 않나 의심을 받는다고 한다. 그럴 법하다고 생각하고 원호는 먼저 자곤 한다. 하루 종일 고된 노동에 시달리다 집에 들어오면 손가락 하나 까딱할 여력도 없다.

오늘도 원호는 아내를 기다리다 먼저 곯아떨어진다. 얼마나 시간이 흘렀는지 옆구리가 허전하여 언뜻 잠에서 깨어난다. 수련은 아직도 들어오지 않고 어머니는 한쪽 구석에 노그라져 자고 계신다. 아직까지 일을 하는 아내가 걱정스러워 원호는 무거운 눈꺼풀을 억지로 들어 올리고 잠자리에서 일어난다.

집 문을 열고 밖으로 나오니 허리 꼬부린 초승달이 앞산에 다리를 걸고 막 넘어가려던 참이다. 시계가 없어 정확한 시간은 알 수 없으나 밤이 퍽 깊은 것 같다. 원호는 한참 서성이다가 어둠이 눈에 익자 아내를 찾아 마을 중심에 있는 관리위원회로 향한다. 컴컴하게 웅크린 정치범들의 오두막들은 검푸른 장막에 감겨 죽은 듯 자고 있다.

관리위원회 창문들은 불빛 없이 캄캄하다. 아내가 혹시 일을 하다가 쓰러져 잠이라도 든 것이 아닌지, 홀몸도 아닌 아내가 이

쌀쌀한 가을 날씨에 사무실에서 자다가 감기라도 들면 야단이다. 원호는 관리위원회 사무실 앞에 다가가 귀를 기울여본다. 안에서는 아무 기척도 나지 않는다. 손더듬을 해보니 사무실에 커다란 쇠가 잠겨 있다. 선전실로 다가가 보았으나 역시 자물쇠가 잠겨 있다. 아내는 어디로 갔단 말인가. 비로소 의아한 생각이 든다. 아무리 생각해도 이 야밤에 아내가 갈 곳이 짐작되지 않는다.

잠시 당황하여 사방을 두리번거리는데 문득 한 점의 불빛이 눈을 찌른다. 보위원 사무실 창문 쪽인데 라이터 불빛 같아 보인다. 불은 이내 꺼진다. 불 꺼진 사무실에서 보위원이 담배를 피우는 것 같다. 보위원들은 대개 밤이면 철조망 밖에 있는 자기 집으로 가는 것으로 알고 있다. 그냥 뭐 볼일이 있나 보지 하고 무심히 생각하다 불현듯 가슴이 털컥 내려앉는다. 불길한 예감으로 숨이 가빠 온다. 도대체 무슨 생각을 하는 거야? 손은 머리를 쥐어박았지만 어느새 발걸음은 보위원 사무실 쪽을 향한다.

짐승처럼 촉각이 곤두선 원호는 보위원 사무실 벽에 뱀처럼 다가간다. 사무실 창문 밑에 바싹 다가가서 벽에 몸을 붙인다. 펄떡거리는 심장 소리가 너무 요란해서 손으로 가슴을 움켜잡는다. 조금 열려진 사무실 창문으로 보위원 최 대위의 헛기침 소리가 들려 나온다. 부스럭거리는 소리, 이어 최가의 헐떡거리는 숨소리, 여자의 가는 신음 소리, 아, 아, 제발 아니기를…… 그러나 종내 아내의 목소리가 원호의 뒤통수를 후려갈긴다.

"이제는 집에 들어가야 합니다. 선생님."

원호는 혹시 잘못 들었나 하여 마구 머리를 흔든다. 최 대위의 목소리가 원호를 비웃듯이 또렷이 울린다.

"아직 초저녁이야."

"선생님. 약속대로 가을에 제 남편을 꼭 식료공장에 보내주셔야 해요."

"별 걱정을 다 하는군. 아이를 생각해서라도 수련이 몸이나 잘 돌보라고. 입덧은 괜찮아?"

"네, 이젠 나아졌어요."

"섭섭하군, 이젠 아이 때문에 당분간 수련을 안지도 못하겠는걸. 해산 준비는 내가 할 테니 걱정하지 마."

순식간에 온몸의 기운이 쫙 빠지는 것을 느끼며 원호는 그 자리에 주저앉았다. 눈앞이 어질어질해 오고 정신이 혼미해진다.

'아이라니? 그럼 아이가 최 대위의 아이란 말인가?'

원호는 두 손으로 귀를 틀어막았다. 팔다리가 경련을 만난 듯 심하게 떨린다. 눈을 감자 머릿속으로 환영이 일어난다. 힘차게 달려가 방문을 열어젖히고, 다음은 벌거벗은 두 년놈의 몸뚱이에 몸을 날려 최 대위를 실컷 밟아주고, 그러나…… 원호의 몸은 옴짝도 못하고 바위처럼 굳어져 있다. 터지는 외침을 막으려고 죽어라 목에 힘을 주고 있다. 속에서는 폭탄이 터지고 있으나 입 밖으로 신음 한 마디 내뱉지 못한다. 왜 이러지, 어서 저 방 안으로 달려 들어가라고,

볼일을 다 본 듯 방 안에서는 부스럭거리며 일어나는 기미가 느껴진다. 원호는 후들거리는 몸을 간신히 가누며 도망치기 시작한다. 될수록 빨리, 멀리 벗어나려고 허리를 굽히고 휘청거리며 걸음을 옮긴다. 집이 아니라 개울 쪽으로 달린다. 밤이슬에 미끈거리는 자갈밭 위를 달리다가 원호는 돌멩이에 발을 걸채며 폴싹 고꾸라진다. 무릎이며 손바닥이 벗겨진 것 같으나 아픈 줄 모른다. 축축한 개울 바닥에 너부러진 채 얼굴을 구겨 박으며 비로소 처량한 울음을 터뜨린다. 어둠 속에 잠긴 골짜기의 침묵을 깨며 원호의 갈린 울음소리가 청승맞게 울려 퍼진다. 어디선가 소쩍새가 슬프게 화답한다.

4.

머릿속에는 온통 최 대위의 숨소리와 아내의 신음 소리만이 가득 차서 멀미를 일으킨다. 아내의 부른 배가 흉물스럽게 떠오른다. 뱃속의 아기가 최 대위의 아이라는 생각은 이미 확고하다. 원호는 여건상 아내와 몇 번 잠자리를 못 했다. 그러나 그 년놈들은 매일 밤 사무실에서 즐겼을 것이다.

원호는 그동안 자기가 이 골짜기에서 누려 온 남다른 편리가 어떻게 생겨났는지를 가슴 시리게 깨닫는다. 갑자기 구역질이 솟구친다. 원호는 입에 손가락을 넣고 속의 것을 억지로 토해 버린다. 시큼한 침을 탁탁 뱉으며 흘러내린 콧물과 눈물을 팔소매로 빽빽 문지른다. 문지를수록 눈에서는 자꾸 미지근한 물이 흘러내린다.

'왜 도망을 친 거야? 너 죽고 나 죽고 해보지는 못하고 왜 비겁하게 도망을 친 거야? 왜? 왜?'

원호는 자기 주먹으로 머리를 마구 친다. 그의 두뇌는 본능적인 타산을 해버렸고 팔다리는 이미 용의주도하게 움직여주었다. 아주 수용소 사람답게. 우선 아내가 들여오는 땔나무며 옥수수 따위를 포기할 수 없다. 그걸 버리는 대신 자기가 걸머지고 나가야 할 고난이 두렵다. 첫해 겨울에 겪은 재난이 너무도 소름끼친다. 다음은 식료공장 일자리에 대한 유혹도 버릴 수 없다.

그보다 더 무서운 것은, 만약 이 일이 발각될 경우 돌아올 보복이다. 칼자루를 쥔 보위원은 기껏 철직이 되거나 이직이 되겠지만 원호네는 그 벌로 영락없이 귀신골로 불리는 완전통제구역으로 끌려가게 될 것이다. 귀신골은 몇 골짜기 넘어 있는데, 한번 들어가면 영원히 나올 수 없는 곳이다. 그곳에서는 가족 단위로도 생활하지 못하고, 남자들은 화학무기 생체실험장에 끌려간다는 소리도 있고, 비밀 공사를 하고 흔적 없이 죽인다는 소문도 있다. 그곳 사람들은 노동 강도가 너무 세서 몇 년을 못 살고 제풀에 죽어 나간다고 한다. 귀신골로 끌려가는 사람들을 원호는 여럿 보았다.

원호는 문득 울음을 멈춘다. 번데기를 벗듯 그 무엇인가 몸에서 떨어져나가는 것을 느낀다. 모든 것을 다 잃은 사람이 스스로를 버리는 것은 종잇장 한 장 차이라고 했던가. 다 빼앗기고 허울만 남자 몸이 가벼워진다. 갑자기 너털웃음이 터져 나온다. 한번 터진 웃음은 갈비뼈가 뻐근해 올 때까지 멈추어지지 않는다. 그 웃음은 그동안 아내에게 송구해하며 진심으로 정을 쏟았던 자신에 대한 야유다. 인간의 사랑이라는 것이 얼마나 기만적이고 배신적인지를 뼈저리게 깨달으며 원호는 실컷 자기를 조롱한다.

머리카락을 쥐어뜯던 원호는 이를 갈며 튕기듯 일어난다. 그리고 아내와 최 대위를 향해 거친 욕설을 퍼붓기 시작한다. 난생처음 해보는 길고도 야비한 상말이다. 찝찔한 눈물과 욕설을 우물우물 씹으며 원호는 허청허청 발걸음을 옮긴다.

죽음의 공포

1.

언제부터인가 남편이 완전히 다른 사람으로 변해 버렸다. 눈에는 싸늘한 냉기가 서리처럼 번뜩이고 벙어리처럼 입을 다문다. 남편이 낯선 사람으로 변해 간다. 집에 들어와 수련이 일손을 잡을세라 집안일을 도맡아 하던 남편이 손님처럼 잠만 자고 나간다. 시어머니가 말을 걸어도 예, 아니요, 단마디로 끝난다. 잠자리도 수련과 나란히 눕지 않고 어머니를 가운데 눕힌다. 얼결에라도 수련이 손이 자기 몸에 닿으면 벌레를 털어 버리듯 손찌검에 가깝게 와락 밀쳐 버린다. 그녀가 늦게 들어오면 잠을 깼다고 으르렁거리며 베개를 부엌으로 내던지며 거칠고 야비한 욕설을 거침없이 퍼붓기도 한다. 남편에게는 억지로 눌러 박은 용수철처럼 위태로운 자제력이 보인다. 당장이라도 뭔가 폭발할 것만 같다.

남편이 왜 횡포를 부리는지 수련은 짐작하고 있다. 그녀와 최대위 관계를 눈치챈 것이 분명하다. 가슴 조이며 걷던 살얼음판이 드디어 깨졌다. 그 외에는 남편이 그처럼 달라진 이유를 찾을 수 없다. 어디서 어떻게, 어느 정도 알고 있는지 알 수 없지만 남편의 마음이 분노로 꽁꽁 얼어붙었다는 것만 명백하다. 짐작만으로도 주눅이 들어 버린 그녀는 무슨 일이냐고 물어볼 엄두조차 내지 못한다. 묵묵히 남편의 경멸과 횡포를 받아들인다. 숨을 죽이고 없는 듯이 지내려 애를 쓴다. 시어머니만 영문을 몰라 당혹해한다.

저녁에 집으로 돌아온 수련은 집안에서 들려오는 남편의 화난 목소리에 문 앞에서 굳어진다.

"너 요즘 정말 이상하다. 왜 수련에게 그리 못되게 구는 거냐?"

남편은 대답이 없고, 시어머니의 한숨 섞인 말소리가 다시 울린다.

"너도 힘들겠지만 넌 가장이 아니냐. 며늘애가 홀몸도 아닌데, 그 애가 우릴 쫓아와 고생하는 게 불쌍하지도 않니?"

남편은 여전히 응대를 하지 않는다.

"수련이 네 아이를 가졌단 말이다."

갑자기 남편이 목멘 소리를 질러 댄다.

"필요 없어요. 그 따위 아이 나에겐 필요 없다고요."

"필요 없다니? 아이는 이미 생겼고, 넌 그 애 아버지다."

"난 그 애 아버지가 아니에요. 다 필요 없다고요."

남편의 흥분한 목소리가 문을 박차고 밖으로 튀어나온다. 수련은 얼른 문 앞을 떠나 어둠 속에 숨는다. 집 뒤 공지에 쪼그리고 앉은 그녀는 공포로 온몸을 부들부들 떤다. 남편이 뱃속의 아이를 자기 아이가 아니라고 생각하는 것 같다. 남편이 그녀와 최 대위와의 관계를 알고 있는 것은 분명하지만 아이까지 부정할 줄은 몰랐다. 생각해보니 남편으로서는 충분히 그런 생각을 가질 수 있다. 그렇다고 그녀가 먼저 해명할 수도 없다. 차라리 남편이 먼저 따지고 들었으면 설명이라도 하련만 애초에 말조차 걸어오지 않는 남편이다. 벌을 받든, 통계원 자리에서 쫓겨나든 최 대위와의 관계를 정리하지 못한 것이 뼈저리게 후회된다. 남편이 알아 버린 이상 이제는 깨진 독이다.

그녀는 캄캄한 어둠 속을 망연히 둘러본다. 절망과 외로움이 어둠처럼 그녀를 빽빽이 둘러싼다. 어디론가 도망치고만 싶다. 그러나 그녀가 숨을 곳, 달아날 곳은 그 어디에도 없다. 죽으나 사나 반토굴 안에서 모든 것을 견뎌야만 한다. 그녀는 눅눅한 땅바닥에 털썩 주저앉다가 얼른 엉덩이를 들며 두 손으로 배를 그러안는다. 뱃속 어디엔가 새 생명이 있다는 생각에 머리가 아득해진다.

'그래, 나에게는 이 애가 있어. 너만 있으면 난 외롭지 않아.'

그녀는 흐르는 눈물을 삼키며 고개를 주억거린다. 아이를 낳으면 남편의 아이라는 것을 증명할 수 있을 것 같다. 남편을 닮은 구석이 분명 있을 것이다. 남편의 버림을 받는다 해도 아이의 엄마로서 살아간다면 견딜 수 있을 것 같다. 아이만 이 골짜기에서 벗어나게 할 수 있다면 최 대위가 아니라 악마의 도움이라도 받을 것이다. 그녀는 벌떡 몸을 일으킨다. 그리고 등잔불이 껌뻑이는 반토굴을 향해 돌진하듯 단호히 걸음을 옮긴다. 그녀는 이미 새끼를 품은 어미다.

그녀가 집에 들어서니 시어머니도 남편도 자리를 깔고 누워 있다. 수용소 생활을 견디려면 일하는 것 외에는 될수록 잠을 자야 한다. 시어머니가 고개를 들었다 맥없이 도로 눕는다.

"가마에 죽이 있다. 배고프겠다."

아들과 등을 돌려 대고 누운 시어머니의 깊은 한숨 소리가 방 안의 무거운 정적을 흔든다. 수련은 우두커니 서 있다가 살며시 가마뚜껑을 열고 죽 그릇을 꺼낸다. 아이를 위해 억지로라도 한술 먹어야 한다. 그녀는 하염없이 흐르는 눈물을 죽과 함께 우물우물 넘긴다.

2.

　그 후부터, 수련은 남편의 행동을 그러려니 무심하려고 애를 쓴다. 마음을 고쳐먹으니 조금 덜 무섭다. 시어머니도 아들에게 될수록 말을 걸지 않는다. 각자는 밖에서도 집에서도 묵묵히 자기 앞의 일만 한다. 저녁이면 서로를 위로하고 그날 있었던 이야기를 나누던 모습은 더는 볼 수 없다. 냉랭하고 썰렁한 기운이 오막살이를 날려 버릴 듯이 팽팽하다.

　그녀는 혼자서 침착하게 해산 준비를 해 나간다. 자기 옷을 뜯어 쫌쫌이 아이의 배냇저고리도 만들고, 기저귀도 만든다. 미역과 입쌀은 민규가 가져다주었다. 아무것도 모르는 시어머니는 며느리가 알아서 해산 준비를 척척 하자 고마워 어쩔 줄을 모른다.

　가을이 되자 최 대위는 약속대로 남편을 식료공장 엿 작업반에 옮겨준다. 어떤 대가로 자기가 식료공장에 가는지 알면서도 남편은 아무 내색 없이 식료공장으로 간다. 남편의 표표한 태도가 어쩌면 편하기도 하고, 가슴이 서늘해 오기도 한다. 철저한 무관심과 경멸이 남편의 온몸에 밀랍처럼 씌워져 있다. 정말로 남편과 영영 화해하지 못할 수도 있다는 생각에 그녀는 숨이 막힌다. 그녀는 아이가 태어나기만을 손꼽아 기다린다. 아이만이 그녀와 남편을 이어주는 유일한 동아줄이 될 수 있다는 마지막 기대 때문이다.

3.

출근 시간도 되기 전에 갑자기 종소리가 울리더니 탈곡장 옆 공지로 모이라는 스피커의 고함 소리가 새벽 공기를 찢어 댄다. 일하러 나갈 차비를 하던 원호는 영문도 모르고 모이라는 장소로 향한다. 아내와 어머니도 말없이 뒤를 따른다. 원호네 가족은 언제부터인가 말없이 행동으로 의사를 주고받는다.

현장에 도착하니 수백 명의 사람들이 몰려 있다. 하나같이 남루한 사람들 무리 속에 원호네도 묵묵히 들어선다. 앞쪽에는 십자가처럼 생긴 말뚝이 세워져 있다. 웅성거리는 사람들을 경비대 군인들이 총을 꼬나들고 둘러싸고 있다.

"개새끼들 아가리 닥쳐."

경비대 군인의 쨍쨍한 고함 소리에 사람들은 땅바닥을 향해 고개를 수그린다. 겁에 질려 흘깃거리는 양이 어떤 이들은 영문을 알고 있는 눈치다.

한참 후, 흙먼지를 안개처럼 휘감고 트럭이 당도한다. 보위원 둘이 먼저 내리며 손으로 몸에 먼지를 탁탁 턴다. 최 대위와 조 대위다. 병사 셋이 꽁꽁 묶은 짐짝 같은 것을 트럭 적재함에서 땅바닥으로 내리 떨어뜨린다. 사람이다. 차에서 내린 병사들이 죽은 듯이 기척 없는 사람을 질질 끌고 가서 말뚝에 억지로 세우더니 밧줄로 묶는다. 원호는 비로소 사람을 총살하려 한다는 것을 알았다. 원호와 조금 떨어진 곳에서 수련은 불룩 나온 배를 두 손으로 잡고 몸을 떨고 있다. 어머니가 그녀를 붙잡는 것이 얼핏 눈에 들어온다.

사형수의 건들거리는 머리가 앞으로 기울어져 있다. 먼지와 피로 얼룩져 형체를 알아볼 수 없다. 다 죽은 사람으로 취급해서 그런지 눈도 입도 막지 않는다. 원호는 사형수의 홀쭉한 볼과 억세 보이는 네모진 턱이 낯이 익어 보여 몇 걸음 앞으로 다가간다. 한참 동안 사형수의 얼굴을 눈여겨보던 원호는 턱을 덜덜 떤다. 그 사람이다. 수용소에 들어와 처음으로 나무를 하던 날, 원호의 상처에 송진을 바르라고 내밀던 무뚝뚝한 그 사나이가 분명하다. 며칠을 짝패로 일하고 난 후로는 같이 지낸 적은 없다. 그러나 간간히 마주치기도 하고 먼발치에서 여러 번 본 적은 있다. 그때마다 그는 미세하지만 은근한 눈빛을 원호에게 던졌고 원호는 반가워 손을 슬쩍 들었다 놓곤 했다. 원호는 눈을 감아 버린다.

한참 후 최 대위가 문서를 펼치며 사람들 앞에 나선다.

"이자는 밖에서 남조선 방송을 들으며 우리 공화국에 대한 앙심을 품은 악질 반동분자이다. 그런데 혁명화 지역에 들어와서도 정신을 차리지 못하고 식량을 몰래 훔쳐 땅에 파묻고 도망갈 기회를 호시탐탐 노렸다. 너희들은 뛰어야 벼룩이다. 도망자의 최후가 어떤지 잘 보고 절대로 도망칠 생각을 해서는 안 된다. 알았는가!"

이때 죽은 듯이 머리를 늘어뜨리고 있던 사형수가 갑자기 입을 연다. 목쉰 소리와 함께 핏방울이 튕겨 나온다.

"여러분, 도망치시오! 도망쳐야 살 수 있소!"

순식간에 벌어진 일이다. 얼떠름해 있던 병사 한 명이 "야 뭘해" 하는 최 대위의 고함 소리에 떠밀려 나가 그 사람의 머리를 총의 개머리판으로 지끈 내리친다. 순간 윽 하는 소리와 함께 피가 병사에게 쫙 튀긴다. 병사는 주춤 한 걸음 물러서더니 개새끼, 하고 이를 갈며 다시 총대를 휘두른다. 사형수는 곧 늘어진다. 조 대위가 펄펄 뛰며 정치범들에게 고래고래 소리를 질러댄다.

"이 개자식들아 뭘 멍청히 보는 거야? 저 미친 자식의 말을 들은 놈들은 다 대갈통을 까부시겠다. 이 새끼 너 들었어?"

조 대위는 권총을 뽑아 들고 앞에 선 사람에게 겨누며 악을 쓴다. 사색이 되어 부들부들 떨던 그 사람은 흑흑 흐느낌 소리를 내며 고개를 저을 뿐 말을 못 한다.

"이 개자식아, 못 들었냐고 묻지 않아."

조 대위 구둣발에 채인 사람이 아이쿠 하는 소리와 함께 나뒹굴자 옆에 선 남자가 연신 허리를 굽히며 애원한다.

"못 들었습니다. 못 들었습니다."

최 대위가 다시 반복해서 소리를 지른다.

"너희들 모두 못 들었는가?"

"네에!"

침울한 대답 소리가 웅글게 메아리친다. 죽은 사람을 놓고 그
대로 사형이 집행된다. 이미 시체가 된 그 사람을 향해 병사 셋
이 총을 겨누고 마주선다.

"우리의 계급적 원수인 반혁명분자를 향하여 단발로 쏫!"

살벌한 새벽 공기 속에 자지러진 총소리가 울려 퍼진다. 이미
피가 다 빠진 것 같은데 총을 쏘자 또 피가 콸콸 쏟아진다. 사람
이 참 피가 많기도 하다. 사형자의 끔찍한 모습에 한 절반 얼이
나간 사람들은 총소리가 울릴 때마다 흠칫흠칫 치를 떨며 눈을
감는다.

일은 그것으로 끝나지 않는다. 한 사람씩 시체에 대고 침을 뱉
으며 돌아가라고 한다. 만약 그냥 가는 자가 있으면 똑같은 반동
으로 여기고 당장 총살하겠다고 을러멘다. 이런 잔인한 광경을
난생 처음 목격한 원호는 울컥 쓴물을 토한다. 눈앞이 몽롱해진
다. 웅성거리는 사람들 속에서 어머니와 수련이 비칠거리며 서
로 기대고 서 있는 것이 어렴풋이 보인다.

사람들은 진저리를 치면서도 어쩔 수 없이 사형수에게 침을
뱉고는 허둥지둥 발걸음을 옮긴다. 원호도 어쩔 수 없이 시체에

침을 뱉고 도망치듯 그 자리를 피해 간다. 원호가 주는 해당화 담배를 보물처럼 쓰다듬으며 히쭉 웃던 그 사람의 모습이 눈에 선하다.

그날부터 원호는 오랫동안 코에서 피비린내가 떨어지지 않는다. 아무리 씻고 다른 냄새를 맡아도 곧 피비린내로 변한다. 옥수수죽 곰팡이 냄새도 피비린내로 맡아진다. 그 피비린내는 원호의 몸 구석구석에 공포와 굴종을 더 깊숙이 심어 놓는다. 목숨을 부지하자면 최 대위와 아내와의 관계를 더욱 철저히 모르는 척해야 하며, 식료공장의 일자리와 아내의 통계원 자리도 절대로 잃어서는 안 된다는 강박이다. 불가항력적인 생존의 요구가 압박할수록 수련을 향한 원호의 횡포는 더 심해진다.

4.

　　총살 현장을 목격한 후 수련은 한동안 충격에서 벗어나지 못한다. 난생처음 보는 총살 장면도 끔찍했지만 그 현장에서 보여준 최 대위의 모습이 더 경악스럽다. 그날, 사형장에서 본 최 대위는 전혀 다른 사람이다. 최 대위의 얼굴에 떠오른 무자비한 경멸과 증오를 수련은 똑바로 보았다. 사람이 피를 철철 흘리며 죽는 것을 보고도 눈썹 하나 까딱 안 하던 최 대위의 냉랭한 얼굴이 소름끼치게 다가온다.

최 대위의 명령대로 그녀가 총살된 사람의 시체에 침을 뱉으려 비칠거리며 다가오자 최 대위가 슬쩍 눈짓을 하며 시체를 막아섰다. 수련에게 시체를 보이지 않게 하려는 행동이다. 그러지 않아도 당장 쓰러질 것만 같던 수련은 얼른 아무 데나 침을 뱉는 척하고 서둘러 그 자리를 떴다. 그 상황에서조차 수련을 생각해주는 최 대위가 고맙다기보다 이상해 보이기만 했다.

그동안 수련은 민규와 단 둘이 있는 순간에는 정치범과 보위원이라는 두 사람의 엄청난 신분의 차이를 종종 잊곤 했다. 수련에 앞에 선 민규는 정에 무르고 다감한 평범한 한 남자에 불과하다. 보위원도 어쩔 수 없는 인간이라는 생각도 했다.

그러나 공개 총살 현장에서 보여준 민규의 소름끼치도록 잔인한 면에 그녀는 기겁한다. 인간에게 그토록 상반되는 양극의 생각과 감정이 공존한다는 것에 절망한다. 보위원에게 정치범은 인간이 아닌 계급적 원수이고, 마음대로 멸시하고 학대할 수 있는 존재다. 그녀 역시 민규에게는 한갓 정치범에 불과하다는 엄청난 사실을 망각한 자신이 스스로도 가소로웠다.

수용소 사람들이 왜 짐승처럼 설설 기면서도 기를 쓰고 목숨을 부지하려고 하는지 그녀는 알 것 같다. 수용소 사람들의 생존 본능은 죽음의 공포나 목숨에 대한 애착만이 아니다. 그것은 원통함이고 억울함이기도 하다. 기를 쓰고 살아남음으로써 함부로 죽이려는 힘에 엇서는 눈물겨운 항거이다. 수용소 사람들은 늘 죽음을 곁에 달고 살면서도 악착같이 살려고 애를 쓴다. 뱀이나 쥐, 평상시에는 끔찍해서 몸서리를 쳤을 벌레도 서슴없이 입으로 가져간다. 요령껏 일을 하면서 감독의 매질을 피했고, 비굴한 웃음을 가면처럼 쓰면서도 어떻게 하나 살 구멍수를 찾으려 필사적으로 노력한다.

깨어진 오두막

1.

　　연녹색 숲이 무성해 가기 시작할 무렵 수련이 오두막에서 배앓이를 시작한다. 계산한 날짜에 해산 진통이 시작되자 그녀는 남편의 아이라는 것에 안도의 숨을 내쉰다. 아이가 한 씨 핏줄이라는 것을 남편도 곧 알게 될 것이다.

　아이 울음소리가 들려도 남편은 종시 들여다보지도 않는다. 여느 날과 달리 남편이 시어머니 요구대로 물도 길어주고 불을 때주기도 한다. 다행히 순산이다. 사내아이다. 울음소리도 우렁차다. 손자를 받아 안은 시어머니가 한참을 운다.

　아이 울음소리가 들려도 남편은 종시 들여다보지도 않는다. 수련은 아이에게서 남편을 닮은 점을 찾아내어 당신의 아들이라는 사실을 빨리 알려주고 싶다. 하지만 아무리 유심히 아이를 들여다보아도 도무지 알 수 없다. 빨간 얼굴에 주름이 잔뜩 간

아기는 눈도 코도 입도 낯설다. 수련은 그만 울음을 터뜨린다.

"걱정 말아. 이렇게 튼실한 사내아이를 낳았으니 이제 앞으로 일이 다 잘될 거다."

시어머니가 숙연한 표정으로 밖을 향해 목청을 돋운다.

"아 애비야. 어서 들어와 네 아들을 봐라."

기척이 없다. 거듭 소리치는 시어머니의 부름 소리만 되돌아온다. 아기를 수련이 옆에 눕힌 시어머니가 벌떡 자리를 차고 일어난다. 수련의 말리는 눈빛에 시어머니가 걱정 말라는 듯 고개를 끄덕인다. 아무것도 모르고 아들만 탓하는 시어머니에게 너무 미안하다. 밖으로 나갔던 시어머니는 한참 후, 휘청거리며 혼자 들어온다. 망연자실한 표정이다.

"아 에미야. 애비가 뭔가 이상해진 것 같다. 이곳 생활이 너무 힘들고 충격이 커서 정신이 좀…… 그러지 않고야……"

시어머니 몸이 맥없이 방바닥에 무너진다. 시어머니는 손바닥으로 무릎을 내리쓸며 탁 갈려 버린 목소리로 중얼중얼한다.

"애비가 분명 이상해졌어. 병이야…… 우리가 이해하자꾸나. 이제 이 애가 걸음마를 떼고, 아버지라고 부르면 저도 피가 흐르는데, 지금과 같을라고……"

"어머니. 죄송해요."

"에그, 착하기란, 네가 왜?"

시어머니가 수련의 땀에 젖은 머리를 쓰다듬으며 측은한 표정으로 내려다본다. 아기가 입술을 오물거리더니 빨간 입을 벌리고 울음을 터뜨린다.

"애기에게 젖을 물려라. 저건 먹겠다는 소리다."

시어머니가 아기를 그녀의 가슴 쪽으로 바싹 붙여준다. 수련이 부끄러워 얼굴을 붉히자 시어머니가 눈굽을 훔치며 슬며시 돌아앉는다. 애기는 끙끙대며 그녀의 젖가슴에 얼굴을 비비더니 말랑한 입술로 젖꼭지를 냉큼 문다. 따뜻한 애기의 체온이 느껴지고 젖몸에 짜릿한 전율이 흐른다. 힘차게 젖을 빨아 대는 아기의 포대기를 꽉 움켜쥐며 그녀는 속삭인다. 그래, 내가 엄마다. 꼭 너를 지켜주마.

2.

그녀가 해산한 다음부터 남편은 식료공장 휴게실에서 잠을 자기 시작한다. 아침에 얼핏 들려 밥을 먹고는 도망치듯 나가 버린다. 아기에게는 여전히 눈길조차 주지 않는다.

아기의 이름은 '선풍(颱風)'이다. 회오리바람처럼 훨훨 날아 수용소를 벗어나라고 시어머니가 지은 이름이다. 원호에게 아기의 이름이 어떠냐고 물었으나 고개를 돌려 버린다. 시어머니는 수련에게 그냥 수긍으로 받아들이자고 눈짓을 한다.

민규는 위험을 무릅쓰고 수련에게 며칠간 휴가를 주도록 조처한다. 며칠 후 수련은 부석부석한 얼굴로 다시 출근한다. 시어머니는 아기와 집안일 때문에 부업반에서 나왔다. 아기가 생기자 시어머니도 그녀도 몇 갑절 더 바쁘고 힘겨워진다. 수련은 일하는 짬에 달려와 아이에게 젖을 먹여야 한다. 밤이면 아이가 칭얼거려 젖을 물리고 기저귀를 갈아 대느라 몇 번이고 깨어난다. 아침이면 온몸이 물 먹은 솜처럼 나른해진다. 시어머니가 도와주어도 그녀의 몫은 줄어들지 않는다.

남편은 보지도 듣지도 못하는 사람처럼 지낸다. 저녁에는 밥을 먹기 바쁘게 구석에 틀어박혀 잠을 청하고, 아침에도 밥을 다 차려 놓고서야 자리에서 일어난다. 그녀를 도와주기는 고사하고 숨겨진 바늘처럼 이따금 수련을 찔러 댄다. 아기한테 눈길조차 주지 않다가도 밤중에 아이가 울 때면 짜증을 낸다. 그럴 때마다 수련은 아기를 안고 부엌으로 나가 서성이며 눈치를 본다.

"피는 가만히 있어도 땅긴다는데 저리도 자식에게 몰인정하다니."

시어머니만 안타까이 중얼거리곤 한다. 그녀는 원망스러웠지만 아이가 커 가고 자기의 아들이라는 것을 알게 되면 남편도 마음을 열 것이라고 스스로를 달랜다.

3.

애기의 기저귀를 갈아준 시어머니가 자리에 누우려는 남편에게 무작정 아이를 털썩 안겨준다.

"선풍아. 니 아버지다."

순간 남편의 얼굴이 새파랗게 질린다. 남편은 엉거주춤 아이를 들고 허둥대다가 팽개치듯 방바닥에 내려놓는다. 방긋방긋 웃던 애기가 불에 덴 듯이 자지러지게 울어 댄다. 남편은 얼굴을 일그러뜨리며 애꿎은 수련을 쏘아보더니 밖으로 휭 뛰쳐나간다.

"아 애비야!"

시어머니의 기겁한 부름 소리가 탕 하고 닫히는 문짝에 부딪친다. 얼른 애기를 품에 안고 젖을 물리며 수련은 눈물을 쏟는다. 시어머니는 가슴을 펑펑 두드리며 비명 같은 한숨을 토해낸다.

"애 아비가 정말 아픈가 보다. 분명 큰 병이 들었어. 그러지 않고야 어찌……"

그 후부터 시어머니는 아들에게 더 이상 시비를 걸거나 요구하지 않는다. 측은히 바라보다가 땅이 꺼지게 한숨만 내쉰다. 비정상으로 보이는 아들을 아예 체념한 것 같다. 그것이 어머니로서는 최선의 사랑인지도 모른다.

그러나 수련은 남편을 포기할 수 없었다. 남편이 가장 격렬하게 그녀를 경멸할 때조차도 남편을 잃을까 봐 전전긍긍했다. 어쩔 수 없이 최 대위에게 의지하면서도 그녀의 마음은 남편에게서 멀어지는 것이 아니라 남편에게 다가가려고 필사적으로 몸부림치고 있었다. 아이가 커 갈수록 아이로 인해 남편의 마음이 돌아올지 모른다는 미련은 체증처럼 명치끝에 늘 매달려 있다.

그러나 선풍이 기고, 앉고, 발걸음을 떼고, 말을 더듬거리는 그 과정을 남편은 한 번도 눈여겨보지 않는다. 아이에게서는 아직도 남편의 아이라는 뚜렷한 특징을 찾아낼 수 없다. 어찌 보면 자기를 닮은 것 같기도 하고, 남편을 닮은 것 같기도 하다. 어떤 땐 아무도 닮지 않은 것 같아 바질바질 가슴이 졸아든다.

남편은 마치 끈을 놓아 버린 연 같다. 자그마한 소슬바람에도 자꾸 멀어지고 있다. 그녀는 남편이 더 멀리 가기 전에 간절히 붙잡고 싶었다.

4.

병아리 한 마리를 얻은 수련이 선풍에게 고아주려고 다른 때보다 조금 일찍 퇴근한다. 태어나서부터 영양 상태가 좋지 않고 제대로 크지 못한 선풍은 배만 볼록 나오고 팔다리가 가늘다. 한쪽 가마엔 선풍에게 먹일 병아리를 고아내고 한쪽은 어른들이 먹을 죽을 쑨다. 어쩔 수 없이 온 가족이 한자리에서 저녁을 먹게 된다. 언제부터인가 되도록 시어머니와 선풍이 먼저 먹고 다음 원호가 들어와 먹는다. 수련은 제일 마지막에 퇴근한다. 서로 부딪치지 않고 마주 앉지 않는 것으로 불편함을 피하려 한다.

밥상을 차리는데 남편이 들어온다. 수련이 먼저 들어온 것을 보자 원호는 문 앞에서 주춤거리다 마지못해 방으로 들어와 앉는다. 수련이 말없이 밥상을 차리고 사발에 푹 고은 병아리를 담아 가지고 들어온다.

"얘가 영양실조로 배가 너무 나왔구나. 애어미가 힘들게 병아리를 얻어 왔다."

시어머니는 원호의 눈치를 보며 혼잣말처럼 중얼거린다. 아이를 위해 삶은 것이니 그리 알라는 소리다. 남편은 못들은 척 죽 사발에 고개를 박고 먹기 시작한다. 선풍은 할머니가 고기를 발라주는 것이 성에 차지 않아 종발을 두 손으로 거머쥐려고 밥상에 매어 달린다. 찰나 뜨거운 고기 국물이 쏟아지며 아이가 자지러지게 울어 댄다.

"에그 이 아까운 걸 어쩌나."

시어머니는 손으로 상에 쏟아진 고기 국물을 사발에 담으려고 허둥거린다. 아이는 울면서도 상 위의 고깃점을 입으로 가져간다. 죽을 먹던 남편의 얼굴이 험하게 일그러진다. 숟가락을 밥상에 팽개친 남편은 마치 어른을 대하듯 경멸 어린 눈빛으로 아이를 흘겨본다. 그리고 아이가 집으려고 바동거리는 고깃점을 들어 부엌 쪽으로 홱 팽개친다. 아이는 발버둥을 치며 울음소리를 높인다.

"아니? 애비야. 그 아까운 걸 왜?"

시어머니가 기겁한 소리를 지른다. 남편은 대꾸 없이 벌떡 자리에서 일어난다. 서슬에 밥상이 밀려나며 밥상의 그릇들이 바닥에 떨어진다. 시어머니는 아연하여 원호를 쳐다보며 눈을 홉뜬다.

"새끼 앞에서 이게 아비가 할 짓이냐? 너 정말 왜 그러니?"

"내가 왜 그 애 아비예요? 난 그런 새끼 없어요."

남편이 창 맞은 짐승처럼 단말마 소리를 질러 댄다.

"네가 무슨 생각을 하는지 이 어미가 짐작은 하지만, 얘는 네 자식이 분명하다."

시어머니가 심각한 표정으로 목청을 돋운다.

"다 필요 없다구요. 내 새끼가 아니라고요."

남편이 밥상마저 발로 걷어차고 뛰쳐나가려는 순간, 수련이 벌떡 일어나 원호의 앞을 가로막는다. 수년 동안 숨죽이고 남편을 피하기만 했던 그녀다. 불에 덴 듯 울어 대는 아이를 안은 수련은 경련하듯 입술만 떤다. 가슴속에서 불길 같은 것이 솟구치고 있다. 이제 겨우 다섯 살 난 어린애에게 그토록 가혹하게 구

164

는 남편에게 더 이상 미안해할 필요도 없다.

"당신은 눈도 멀었어요? 당신 자식의 모습이 보이지 않는가 말이에요. 당신이 사람이에요?"

흠칫 한 걸음 물러서며 그녀를 노려보던 남편이 천천히 손을 들어 수련의 얼굴을 후려친다. 얼마나 힘을 주었는지 수련은 아이를 안은 채 방바닥에 나동그라진다.

"누굴 내 자식이래? 더러운 년."

숨이 넘어갈 듯 울어대는 아이를 바닥에 내려놓은 수련이 튕기듯 다시 자리에서 일어난다. 코에서 선지피가 흘렀으나 씻을 염도 안 한다. 속에서 활활 타오르는 원망을 다 쏟으려 악을 쓴다.

"이제는 사람까지 쳐요? 내가 왜 이렇게 됐는데? 당신은 뭘 잘한 게 있는데? 그렇게 미우면 차라리 나와 이 애를 죽여요."

한 걸음 물러서던 원호는 미친 듯이 수련의 머리끄덩이를 휘둘러 댄다. 수련은 얼른 아이를 품에 안고 몸을 구부린 채 남편이 휘둘러대는 대로 끌려 다닌다. 시어머니가 원호 다리에 매어 달리며 말리다가 아들의 손목을 물어뜯는다. 시어머니마저 확 밀어 버린 원호는 부엌으로 달려 내려가 몇 개 안 되는 그릇을 내동댕이친다. 쨍쨍 그릇 깨지는 소리가 오막살이를 통째로 빠개 버리듯 날카롭고 높다.

수련은 방바닥을 두드리며 통곡을 터뜨린다. 온몸을 훑어내는 오열 속에 그동안 끈질기게 이어 왔던 남편에 대한 미련도 함께 쏟아낸다. 시어머니는 네 발로 기어가 구석으로 몸을 움츠린다. 말릴 염도 못하고 멍하니 아들을 바라만 본다.

5.

그날 사건 이후 시어머니는 아주 허울만 남는다. 얼굴은 강대처럼 메마르고 무표정하다. 눈동자의 초점은 물에 뜬 검불처럼 떠다닌다. 아들을 향한 측은지심이라든가, 안타까움 같은 희미한 감정마저 없다. 의지대로 따라주지 않는 쇠약한 육체를 놀리느라 전전긍긍하던 조급함도 없다. 아이가 넘어져 다쳐도 놀라지 않고, 예전처럼 이를 악물고 가정일을 하며 집안을 돌보지도 않는다. 시어머니가 포기한 것은 단순히 가정일이 아니라 삶 전체라는 것을 수련은 알고 있다. 어떻게 하나 살아서 수용소에서 벗어나려는 시어머니의 의지는 아들에 대한 마지막 기대가 허물어짐과 동시에 사그라졌다.

그녀도 완전히 달라져 간다. 남편에게 미안하기는커녕 도리어 자기 새끼도 못 알아보는 남편이 괴물처럼 여겨진다. 새끼를 보호하는 어미 새처럼 수련은 아침저녁으로 아이의 주변을 맴돈다. 무조건 순종하던 자세도 버리고 암팡지게 엇선다. 더는 남편이 두렵지 않다.

열병

1.

　수련에게 손찌검을 몇 번 한 후로 원호는 맥이 빠져 반항하는 아내를 그냥 내버려둔다. 더 완벽히 외면하는 것으로 껄끄러운 오두막 생활에 적응한다. 철저히 혼자가 되는 것으로 고통에서 도망친다. 아이도 이전보다 덜 자극된다. 아내는 물론 어머니도 무심히 대하는 데 습관이 되어 간다. 그냥 한방에 동거하는 유령 같은 존재들이다. 아들에 대한 사랑을 포기한 듯한 어머니의 태도가 오히려 편하다.

　그러나 원호는 아이가 한두 살 먹으면서 남모르는 갈등에 시달리고 있다. 갓난아기 때는 몰랐는데 아이가 커 가면서 저도 몰래 자신의 흔적을 발견하려고 애를 쓴다. 어머니와 수련이 몰래 아이를 눈여겨볼 때가 많다. 어쩔 수 없이 생겨난 놀랍고도 황당한 마음이다. 하지만 그 애한테서 자기를 닮은 구석을 찾을 수 없다. 동그스름한 흰 얼굴이며 반달로 휘어져 웃는 눈, 아담하면서도 선명한 콧날까지 아내를 쏙 빼어 닮았을 뿐이다.

아이를 볼 때마다 미치도록 자극하는 것은 아이를 두고 걱정하던 최 대위의 말이다. 아이에게 관심을 가지던 최 대위의 태도 이상 더 명확한 증거는 없을 것이다. 볼록한 아이 이마는 유리알처럼 반들거리던 최 대위의 이마를 떠올리게 한다. 그럴 때면 혹시나 하던 미련마저 싹 사그라지곤 한다. 아무리 생각해도 선풍은 최 대위 아이 같다.

저 혼자 비참한 갈등에 마냥 시달릴 때마다 원호는 명치에서 뜨거운 불길이 솟구치고, 가슴이 무너져 내리곤 한다. 때로는 눈앞의 것을 닥치는 대로 부숴 버리고 싶은 광기가 솟구친다. 그 광기는 수련과 선풍에 대한 격렬한 미움으로 번져 간다. 그 애를 미워할 때마다 원호도 열병을 앓는 것처럼 지쳐 버리곤 한다.

2.

얼굴에 퍼런 멍이 들어 출근한 수련을 보자 민규는 온몸이 불끈 달아오른다. 그녀가 고개를 푹 수그리고 있으나 단박에 알아본다. 저렇게 매를 맞고 출근하는 것이 몇 번째인지 모른다. 처음엔 수련이 불편해할 것 같아 일부러 모르는 척했지만 더는 외면할 수 없다. 분명 남편이 한 짓이다. 악만 남은 수용소 사람들이 가족끼리도 폭력을 휘두르는 것은 흔한 일이지만 수련의 경우는 다르다. 원호가 민규와의 관계를 눈치채고 행패를 부린 것 같아 하루 종일 찜찜하다. 자기의 여자를 다른 놈이 때렸을 때처럼 기분이 더럽기도 하다. 당장 달려가 원호를 패주고 싶다. 저 자식을 귀신골로 확 쫓아버려? 하는 생각까지 한다. 저녁에 민규는 수련을 사무실로 부른다.

"얼굴은 왜 그래?"

"넘어져 다쳤어요."

수련은 고개를 외로 틀고 눈을 내리깐다. 당장 눈물이 쏟아질 듯 눈두덩이 파들거리고 터 갈라진 입술이 비죽거린다.

"울고 싶으면 울고, 내가 도울 수 있는 일이면 말해."

민규가 달래듯 말한다. 그녀의 얼굴에 엉킨 설움과 노여움이 자신을 향한 것 같아 가슴이 졸아든다. 수련이 번쩍 얼굴을 든다. 눈물이 좌르르 볼을 타고 흐른다.

"남편이 선풍을 자기의 자식이 아니라고 생각해요."

그녀가 거침없이 말한다.

"무슨 소리야?"

"보위원 선생님 아이로 오해한다고요."

우려했던 일이지만 민규는 화들짝 놀란다.

"그 말을 왜 이제야 하는 거야?"

"그동안 그 사람이 못되게 굴었지만 구태여 말을 하지 않아 그런대로 지냈어요. 이제는 노골적으로 선풍이 자기 아이가 아니라고 해요."

"그래서 때린 거야?"

민규는 고개를 끄덕이는 수련의 어깨를 와락 그러쥔다.

"확실해? 그 애가 정말 남편 아이가 맞기는 맞아?"

그녀는 눈을 흡뜨며 민규의 손을 확 털어 버린다.

"그럼 누구 아이기를 바랬어요? 그 애는 남편 아이라고 몇 번을 말해요."

그녀가 절규하듯 울부짖는다. 민규는 한숨을 내쉬며 천천히 의자가 있는 데로 걸어와 털썩 앉는다.

"그래, 엄마가 제일 잘 알지. 미안해. 내가 방도를 생각해볼 테니 어서 가봐."

울면서 달려 나가는 수련의 뒷모습을 망연히 바라보던 민규는 주먹으로 책상을 쾅 내리친다.

"비열한 놈, 멍청한 놈, 연약한 여자에게 손찌검을 다 해?"

수련이 자기 때문에 고통 받는 것이 미안할수록 원호가 못 견디게 밉다. 원호에게 일말의 미안함이 생기기는커녕 두들겨 패고 싶은 생각밖에 없다. 마음 같아서는 당장 원호를 식료공장 자리에서 쫓아내고 개고생을 시키고 싶다. 그러나 수련이 때문에 그럴 수 없다. 그녀는 오직 가정을 위해서 민규의 호의를 받아들이고 있다. 한편으로는 그따위 대접을 받으면서도 남편에 대한 미련을 버리지 못하는 수련이 괘씸하기도 하다.

그녀를 향한 민규의 마음은 애달프다. 정치범인 그녀에게 유다른 감정을 품어서 고달프고, 그녀를 책임질 수도, 지옥에서 건질 수도 없기에 늘 죄를 지은 기분이다. 어떤 때는 그녀로부터 자유로워지고 싶어 일부러 수련을 멀리하려고 한다. 그러나 벗어나려고 몸부림칠수록 빠져드는 늪처럼 그녀의 존재는 날이 갈수록 더 깊숙이 민규의 인생 속으로 들어온다.

어찌 보면 민규가 수련에게 더 의지하고 있는지도 모른다. 눈을 뜨고 마주서는 사람들이 정치범이고, 그들에 대한 학대를 의무로 행해야 하는 수용소 보위원들은 정치범들 못지않은 삭막한 삶을 산다. 민규는 울적할 때도 기분이 좋을 때도 그녀가 먼저 생각난다. 그녀를 만나면 마음이 편해지고 위로받는 기분이 든다. 극심한 외로움도 덜어진다. 수련을 안을 때마다 민규는 강렬하고 뭉클한 행복을 느끼곤 한다. 그녀와 함께 있는 순간에는 자신이 진정한 남자가 되는 기분이다. 그녀 때문에 부끄러움을 느끼게 되어 좋다.

민규가 무언가를 건네줄 때면 그녀의 손길은 밤 고양이처럼 날래고, 눈에서는 광채가 난다. 그녀는 눈치가 빨랐고, 상황 처리를 아주 잘한다. 어떤 때는 일부러 책상에 엿 덩어리나 과자를 먹다가 버린 것처럼 널어놓고 수련에게 청소하라고 한다. 그러면 그녀는 민규의 의도를 눈치채고 잽싸게 옷자락에 그것들을 감추곤 한다. 그럴 때면 그녀의 얼굴은 환하게 빛난다. 그렇게 얻은 간식을 그녀가 자기 입에 먼저 가져가는 것을 민규는 한 번도 본 적이 없다. 늘 품속에 보물처럼 품고 하루 종일 저녁을 기다리며 조바심을 치곤 한다. 저녁에 집으로 갈 때면 발걸음이 제비처럼 재빠르다. 어린 아들에게 어서 가서 먹이를 먹이려는 어미의 조급한 마음이 날렵한 뒤태에서 춤추듯 흔들린다.

그녀는 그물에 걸린 고기마냥 약자지만 민규는 늘 압도당하는 기분이 든다. 허술한 넝마 속에서도 그녀는 숨겨진 도도함을 풍긴다. 그녀 앞에서는 속으로나마 겸손해지곤 한다. 그녀의 눈은 맑고 깊다. 수용소에서는 보기 드문 눈빛이다. 그녀의 눈에서는 특이한 빛이 감지되곤 했는데, 그 빛은 포기하지 않은 생명에 대한 의지다. 그것은 가족에 대한 지칠 줄 모르는 사랑과 희생성이다. 그녀는 음산한 골짜기의 제왕인 민규에게 발밑의 생명이 인간임을 느끼게 해주는 유일한 사람이다.

3.

현장에 갔던 민규가 개울가를 지나는데 달려올 듯

서성거리는 선풍이 보인다. 민규를 바라보는 그 애 얼굴이 빛이 켜지듯 확 밝아진다. 과자에 미련이 있어 그러지만 그 애가 반겨 주니 기분이 좋다. 처음 만났을 때는 겁 질린 표정으로 엉거주춤 뒷걸음치던 그 애가 민규와 자주 마주치면서 표정이 편안하게 풀어진다. 자기에 대한 호감을 재빨리 알아차린 것이다. 수용소 애들은 신변의 위험이나 안전에 대한 촉감이 매우 빠르다. 연약한 어린 목숨을 부지하려면 정글 속 다람쥐처럼 눈치부터 배우게 된다.

선풍과 눈이 마주친 민규는 얼결에 주머니를 더듬는다. 미처 간식을 챙겨 넣지 못했다. 민규는 아차 하면서도 선풍에게 다가간다. 그 애는 수용소 애답게 얼른 허리를 깊이 숙이고 인사를 한다. 나이에 비해 키도 작고 여위였으나 잽싸게 움직이는 영민한 눈동자는 퍽 큰 아이처럼 느껴지게 한다.

선풍은 개울가에서 자주 노는데 아랫도리가 늘 젖어 있다. 아마 잔고기라도 잡으려는 것 같다. 그 어린것한테 고기가 잡힐 리만무하지만 그렇게라도 해서 주린 배를 채우고 싶을 것이다. 민규는 그 애에게 갈 때면 주머니에 과자 아니면 엿 덩어리를 늘 넣어 가지고 간다. 그리고는 강변 돌 위에 슬며시 놓고는 돌아선다. 그러면 선풍이 다람쥐마냥 쪼르르 달려와 부리나케 집어 먹는다. 원호는 선풍이 보이지 않는 버들 숲 언저리에서 그러는 선풍을 바라보곤 한다.

잠시 망설이던 민규는 그 애에게 자기를 따라오라고 명령한다. 사무실 서랍에 넣어 둔 엿 덩어리가 생각난 것이다. 수용소 식료공장에서 견본품을 매일 사무실로 가지고 온다. 아이는 군소리 없이 따라온다. 보위원의 명령은 무조건 따라야 한다는 것을 이미 체득하고 있다.

사무실은 수련이 아침마다 청소를 하여 티 하나 없이 깨끗하다. 방에 들어서니 사무실 한쪽 벽에 달린 쪽문이 비스듬히 열려 있다. 수련이 청소를 하고 아마 부주의로 열어 놓은 것 같다. 침실도 깨끗이 정돈되어 있고 침대 덮개는 수련이 수시로 빨아 눈처럼 희다. 민규는 선풍이 볼세라 얼른 쪽문을 닫아건다. 수련과 뒹굴던 침대를 보고 그 애가 눈치라도 챌 것처럼 당황해한다. 그 애는 공손히 두 손을 마주잡고 일을 시키기를 기다린다. 아무 일도 시키지 않고 엿을 주면 혹시 말이 날까 봐 빗자루를 주면서 쓸라고 했다.

선풍이 손이 작아 빗자루 손잡이를 다 감싸지도 못한다. 아이는 여린 두 손으로 빗자루를 마주 쥐고 온몸을 흔들며 방을 쓴다. 쓰는 것이 아니라 빗자루로 장난하듯 좌우로 왔다갔다만 한다. 그 애의 감실감실한 얼굴은 힘을 쓰느라 온통 발개진다. 그 모습이 귀여워 픽 웃음이 나온다. 민규는 그 애가 힘들어하는 것을 보고도 그만 쓸라는 말을 안 한다. 왠지 방 안에 그 애와 함께 있는 것이 좋다. 그녀와 있을 때처럼 마음이 편하고 즐겁다.

민규는 선풍과 한참을 놀다가 아이에게 엿을 준다. 아이는 작은 입 안에 제일 큰 덩어리를 밀어 놓고 엿물을 줄줄 흘리며 게걸스럽게 빤다. 야윈 목으로 급히 엿물을 삼키느라 목젖이 경련하듯 움찔거린다. 먹으면서도 수시로 눈알을 굴려 민규의 눈치를 살핀다. 나머지 엿 덩어리를 도로 빼앗기라도 할까 불안해하고 있다.

어린 짐승처럼 먹는 데 골몰하는 그 애를 보며 민규는 가슴이 서늘해 온다. 만약 저 애가 자신의 핏줄이라면, 그보다 더한 형벌은 없을 것이다. 수련이 못지않게 그녀의 아들 선풍에게도 자꾸 신경이 쓰인다. 그녀가 날짜를 꼽으며 절대로 민규의 아이가 아니고, 남편의 아이라고 설명했지만 그 날짜의 차이라는 것이 얼마 안 되기도 하여 불쑥 불쑥 불안이 솟구친다.

애가 아장아장 걷기 시작할 때부터 저 아이가 혹시 내 아이라면, 하는 숨 막히는 마음고생에 시달려 온 민규다. 수련이 부부가 일 나가고 할머니와 그 애 둘이 있는 시간이면 민규는 우연히 지나는 척하고 그녀의 오막살이를 맴돈다. 그 애는 어미를 똑 떼어 닮았는데, 애 아빠를 닮은 것 같기도 하고, 어찌 보면 자기를 닮은 구석이 있는 것 같아 가슴이 털컥한다. 어떤 때 아이는 전혀 낯설게 보이기도 한다. 그 애를 보고 온 날이면 온 밤잠을 설치며 냉가슴을 앓는다.

정말로 그 애가 내 새끼라면…… 그 애를 가만히 훔쳐 형수님에게 일시 맡길까? 그랬다가 크면 내가 자연스레 데려오고…… 등의 별의별 상상을 다 하기도 한다. 그 애의 존재가 두렵고 싫기도 하다. 그러면서도 그 애 모습이 늘 눈에 밟힌다. 선풍을 만나면 민규는 습관처럼 그 애를 찬찬히 뜯어본다. 크면서 혹시 자기의 흔적이 나타나지는 않았을까, 하는 끈덕진 관찰이다. 남편의 아이라고 우기는 수련의 말을 간절히 믿고 싶다.

4.

선풍이 학교에 들어갔다. 수용소에서는 아이들이 7살만 되면 학교로 끌어낸다. 말이 학교지 아이들 수준에 맞게 일을 시키는 곳이다. 아이들은 학교에서 우리 글자나 겨우 알아보고 셈 세기를 할 줄 아는 정도의 교육만 받는다. 아이들이지만 땔나무도 해야 하고, 토끼를 대대적으로 길러야 한다. 학교가 아니라 토끼 농장 같다. 학교에서 생산된 토끼고기는 보위원들이 먹고 일부는 상부에 뇌물로 나간다. 토끼 가죽은 소속 보위부 외화벌이에 한몫한다. 아이들은 여름엔 겨울나기용 토끼풀까지 하느라 거의 공부를 못 한다.

영농기 철에는 아이들도 어른들 못지않게 농사일에도 내몰린다. 씨 붙임 철에는 수용소가 총동원되는데, 관리위원회 사람들도 식료공장 사람들도 예외가 없다. 바깥에서 벌이는 농촌지원 전투를 수용소 안에서도 하고 있는 셈이다. 원호도 잠시 식료공장 일에서 손을 떼고 강냉이 영양단지 심기에 동원된다. 수련도 선풍도 어머니도 모두 밭으로 나간다. 선풍이 학교에 들어가자 어머니도 앓는 몸으로 부업반에서 일한다. 노인네들은 콩 종자 고르는 일을 시킨다.

한 사람 앞으로 140평 강냉이 영양단지를 심는 도급제가 부과된다. 수용소 사람들에게 너무도 힘에 부친 과제다. 괭이로 땅을 파고 개울에서 물을 길어 영양단지를 심는다. 앞에 차례진 일을 해야 한다는 마음은 조급한데 몸이 말을 들어주지 않아 모두 네발걸음으로 엉금엉금 기어 다닌다. 하나같이 가맣게 탄 사람들의 얼굴로는 먼지 얼룩을 그리며 땀이 철철 흘러내린다. 잘 여문 감자마냥 터실터실 튼 얼굴들은 가죽이 군데군데 벗겨지고 바싹 여윈 얼굴에서 눈만이 겨우 껌벅인다.

아지랑이가 아물거리는 밭에서 허우적거리는 애들도 비루먹은 작은 짐승들 같다. 대부분의 아이들이 펠라그라에 걸렸는지 눈 주위가 흰 테 안경을 쓴 것처럼 허옇게 벗겨져 있다. 그 속에서도 아이들이라 무엇이 마땅치 않은지 서로 쥐어박기를 하며 싸움질을 한다. 그것을 본 학교 감독이 어느새 달려가 채찍을 휘둘러 댄다. 그자의 드센 발길질에 한 아이가 공중제비로 나동그라진다. 흙속에 나동그라진 아이는 일어설 엄을 못하고 꿈틀거린다.

이때 어른들이 일하는 쪽에서 날카로운 비명 소리가 나더니 웬 여인이 미친 듯이 달려간다. 수련이다. 그제야 원호는 쓰러진 아이가 선풍이라는 것을 알아본다. 아내는 아이를 일으켜 세우며 뭐라 욕설을 퍼붓는다. 왜 고분고분 일을 하지 않고 이 꼴을 당하느냐는 소리 같다. 학교 감독은 채찍을 들어 올렸다가 통계원임을 알아보고 주춤하더니 아이들을 향해 일손을 다그치라고 꽥꽥 고함을 지른다. 앙칼진 그 소리에 쫓겨 아이들 손발이 일시에 빨라지고 얌전해진다.

원호는 문득 뒷짐을 지고 밭머리에 서있는 최 대위를 발견한다. 왠지 최 대위의 얼굴이 질려 있는 것처럼 보인다. 순간, 원호는 갑자기 고함을 지르고 싶은 충동을 느낀다. 자기 새끼를 수용소의 짐승으로 만들어 놓고 구경하는 최 대위의 모습을 보니 통쾌함으로 심장이 마구 떨린다. 그래, 이 바보 같은 자식아, 넌 지금 네 자식을 얼마나 멋지게 학대하고 있는지 아느냐, 너는 바로 네놈의 새끼를 총으로 지키고 있다. 입 밖으로 꺼내지 못한 욕설들이 머릿속에서 마구 들끓으며 원호를 거대한 희열로 떠민다.

그 통쾌함은 저녁에 아이가 신열을 내며 끙끙 앓는 것을 보면서도 계속 이어진다. 선풍은 신음 소리를 내며 누워 있다가 원호가 들어오자 얼른 등을 꼬부리고 구석으로 다가간다. 아기 때부터 생긴 버릇이다.

"괜찮다. 아버지다."

할머니가 애 머리에 적신 수건을 놓아주며 흘깃 원호를 올려다본다. 원호는 그 애가 앓아도 이마를 짚어준 적이 없다. 어떠한 작은 배려도 베풀어준 적이 없다. 아이에 대한 철저한 외면과 무시로 가장 혹독하게 그 애를 미워한다. 저 어린 것이 무슨 죄가 있으랴, 하고 마음이 느슨해지다가도 수용소 여느 여인들과 다르게 말쑥한 수련의 얼굴을 보거나 최 대위를 보면 병적으로 그 애가 싫어진다.

수용소 사람들은 늘 무리지어 일하지만 완벽하게 혼자다. 심지어 가족 안에서도 홀로 존재한다. 혼자의 몫이 너무 크기 때문이다. 각자에게 다가오는 혹독한 노동과 배고픔, 추위 등 모든 고통들은 온전히 자신이 소화해야 할 몫으로, 나누어줄 데도 없고 손을 내밀어줄 사람도 없다. 남을 위해 슬퍼할 줄도 모르고 다른 이의 고통은 나의 고통보다 크지 않다. 옆에서 누가 매를 맞아 피를 토해도 나 아니면 그만이고 그자처럼 죽지 않기 위해 더 이기적으로 혼자여야 한다.

반항

1.

한원호가 엿 한 가마를 다 태웠다는 보고가 들어
왔다. 전날부터 열을 내며 앓았는데 잠간 엿가마 옆에서 졸았다
고 한다. 수용소에서 저지른 잘못은 이유가 어찌됐든 무조건 책
임과 처벌이 뒤따른다. 민규는 원호라고 하여 에누리를 둘 생각
이 없다. 오히려 원호를 길들일 좋은 기회라는 생각을 한다. 원
호를 식료공장 작업에서 손을 떼게 하고 한 달 기간으로 건설작
업반에서 일하게 조처했다. 다시 식료공장에 보낼지는 과오를
뉘우치는 정도를 보고 결정한다는 조건부다. 미련을 남겨주어야
더 고분고분 순종할 것이다.

건설작업반에 배치받는 그 자체로 원호는 우선 한풀 기죽게
되어 있다. 건설작업반에는 문건에 검은 별이 세 개 이상 되는
사람들만 모아진 작업반이다. 수용소에서 말썽을 일으켰거나

애초에 들어올 때 검은 별을 많이 달고 들어온 사람들을 건설작업반으로 배치한다. 수용소에서는 문건에 새겨진 검은 별 개수에 따라 내적으로 등급이 정해진다. 검은 별이 많을수록 위험분자로 지목된다.

수용소 사람들은 건설작업반에 배치받는 것을 제일 두려워한다. 귀신골에 끌려갈 잠재적 대상들이 가는 곳이기 때문이다. 일부러 귀신골로 바로 데려가지 않고 건설작업반에서 얼마간 일을 시킨 다음 적당한 트집을 잡아 귀신골로 끌고 간다. 혁명화지역 사람들을 자극하기 위해서다. 그들이 끌려갈 때마다 수용소는 공포의 도가니로 변하고, 남은 사람들은 더 고분고분해진다. 정치범들을 굴종시키는 데 매질보다 더 확실하게 효과가 나타난다. 그만큼 농산반보다 노동 강도와 규율이 더 심하다.

건설작업반에서는 시멘트공장 건설이 한창이다. 완전통제구역인 귀신골에는 질 좋은 석회석 광산이 있다. 지금까지는 석회석을 도에 있는 시멘트 공장으로 운송해 갔는데, 이제는 수용소 안에 시멘트 공장을 짓고 앉은 자리에서 시멘트를 생산하라는 지시가 떨어졌다. 올해 중으로 시멘트 공장을 짓고 설비를 들여오면 내년부터는 시멘트를 생산할 수 있다. 도나 군 보위부에서 침을 흘릴 생산품이 또 하나 느는 셈이지만 수용소 사람들에게는 더 심한 고역이 들씌워지게 된다.

시멘트 공장을 짓는 일도 순수 인력으로만 한다. 건설작업반 정치범들은 하루 종일 삽을 들고 모르타르를 이기거나 벽돌을 등에 지고 달려야 한다. 원호처럼 속대가 약한 작자들은 며칠 안 되어 혀를 빼물게 된다. 아니나 다를까 열흘도 안 됐는데 원호가 노동 강도를 이기지 못하고 졸도했다는 보고가 들어온다. 민규는 사정 보지 말고 그냥 작업에 내몰라고 작업반장에게 지시했다.

2.

정치범들이 제일 힘들어하는 정오 시간에 민규는 한원호가 일하는 현장을 향해 슬슬 걸음을 옮긴다. 이제 마주친 원호가 과연 어떻게 나올지 궁금해진다. 원호가 아무리 머리를 조아리고 복종하는 척해도 속에서는 앙심이 죽 끓듯 한다는 것을 민규는 잘 알고 있다. 얼핏 치뜨는 원호의 눈에서는 적의가 파랗게 타오르고, 꽉 다문 입가엔 야릇한 비웃음이 스치곤 한다. 더 참을 수 없는 것은 원호의 태도에서 민규의 약점을 알고 있다는 조롱이 느껴지기 때문이다. 수련이 때문에 자기를 어찌지 못할 것이라는 소인배 배짱을 서슴없이 드러내는 원호를 볼 때면 주먹이 우들거린다.

'비열한 놈, 수련을 앞세워 욕심을 차리는 주제에 감히 나를 조롱해?'

작업 현장은 정치범들 반토굴 마을을 조금 벗어나 다음 골짜기로 가는 중간 지점에 있다. 개울 옆으로 난 길을 따라 한참을 올라가노라면 작업장이 빤히 보인다. 큰 길을 벗어나 오솔길에 들어서던 민규는 걸음을 멈춘다. 원호가 개울가에서 물통을 양손에 쥐고 비칠거리며 마주오고 있다. 오늘은 물 긷는 조에 망라된 모양이다. 민규는 나무 그늘 속에 한 걸음 물러서서 허우적거리는 원호를 한참 지켜본다. 원호의 바지는 정강이까지 후줄근히 젖어 다리에 칭칭 감겨 돌고 있다. 불과 보름 사이에 원호는 완전히 다른 사람으로 변했다. 가맣게 타고 광대가 솟은 얼굴에는 물을 들이부은 것처럼 땀이 흘러내리고 있다. 반쯤 감겨진 뿌연 눈동자가 정신을 놓은 듯 멍해 보인다. 기계적으로 팔다리를 움직이고 있다.

　민규가 뒷짐을 지고 막아서자 원호는 한참을 멍청히 쳐다만 본다. 민규는 원호가 정신을 차리고 규정대로 허리를 굽혀 인사하기를 참을성 있게 기다린다. 다른 작자라면 벌써 매나 욕설을 퍼부었을 것이다. 원호는 정말 정신이 이상해졌는지, 아니면 의도적인지 물통을 쥔 채 까딱 움직이지 않는다.

　"야, 허리를 분질러 놔야 정신을 차리겠어?"

　민규가 종내 소리를 지른다.

　"아, 참, 그렇지 인사."

원호가 느릿느릿 물통을 내려놓으며 비죽이 웃는다. 그러더니 장난치듯 허리를 천천히 굽힌다. 민규는 털끝까지 차오르는 분노를 이기지 못해 돌아치기로 원호의 정강이를 걷어찬다. 원호는 낫날에 베인 마른 풀대처럼 가볍게 넘어진다.

"보자보자 하니까. 너 죽고 싶어?"

"벌써 죽어 가고 있잖아요."

땅바닥에 꼬꾸라져서도 원호는 대꾸를 해 온다.

"네가 감히 대꾸를 해?"

원호가 고개를 들고 빤히 쳐다본다.

"왜? 내가 거추장스러운가요? 아님 그년 싫증났소?"

"에이, 짐승 같은 놈!"

민규가 길길이 날뛰며 발길질을 해 댄다.

"당신은 사람이고? 그래, 죽여라. 내 그냥 얌전히 죽을 줄 알고?"

원호는 발에 밟힌 지렁이처럼 꿈틀대면서도 계속 입을 다물지 않는다.

"개자식. 당장 귀신골로 보낼 줄 알아!"

"흥, 그럼 수련도 귀신골로 보내야겠네."

"닥치지 못해? 개자식!"

작업반장과 현장을 지키던 경비대 군인이 달려온다.

"이 자식을 감방에 걷어넣어."

경비대원에게 짤막하게 지시한 민규는 침을 뱉고 발길을 돌린다. 온몸이 부들부들 떨린다.

3.

　　부리나케 사무실로 돌아온 민규는 서둘러 한원호에 대한 서류를 작성한다. 정말로 귀신골로 보내 버릴 작정이다.

'그래, 네가 자처한 일이다. 주제에 감히 나와 맞서? 버러지보다도 못한 놈.'

민규는 속으로 욕설을 퍼부으며 앉은 자리에서 문건 작성을 끝낸다. 그 길로 소장을 만나려 종합사무실을 향해 자전거를 들이밟는다.

소장의 방은 수용소 환경과는 전혀 어울리지 않게 넓고 아늑하다. 언제 들여왔는지 꽤 고급스러워 보이는 소파가 묵직하게 한쪽에 자리를 잡고 있다. 경례를 한 민규는 서류를 소장 책상 앞에 놓으며 단호한 어조로 말한다.

"소장 동지. 제가 담당한 자 중에 귀신골로 보내 혼을 좀 내야 할 자가 생겼습니다. 엿 한 가마를 다 태우고도 엄살을 부리고 태만을 하는군요."

소장은 서류를 보지도 않고 한쪽으로 밀어 놓으며 하품을 한다.

"최 대위 손에 있는 작자인데 자네 결심대로 하게. 이래저래 죽을 놈들 아닌가."

"그럼 몇 달 기간 보내는 것으로 하겠습니다."

"말째고 불편한 놈들은 아예 나오지 못하게 보내버려. 그놈들하고는 절대로 인간적인 감정으로 마주 서면 안 된다니까. 뭐 늘 하는 말이지만 말이야."

"네, 명심하겠습니다. 그럼 제가 알아서 조치하겠습니다."

원호의 운명은 두 사람의 몇 마디에 결정된다. 소장의 승인은 형식에 불과하다. 자기 사무실을 향해 자전거 페달을 밟으며 민규는 코웃음을 친다.

'비열한 자식, 귀신골에 가서도 이죽거리나 두고 보자.'

민규는 원호를 극도로 경멸하고 있다. 그가 더 미운 것은 원호 때문에 수련이 이 골짜기로 끌려왔다는 생각 때문이다. 원호 따위 때문에 수련이 그런 당치 않은 대접을 받고, 불우한 삶을 사는 것에 민규는 못 견디게 화가 난다. 그리고도 아내를 구타까지 하는 원호를 언젠가는 혼쭐을 내주려고 별렀다. 다만 원호를 처벌하는 것이 수련에게 더 고통을 주는 것 같아 참아 왔을 뿐이다.

사무실에 도착한 민규는 씩씩거리며 담배에 불을 붙인다. 굴뚝 같이 솟았던 화가 조금 사그라지자 씁쓸한 기분이 든다. 적수공권의 상대를 묶어 놓고 결투에서 이긴 듯이 조금도 마음이 개운치 않다.

186

귀신골

1.

다음날 어둑새벽에 감방으로 경비원 두 명이 들어오더니 포승을 지운 채로 원호를 트럭에 올리던진다. 어디로 가느냐고 물었더니 대번이 주먹부터 날아온다. 인마, 귀신골 귀신이나 되라고, 경비원 한 사람이 이죽거린다. 차 적재함에 널브러진 채로 원호는 황황히 사방을 둘러본다. 날이 밝지 않은 데다 안개까지 자욱하여 구름바다에 홀로 던져진 것처럼 아무것도 보이지 않는다. 아직 종소리가 울리지 않는 것을 보아 아침기상 시간도 안 된 것 같다. 지금껏 누군가를 귀신골로 데려갈 때는 사람들을 모아놓고 보위원이 한바탕 으름장을 놓고 끌고 가곤 했다. 새벽에 몰래 끌고 가는 걸 봐서 혹시 죽이러 가는 건가, 오싹 소름이 돋는다.

그냥 위협을 하는 줄 알았지 정말 귀신골로 보낼 줄은 몰랐다.

건설 현장에서 최 대위와 맞선 것은 배짱이 두둑해서도 아니고, 더욱이 자존심 때문도 아니다. 최 대위에 대한 증오가 아무리 사무쳐도 그것을 표출하는 순간 바위에 부딪쳐 산산이 부서지는 달걀 신세가 된다는 것을 원호는 잘 알고 있다.

이미 수년간을 최 대위와 수련의 관계를 모르는 척하면서 그 결과로 생긴 편리를 누려 온 자신이다. 스스로에 대한 모멸감을 아내와 선풍에게 화풀이해 온 자기가 이제 새삼 자존심을 생각하는 것 자체가 웃기는 일이다. 자신은 이미 비굴하고 또 비열한 인간 말종으로 전락하였다고 스스로 낙인찍은 원호다. 다만 건설작업반 일을 한시바삐 벗어나고 싶었다. 자기의 존재가 위협이 된다는 것을 알림으로써 식료공장으로 도로 가려는 일종의 잔꾀다. 수련이 때문에 최 대위가 자기를 함부로 어쩌지 못할 것이라는 타산으로 한 계산된 행동이다.

원호는 피나게 입술을 깨문다. 혹을 떼려다 덧붙이는 격이 된 셈이다. 차라리 최 대위에게 무릎을 꿇고 사정을 하는 것이 나았을지도 모른다. 흔들리는 적재함에 몸을 맡긴 채 원호는 엄습하는 공포로 몸을 떤다. 이제 와서 죽는 것은 별로 무섭지 않는데 귀신골에 가면 죽기보다 더 힘든 고통을 당해야 한다.

원호는 누운 채로 자동차 운전칸 쪽으로 몸을 굴린다. 한참을 버둥거려서야 겨우 일어나 앉은 원호는 발로 적재함 앞쪽을 쿵

쿵 두드린다. 달리던 차가 급정거를 하며 멎는다. 적재함으로 뛰어오른 경비대 군인이 원호의 등짝을 발로 걷어찬다.

"이 자식이 미쳤나? 왜 생지랄이야?"

원호는 매를 맞으며 필사적으로 소리친다.

"최 선생님께 할 말이 있소. 중요한 말이요. 제발 만나게 해주시오."

"개자식아. 할 말이 있으면 지옥에 가서 편지를 써보든가."

경비대 군인은 원호가 소리를 지르지 못할 때까지 두들겨 팬다. 원호는 절망하여 맥을 놓아 버린다. 이른 새벽에 떠난 자동차는 햇볕이 골짜기 안에 가득 찼을 무렵 멎어선다. 몇 시간은 실히 달린 것 같다.

"내려!"

적재함 한쪽을 내리 드리우고 경비병이 올라와 원호를 발로 확 밀친다. 원호는 포승을 진 채 바닥에 나뒹군다. 기다리고 있던 보위원이 다가와 쓰러진 원호를 발로 툭툭 건드린다.

"이 자식아. 엄살은 그만 부리고 냉큼 일어나 허리를 굽혀. 줄 매를 맞기 전에."

보위원 옆에 섰던 웬 사내가 원호의 포승을 풀어준다. 차림새를 보니 정치범인데 작업반장인 것 같다. 원호는 비칠거리며 일어나 쓰러질 듯 보위원에게 허리를 굽힌다. 최 대위에게 허리를 굽힐 때처럼 속이 끓어오르지 않아 편하다.

"꼬락서니를 보니 한 달도 뻗치지 못하고 송장 치르게 생겼는걸."

보위원이 앞장서 걸으며 투덜거린다. 포승을 풀어준 사람이 비틀거리는 원호의 팔을 잡아끈다. 귀신골은 분위기부터 다르다. 오막살이일망정 가족 단위로 생활하는 이전 골짜기와 달리 개울 옆 널찍한 공지에는 크고 허름한 건물 세 개가 댕그랗게 자리 잡고 있다. 막사들에서 빼빼 마르고 머리가 더부룩한 사내들이 들락거리는 걸 봐서 집단 숙식을 하는 것 같다. 소문이 맞다. 귀신골에서 여자들은 깊은 산중에서 따로 아편 농사를 짓고, 남자들은 광산에서 석회석을 캔다고 한다.

큰 막사 옆에 붙여 지은 작은 막사에서 사람들이 꾸역꾸역 나와 두 줄로 선다. 모두 입을 다시는 걸 보니 작은 막사는 식당 같다. 사람들의 얼굴은 하나같이 금방 무덤에서 나온 귀신처럼 창백하고 누렇게 떠 있다. 막장에서 석회석을 캐느라 햇빛을 보지 못해 그런 것 같다. 그 무리는 작업반장의 앙칼진 선창에 따라 행군하듯 발을 맞추어 어디론가 간다.

식당에 들어서자 두엄 냄새 같은 시큼털털한 악취가 풍긴다. 통나무를 반으로 쪼개 만든 어지러운 식탁에 시래기가 담긴 죽한 사발이 덩그러니 놓여 있다. 원호의 아침이다. 식탁 앞에 앉자 새카맣게 달라붙어 식식을 하던 파리들이 윙 날아오른다. 죽

190

에 대한 미련을 버리지 못한 용감한 녀석들은 그냥 죽 그릇에 달라붙어 옴짝 하지 않는다. 어제 저녁부터 굶은 원호는 죽 냄새에 울컥 구역질이 난다. 죽은 무엇을 넣고 끓였는지 너무 써서 먹을 수가 없다. 원호는 약을 먹듯 억지로 꿀꺽 삼킨다. 일을 하려면 뭐든 속에 넣어야 한다.

2.

원호는 광석을 광차에 담는 일을 한다고 한다. 광산에는 작업반장 외에 작업조장이 있다. 원호의 포승을 풀어준 사람이 작업조장이다. 밥을 먹고 조장을 따라 한참을 산속으로 올라가니 거멓게 입을 벌린 갱도가 바라보인다. 갱도에서 네 줄기로 뻗어 나온 레일은 자그마한 산을 이룬 버럭 위를 지나 광석을 나르는 컨베이어 근처까지 이른다. 광석을 거기에 쏟으면 사람들이 삽으로 컨베이어에 싣고 컨베이어는 드렁드렁 돌며 광석을 자동차에 쏟고 있다. 사람도 광차도 주변 풀잎도 온통 누런 회색빛이다. 오른쪽 레일 두 줄은 광석을 그득 담은 광차가 나오는 길이고 좌측의 두 줄은 광석을 쏟은 빈 광차가 다시 갱도 안으로 돌아들어 가는 레일이다. 조장이 설명해준다.

조장이 원호를 갱도 옆에 있는 방으로 데리고 간다. 방 안에서는 카바이드 냄새가 코를 찌르는데 판자로 칸을 막고 중간에 네모난 구멍을 낸 건너편에서 역시 회색 빛깔의 사람이 가스등 하나와 카바이드 덩어리를 내민다. 광산 일에 문외한인 원호는 얼떠름하여 조장을 돌아본다. 조장은 말없이 원호의 가스등에 카바이드를 넣고 물을 넣더니 불을 붙인다. 가스등의 작은 구멍으로 퍼런 불길이 뿜어 나온다. 조장은 말없이 불붙인 가스등을 내밀고 따라오라고 명령한다.

조장을 따라 컴컴한 갱도 안으로 걸음을 옮기던 원호는 순간 기겁을 하며 비명을 지른다. 갱도 안에서 검은 물체가 요란한 굉음을 지르며 쏜살같이 달려 나온다. 그 물체가 내는 소리는 갱도 벽에 부딪쳐 원호의 귀를 멍하게 만든다.

"갱도가 처음인 모양이군. 저건 광찬데 레일을 따라 오기 때문에 갱도 옆 인도에 선 사람은 안전하니까 무서워 마오."

조장이 설명해준다. 보매 조장은 마음이 어진 사람 같다. 다음 순간 조장이 홱 몸을 돌려 밖으로 달려 나간다. 쏜살같이 달려 나오던 광차가 갱도 입구를 벗어나자마자 탈선하면서 뜀박질을 하듯 버력 더미 위에 널브러졌던 것이다. 요란한 굉음과 함께 뽀얀 먼지가 치솟고 날카로운 비명 소리가 울린다. 광차 뒤에 매달려 오던 사람이 광차와 함께 뒹군다. 순식간에 벌어진 일이다. 버력 위에 피가 낭자하게 흐르고 쓰러진 사람은 살았는지 죽었는지 기척이 없다. 한달음에 달려가 쓰러진 사람들 들여다보던 조장이 곧 되돌아와서 중얼거린다.

"우리 작업조 사람은 아니네."

조장의 표정은 곧 심드렁해진다. 그가 달려간 것은 자기네 작업조 사람인지 확인하려는 것이다. 주변에서 일하던 사람들도 사고가 났는데 별로 놀라거나 서두르지 않는다. 무표정한 얼굴로 죽은 듯 늘어진 사람을 맞들어 내가고 광차를 레일 위에 다시 세운다.

넋을 잃고 서 있던 원호는 조장에게 끌려가다시피 걸음을 옮긴다. 원호는 공포로 머리가 욱신거린다. 자신도 저런 일을 해야 한다는 것에 사지가 떨려난다. 갱도 수평 길을 따라 한 시간가량 걸으니 꽤 널따란 공지가 생기고 거기에서 다시 개미굴처럼 다섯 개 구멍이 사방 뚫려 있다. 그 다섯 개의 구멍에서 사람들이 제각기 광차에 석회석을 싣고 나와서는 나오는 순서대로 갱입구를 향해 밀고 나간다. 그중 두 번째 구멍으로 원호는 조장을 따라 걸어 들어간다.

백 미터가량 들어가니 귀청을 때리는 기계 소리가 들린다. 기계 소리 나는 곳으로 조금 더 들어가니 알싸한 화약내와 뽀얀 먼지 속에서 사람 하나가 벽에 기계를 들이대고 구멍을 뚫고 있다. 착암기라는 기계다. 갱도 벽 여기저기에 가스등을 걸어놓아 갱도 안은 훤하다. 나머지 두 사람은 이미 발파한 듯한 석회석을 광차에 담고 있다. 조장과 원호까지 결국 다섯이 한 조인 셈이다.

기계 소리가 요란해 조장이 손시늉으로 괭이로 광석을 버치에 담아 광차에 쏟는 일을 하라고 지시한다. 시키는 대로 철판으로 만든 버치에 광석을 담아 광차에 쏟으려는데 중심을 잃고 비칠거린다. 광석 한 버치의 무게가 간단치 않다. 한 광차를 채우기도 전에 허리가 끊어지듯 아프고 눈물이 비 오듯 흐른다. 바닥에 널린 광석을 다 담으려면 적어도 광차로 열 번 이상은 날라야 할 것 같다. 다행인 것은 사람들이 일에 서툴기 짝이 없는 원호를 묵묵히 지켜볼 뿐 별로 괴롭히지는 않는다. 지하에서 일하는 사람들의 의리 같다.

3.

첫날 신고식을 치른 원호는 저녁을 먹자마자 판자로 된 자기 침상에 쓰러진다. 큰 막사 가운데 길을 내고 양옆으로 2층으로 된 침상이 길게 뻗어 있다. 원호의 잠자리는 출입문 옆 제일 구석 차례다. 막사 안에도 갱도 안과 다를 바 없이 화약 내와 먼지내가 풍긴다. 갱도 냄새가 몸에 밴 사내들 수십 명이 모여든 방이라 악취는 더 고약하다. 침상 바닥은 대패질도 하지 않은 껄껄한 판자로 되어 있다. 작업반장이 구멍이 숭숭 난 헌 담요 한 장을 던져준다.

이곳은 물도 뿌연 석회석 물이어서 세수를 해도 얼굴에 가면을 쓴 것처럼 피부가 뻣뻣해지고 죽물도 소화를 못 시켜 설사를 한다. 정치범들은 갱도에서 흘러나오는 물이 섞인 수질 나쁜 개울물을 그대로 식수로 쓴다. 보위원들은 산속에 샘을 파고 따로 쓴다고 한다.

며칠 안 되어 원호도 설사를 시작한다. 손가락 하나 까딱할 맥도 없었지만 쉴 수도, 일을 그만둘 수도 없다. 죽더라도 광석을 담다 갱도에 쓰려져 죽어야 한다. 원호는 혁명화지역의 반토굴이 못 견디게 생각났다. 어머니가 지어주던 강낭죽 생각도 간절하다. 이곳 생활을 오래 견딜 자신이 없다. 결국 이렇게 죽고야 말 것을 살아보겠다고 비굴하게 군 것을 생각하면 이가 갈린다. 이미 전에 최 대위를 고발하여 그자를 파멸시키고 자기도 사람답게 죽었어야 했다. 육체가 쇠잔해 갈수록 원호의 머릿속에는 최 대위에 대한 증오가 파랗게 날이 서 갔다.

4.

광차 바퀴에 발이 깔렸을 때, 원호는 이제는 끝장이구나, 했다. 광산에서는 사고 난 사람들을 대강 지혈만 시키고 외딴곳에 있는 허술한 막사로 데려간다. 곧 죽을 자들을 분리하고 목숨이 끊어질 때까지 격리하는 막사다. 팔다리가 부러지거나, 눈이 터져 나갔거나, 머리통이 깨어져 의식이 없거나 하는 부상자들은 더는 필요 없는 망가진 기계들이다. 병자들만 모아 놓고 아무런 대책도 세우지 않은 막사는 그대로 아비규환 생지옥이다. 항생제를 쓰지 못한 상처는 썩어 들어가고 사람들은 패혈증으로 곧 죽어 나간다.

막사 안은 숨을 쉬기 힘들 정도로 송장 썩는 내와 피고름 냄새가 배어 있다. 밤이고 낮이고 미친 듯한 비명 소리와 욕설로 악다구니 끓듯 한다. 깊은 수림에 홀로 버려진 막사는 누가 들여다보지도 통제하지도 않는다. 스스로 움직일 수도 없는 병자들이니 굳이 지킬 필요도 없다. 하루에 한 번 점심에 정치범이 버치에 죽을 가져다 놓으면 제각기 먹고 싶은 사람이 먹을 만큼 퍼 먹게 한다. 썩은 내 나는 죽이나마 마음대로 먹을 수 있는 아주 흔치 않은 상황이다. 그러나 환자들은 열에 들떠 그 죽을 먹을 수 없고, 움직일 수 없어 먹지 못한다. 다음날이면 푹 쉬어 버리고 파리 범벅이 된 죽을 주변에 내다 버리고 또 다른 죽을 가져다주곤 한다. 차라리 빨리 목숨이 끊어지는 것이 호사하는 편이다.

격리막사에 던져진 첫날밤 원호는 벌벌 기어 막사 밖으로 도망친다. 눅눅한 가랑잎 위에서 모기한테 뜯기고 밤이슬에 젖어도 막사보다는 낫다. 어차피 잠을 자지 못하는 것은 마찬가지다.

뼈가 부셔져 나간 발가락 통증이 머릿속을 마구 난도질한다. 원호는 쑤시는 발을 붙잡고 온 밤을 꼬박 새운다. 다음날 점심 죽 버치를 가지고 왔던 정치범들이 막사 안에서 시체 하나를 들고 나온다. 잔뜩 얼굴을 찡그린 그들은 왝왝 침을 뱉으며 시체를 숲 속으로 끌고 간다. 파묻으러 가는 것 같다. 자신도 곧 그렇게 되리라고 생각하니 원호는 악이 치밀어 눈물도 나지 않는다. 벌써 상처가 곪기 시작하고 진통에 몇 번 정신이 흐려지기도 한다.

잿더미의 불씨

1.

남편이 귀신골로 간 것을 수련은 한참 후에야 알았다. 남편이 식료공장에서 사고를 치고 건설작업반으로 쫓겨났을 때도 관리위원회를 통해 들었다. 남편하고 통 대화를 안 하는 데다 많이 무관심해졌기 때문이다. 건설작업반 일이 힘겨워 데쳐낸 시래기마냥 녹초가 되는 남편을 보고도 별로 속상하지도 않았다. 그러나 귀신골로 간 것은 문제가 다르다. 귀신골은 죽으러 가는 곳이다. 그것도 가장 고통스럽게 죽게 된다. 아무리 남편에게 정나미 떨어지고 원망이 크다고 해도 이건 아니다. 남편을 귀신골로 보낸 것은 분명 최 대위일 것이다. 비로소 사태가 심상치 않음을 느낀다. 최 대위와 남편 사이에 자기가 모르는 뭔 일이 있은 것이 분명하다. 수련은 흥분하여 당장 최 대위에게 물어볼 생각을 한다. 그런데 어찌된 일인지 남편이 사라진 후, 최 대위도 보이지 않는다. 관리위원장은 당분간 최 선생님 사무실 청소를 하지 않아도 된다고 한다.

수련은 최 대위를 애타게 기다린다. 그만이 이 문제를 해결해 줄 수 있다. 울며 매어 달려서라도 남편을 귀신골에서 뽑아내야 한다. 그런데 최 대위는 열흘 넘도록 나타나지 않는다. 혹시 다른 데로 조동이 되었으면 어쩌지 하는 생각으로 가슴이 서늘해 온다. 그녀는 수용소 생활 전 기간 최 대위에게 얼마나 의지해 살았는지를 새삼 깨닫는다. 이제는 최 대위 없는 수용소 생활은 생각만 해도 무섭다. 최 대위 대신 다른 보위원이 오지 않고 건설작업반 보위원이 이따금 나타나는 걸 봐서는 아주 간 것 같지는 않다.

2.

최 대위는 보름쯤 지나 나타난다. 얼핏 관리위원회에 들렸으나 수련에게는 말도 건네지 않고 관리위원장에게 뭔가를 지시한다. 최 선생님 사무실 청소를 하라는 관리위원장의 말이 떨어지기 바쁘게 수련은 최 대위 사무실로 달음박질한다. 사무실 문을 두드리려는데 안에서 전화를 하는 최 대위의 목소리가 들려나온다.

"발가락 세 개가 나갔다고요? 응급처치는 했는가요? 아닙니

다. 일시 혼을 내려고 보낸 자이니 여기 데려다 치료를 받게 해
야지요. 박 동무에게 내 짐을 맡겨 고생을 시킬 수 없지요. 네,
소장 동지한테도 그렇게 보고하겠습니다. 그럼 우리 쪽 차를 보
내겠습니다."

전화 내용이 무슨 소린지 다 알 수 없지만 남편에 대한 이야
기라는 예감이 든다. 그녀가 사무실 문을 두드리고 들어서자 최
대위는 조금 당황한 표정이다. 수련은 허리 숙여 인사하고 주저
없이 최 대위를 마주 본다.

"선생님. 말씀해주세요. 선풍이 아빠 지금 어디에 있습니까."

"정치범이 어따 대고 그런 걸 따져?"

최 대위가 갑자기 버럭 화를 낸다. 수련은 가슴이 철렁하여 얼
른 고개를 수그리고 중얼거린다.

"벌써 한 달 넘게 어디로 갔는지……"

"잘 들어. 여긴 수용소야. 당신이 찾는 남편이 건설작업반에서
또 과오를 범하고 규정대로 귀신골에서 혁명화를 하고 있단 말
이야."

민규는 무엇 때문이지 몹시 화가 나 있다. 수련은 무릎을 꿇
고 두 손을 마주 잡는다.

"선생님. 제발 그 사람을 살려주십시오."

"당장 일어나지 못해? 당신 바보야? 아직도 그 자식을 위해 무

릎을 꿇고 눈물을 흘릴 마음이 생기는 거야?"

"애 아빠가 아닙니까."

"애 아빠? 당신 아들을 자기 아들로 인정도 안 하는 놈이 애 아빠야? 젠장."

최 대위는 들고 있던 노트를 책상에 탕 메친다. 그렇게 분노한 최 대위의 모습을 수련은 처음 본다. 감당 못 할 최 대위의 분노에 질려 그녀는 숨소리를 죽이며 운다. 민규는 한참 후에야 긴 한숨을 내뿜는다.

"그만해. 그 자식 사고를 내서 발에 부상을 입었어. 생각 같아서는 그냥 귀신골에 처박아 두고 싶지만 한 번 더 생각해서 여기로 데려오는 거야."

수련은 거듭 머리를 숙여 인사를 하고 사무실을 나온다.

3.

부상자 막사로 온 지 이틀 만에 정치범 둘이 와서 원호를 맞들어 데려간다. 이제는 어디로 데려가는지도 궁금하지 않다. 어서 죽여주기만을 바라는데 뜻밖에도 원호를 자동차 적재함에 싣는다. 자동차는 곧 부상자 막사를 떠나 어디론가 달리기 시작한다. 원호를 귀신골로 데려오던 그 경비대 군인이 또 왔는데, 짜식 운 좋네, 하고 씨벌인다. 분명 귀신골을 빠져나가고 있다는 것을 확인한 원호는 맥을 탁 놓아 버린다. 적재함 바닥에 누운 채로 멀어지는 귀신골을 보며 진저리를 친다.

관리위원회 골짜기에 당도한 원호는 곧바로 의무실로 옮겨진다. 군의는 살리면 부서진 발가락을 잘라야 한다고 한다. 수술 설비도 없는 의무실에서 군의가 아편으로 대강 마취를 하고 부서진 뼈를 마저 자르기 시작한다. 가죽을 꿰맬 때까지 원호는 숨이 막히는 아픔에 미친 듯이 고함을 질러댄다. 군의가 비명을 지르는 원호에게 상욕을 퍼부어 댄다. 간신히 처치를 끝내자 원호는 기진하여 졸도한다. 깨어나자 송곳으로 머리통을 마구 찔러대는 통증이 뒤따른다. 며칠 밤을 아픔으로 지새우며 원호는 어찌나 이를 갈았는지 이가 시려 물도 마실 수 없다. 머리는 비몽사몽으로 빙빙 돌아가고 온몸이 물주머니에 잠긴 듯 늘어진다.

4.

며칠 후, 원호는 지팡이를 짚고 겨우 반토굴로 돌아왔다. 어머니는 아들의 상한 발을 붙들고 통곡을 터뜨린다. 어머니는 즉시 보자기를 앞에 두르고 길을 나선다. 뽕잎을 따고 두릅나무 껍질을 벗겨오겠다고 한다. 다른 항생제가 없는 수용소에서는 사람들이 다치거나 상처가 나면 약초를 캐서 붙이거나 달여 먹는다.

얼마 후, 수련이 반토굴 출입문을 열고 들어선다. 손에 거무스레한 액체가 담긴 병이 들려 있다. 약 같다. 벽에 비스듬히 기대 앉아 있던 원호는 걷잡을 수 없는 분노에 휩싸이며 옆에 있는 베개를 수련에게 힘껏 던진다. 베개는 수련의 어깨에 부딪치고 부엌바닥에 털썩 떨어진다. 원호는 숨이 차 헐떡거리며 이를 간다. 두 사람은 말없이 한참을 서로 쏘아본다. 서로가 눈길을 마주치는 것도 참으로 오랜만이다. 그녀의 메마른 눈에서도 원망이 활활 타고 있다. 그녀는 약병을 부뚜막에 내려놓고 휙 몸을 돌려 나가 버린다.

어머니는 몇 시간 퍽 지나서야 온몸에 검불을 잔득 붙이고 백발을 헝클어뜨린 채 돌아온다. 보자기에는 약초며 나무껍질이 그득하다. 원호는 비로소 눈물이 핑 돈다. 어머니는 부엌에 있는 약병을 들어보더니 환성을 지른다.

"애 어미가 귀한 약을 가져왔구나. 아편 달인 물이다. 상처를 아물게 하는 데 이것 이상 없지. 이걸 바르기도 하고 정 아플 때 조금 먹으면 진통도 된다."

어머니는 서둘러 약 한 숟갈을 따라 원호의 입에 가져다 댄다. 원호는 군소리 없이 받아먹는다. 곧 온몸이 나른해 오고 잠이 온다.

5.

　　수련이 가져온 아편 덕인지, 어머니의 약초 덕인지 원호의 상처는 그럭저럭 탈 없이 아물어 간다. 어머니는 아들의 눈을 마주보기 힘들다며 마음을 누긋하라고 한마디 한다. 선풍은 원호가 잠들기 전에는 절대로 방으로 들어오지 않는다. 수련도 원호에게 먹을 것을 가져다주고는 집으로 들어오지 않는다. 어머니 말로는 관리위원회 경비실에서 잔다고 한다. 예민해진 원호를 자극하지 않으려고 그러는 것 같다고 어머니가 변명해준다. 원호도 수련을 보지 않는 것이 편하다. 그녀만 보면 모든 것이 그녀 때문이라는 분노가 치밀어 횡포를 참을 수 없다.

　몸이 일정 회복되자 원호는 다시 식료공장에서 일하라는 지시를 받는다. 최 대위 조처라는 것을 원호는 짐작하고 있다. 병주고 약 주고 하는 셈이다. 상처는 아물었으나 걸을 때마다 다친 발이 아파난다. 발가락을 잘라낸 발에 힘을 줄 수가 없다. 절뚝거리며 걸음을 옮길 때마다 원호는 부드득 이를 갈곤 한다. 최 대위에 대한 증오는 재 속에 묻힌 불덩이처럼 부지불식간에 불길로 솟구치곤 한다. 복수의 갈망은 시도 때도 없이 최 대위를 죽이는 극단의 상상에 시달리게 한다. 낫이나 도끼를 갈 때마다 최 대위의 댕댕한 이마를 낫으로 찍는 장면을 떠올린다. 펄펄 끓는 엿가마 앞에 서면 최 대위를 엿가마로 밀쳐 넣는 상상을 하기도 한다. 그런 모습들은 꿈에도 종종 나타난다.

　어머니는 그나마 목숨을 건진 것이 다행이라고 한다. 아들이 다시 식료공장에서 일하게 되자 감격하여 눈물을 흘린다.

　"제발 조심해다오. 어떻게 하나 목숨은 부지해야 할 것 아니냐. 그래야……"

　살아남아야 이 골짜기를 나갈 수도 있지 않겠느냐는 어머니의 뒷말을 원호는 알고 있다. 언제부터인가 어떻게 하든 살아서 밖으로 나가려는 생각은 감감 잊고 산 것 같다.

내 아들

1.

　아이들은 사랑과 미움을 귀신같이 알아맞힌다. 선풍은 아기 때부터 원호만 보면 자지러지게 울어댔다. 아버지의 냉대와 경멸을 젖먹이 때부터 민감하게 느낀 것이다. 아장아장 걸음마를 뗄 때도 원호만 나타나면 구석에 틀어박혀 눈을 꼭 감고 우들우들 떨었다. 할머니가 아무리 아버지라고 가르쳐주어도 도리머리를 흔들며 울기만 했다.

　아들에 대한 수련의 사랑이 아무리 크고 절절하여도 남편과의 불화가 내뿜는 불길한 기운을 이기지 못한다. 게다가 수련도 시어머니도 언제 선풍을 붙들고 있을 새 없다. 수련은 새벽에 나갔다 밤에야 반토굴로 들어오곤 하여 거의 애를 돌보지 못한다. 시어머니는 그 애를 돌보는 짬짬이 집안일을 해야 하고 몸도 성치 않다.

선풍은 발걸음을 떼서부터 늘 혼자 논다. 들에 버려진 망아지 마냥 제멋대로 자란다. 한겨울의 서리처럼 미움의 냉기가 가득한 오두막에서 아이는 눈치만 빨라진다. 선풍은 전혀 아이답지 않게 무표정하고 눈빛이 매섭다. 그 애는 찍찍 침을 내뱉으며 거친 상욕을 서슴없이 한다. 학대가 일상으로 된 수용소의 환경은 아이에게 불신만을 독초처럼 심어 놓는다. 사랑이 결핍된 아이는 어른보다 더 냉혹하고 맹랑해져 간다. 영악하게 자기 이익만을 챙긴다.

겨우 다섯 살 때부터 선풍은 개울가를 뒤지며 개구리 알을 날 것으로 먹고 메뚜기를 잡아서는 혼자 구워 먹는다. 구운 메뚜기 한 마리라도 할머니에게 가져다준다거나 하는 생각은 추호도 할 줄 모른다. 오히려 어른들의 눈을 피해 점심으로 가마에 넣어 놓은 할머니 죽을 종종 훔쳐 먹는다. 밥상머리에서도 허겁지겁 자기 몫을 먼저 먹고는 빤히 제 어미의 죽 그릇을 넘겨다본다. 수련은 어쩔 수 없이 자기 몫을 덜어준다. 선풍에게 원호는 무서운 존재이고 어미와 할머니는 죽을 빼앗아 먹을 수 있는 만만한 존재일 뿐이다.

선풍이 자라는 모습에 수련은 가슴이 타들어간다. 남편의 차가운 외면이 선풍을 더 이지러지게 만든다. 남편이 자기를 무시하고 학대하는 것은 참을 수 있지만 선풍에게까지 못되게 구는 것은 정말 밉다. 그럴수록 선풍이 남편의 자식임을 빨리 알게 해야 한다는 생각이 간절하다.

"어머니. 선풍이 몸에 그이하고 똑같은 특징 같은 거 없어요?"

안달아 난 수련이 시어머니에게 단도직입적으로 물었다.

"특징? 그건 왜?"

"애 아빠가 선풍에게 너무 정이 없어 하니 특징이라도 보여주면 어떨까 해서요."

"선풍이가 자기 자식이라는 걸 몰라서 그러겠니? 어쩌겠니. 그냥 병이겠거니 하자꾸나."

사실대로 말할 수 없는 수련은 그래도 한번 봐 달라고 고집스레 조른다. 시어머니는 한숨을 쉬며 잠든 선풍의 몸을 살펴본다.

"내 눈엔 선풍이가 애 아비 어릴 때 하고 신통히 닮았다. 이 도독한 이마랑, 잠들 때 고집스레 다문 입모양이랑, 그리고 이 제비초리도 아비 것 아니냐?"

시어머니는 마침내 아이의 허벅다리 안쪽에 있는 점 두 개를 발견한다.

"이것 봐라. 핏줄 아니랄까 봐 점까지 닮았구나."

"그이도 이런 점이 있어요?"

"안사람이 그것도 모르냐?"

시어머니가 오히려 나무란다. 수련은 얼굴을 붉히며 선풍이 허벅다리 안쪽의 선명한 점 두 개를 쓰다듬는다. 새색시 시절에는 수줍어서 못 봤고, 선풍을 낳기 전에 남편하고 몇 번 잠자리를 한 후 몇 년 동안 서로 눈길도 마주치지 않고 살았으니 남편 허벅다리 점까지 알 수 없다. 문제는 남편에게 이것을 어떻게 설명하는가 하는 것이다. 이제는 남편의 목소리마저 가물가물할 정도다.

2.

　　　원호가 한창 엿물을 달이고 있는데 최 대위가 슬며시 나타난다. 원호는 심장이 방망이질하고 눈앞이 아찔해진다. 늘 상상했던 장면이 얼핏 떠오른다. 원호는 이를 악물고 허리를 구부린다. 쏟아낼 길 없는 증오와 스스로에 대한 모멸이 턱밑까지 끓어오른다.

"선생님 안녕하십니까."

가까스로 짜내는 원호의 떨리는 목소리가 널찍한 작업실을 공허하게 울린다. 최 대위는 허리를 굽히고 위태롭게 서 있는 원호의 주위를 슬슬 맴돌기만 한다. 보위원의 승인이 있어야 정치범은 다음 행동으로 넘어갈 수 있다. 허리를 굽히고 서 있는 시간이 길수록 원호는 더욱 비굴해 보일 것이고, 최 대위의 만족은 상승할 것이다.

최 대위는 원호를 기껏 희롱하고서야 음, 하고 고개를 까딱한다. 원호는 서둘러 커다란 나무 주걱을 들고 엿가마를 정신없이 휘저었다. 그 사이에 엿죽이 눌어붙었을 수 있다. 전번에도 엿을 태우는 바람에 최 대위에게 당해 건설작업반으로 쫓겨났고, 결국 귀신골로 갔다. 트집 잡힐 빌미는 주지 말아야 한다.

최 대위는 한 발 물러서서 원호의 그러는 양을 한참 지켜보더니 야, 하고 부른다. 원호는 다시 합장하고 고개를 수그려야 했다. 최 대위가 갑자기 종이 한 장을 원호의 턱 밑에 쑥 내민다.

"읽어봐. 읽어보고 네가 얼마나 덜 된 놈인지 생각해보란 말이야."

얼결에 종잇장을 받아들고 읽어 내려가던 원호는 눈을 홉뜬다. 종잇장은 천만뜻밖에도 유전자 확인서다. 한원호와 한선풍이 99.9% 친자임이 성립된다는 내용이다. 원호는 종잇장과 최 대위를 번갈아보며 벌려진 입을 다물지 못한다. 최 대위가 밖에서 유전자 검사까지 해 오는 위험천만한 모험을 할 줄은 상상도 못 했다. 최 대위는 유전자 확인서를 홱 낚아채어 석탄불이 이글거리는 아궁이에 던져 버린다.

"똑바로 봤으면 자식 건사 잘해! 짐승처럼 놀지 말고, 살아서 여길 나가고 싶으면 현명하게 처신하란 말이야. 알겠어?"

최 대위의 위협은 노골적인 타협에 가깝다. 지금의 편리를 빼앗지 않겠으니 얌전히 있어 달라는 말이다. 유전자 검사는 원호가 불집을 터뜨려도 아무 소용없다는 압박이기도 하다. 최 대위다운 협상이다. 원호는 쇠몽둥이로 머리를 얻어맞은 것처럼 명해진다. 최 대위는 입 조심하라는 말까지 하고는 휙 사라진다.

최 대위가 간 다음에도 원호는 한참이나 그 자리에 굳어져 있다. 비로소 최 대위도 선풍의 존재를 놓고 원호처럼 오랫동안 의심에 시달렸을지 모른다는 생각이 든다. 어쩌면 최 대위 자신을 위해 유전자 검사를 했을 수도 있다. 단지 원호를 굴복시키기 위해 유전자 검사까지 할 필요는 없다. 원인이야 어찌됐든 치명적인 결과는 선풍이 한원호의 아이라는 것이다. 귀신골로 끌려가기 전에 감방에 나타난 군의가 원호의 피를 뽑아 갔다. 왜 피를 뽑아 가지? 하고 잠깐 의아해 했지만 곧 귀신골로 가게 되는 충격으로 잊어버렸다. 유전자 검사를 위해 피를 채혈해 간 것이 분명하다.

'그럼 정말로 선풍이 내 아들이라고? 그렇게 미워하던 그 애가 내 아들이라고? 내가 그 애의 친아비라고?'

갑자기 너털웃음이 마구 쏟아진다. 인간 세상이 너무 더럽고, 우습다. 수련이 그 애를 가졌을 때부터, 그 애가 태어나서 지금까지 그 애에게 했던 자신의 모진 행위들이 주마등처럼 눈앞을 스친다. 바닥에 맥없이 주저앉은 원호는 이를 부드득 갈며 울부짖는다.

"그따위 진실이 왜 필요한데?"

달라질 것은 아무것도 없다. 원호는 여전히 내일 새벽부터 수용소의 일과에 끌려 다녀야 하고, 선풍과 이전처럼 한 집에서 살아야 한다. 선풍이 역시 수용소 아이라는 데는 변함이 없다. 설사 그 애에 대한 애정이 나온다 해도 원호는 그 애를 위해 아무것도 해줄 수 없는 처지다. 차라리 그 애를 최가의 아이로 생각하고 무감각했을 때가 더 편했다.

3.

일이 끝나자 원호는 정신없이 집으로 달려간다. 마침 수련은 없고 어머니가 저녁을 짓느라 느릿느릿 움직이고 있다. 원호는 다짜고짜로 어머니 팔을 움켜쥔다.

"어머니, 선풍이 정말 내 새끼 맞아요? 어머니가 늘 그랬잖아요?"

"애 아비야. 그럼 그 애가 누구 애란 말이냐?"

어머니가 희벗한 눈동자를 굴리며 고개를 흔들흔들 한다.

"어머니, 그러지 말고 선풍이가 내 새끼라는 거 증명 좀 해보세요."

"아이고, 얘가 왜 또 이러니? 다른 것 말고 선풍이 안쪽 허벅지에 있는 까만 점 두 개만 보아라. 너하고 똑같은 점이다. 그리고 눈썹 생김도 똑같고, 머리 뒤 제비초리도 너하고 판박이고,

그런데 왜 갑자기 이러냐?"

수년간 아들의 이상 행동에 습관 된 어머니는 곧 심드렁한 표정으로 할 일을 계속한다.

그날 밤, 아이가 잠에 곯아떨어지자 원호는 미친놈처럼 아이의 바지를 벗긴다. 아이가 잠들 때까지 기다리는 시간이 너무 길고 초조해진다. 어머니 말이 맞다. 아이의 허벅지 안쪽에 정말 원호하고 신통히 같은 큼직한 검은 점이 뚜렷이 박혀 있다. 원호가 어렸을 때 어머니가 복점이라고 농을 하시곤 했다. 찬찬히 보니 움찔거리는 짙은 눈썹도 자기의 것임을 알아 볼 수 있다. 믿어지지 않아 보고 또 본다.

그전에는 왜 선풍에게서 자기의 흔적을 보지 못했을까, 마음이 닫혀 버려 눈도 멀었던 것일까, 결국 진실은 숨겨져 있던 것도, 누가 바꾸어 놓은 것도 아니다. 자신이 보지 않으려 했고 진실로부터 도망쳤을 뿐이다. 선풍은 당신의 아들이라고 맞서던 수련의 얼굴이 떠오른다.

원호는 갑자기 맥이 탁 풀린다. 그 애를 미워하며 천대했던 일들, 그 애가 감독에게 매를 맞으며 학대를 당할 때 오히려 깨고 소해했던 일들이 새록새록 생각난다. 얼굴이 달아오르고 심장이 걷잡을 수 없이 두근거린다. 뜨거운 김 같은 것이 목구멍을 꽉 채우더니 격렬하게 딸꾹질이 나온다. 아이 옆에 누운 어머니와 아내가 깨어날까 봐 손바닥으로 입을 틀어막고 서둘러 집 밖으로 나온다. 검은 하늘에 선명하게 밝은 별들이 쏟아질 듯이 바글거린다. 유난히 별이 많은 밤이다.

집을 조금 벗어나 풀밭에 퍼더버리고[7] 앉은 원호는 어린애처럼 울음을 터뜨린다. 불시에 맞닥뜨린 진실을 더는 피할 수 없음을 깨달은 겁에 질린 울음이면서도 야릇한 감격이 섞인 울음이다.

4.

원호는 한동안 선풍을 마주 보지 못하고 눈치만 살핀다. 그 애는 갑자기 달라진 아버지의 태도와 이리저리 다가오는 배려에 어색해한다. 아버지란 존재는 원래 냉혹하고 더럽게 돼먹은 존재인가 부다 하고 아기 때부터 익숙해 있었던 선풍이다. 여덟 살밖에 안 되는 아이에게는 아직 손이 가야 할 데가 많다. 목욕도 시켜야 하고 옷도 기워주어야 한다. 아내보다 늘 먼저 들어오는 원호는 기회를 놓칠세라 서둘러 아이를 씻겨주곤 한다.

선풍은 처음엔 원호 손길을 거부하며 도망쳤다. 간신히 얼러서 목욕함지에 앉혀도 아이는 작은 몸을 고슴도치처럼 옹송그리고 잔뜩 경계한다. 갑자기 변해 버린 원호의 태도에 누구보다

---

7) 팔다리를 아무렇게나 편하게 뻗다.

놀란 것은 아내와 어머니다. 원호가 아이를 씻길 때면 어머니는 원호의 등을 내리쓸며 옆에서 마른 울음을 우신다.

"아비가 이제야 정신이 드는구나. 아무렴, 그동안 몹쓸 병에 걸려 그런 거지, 됐다. 이젠 됐다."

원호는 그동안 아이에게 저지른 악행을 어찌 보상해야 할지 갈피가 잡히지 않는다. 갈비뼈가 앙상하고 야들야들한 아이의 몸을 정성스럽게 어루만지기만 한다. 아이의 허벅다리 안쪽 점을 자꾸 쓰다듬는다. 원호는 아이의 몸을 만질 때면 머리가 아득해지고 가슴이 뭉클해 온다. 여기가 수용소라는 생각마저 잊는다. 자신을 닮은 분신이 신기하다. 그 애와 한 핏줄이라는 생각에 걷잡을 수 없는 감격이 밀려오곤 한다.

그 애도 점차 목욕을 시켜주는 대로 순순히 몸을 맡긴다. 이전과는 달리 아비의 손길이 선뜩하지 않고 따뜻하다는 것을 느낀 것 같다. 이따금 원호와 눈길도 마주친다. 무표정하던 아이의 눈에 반짝 생기가 어릴 때면 원호는 막 환성을 지르고 싶은 충동을 느낀다. 그 애에게 죄를 씻을 수 있는 기회를 바라는 그의 마음은 사뭇 간절하다. 그 애의 자그마한 반응에도 예민하게 반응하며 거의 애걸에 가까운 구애를 들이민다.

그때까지 선풍은 원호를 아버지라고 부른 적이 없다. 원호를 필요로 한 적이 없으니 애초에 찾지도 않았다. 아버지라는 것을

부정한다기보다 그동안 불러보지 못해서 선뜻 입에서 아버지라
는 부름이 나오지 않는 것 같다. 원호를 부른다는 것이 엄마라
는 말이 튀어나오기는 한다.

5.

      저녁에 집으로 들어오니 아이가 신음 소리를 내며
차가운 방바닥에 꼬부리고 누워 있다. 원호는 부리나케 들어가
아이를 안아 올린다. 찡그린 아이의 작은 얼굴은 먼지와 눈물로
범벅이 되어있다. 원호가 떨리는 목소리로 어디가 아프냐고 서
투르게 묻는다. 아이는 한참 후, 기어들어가는 소리로 대답한다.

"산에서 굴러 발이 아픕니다."

선풍은 선생에게 대답하듯 깍듯한 말투를 쓴다. 발목을 보니
벌겋게 부어 있다. 고사리 같은 손은 풀물이 들어있다. 학교에서
는 매일 어린애들을 산으로 내몰아 산나물을 캐게 한다.

원호는 아이를 내려놓고 이불을 덮어준 다음 서둘러 부엌으
로 내려와 불을 때기 시작한다. 어두운 개울가에 가서 물을 길
어오고 저녁도 안친다. 물이 데워지자 버치에 더운물부터 떠 가
지고 방으로 들어간다. 기진한 아이는 가늘게 신음 소리를 내며
눈을 감고 있다. 새 다리처럼 가냘픈 아이의 발목을 잡아당겨
무릎에 놓고 더운물에 적신 천으로 살살 닦아낸 다음 상처에

덮는다. 아이의 더러워진 얼굴도 조심히 닦아준다. 그 애는 얼핏 눈을 뜨고 원호를 바라보더니 다시 눈을 감는다. 어머니는 일부러 아들에게 선풍을 맡기고 부엌에서 죽을 쑨다. 한참 찜질을 해주니 아픔이 조금 덜린 듯 아이가 새근새근 잠이 든다.

방이 더워지자 아이는 땀을 발발 흘린다. 날갯죽지 부러진 어린 새마냥 나른하게 누워 있는 어린 것을 보자 원호는 갑자기 코가 매워난다. 얼결에 아이를 와락 그러안는다. 처음 해보는 충동적인 행동이다. 서슬에 아이가 깨어난다. 선풍은 배시시 눈을 뜨다가 가까이 다가온 원호의 얼굴에 놀라며 손으로 밀친다. 원호는 머쓱하여 물러나 앉으며 괜찮니? 하고 어색하게 묻는다. 대답 없이 빤히 쳐다보던 아이가 갑자기 코를 벌름거리며 두리번거린다. 죽 냄새를 맡은 것이다.

부엌에서 어머니가 밥상에 죽 세 그릇을 담아 가지고 들어온다. 아내는 늘 제일 늦게 들어와 혼자 부엌에서 먹는다. 원호는 얼른 아이의 죽사발을 당겨 놓고 숟가락으로 죽을 떠서 선풍이 입가에 들이댄다. 아이가 눈이 동그래서 마주 바라본다. 원호는 한 번도 아이에게 음식을 먹여준 적이 없다. 아이는 할머니를 돌아보며 망설인다. 할머니가 고개를 끄덕이자 선풍은 턱을 내밀어 원호가 내민 죽 숟가락을 받아 문다. 원호는 무릎걸음으로 다가앉으며 열심히 죽을 후후 불어 먹여준다. 원호는 빈 죽 그릇을 방구석으로 밀어 넣고 아이하고 마주 앉는다.

"선풍아, 아버지라고 불러주면 안 되겠니? 아버지가 정말 미안하다!"

원호의 목소리가 부들부들 떨려 나온다. 선풍은 의아한 눈빛으로 쳐다보기만 한다. 아이의 확대된 동공이 무엇인가를 가늠하려 부지런히 흔들린다. 선풍이 점차 입을 비죽거리며 나직한 울음을 터뜨린다. 아이의 색색 억눌린 울음소리는 끊겼다 이어졌다 하며 원호의 목을 옥죈다. 선풍은 서럽게 오래 운다.

원호의 눈에도 물기가 번진다. 손을 마주 비비던 원호는 주춤거리며 두 손을 내민다. 아이는 무릎걸음으로 다가오며 아, 버, 지, 하고 기어들어가는 소리를 낸다. 그리고는 벌쭉 웃는다. 원호는 심장이 쿵 내려앉은 소리를 듣는다.

부엌에 들어선 아내가 어머니한테서 사연을 듣는 것 같다. 수련이 달려들어 오더니 선풍을 그러안고 눈물을 뚝뚝 떨군다. 그녀는 얼핏 원호를 쳐다보며 혼잣말처럼 속삭인다.

"고마워요."

원호는 대꾸 없이 등을 돌려 앉는다. 선풍이 자신의 아들임을 인정하고 그 애에게 정을 쏟는다고 해서 아내까지 받아들이는 것은 아니다. 그동안 선풍을 미워하며 받은 고통이 모두 아내 때문이라는 생각은 변함이 없다. 더욱이 아내를 용서할 수 없는 것은 그녀가 여전히 최 대위의 보호를 받는 것이다. 아내를 마음속에서 지워 버렸다고 자처했지만 밤늦게 새벽이슬을 맞으며 들어온 아내가 담배 냄새와 다른 사내의 체취를 풍기며 아이 옆에 쪼그리고 눕는 날이면 벌떡 일어나 아내의 목을 졸라 죽이고 싶다. 그리고 번번이 무언가를 들고 들어오는 아내와 그것을 얻어먹지 않으면 안 되는 추접함은 이루 말할 수 없는 고통으로 그를 괴롭힌다.

솔직히 최 대위가 아내와의 관계를 오래 지속하지만 않았어도 원호는 어쩔 수 없이 넘어갔을지도 모른다. 아내에게 의존하지 않고서는 견딜 수 없는 수용소 생활에 아내가 최 대위의 요구를 들어준 것이 아내의 잘못만이 아니라고 애써 이해했을지도 모른다. 원호를 더 괴롭힌 것은 아내와 최 대위와의 관계를 알면서도 마지막까지 외면하고 이용했다는 스스로에 대한 수치심이다. 그 비참함은 원호의 온몸에 무수한 칼질을 하여 화석처럼 구멍을 숭숭 뚫어 놓았고, 그 구멍으로 시리고 찬바람을 몰아왔다.

선풍이

1.

　점차 아이의 경계심은 풀어져 가기 시작한다. 가끔 아버지라 부르기도 한다. 선풍이 아버지라고 불러줄 때마다 원호는 매번 가슴이 후드득 뛰고 기분이 둥 뜨곤 한다. 그 애의 무심한 눈길에도 감격했고 어쩌다 씩 웃기라도 하면 괜히 허둥거린다. 메마른 가슴을 비집고 숫저운 부성애가 타오르고 있다.

　그러나 선풍은 아버지 사랑을 나름의 방식대로 받아들인다. 틈을 노려 먹이를 쪼아 먹는 어린 새처럼 대하기 쉬워진 원호에게서 죽 한 숟가락이라도 더 얻어먹는 데만 신경을 쓴다. 그 애는 끼니때마다 제 어미 앞에서 그랬듯이 자기 죽 그릇을 허둥지둥 비우고는 원호를 빤히 쳐다본다. 원호 역시 애에게 죽을 덜어 주게 된다. 도적질해 먹든, 속여 먹든, 먹을 것을 입에 넣는 것이 땡이라는 수용소의 생존 방식을 그 애는 확실하게 터득하고 있다. 나서부터 고통만을 배운 선풍은 자기 보신에 아주 영민하다.

선풍에게 급격한 관심을 가지면서 원호는 거듭 충격을 받는다. 그동안 원호 앞에서 일절 입을 열지 않고 피하기만 하던 선풍이 이제는 아비 앞에서 마음 놓고 말하고 행동한다. 선풍은 어린애답지 않게 방 안에 기어 다니는 빈대를 밟아 죽이면서도 걸쭉한 상욕을 마구 퍼붓는다. 자기 학급 애들의 이름을 부를 때도 남자아이 이름 뒤에는 꼭 개새끼를 붙였고 여자아이 이름 뒤에는 반드시 개간나를 붙인다.

수용소의 언어는 우리말이 구사할 수 있는 온갖 난폭하고 더럽고 야비한 단어들을 모두 집합해 놓은 언어 테러다. 밖에서 아무리 고상했고, 아름다웠고, 우아했던 사람들도 수용소에 들어오면 그러한 언어폭력에 곧 습관이 들고 정상적인 언어인 양 구사하게 된다. 더욱이 백지에 새로 말을 새겨 넣는 아이들임에야, 선풍이 알고 있는 언어는 너무도 제한되어 있다.

선풍은 보위원이나 선생에게는 허리를 구십 도로 굽히고 아첨기 어린 웃음을 지을 줄 안다. 대답도 목청껏 소리를 높인다. 대신 엄마나 할머니처럼 만만한 사람들의 말은 힝힝 코를 불며 거부하고 제 고집대로 한다. 어린 넋을 잠식한 야비함과 비굴함, 철면피성은 그 애의 천성처럼 되어 가고 있다.

선풍이 그렇게 된 것은 수용소 환경 탓도 있지만 자신의 잘못이 더 크다는 자책에 원호는 조급해난다. 수용소 외에 다른 세상이 어떻게 생겼는지 구경도 못 한 선풍은 세상은 원래 수용소처럼 돼먹은 것으로 알고 있는 애다. 보위원 선생님과 정치범으로 분리된 수용소의 혹독한 서열을 아주 당연한 것으로 알고 이의를 제기할 줄도 모른다. 학교에서 매를 맞고 와서도 자기를 때린 감독보다 감독을 감쪽같이 속여 먹지 못한 자신의 무능함을 탓한다. 고자질한 친구만을 증오한다. 감독은 당연히 때려야 하는 사람이고 자기는 재간껏 그 매를 피하며 살아야 하는 것으로 인식하고 있다.

그 애를 알아 갈수록 원호는 벙어리 냉가슴만 앓을 뿐 어떤 설명을 해야 할지 갈피를 잡지 못한다. 이 골짜기는 사람의 세상이 아닌 생지옥이라는 것을, 광활한 바깥세상은 어떻게 생겼으며, 음식도 얼마나 다양한 것이 있는지를 설명할 자신이 없다. 언어가 전혀 통하지 않는 다른 생명체처럼 그 애가 낯설게 느껴지기도 한다. 원호는 절망을 느끼며 더럭 겁이 났다.

2.

퇴근하니 선풍이 얼굴과 온몸에 뱀이 휘감긴 것처럼 멍이 들어 가지고 들어왔다. 학교 감독에게 또 매를 맞았다고 한다. 그 애는 이유를 설명하려 하지 않는다. 아버지에게 하소연을 하거나 역성을 바라지도 않는다. 아버지라는 사람은 결코 역성을 들 존재가 못 된다는 것을 알고 있다. 매든 아픔이든 고스란히 자기가 소화해야 할 몫이라는 것도 잘 안다.

선풍이 인식대로 원호는 기껏 멍든 자리를 찬물 찜질해줄 뿐 위로 한마디 섣불리 할 수 없다. 더 용감하게 잘 견디라고 할 것인지, 아니면 더 감쪽같이 감독을 속여 매를 피하라고 할 것인지, 할 말이 없다. 원호는 울고 싶다.

저녁을 먹는 내내 무엇인가 골몰히 생각하던 그 애가 불쑥 원호에게 묻는다.

"아버지, 감독은 어떻게 하면 될 수 있습니까?"

어린애 질문치고는 놀랄 만치 또렷하다. 아이의 속내를 모르면서도 원호는 사실대로 대답해 준다.

"보위원 선생님들은 국가에서 정한 관리자들이고, 그 아래 학교 감독이나 작업반장 같은 감독들은 보위원 선생님들이 정한다."

"국가? 국가가 뭐예요?"

"국가란…… 이 수용소보다 훨씬 큰 세상이다."

아이는 머리를 기웃거리며 곧 자기 관심에만 집중한다.

"보위원 선생님께 잘 보이면 앞으로 감독이 될 수 있습니까?"

원호는 비로소 아이의 말뜻을 알아차린다. 선뜻 대답이 나가지 않는다. 보위원에게 잘 보여 감독이 되자면, 누구보다 비열해야 하며, 무자비한 성정과 아첨의 양면을 지녀야 한다는 복잡한 속내를 다 말할 수도, 말해서도 안 된다. 그 애는 사뭇 간절히 대답을 기다리고 있다. 원호는 우물우물 대답해 버리고 만다.

"뭐, 그렇다고 볼 수 있지."

순간 아이의 눈이 반짝 빛난다.

"저도 될 거예요."

원호는 아이의 말을 얼른 이해하지 못한다. 선풍은 입술을 오므리고 원호를 똑바로 쳐다본다.

"나도 때릴 거예요."

"때려? 누굴?"

"감독이 될 거예요. 그래서 때릴 거예요. 맞지 않을 거예요. 꼭 보위원 선생님께 잘 보일 거예요."

어린애답지 않은 단호한 말투에 원호는 흠칫 몸을 뒤로 젖힌다.

"보위원 선생님은 날 미워하지 않아요. 난 알아요."

선풍의 두 눈에는 정글에서 생존의 방식을 터득해 나가는 어린 맹수마냥 매서운 불길이 날름거리고 있다.

3.

출근 시간이 되기 전에 종소리가 자지러지게 울려 퍼진다. 공터로 모이라는 관리위원장의 목소리가 확성기를 통해 오막살이를 흔들어 댄다. 공터는 운동장처럼 쓰이는 곳인데 거기로 모이라고 할 때는 어른 아이 할 것 없이 다 가야 한다. 수용소에서 공개처형을 한다거나, 누굴 완전통제구역으로 끌고 간다거나, 도적질을 하다 들킨 자를 처벌한다거나, 하는 긴급 상황이 발생하면 저렇게 불에 덴 듯이 종소리가 다급히 울리고 확성기가 고함을 질러 댄다.

원호는 선풍의 손목을 끌고 급히 공터로 향한다. 짧은 순간에 숱한 사람들이 모였다. 원호는 선풍과 함께 사람들 무리 중간쯤 자리 잡는다. 아내는 어머니를 부축하고 조금 뒤쪽으로 떨어져 선다. 어머니와 아내는 요즘 원호와 선풍이 함께 있을 때는 자리를 피해주곤 한다.

한참 후 승리 58형 목탄차가 나타나고 운전칸에서 최 대위가 내린다. 이어 적재함에서 총을 멘 경비대 군인이 사람들이 모인 쪽 적재함 판을 밑으로 늘어뜨린다. 적재함은 순식간에 작은 무대처럼 된다. 적재함 안에는 40대 초반으로 보이는 여인과 열서넛 돼 보이는 남자애, 선풍이 또래로 보이는 여자애가 있다. 한 가족 같다.

무심히 그들을 바라보던 원호는 흠칫 몸을 떤다. 옆집 여인이다. 첫해 절구를 안고 찾아와서 십자가를 그리며 기도를 하던 그 여인이다. 굳이 어울리지는 않지만 오고가며 자주 맞닥뜨린다. 그 여인은 원호를 만나면 마치 보위원에게 하듯 늘 허리를 굽혀 인사를 하곤 했다. 원호는 마른기침을 하며 고개를 돌린다. 우려했던 대로 그녀의 신앙이 종시 문제가 된 것 같다.

그녀의 가족은 제각기 포승을 지고 기대앉았는데 아이들은 흐느껴 울며 부들부들 떨고 있다. 여인만은 눈을 꼭 감고 고개를 하늘로 젖힌 채 뭐라고 중얼거린다. 최 대위가 여인 쪽을 돌아보며 발을 구른다.

"저런 미친년 봤나, 아직도 하느님께 빌고 있는 거야? 흥, 하느님이 네년을 구해줄 것 같아?"

순간 여인의 눈이 번쩍 뜨인다. 여전히 맑고 아름다운 눈이다. 뚫어져라 최 대위를 바라보는 그 여인의 눈에는 측은해하는 빛이 역력히 어려 있다.

"이년이 죽고 싶어 환장을 했나. 야, 뭘 해."

최 대위의 고함 소리에 경비대 군인이 그 여인의 가슴을 구둣발로 찬다. 여인이 옆으로 넘어지고 애들이 왕 울음을 터뜨린다.

"이년은 혁명화지역에 와서까지 하느님을 믿은 미친년이다. 종교는 아편이고, 종교를 믿는 것 자체가 반역죄다. 이년은 자기의 잘못으로 자식들까지 데리고 귀신골로 가게 된다. 똑똑히 보라, 여기 규율에 복종하지 않는 자들에게 어떤 결과가 차례지는지! 알겠는가!"

네. 웅글은 대답 소리가 음산하게 메아리쳐 온다. 웅성거리는 사람들의 무리에서 공포의 전율이 흐른다. 귀신골 완전통제구역은 혁명화구역 사람들에게 공포와 불안을 주는 존재이면서도 자신들의 처지가 조금 낫다는 상대적 위안의 대상이기도 하다. 최 대위는 뒷짐을 지고 허리를 죽 펴더니 입가에 야릇한 웃음을 짓는다.

"좋다, 저년은 더는 회생하기 힘든 악질 반동분자이만 너희들은 혁명화지역 사람들이다. 그러니 너희들은 당연히 저년을 증오해야 한다. 자, 누가 이년에게 돌맹이를 던지겠는가, 제일 먼저 돌맹이를 던지는 자는 과오를 고치려는 각오가 투철한 자로 인정할 것이다."

순간, 차가운 새벽공기가 쩡 얼어붙고 귀가 멍한 적막이 사람들을 덮친다. 숨소리조차 들리지 않는 사람 무리 위로 새들이 소란을 피우며 지나간다. 모두가 최 대위의 눈길을 피한다. 서로 눈치를 살피며 머뭇거린다. 보위원이 일단 선포했으니 누군가 흉내를 내야만 끝날 일이다. 그러나 사람들은 불쌍한 여인에게 차마 돌맹이를 던질 엄두를 내지 못한다.

"지금 저년을 동정하는가? 너희들도 저년과 똑같은 악질 반동임을 인정하는 것인가? 앙?"

찰나, 최 대위의 악청을 뚫고 누군가가 쏜살같이 앞으로 달려

나간다. 어린애다. 사람들이 술렁거린다. 그 애는 단숨에 차 앞으로 다가가 땅에서 자그마한 돌멩이를 집어 들더니 서슴없이 그 여인을 향해 던진다. 돌멩이는 그 여인을 스쳐 풍막에 텅 맞는다. 그러자 그 애는 재차 돌멩이를 집어 들더니 이번에는 그 여인을 한참 조준하고 다시 던진다. 돌멩이는 정확히 그 여인의 머리를 맞힌다. 비명을 지르는 그 여인의 이마에서는 선지피가 흐른다. 팔이 묶인 여인은 한번 몸을 비틀 뿐 그대로 피를 흘리며 앉아 있다. 아이들의 울음소리가 더 높아진다. 사람들이 웅성거린다. 최 대위가 고개를 젖히고 너털웃음을 터뜨린다. 최 대위의 유희가 성공적으로 진행된 셈이다.

"좋아, 좋아, 이리 와. 야, 이리 오라니까."

그 애는 정치범 모두가 무서워하는 최 대위를 조금도 두려워하지 않는 듯 주저 없이 씽씽 다가간다. 볼수록 기막힌 애다.

몸을 흔들며 웃어 대던 최 대위가 다가서는 애를 보더니 웃음을 뚝 그치고 눈에 뜨일 정도로 흠칫 놀란다. 그자는 자기 앞에 선 애를 뚫어져라 바라보며 한 걸음 물러서기까지 한다. 최 대위는 한참을 머무적거리다 마지못해 아이를 사람들 쪽으로 돌려 세운다. 뱀 혓바닥 같이 얄팍한 그자의 손이 아이의 어깨를 다독이고 있다.

순간 원호는 자기의 눈을 의심한다. 눈을 비비며 거듭 보아도 선풍이다. 비로소 옆자리가 비어 있는 것을 발견한다. 앞쪽하고는 거리도 멀고 수용소 애들은 다 누더기를 걸치고 있어 얼핏 알아보기 힘들기도 했지만, 그 애가 선풍이라고는 상상도 못 했다. 원호는 눈앞이 부옇게 흐려 와 눈을 슴벅인다. 선풍이 왜 이런 행동을 했는지 그는 짐작하고 있다. 얼마 전 그 애가, 감독이 어떻게 되냐고 물었던 것이 단순한 호기심이 아니었음을 비로소 알아차린다.

가슴을 쑥 내밀고 선 선풍은 야멸치게 눈을 번뜩이고 있다. 어린애의 눈빛이 아니다. 새끼 맹수의 눈빛이다. 먹이 하나를 용케 획득했다는 희열이 풍기는 야생적인 모습이다. 혹시 저 애가 최 대위의 아들이 아닌가 하는 의심마저 든다. 최 대위가 선풍의 어깨를 그러쥐고 뭐라고 연설을 했지만 원호는 한 마디도 듣지 못한다. 온몸의 맥이 풀려 자꾸 주저앉고만 싶다.

4.

사람들이 웅성거리며 헤어지고 그 애가 앞에 당도할 때까지 원호는 굳어진 듯 멍하니 서 있다. 선풍은 원호를 보고 자랑스레 씩 웃는다. 웃는 선풍의 모습이 낯설다. 원호는 진저리를 치며 한 걸음 물러선다.

"너, 저 애들이 누군지 몰라?"

"알아요. 옆집 애들이에요. 그런데 나쁜 반동들이잖아요."

선풍은 왜 당연한 걸 묻느냐는 표정이다. 선풍이 옆집의 여자애하고 노는 것을 원호는 종종 보았다. 옆집 여자애는 자기 엄마를 닮아 투명하고 큰 눈을 가진 애다. 누더기를 걸치고 땟자국이 아롱아롱해도 얼굴에 늘 천진한 미소가 배어 있다. 그 애에 비해 선풍은 심술궂다. 선풍은 그 애하고 같이 논다기보다 그 애를 툭툭 치고 장난감처럼 다루는 데 재미를 붙이는 것 같다. 그 애는 선풍이 못되게 굴면 앙 하고 울음을 터뜨렸다가도 금방 그치고 다시 배시시 웃으며 선풍을 따라 다녔다.

어느 날 저녁엔가 선풍이 마당에서 그 여자애와 놀다가 또 쥐어박았는지 여자애가 울음을 터뜨렸다. 그러자 그 집 여인이 뛰어나왔다. 그 여인은 말없이 자기 딸을 달래며 딸애의 머리에 손을 얹고 혼자 중얼중얼 했다. 그리고 집으로 들어가서 뭔가를 들고 나와 선풍과 자기 딸에게 하나씩 쥐어주었다. 눈여겨보니 수리취떡 같았다. 수용소에는 수리취가 많았는데 수용소 사람들에게 큰 보탬을 주는 풀이다. 수리취는 잎 뒷면에 흰색의 솜털이 빽빽한데 졸깃졸깃한 찰진 성분이 있어 강낭가루를 조금만 섞어도 떡이 된다. 수리취떡은 수용소 아이들이 먹을 수 있는 최고의 간식이다. 그렇게 함께 놀았던 애와 수리취떡을 쥐어주던 옆집 아주머니에게 선풍은 서슴없이 돌을 던졌다. 저 어린 마음에 도대체 어떤 생각이 들었는지 두려워난다.

원호는 선풍의 손에 끌려 허청허청 집으로 걸음을 옮긴다. 최대위에게서 칭찬을 받은 선풍은 의기양양했고 걸음이 빠르다. 집에 와서도 원호는 선풍에게 아무 말도 하지 못한다. 그 애를 교육한다거나 인성을 바로잡는다거나 할 자신이 더욱 잦아든다. 한없이 처량하고 쓸쓸한 마음이 마냥 원호를 휘젓고 있을 뿐이다.

식료공장 동료한테서 들은 이야기가 생각난다. 수용소 아이가 자고 있는 부모를 칼로 찌르는 사건이 발생했다고 한다. 그 애는 교육받은 대로 정말로 부모가 나쁜 사람들이고 자기를 고생시키는 원수라고 인식했다. 부모를 죽인 자신의 행동을 정당하다고 생각했다. 선풍이 역시 수용소가 가르쳐준 증오와 미움, 굴종과 비열성을 당연한 감정으로 배워 가고 있다.

원호는 어찌할 바를 모르고 허겁지겁 맹목적인 사랑에 매어달린다. 기를 쓰고 엿 누룽지를 훔쳐오고 밥상에서는 그 애에게 죽을 더 많이 퍼준다. 짬나는 대로 쥐도 잡아 먹이고 선풍과 같이 개울가에서 개구리도 잡는다. 그렇게 해서라도 그 애가 먹는 것에서 조금 자유로워지기를 바란다. 하지만 선풍은 더 파렴치해진다. 아버지보다 자기가 더 많이 먹는 것을 당연하게 여기기 시작한다. 그러지 않으면 오히려 입이 나온다.

아이에게 인간의 도리를 설명해주기도 한다. 어른들에게는 어떻게 예의를 지키고 지금처럼 상말을 하지 말고, 너에게 해코지 하지 않은 사람을 해쳐서는 안 된다는 등, 그러나 원호는 곧 입이 써서 말을 잇지 못한다. 모든 것이 자기 잘못이라는 가책만이 가슴을 저리게 한다. 선풍을 보면 안타까워 미칠 것 같은데 날이 갈수록 자신감이 없어진다. 그럴수록 그 애의 존재는 원호의 가슴을 따갑게 지지며 파고든다. 선풍이 아무리 비정상적인 사고와 행동을 한다 해도 원호는 그 애를 좋아한다. 그 애를 위해 헌신하는 것에 작은 행복을 느낀다. 어느새 원호는 아버지로 살고 있다. 수용소 생활에서 처음으로 살아 있음을 느낀다.

화재

1.

　유달리 메마른 가을이다. 곡식들은 제대로 열매를 맺지도 못한 채 말라 간다. 터 갈라진 땅들이 불만을 내뿜듯이 뽀얀 먼지를 날린다. 잎사귀들이 맥없이 늘어진 나무들 사이로 건조한 바람이 바싹 마른 낙엽을 들쑤시며 심술궂게 돌아친다. 산불이 자주 난다. 수용소 사람들은 가을 배추밭에 물을 길어 대랴, 산불 끄는 데 내몰리랴, 밤낮없이 물 초롱을 들고 있다.

　피곤에 지쳐 노그라졌던 원호는 다급한 종소리에 깨어난다. 보위원 선생님의 사무실에 불이 났으니 물통을 들고 나오라는 소리가 확성기로 연거푸 울린다. 원호는 옷을 주워 입으며 다급히 선잠을 깨운다. 이럴 땐 아이든 노인이든 한 사람이라도 빠지면 안 된다. 아내가 밤눈이 어두운 어머니를 챙기며 관리위원회로 달려간다. 화재가 나면 관리위원회 사람들은 관리위원회에 불이 옮겨 붙지 못하게 대비한다. 선풍은 잠에 취해 *끄덕끄덕* 졸면서 원호에게 끌려간다.

수용소 사람들은 어둠 속에 상욕을 날리며 달음박질친다. 낮에도 하루 종일 산불 *끄*는 데 내몰렸는데 밤에 또 불을 *끄*러 나오라니 악이 치받는다. 바람에 산불이 옮겨 왔는지, 누가 산불을 이용하여 일부러 불을 질렀는지 자정이 훨씬 지나 최 대위의 사무실에 불이 났다.

멀리서도 화재 현장이 훤히 보인다. 불길은 이미 지붕을 삼키고 벌건 혀를 널름거리며 건물 벽을 내리 핥기 시작한다. 지붕에서부터 불이 붙기 시작한 것 같다. 시커먼 연기 기둥이 깃발처럼 바람에 흩날린다. 광란하는 불길은 원호의 졸음을 싹 날려 버리며 가슴에 뜨거운 열기를 지핀다. 탁탁 장단을 치는 불길의 아우성이 원호의 귀에 노래처럼 들린다. 걷잡을 수 없는 통쾌감으로 살이 떨리고 숨이 가빠 온다. 마냥 소리를 지르고 싶은 충동을 눌러 박으며 원호의 발은 어두운 허공을 내짚는다. 마음속에서 들끓는 환희가 마약처럼 원호의 몸을 가볍게 한다.

'개자식, 최 대위 그 자식까지 타 버려라. 다 타 버려라.'

현장에 도착하니 최 대위는 타 죽기는 고사하고 마당에서 길길이 날뛰며 욕설을 퍼붓고 있다. 작업반장이 어물거리는 사람들에게 채찍을 휘두르며 물을 빨리 길어 오라고 재촉한다. 사람들이 가지고 온 물통의 물을 끼얹었으나 그때뿐이고 불길은 계속 기세를 올리며 광란하고 있다. 아이들까지 허겁지겁 달리기를 하며 개울가에 가서 물을 길어 온다. 사람들은 물을 가지고 달리다가 어둠 속에서 부딪쳐 넘어지고는 서로 잡아먹을 듯이 으르렁댄다. 사람들이 아무리 필사적으로 불을 끄려 해도 불길은 수그러들지 않는다. 당황한 최 대위가 갑자기 고래고래 소리를 지른다.

"누가 저 건물에 들어가서 초상화를 건져 내오겠는가? 초상화를 건져 오는 자는 감독을 시킬 것이다! 누가 나서겠는가? 감독이 될 절호의 기회란 말이다!"

순식간에 모든 것이 정지된 듯 적막이 흐른다. 탁탁 불이 노니는 소리만 더욱 요란하다. 모두 멍하니 서서 발을 탕탕 구르는 최 대위를 공포에 질려 바라본다. 누구도 감히 엄두를 못 내고 서로 눈치를 본다. 원호는 물을 길어 가지고 오다가 어둠 속에 몸을 숨긴다. 최 대위의 눈에 띄지 않는 게 상책이다. 미치지 않고서야 기승을 부리는 불길 속으로 누가 뛰어들겠는가, 사람들은 하나같이 누군가가 제발 나서 주기를 바랐고, 자기가 주목될까 봐 몸을 떤다.

"야, 이놈들아. 감독을 시켜준다지 않는가! 감독을!"

이때, 웬 사람이 들고 있던 물통의 물을 몸에 들이붓더니 씽

하고 불길 속으로 달려 들어간다. 앗 하는 사람들의 비명 소리가 여기저기서 터진다. 사람들이 약속이나 한 듯이 와락 달라붙어 그 사람이 나올 입구에 정신없이 물을 붓기 시작한다.

"미련한 작자야. 아무리 감독 자리가 욕심나도 그렇지, 목숨하고 바꾸려 들다니."

"뭐, 이래 죽고 저래 죽을 목숨 한번 걸어보는 거지."

"쯧쯧…… 감독이 되기 전에 불고기 신세가 되지 말아야겠는데."

사람들 웅성거리는 소리가 원호의 귀에 들린다. 사람들은 누가 시키지 않아도 필사적으로 달렸고 물을 끼얹는다. 사람이 들어갔으니 어떻게 하나 살아 나오기를 바라서다. 악만 남은 수용소 사람들이지만 이럴 때 발휘될 인간성은 남아 있는 것 같다.

'미친 자식, 미련한 자식, 초상화가 타게 놔두지 왜 들어가? 최대위 그 개자식이 보위부에서 쫓겨나게 놔두지 왜 들어가는가 말이야!'

원호는 개울가에서 물을 길으며 불 속으로 뛰어든 사람에게 혼자 욕을 퍼붓는다. 원호가 다시 물을 길어가지고 왔을 때, 마당에 사람들이 모여 웅성거리고 있다. 불 속에 들어갔던 사람이 초상화를 건져 가지고 나왔고 방금 진료소로 갔다고 한다. 최대위가 지켜보는 가운데 작업반장이 모서리가 그슬린 초상화를 보자기에 싸는 것이 보인다. 사실인 것 같다.

2.

　사무실은 탈 만큼 타고서야 불이 꺼진다. 뼈다귀만
남은 시커먼 지붕 골조가 당장 허물어질 듯 건들거린다. 사무실
기물도 건질 것이 별로 없어 보인다. 최 대위는 소태 씹은 인상
을 하고 화재 현장을 정리하는 사람들을 감시하고 있다. 괜히 상
욕을 퍼부으며 짐을 든 사람들을 앞세우고 관리위원회로 간다.

　불을 다 끄자 작업반별로 인원 점검을 시작한다. 출석 점검에
서 빠지면 큰 곤욕을 치르게 되어 사람들은 빠지라고 해도 빠지
지 않는다. 그때에야 원호는 선풍이 생각을 한다. 다른 집 애들
은 어른 손을 잡고 서 있는데 선풍이만 없다. 아무리 불러도 아
이는 나타나지 않는다. 녀석이 너무 졸려서 어느 구석에서 잠이
든 것 같다. 원호는 작업반장에게 아들과 분명 같이 나왔노라고
설명을 하고 선풍을 찾아 나선다. 반토굴에도 선풍은 없다. 동네
구석진 곳을 일일이 돌아가며 불러도 대답이 없다.

　가슴이 털컥한다. 타 버린 사무실 주변부터 다시 살핀다. 흰
김을 뿜어 올리며 열기가 풍기는 화재 현장을 몇 번 돌아쳤지만
선풍은 없다. 개울가로 되짚어 가면서 선풍을 불렀으나 여전히
대답이 없다. 원호는 개울가로 달려가 물속에 발을 잠그고 마구
더듬기 시작한다. 선득한 불안이 머리를 친다. 물살이 빠른 데다
밤이어서 자칫 발을 잘못 디디면 물살에 말려갈 수 있다. 지난

봄 강냉이 영양단지를 할 때, 물을 긷던 아이 하나가 개울물에 빠져 죽었다. 나쁜 생각이 먼저 든다. 선풍을 부르는 원호 목소리가 떨린다. 원호는 방향 없이 허둥거리며 돌아친다.

개울가 버들 숲을 샅샅이 뒤지고 산 쪽으로도 아이가 숨어 있을 만한 곳은 다 뒤졌지만 선풍의 행방은 묘연하다. 원호는 집으로 들어갈 생각을 못 하고 땅바닥에 털썩 주저앉는다. 다리맥이 풀려 더는 움직일 수 없다.

"선풍아!"

문득 멀리서 아내의 목소리가 울린다. 원호는 얼결에 벌떡 일어서며 대답한다.

"여기 있소."

어둠 속에서 아내의 다급한 발자국 소리가 들린다. 아내가 두리번거리며 나타난다.

"왜 여기 있어요? 집에 가니 안 들어왔기에 찾아 나섰어요. 선풍은요?"

원호는 어떻게 설명할지 몰라 어물거린다.

"애는요?"

원호의 대답을 재촉하며 아내가 다시 주변을 둘러본다.

"불 끄러 같이 나왔는데 다 끄고 나니 애가 없어졌소."

원호의 말에 아내가 버럭 소리를 지른다.

"무슨 소리예요? 애가 없어지다니요?"

"지금껏 찾을 수 있는 덴 다 찾았는데 없소."

수련이 헉 숨을 들이긋더니 어둠 속으로 정신없이 달음박질을 친다.

"선풍아!"

원호와 수련이 제각기 동이 틀 때까지 돌아쳤지만 끝내 선풍은 나타나지 않는다.

3.

날이 밝자 일하러 나오라는 종소리가 울린다. 원호가 식료공장으로 달려가니 작업반장이 기다린 듯 말한다.

"당신이 출근하면 데리고 오라는 보위원 선생님의 지시가 있었소."

"나를? 왜요?"

"나야 모르지."

작업반장은 원호를 뒤에 달고 최 대위 사무실이 아니라 진료소 마당으로 들어선다. 최 대위가 진료소에 있는 모양이다. 진료소는 관리위원회 옆에 붙은 자그마한 방이다. 진료소래야 군의 책상과 의자 두 개가 달랑 놓여 있고 벽에 붙은 허술한 약장이 전부다. 약장에는 소독약과 주사기, 몇 가지 약 함이 있을 뿐 아무 설비도 없다. 흰 칸막이로 방의 삼분의 일을 막았고, 칸막이 안에는 환자가 누울 허술한 침대가 있다. 진료소는 환자를 치료한다기보다 정치범들이 아파서 더는 일할 수 없는지를 진단하는 곳이다. 수용소 사람들은 진료소에 와서 진단을 받아 가지고 와야 집에서 앓을 수 있다. 진단서를 받는 정도이면 거의 죽기 직전에 이르러야 한다.

진료소에 들어서자 그을음 냄새가 섞인 고약한 악취가 풍긴다. 칸막이 너머에서는 가는 비명 소리가 새어나온다. 최 대위는 군의 의자에 앉아 있다. 원호가 들어섬과 동시에 군의가 칸막이를 들추고 나온다.

"어른은 경상이어서 며칠 치료하고 안정하면 괜찮을 것 같습니다. 그런데 아이는 위험합니다. 등에 3도 화상을 입었는데 워낙 어리고 약한 애라 화독이 안으로 들어가면 살리기 힘듭니다."

군의가 원호를 흘깃 보더니 최 대위에게 보고한다. 어젯밤에 불 속으로 뛰어든 사람 이야기 같다. 그런데 아이라니? 웬 아이란 말인가? 섬뜩한 예감이 원호의 뇌리를 때린다.

"당신, 칸막이 안으로 들어가서 저기에 누운 아이가 누구인지 보라."

최 대위의 느닷없는 말에 원호는 얼결에 허리를 펴고 어안이 벙벙하여 쳐다본다. 최 대위의 말을 알아듣지 못한다.

"어젯밤 저 사람이 초상화를 가지고 나오다가 불 속으로 뛰어드는 아이를 발견하고 구원했다. 당신 아이 없어졌다면서? 아 뭘 해, 어서 들어가보지 않고."

최 대위가 꽥 소리를 지른다. 그 소리에 떠밀려 원호는 칸막이 풍을 젖히고 들어선다. 어른은 침대 한쪽을 차지하고 벽에 비스듬히 기대어 앉은 채 링거를 맞고 있다. 팔에 붕대를 감은 그 사람은 구레나룻이 시커먼 게 인상이 험상궂어 보인다. 아이는 털보 옆 침대 공간 위에 누워 있다. 등을 보이고 벽 쪽으로 돌아누운 아이는 기척이 없다. 보매 아직 의식이 없는 것 같다. 아이의 좁은 등은 온통 붕대로 칭칭 감겨 있고, 머리맡에는 링거 병이 매달려 있다.

순간, 원호는 두 눈을 부릅뜬다. 그 아이의 그슬린 머리 밑 제비초리가 쿡 눈을 찌른다. 선풍이 원호를 닮았다고 어머니가 내세웠던 혈육의 증표다. 갑자기 찬물을 뒤집어쓴 것처럼 등골이 오싹하며 온몸이 걷잡을 수 없이 떨린다. 지그시 눈을 감고 있던 털보가 원호를 향해 버럭 화를 낸다.

"젠장, 이 애 때문에 나까지 죽을 뻔했단 말이오. 애새끼가 무슨 귀신이 뻗쳤는지 불 속으로 뛰어드는 게 아니겠소."

"그게 무슨 소리요? 애가 왜 불 속으로 뛰어들었단 말이오?"

"그걸 내가 어떻게 알겠소. 미쳤나 보지. 뭐."

"미치다니? 좀 자세히 말해주시오."

"젠장, 이건 뭐 주고 뺨 맞기라더니."

털보가 짜증을 낸다.

"제발요."

"초상화를 건져 가지고 나오는데 이 자식이 갑자기 뛰어드는 바람에 애까지 데리고 나오느라 개고생 했단 말이요."

"아니? 얘가 왜? 얘가 왜 그 불 속으로?"

원호가 중얼중얼한다. 갑자기 병실의 냄새가 못 견디게 역해지고 속이 울렁거린다. 원호는 아이를 더 들여다보지 못하고 눈을 감는다. 털보가 보다 못해 아이의 얼굴을 슬쩍 돌려준다. 선풍이 맞다.

"당신 애가 맞소?"

털보가 묻는다. 원호는 고개를 끄덕이며 무너지듯 주저앉았다. 불 속에서 선풍을 구원한 털보에게 고맙다는 말을 해야 한다는 것도 생각뿐이고 턱이 덜덜 떨려 말이 나오지 않는다. 반듯하게 돌아누운 선풍은 얼굴도 거멓게 그슬리고 머리도 고슬고슬 탄 것이 얼핏 흑인 애 같다. 그을음 냄새가 심하게 난다. 원호가 바싹 마른입을 침으로 축이며 선풍아, 하고 조심스레 부른다. 도대체 무슨 생각으로 그 불길 속으로 달려 들어갔는지 애에게 당장이라도 묻고 싶다. 원호는 풍을 제치고 나와 최 대위 앞에 무릎을 꿇었다.

"우리 애를 살려주십시오. 제발 살려주십시오."

242

최 대위는 원호를 한참 내려다보더니 군의를 향해 짤막하게 지시한다.

"필요한 약을 당장 신청하고, 약을 아끼지 마. 최선을 다해 아이를 살려봐."

의자에서 일어나던 최 대위는 원호를 손가락질하며 진단서를 며칠 떼서 아이 곁에 있게 하라고 군의에게 말하고는 성난 듯이 휭 나가 버린다. 도를 넘는 보위원의 배려에 놀란 듯 최 대위와 원호를 번갈아 보는 군의의 눈이 둥그레진다.

원호는 바닥에 주저앉아 울음을 터뜨리며 구원을 청하듯 사방을 두리번거린다. 애가 잘못되면 어쩌나 하는 극도의 공포에 숨이 막힌다. 진료소를 뛰쳐나가 어디론가 숨고 싶다. 선풍을 보지 않고 이 상황만 벗어나면 모든 것이 거짓말처럼 될 것 같다. 군의가 뭐라고 지시하고 나갔으나 원호는 한 마디도 알아듣지 못하고 멍청히 쳐다보기만 한다.

4.

링거를 다 맞은 털보가 풍을 들추고 나온다. 불에 그슬리고 비칠거리기는 해도 제 발로 걸어 나오는 걸 봐서는 괜찮은 것 같다. 그런데 선풍은 왜? 원호는 뭔가를 털보에게 자꾸 캐묻고 싶었으나 여전히 말이 나오지 않는다. 털보는 침대가 없어 집에 가서 누워야겠다고 투덜거리며 아이를 꼭 살리라고 한 마디 한다. 원호는 그제야 고맙다는 인사를 하며 허리를 굽힌다. 침대 옆에 다가가니 선풍이 원호를 빤히 쳐다보고 있다.

"깨어났구나. 선풍아."

원호는 울컥 솟구치는 눈물을 간신히 참으며 아이의 손을 조심히 잡는다. 아이는 아픔에 얼굴을 찡그리고 있었으나 눈빛은 선명히 반짝이고 있다.

"내가 누군지 알겠니?"

선풍은 고개를 끄덕이며 아버지, 하고 가늘게 대답한다.

"그래, 내가 네 아버지다."

원호는 혀를 깨물며 흐느낌을 삼킨다. 무엇이 심장을 비트는 것처럼 가슴이 저려 온다. 그 애에게 못되게 굴던 지난 일들이 다시금 생생히 떠오른다.

아내가 머리를 풀어 헤치고 달려 들어온다. 선풍을 찾아 혼자 돌아치다가 이제야 연락을 받은 것 같다. 선풍이 앞에 다가선 수련이 무너지듯 바닥에 주저앉는다. 수련은 눈물을 줄줄이 쏟으며 붕대 감은 선풍이 얼굴을 쓰다듬는다.

"선풍아. 괜찮아?"

"엄마!"

선풍이 수련을 향해 씩 웃는다. 스스로를 대견해하는 웃음이다. 가슴을 두드리며 울음을 삼키던 수련이 나무라듯 묻는다.

"너 어쩌다 불 속으로 들어갔니? 길을 잘못 들어서? 졸다가?"

선풍이 그것도 모르냐는 듯 귀엽게 눈을 흘긴다.

"엄마도 참, 나도 이젠 감독이 된단 말이야."

선풍이 얼굴에는 흐뭇한 미소가 남실거린다.

"그게 무슨 소리냐?"

수련이 눈을 홉뜨며 원호를 돌아본다. 순간 원호는 드센 주먹에 뺨을 맞은 것처럼 귀가 멍해진다. 이제 크면 나는 감독이 될 거예요, 하고 다짐하던 그 애의 말소리가 또렷이 들린다.

"애가 무슨 소릴 하는 거예요?"

수련이 돌아보며 재차 물었으나 원호는 대답할 수 없다. 속에서 불망치 같은 것이 치밀며 목구멍을 지진다. 조금만 입을 벙긋해도 내장까지 확 쏟아질 것 같아 어금니를 부셔져라 악문다. 원호는 손바닥으로 입가를 아프게 비틀기만 한다.

군의는 여러 가지 약을 들고 나타나더니 다시 링거를 달고 주사를 놓는다. 원호는 희망으로 가슴이 뛴다. 군의에게 절이라도 하고 싶은 심정이다. 저 약을 다 쓰면 선풍이 씻은 듯이 일어날 것만 같다.

집으로 갔던 아내가 하얀 쌀죽을 사발에 담아 가지고 온다. 분명 최 대위가 준 입쌀로 쑨 죽이겠으나 그따위는 중요치 않다.

선풍이만 살릴 수 있다면 상관없다.

"집에 가서 점심을 들어요. 어머님이 기다려요. 선풍이 화재를 끄면서 조금 다쳤다고 어머님은 안심시켰어요."

참으로 오랜만에 아내와 말을 섞는다. 원호는 그제야 현기증을 느끼며 아침을 건넜다는 생각을 한다. 수용소에서 처음으로 먹는 것을 망각했다.

"선풍이 죽 먹는 거 보구."

원호가 고집을 쓰자 수련이 더 말리지 않고 선풍에게 죽을 떠준다. 아이는 흰 쌀죽을 보자 눈을 반짝이며 고분고분 몇 술 받아먹다가 도리머리를 젓는다. 쓰다고 한다. 먹는 것이라면 오금을 못 쓰던 아이가 흰 쌀죽을 먹지 못하는 것을 보니 기가 막힌다.

선풍이 자기 팔에 꽂힌 주삿바늘이며 머리맡에 매달린 링거병을 호기심 어린 눈으로 둘러보며 이게 뭐냐고 묻는다. 아파도 언제 주사를 맞아본 적이 없는 선풍이다. 아이는 또 아프다고 킹킹거린다. 이마를 짚어보니 불덩이 같다. 군의는 이대로 지속되면 패혈증이 올 수 있으니 열이 빨리 떨어져야 한다고 걱정한다. 선생이 진통제를 놓아주자 아이는 이내 잠든다. 아이의 숨소리가 아까보다 더 빨라진다.

"고급 약을 투하하니 일시 좀 괜찮아지기는 했는데 아이의 기력이 따라주겠는지 걱정이오. 이 정도면 큰 병원에 가서 수술을 해야 하는데, 이렇게 구급처치나 해 가지고는 승산이 없단 말이오."

군의는 도리머리를 흔든다. 선풍은 바깥의 큰 병원으로 갈 수 없는 수용소 아이다. 결국 앉아서 죽음을 기다려야 한다는 소리다. 수련이 군의의 바지 자락을 잡고 늘어진다.

"제발 우리 애 살려주세요. 이 은혜를 죽어도 잊지 않겠어요. 제발 살려주세요."

"나도 애를 살리고 싶소. 그런데 이따위 창고 같은 진료소에서 내가 뭘 할 수 있겠소."

군의가 수련의 손을 밀치고 밖으로 휭 나가 버린다. 수련이 휘청거리며 바닥에 쓰러진다. 원호가 부축하자 수련은 매몰차게 뿌리치며 원호를 쏘아본다.

"당신은 애 건사도 안 하고 뭘 했어요. 이 모든 게 당신 탓이에요!"

원호는 이때만큼은 아내의 탓하는 말이 고맙다. 누군가가 자기를 때려주었으면 싶은 심정이다.

5.

저녁부터 아이는 자주 정신을 잃고 헛소리를 친다. 엄마를 부르며 서럽게 울기도 한다. 군의 말대로 아무리 약을 들이대도 도무지 열이 떨어지지 않는다.

어린 생명은 촌각을 다투며 할딱거리다가 3일째 되는 밤에 끝내 꺼져 버린다. 수련은 진료소에서 그대로 까무러친다. 군의가 죽은 아이 옆에 아내를 눕히고 주사를 놓아준다. 수련이 진정제를 맞고 잠든 사이 원호는 선풍을 등에 업고 산으로 향한다. 어머니한테도 알리지 않을 작정이다.

군의한테 빌린 몽당삽자루를 포대기마냥 아이의 엉덩이에 받치고 허우적거리며 걷는다. 아직 열기가 느껴지는 것 같아 몇 번이고 흠칫 걸음을 멈춘다. 이상하게 아이가 무겁다. 걸음을 옮길 때마다 발밑에서 낙엽이 바스락거리며 비명을 지른다. 한참을 산비탈을 오르던 원호는 선풍을 등에 진 채 픽 쓰러진다. 그 자세로 땅을 허비며 가슴을 쥐어뜯는다.

선풍을 반듯이 눕히고 원호는 주위를 살핀다. 다행히 양지쪽이다. 비탈도 그리 심하지 않은 자그마한 공터다. 선풍이 그 자리에 눕고 싶다고 원호를 쓰러뜨린 것 같다. 원호는 삽으로 땅을 파기 시작한다. 크게 돌멩이도 없이 순조로이 파진다. 일 미터가량 내리 파고 바닥을 평평하게 고른 다음 아들을 반듯이 눕혔다. 붕대를 감은 채로 눈을 꽉 지르감은 선풍이 어른처럼 표정이 비장해 보인다. 반쯤 열린 입술 사이로 빠진 앞니의 침침한 구멍이 보인다. 슬쩍 건드리기만 해도 그 구멍에서 찍 침이 튀기고 상말이 쏟아질 것만 같다. 방금까지도 해가 났었는데 갑자기 보슬비가 내리기 시작한다. 올가을 들어 처음 내리는 비다.

"이크, 선풍이 비 맞겠다."

원호는 살아 있는 아이에게 말하듯 하며 허둥지둥 겉옷을 벗어 선풍에게 덮어준다. 아이 얼굴을 가려주려는 순간 원호의 손이 굳어진다. 급기야 온몸에 오열이 사품치기[8] 시작한다. 그 자리에 주저앉아 토하듯 울음을 쏟아내며 몸부림친다.

원호는 선풍을 사랑하면서 비로소 무덤 같은 고독에서 다소나마 벗어날 수 있었다. 엿누룽지를 품에 감추고 퇴근할 때마다 아이가 맛나게 먹는 모습을 눈앞에 그리며 가슴이 두근거리곤 했다. 선풍이 때문에 기어코 살아남아야 할 이유가 생겼고 비굴하게 이어 온 목숨에 대한 위안이 되었다. 아들에 대한 절절한 감정은 빈껍데기만 남은 그의 몸에 서서히 채워지는 피 같은 것이었다. 이제 아이와 함께 원호의 마음속에 찼던 그 생기도 함께 묻힐 것이다.

"선풍아. 미안하다. 애비가 널 죽였구나. 널 그렇게 만든 건 이 애비다. 선풍아!"

질그릇 깨지는 듯한 원호의 울음소리가 하울링으로 선풍의 시체 위에 쏟아진다. 점점 굵어지는 빗방울이 후둑둑 후두둑 울고 있다.

---

8) 북한말로 '마음이 세차게 부딪쳐 움직이다'라는 의미.

소쩍새

1.

선풍이 무덤 옆에 두 다리를 퍼더버리고 앉은 수련은 손바닥으로 무덤을 하염없이 다독인다. 파랗게 경직된 별빛이 그녀의 머리며 어깨를 조심스레 어루만지고 있다. 벌써 삼 일째다. 밤마다 그녀는 선풍의 묘를 찾는다. 묘랄 것도 없다. 어른 묘도 봉분을 못 하게 하는 판이라 알릴락 말락 도독하여 얼핏 보면 알 수 없다. 선풍의 무덤을 잃어버릴까 겁이 난 수련은 다음날 낫을 들고 와 무덤 옆 나무껍질을 벗기고 선풍이 집이라고 새겨 넣었다. 선풍을 묻은 날 저녁에야 정신을 차린 수련은 선풍을 묻었다고 원호와 격렬하게 다투었다. 쌀쌀한 밤바람이 그녀의 품속을 파고든다.

"내 새끼 춥겠다. 선풍아 무서워하지 마. 엄마가 옆에 있어. 불쌍한 내 새끼."

중얼거림은 어느새 흐느낌으로 변한다.

"엄마가 미안해. 미안해!"

소쩍새 울음소리가 들려온다. 그녀의 주위를 맴도는 듯 지척이다. 수련은 울음을 뚝 그치고 귀를 기울인다. 소쩍새 울음소리가 더 유별나다. 수련은 어두운 사방을 황황히 둘러본다.

"선풍아. 너 새가 됐니? 너 엄마 말에 대답하는 거지? 그렇지?"

잠시 동안을 두었던 소쩍새 울음소리가 다시 울린다. 마치 어깨 위에 앉아 우는 듯 더 가깝게 들린다. 그녀의 얼굴에 설핀 미소가 어린다. 수련은 눈을 감으며 고개를 갸웃한다.

"맞구나. 너 새가 됐구나. 새가 됐으니 훨훨 날아서 밖으로 나갈 수 있겠네!"

새와 말을 주고받는 수련의 목소리가 점점 또렷해지며 고요한 밤하늘을 흔든다.

"수련이!"

누군가 부르는 소리에 수련은 어깨를 떨며 눈을 뜬다. 최 대위다. 언제 왔는지 수련이 옆에 쪼그리고 앉아 두 손을 내밀고 있다.

"수련이, 정신 차려. 당신 왜 이래?"

수련의 어깨를 흔드는 최 대위의 입에서 연한 술 냄새가 풍긴다. 수련은 그가 흔드는 대로 몸을 맡기며 속삭인다.

"우리 선풍이 새가 됐나 봐요. 계속 엄마를 부르고 있어요. 저

거 봐요. 엄마, 엄마, 하잖아요."

"수련이, 이러지 마, 마음을 굳게 먹어야 살아."

최 대위의 목소리가 부들부들 떨리고 있다. 한참을 멍하니 최 대위를 바라보던 수련이 그의 가슴에 얼굴을 콱 박으며 울음을 터뜨린다.

"살아선 뭘 해요. 선풍이 없는데, 선풍이 없는데……"

"미안해. 정말 미안해. 내 잘못이야. 날 원망해. 수련이."

민규가 수련을 꽉 그러안고 중얼거린다.

"다 필요 없어요."

수련은 최 대위를 확 밀쳐내고 비척비척 걸음을 옮긴다. 한 걸음 뒤에서 최 대위가 따라온다.

2.

오두막 문을 열고 들어선 수련은 맥이 풀려 문 앞에 주저앉는다. 오한이 나며 이가 덜덜 맞쪼아진다. 정신이 혼미해지며 그 자리에 쓰러지고 싶다. 언뜻 수련은 정신을 차린다. 캄캄한 방 안에서 코 고는 소리가 크게 들려온다. 수련이 들어선 것도 모르고 남편과 시어머니가 번갈아 내는 소리다. 순간 그녀는 어디서 솟구치는지 모를 힘에 떠밀려 벌떡 일어선다.

"선풍인 밖에서 추위에 떨고 있는데 아빠라는 사람은 잠만 자고 있어요?"

그녀의 앙칼진 소리가 오두막을 허물 듯 진동한다. 남편과 시어머니가 동시에 깨어난다. 원호가 등잔에 불을 붙인다.

"아이고, 아 어미야. 어디 갔다 이제 들어오는 거냐?"

시어머니가 미처 몸을 일으키지 못하고 팔만 허우적거린다. 졸음이 얽힌 남편의 얼굴이 잔뜩 일그러진다.

"어머니 됐어요. 어서 쉬세요."

남편이 그녀를 무시하고 다시 자리에 누울 자세를 취한다. 수련은 단박에 방 안으로 달려 들어와 서슬 푸르게 쏘아 붙인다.

"하긴 제 새끼 아니라고 생각했던 당신이니 잠이 잘 오겠지?"

비로소 원호의 눈에 불이 켜진다.

"이 야밤에 웬 시비야? 미쳤어?"

"그럼 새끼 땅에 묻고 바른 정신일까? 당신은 선풍에게 미안하지도 않아? 잠이 오냐고?"

"에고, 네가 참아라."

시어머니가 아들의 바지 자락을 잡아당기지만 소용없다. 원호의 눈에서도 이미 시퍼런 독기가 발산한다.

"이게 미쳤구나. 모든 게 네 잘못으로 생긴 일인데, 지금 누굴 탓하는 거야?"

"뭐? 내 잘못? 흥, 당신이 선풍에게 한 짓은 다 까먹은 거야?

당신이 그 애를 그렇게 미워하지만 않았어도 어린 마음에 그런 독한 생각을 못 한다고, 애를 애답지 않게 만든 건 당신이라는 걸 정말 몰라?"

수련의 입에서 폭포수처럼 거침없이 말이 쏟아진다.

"내가 왜 선풍을 내 새끼가 아니라고 생각했는데? 그게 누구 때문인데? 그동안 내가 얼마나 남모르는 눈물을 흘렸는지 알기나 해?"

원호가 목멘 소리로 항변한다.

"당신이 남모르는 눈물을 흘렸으면 난 그동안 피눈물을 흘렸어."

"닥쳐, 최 대위 그 개자식이 감독 시킨다는 소리만 안 했어도 그런 일은 없었어."

"아이고, 얘들아. 애를 묻고 이게 무슨 일이냐. 다 내 탓이다. 장본인인 내 탓이야. 내가 죽어야 하는데, 내가 죽어야 하는데…… 내가 살아서 애꿎은 선풍이가 잘못됐지."

시어머니가 가운데 앉아서 두 손을 흔들며 넋두리를 한다.

"이 모든 건 다 저 더러운 년의 탓이라고요."

울고 싶을 때 때려주는 격으로 남편은 수련의 격앙된 감정에 계속 기름을 부어 대고 있다.

"뭐? 더러운 년? 내가 누구 때문에 이 꼴이 됐는데? 내가 무슨 죄가 있어 이 골짜기로 끌려왔냐 말이야? 당신은 모든 걸 알면서 날 이용했잖아. 당신이 더 더럽고 비열한이 아니야?"

수련이 쨍쨍 고함을 지르며 바싹 남편에게 다가선다. 오뉴월 독뱀처럼 빳빳한 수련의 태도에 원호는 흠칫 한 걸음 물러선다.

"닥치지 못해? 너 죽고 싶어?"

"그래, 죽고 싶다. 죽고 싶어."

"저리 가, 미친 년."

기겁한 원호가 뒤로 물러서며 베개를 집어던지자 수련이 되받아 던진다. 그녀는 더 이상 아무것도 두렵지 않다. 억누르고 또 억눌렀던 그 무엇이 용암처럼 속에서 활활 끓어 번져 나오고 있다. 시어머니는 머리를 절레절레 흔들며 손으로 방바닥을 두드린다.

"제발 그만해라. 다 내 탓이다. 내 탓이야."

격앙될 대로 격앙된 그들의 귀에는 시어머니의 휘파람 같은 목소리가 들리지 않는다. 뒷걸음치던 원호가 그녀의 머리를 휘어잡는다. 수련은 남편의 매가 오히려 시원하다. 선풍의 죽음으로 그들 사이를 유일하게 이어주던 가는 동아줄은 완전히 끊어졌다. 이제 그녀와 남편과의 사이에는 아무 미련도 없다. 미움과 원망만이 건널 수 없는 강처럼 그들 사이를 소용돌이쳐 흐르고 있다. 그 밤으로 오두막을 뛰쳐나온 수련은 뒤도 돌아보지 않고 어둠 속으로 사라졌다.

3.

"아버지! 아버지!"

아버지라는 부름에 원호의 허파에서 웃음이 흔들거린다.

"어엉? 아버지? 그래, 나야 아버지라니까, 나 여기 있어."

대답 소리는 머릿속에서만 울린다. 원호는 마음이 조급해진다. 얼른 대답하지 않으면 선풍이 다시는 아버지라고 부르지 않을 것 같다. 그런데 아무리 말을 하려 해도 혀가 마비된 듯 움직여지지 않는다. 큰 돌멩이가 입 안에 꽉 차서 딕을 눌러 대고 있는 것 같다. 문득 눈앞에서 꽃잎이 팔랑이는 것이 보인다. 찬찬히 보니 꽃잎이 아니라 선풍의 손이다. 그 애가 손을 뻗쳐 원호의 얼굴을 만지려 하고 있다. 원호는 히죽 웃으며 얼굴을 들이민다. 그 애의 손이 닿을 듯 말 듯하다. 원호는 안타까워 가까이 가려고 몸을 움직인다.

순간, 머리통을 후려치는 것 같은 아침 기상 종소리가 울린다. 원호는 이마의 근육을 뒤틀어 간신히 눈을 올려 뜬다. 방금 전에 보았던 선풍을 찾으려고 두리번거린다. 한참 후에야 꿈을 꾸었다는 것을 알아차린다. 원호는 멍하니 넋을 잃고 누워 있다가 번뜩 정신을 차린다. 종소리가 울리기 전에 어머니보다 먼저 일어나리라 잠자리에 누울 때마다 다짐하지만 매번 늦게 일어난다. 아내가 며칠째 들어오지 않으면서 어머니가 아침을 짓는다.

부엌은 조용한데 어머니 잠자리는 깨끗이 개어져 있다. 원호는 서둘러 자리에서 일어나 문을 열고 컴컴한 바깥을 내다본다. 혹시 물 길러 나가지 않았나, 해서다. 어머니는 얼마 전부터 힘에 겨워 양동이를 들지 못한다. 다시 부엌을 살펴보니 양동이에는 물이 담긴 채로 있다. 어제 저녁 원호가 길어 놓은 대로다. 부리나케 집을 나선 원호는 어둠을 둘러보며 소리를 지른다.

"어머니! 어디 계세요."

맞은편 산이 원호의 고함 소리를 되받아 외운다. 여기저기 오두막들에 등잔이 켜지고 아침 준비를 하는 수선거림이 들려온다. 원호는 집 주변을 한 바퀴 돌고 혹시나 하여 개울가에도 나가 본다. 산 쪽도 훑어보고 동네도 돌아봤지만 어머니는 보이지 않는다. 이상하다. 한참을 멍하니 서 있으려니 슬며시 불길한 생각이 든다. 며칠 전 수련과 싸울 때, 자신의 탓이라고 하면서 장본인인 자기가 죽어야 한다던 어머니의 말이 문득 떠오른다. 원호는 세차게 도리질을 한다. 설마, 어머니가 그런 모진 마음을 먹었을 수 없다. 머리는 연신 부정을 했지만 발걸음은 어느새 선풍이 있는 산 쪽으로 달리고 있다. 혹시 어머니가 거기에 계실지 모른다.

4.

아직은 날이 밝지 않아 산기슭은 음침하다. 잠에서

깨어난 밤새가 위협적으로 울어 대며 침해자를 거부한다. 인기척에 놀란 다람쥐들이 원호를 앞질러 달음박질치고 있다. 침침한 숲 속 길은 새벽이슬에 미끄럽다. 초가을이지만 산속의 새벽은 무척 쌀쌀하다. 벌써 섬뜩한 한기가 날을 세우고 옷 속으로 스며든다. 푸름푸름 산 너머 하늘이 연해지고 있다. 사방이 훤히 보이기 시작한다.

선풍이 누워 있는 곳이 바라보이는 지점에서 원호는 우뚝 걸음을 멈춘다. 바위 같기도 하고 나엽 무디기 같기도 한 자그마한 덩어리가 보이고 그 옆에 희끄무레한 무엇이 누워 있다. 어머니다, 하는 느낌에 다리가 휘청거려진다. 몇 걸음 만에 엎어진 원호는 네발걸음으로 엉기엉기 그쪽을 향해 다가간다.

선풍이 묘에는 어머니의 옷들이 바람에 날리지 않게 돌멩이로 지질러 덮여 있다. 어머니는 얇은 홑옷 바람으로 선풍의 무덤을 그러안은 채 누워 있다.

"어머니!"

싸늘한 냉기가 느껴지는 어머니의 몸은 벌써 굳어지고 있다. 원호는 온몸을 우둘우둘 떨며 옷을 벗는다. 단추가 벗겨지지 않아 와락 잡아당긴다. 어머니의 윗몸을 감싸고 어머니의 가슴에 귀를 대 보았으나 도무지 박동이 느껴지지 않는다. 후득후득 떰박질을 하는 원호의 심장 소리 때문에 더 가늠할 수 없다. 원호는 어머니를 업고 허겁지겁 산을 내려가기 시작한다. 어머니는 검불처럼 가볍다. 등 뒤에 엎드린 어머니는 낙엽처럼 흩어지다가도 곧 나른하게 착 달라붙기도 한다. 조금도 무겁지 않은데 자꾸 비칠거린다. 머리는 멍하고 팔다리는 기계적으로 움직여진다. 등 뒤에서 꿈틀대는 느낌이 든다. 원호는 얼른 어머니를 내리고 조심히 흔든다.

"어머니 정신 차리세요."

어머니가 눈을 가늘게 뜬다.

"어머니, 정신 드세요? 조금만 참으세요."

원호가 다시 업으려 하자 어머니가 알릴락 말락 고개를 저으며 입을 움씰거린다. 원호는 어머니 입가에 귀를 바싹 들이댄다.

"수……련……"

어머니의 흐릿한 눈이 진액 같은 물방울을 내밀며 스르르 감긴다. 잠든 듯이 고요해진 어머니의 몸은 더는 아무 미동도 없다.

"어머니, 이러시면 안 돼요. 정신 차리세요."

원호는 미친 듯이 어머니의 얼굴에 볼을 부비며 울부짖는다. 숨 끊어지는 짐승 소리 같은 원호의 울음소리가 새벽하늘에 공허하게 메아리친다.

5.

　　일하러 나오라는 종소리가 거듭 울렸지만 원호는 어머니 머리를 무릎 위에 놓은 채 움쩍도 하지 않는다. 이제는 당장 죽인다 해도 상관없다. 성글고 가는 어머니의 백발이 바람에 나부낀다. 그럴 때면 어머니가 숨을 쉬는 것 같아 가슴이 털컥하여 어머니 가슴에 귀를 들이댄다.

　원호는 어머니의 얼굴을 비로소 세세히 본다. 주름지고 거친 어머니의 얼굴은 야위어 손바닥만 하다. 평양에 있을 때, 세련되고 고왔던 어머니 모습이 선히 떠오른다. 어머니의 손이 풀 위에 아무렇게나 던져져 있다. 원호는 황황히 어머니의 손을 들어 검불을 털어낸다. 젊은 시절 어머니는 악기 다루는 손이라고 손을 몹시 아꼈다. 지금의 손은 굵게 마디가 지고 검버섯이 돋아 있다. 싸늘한 어머니의 손은 장작마냥 꼿꼿하다. 어머니의 죽음이 실감난다.

　어린 시절 원호는 어머니 손에 끌려 어머니의 분장실에 자주 갔다. 검정 드레스를 입고 곱게 화장을 한 어머니는 어린 아들에게 과자 봉지를 쥐어주며 엄마가 올 때까지 꼼짝 말고 기다리라고 했다. 원호는 고개를 끄덕이고는 어머니가 나가면 곧 쪼르르 분장실 복도를 지나 무대 뒤 칸막이 휘장에 몸을 숨겼다. 어머니를 따라 다니면서 무대 길이 훤했다. 원호는 칸막이 뒤에 서서

밝은 조명이 켜지고 무대 위에서 어머니가 첼로를 연주하는 모습을 정신없이 바라보았다. 원호는 어머니가 연주하는 악기 소리가 제일 좋았다. 어머니의 악기 소리는 웅숭깊고 부드러워 좋았다.

원호가 학생이 되어서부터는 어머니는 공연 때마다 제일 좋은 좌석에 아들을 앉혀 공연을 관람하게 했다. 대학 때는 어머니 백으로 친구들 표까지 얻어 가지고 떠들썩하게 극장을 찾곤 했다. 아들에게 좀해서는 큰소리를 치지도 않고, 잔소리도 하지 않은 어머니다.

수용소에 들어온 다음 해 이른 봄날, 아직 가정의 평화가 깨어지지 않았을 때였다. 그날 저녁, 어머니는 속이 안 좋다며 죽그릇을 원호에게 내밀었다. 낮에 부업반에서 옥수수 구운 것을 많이 먹었다고 했다. 수용소에 들어온 지 얼마 안 되어 부업반 상황을 잘 모르는 원호는 어머니가 아들에게 죽을 먹이기 위해 거짓말을 한다는 것을 눈치채지 못했다. 부업반 역시 똑같은 대우를 하는 수용소 안의 한 개 작업반이라는 것을 따져보지 못했다. 어머니의 사랑을 받는 것이 습관이 된 철부지처럼 몇 번 사양하다가 참지 못하고 그 죽을 먹어 버렸다.

그런 날이면, 오랜만에 부른 배를 내리쓸며 포만감에 기분이 좋아 아내와 한 잠자리에 들었다. 좁은 한 방에서 아내와 잠자리를 같이하기도 용의치 않거니와 일상이 너무 힘들어 성욕이 생길 새도 없다. 그러나 어머니 죽까지 먹고 배가 부른 날이면 곁에 붙어 누운 아내를 외면하기 힘들었다. 그날 밤에도, 어머니가 주무신다는 것을 확인하고 아내를 그러안았다. 아내는 놀라 어머니를 돌아보았으나 원호는 제어가 안 되었다.

어머니는 그 후 때때로 부업반에서 자고 온다고 했다. 부업반이 오히려 널찍하고 편안하다고 했다. 그때마다 원호는 아내와 몸을 섞었다. 훗날 어머니가 일하는 부업반 작업실에 갈 기회가 있었다. 사방 구멍이 뚫린 벽과 흙바닥으로 된 창고 같은 건물이었다. 찬바람이 먼지를 말아 올리는 휑뎅그렁한 작업실에서 어머니는 모름지기 가마니를 뒤집어쓰고 밤을 새웠을 것이다. 원호는 너무도 민망하고 가슴이 아파 울음을 터뜨리고 말았다. 나 같은 후레자식이 또 어데 있을까, 하고 가슴을 쳤다. 그렇게 자신을 반성할 때만 해도 원호는 아직 인간이었다.

어머니는 수용소 생활 초엽에 이미 아들을 잃었다. 원호의 타락은 곧바로 어머니의 좌절로 이어졌다. 어머니는 밤마다 잠자리에 누우면 땅이 꺼지게 한숨을 내쉬며, 다 나 때문에, 하고 입버릇처럼 외웠다. 수용소에 들어오게 된 것을 당신의 탓으로 생각하며 자식들 앞에 미안해했다. 며칠 전에도 같은 말을 하셨다. 갈비뼈를 갈라내는 듯한 후회는, "그게 왜 어머니 탓이에요"라는 말씀 한 마디 못 드린 것이다.

어린 시절 원호의 가장 큰 불만은 아버지의 부재였다. 때로는 그 불만을 애꿎은 어머니에게 쏟곤 했다. 원호가 아버지에 대해 물으면 어머니는 아버지는 나라를 위해 큰일을 하러 갔다고 했다. 아버지는 가끔 집에 들러 잠을 자고는 원호가 일어나기 전에 집을 나갔다. 아버지의 얼굴이 가물가물할 때쯤이면 아버지는 또 얼핏 나타나곤 했다. 그렇게 한생을 참고 희생해 온 어머니였지만 결국 아버지 때문에 수용소에 들어왔다. 하지만 어머니는 수용소에 들어와서도 한 번도 아버지를 원망하는 말을 하지 않았다.

원호는 어머니를 다시 둘러업고 선풍이 있는 곳으로 허청허청 걸음을 옮긴다. 어머니는 죽어서 선풍과 함께 있고 싶어 했던 것 같다. 선풍이 옆에 어머니 묘를 만들 생각이다.

계곡의 푸른 물

1.

　　수련은 며칠째, 관리위원회 옆에 있는 작은 창고에서 지내고 있다. 관리위원장이 수련을 생각해서 대강 자리를 마련해준 잠자리다. 다행히 온돌식이어서 불을 때면 그런대로 지낼 수 있다. 하지만 여기서 오래 있을 수는 없다. 수용소에서는 이혼이 없다. 죽이든 때리든 한 가정에 하나의 오두막밖에 차례지지 않는다. 선풍이 없는 그 반토굴에 숨이 막혀 더는 있을 수 없다. 그 오두막으로 다시 가느니 차라리 죽는 것이 낫다. 수련은 지긋지긋한 자신의 삶도 이제는 종점에 다다랐음을 느끼고 있다.

　"통계원, 시어머니가 사망했소."

　아침에 관리위원장이 혀를 차며 말해준다.

　"노인네가 밤새 산에 가서 손주 무덤 옆에 홑옷 바람으로 누워 있었다오. 자기 옷은 손주 무덤에 다 덮어주고, 기가 차오."

더 묻지 않아도 시어머니가 스스로 죽음을 택했다는 것을 알수 있다. 남편과 싸우던 날, 장본인인 자신이 죽어야 한다고 중얼거리던 시어머니 모습이 떠오른다. 갈비뼈 사이로 무딘 칼이 쑤시고 들어가는 것처럼 심장에 통증이 온다. 별로 놀랍지는 않다. 시어머니 역시 선풍이로 인해 지금껏 모진 목숨을 이어 오셨다. 선풍을 따라 가는 것이 어쩌면 당연한 수순일지도 모른다. 다음은 자신의 차례라는 생각이 스스럼없이 든다. 그동안 마음도 몸도 깡그리 털어 불태우듯이 살아온 이유는 오직 선풍을 위해서였다. 아들만 이 골짜기에서 나가게 할 수 있다면 그 어떤일도 두렵지 않았다. 처음엔 남편도, 시어머니도 그러안으려고 몸부림쳤다. 그토록 애절하고도 절박했던 그녀의 정도 이제는 다 메말라 버렸다. 더는 쏟을 정도 쏟을 데도 없다.

　수련은 남편과 부딪치기 싫어 날이 어두워서야 시어머니 묘가 있는 곳으로 걸음을 옮긴다. 선풍이 옆에 시어머니 무덤을 만들었다고 하니 눈을 감고도 찾아갈 수 있다. 선풍이 무덤 옆에 조금 큰 무덤이 솟아 있다. 봉분은 낮다. 선풍이 무덤 위에서 무엇이 펄럭이는 것이 보인다. 시어머니 옷이다. 수련은 주먹만 한 돌멩이들을 주워 옷이 날아가지 않도록 꼼꼼히 덧놓는다. 무덤옆에 주저앉은 그녀는 스러지듯 옷가지들 위에 엎드린다. 호곡이 없는 마른 울음이 오래도록 그녀의 어깨를 두드리며 지나간다.

2.

　자정이 넘어서야 수련은 관리위원회에 도착한다. 비틀거리며 창고 앞으로 다가가 열쇠를 열려는데 나직한 부름이 등 뒤에서 들린다.

"거기 서."

　남편의 목소리다. 수련이 천천히 몸을 돌린다. 마주선 검은 그림자의 손에는 큼직한 몽둥이가 들려 있다.

"각오했겠지. 너와 나 이제 끝장내자. 어머니는 돌아가시는 순간에 네 이름을 불렀지만 안 되겠다. 널 먼저 보내고 최 대위 그 개자식을 죽인 다음 나도 가겠다."

　마디마디 서리 찬 남편의 목소리가 그녀에게는 전혀 놀랍지도 무섭지도 않다. 수련이 나직이 웃는다.

"참, 신기하네."

"뭐야?"

"결국 우리 가족은 서로가 서로를 죽이네."

"모든 게 네 탓이다."

"내 탓! 그럼 당연히 죽어야지."

"나도 잘한 게 없기 때문에 죽으려는 거야. 최 대위를 요정내면 난 총살당하든 맞아 죽든 하겠지."

"설명하지 않아도 돼. 어차피 나도 그만 살려고 했어. 자, 어서 쳐."

수련이 얌전하게 고개를 들이밀며 눈을 감는다. 윽 하는 비명이 울린다. 수련이 놀라서 눈을 뜨니 눈앞에 그림자가 허리를 꼬부리고 쓰러진다. 옆에 다른 그림자가 우뚝 서서 거센 숨을 몰아쉬고 있다.

"괜찮아?"

최 대위다. 그는 꿈틀거리는 남편의 손에서 몽둥이를 뺏어 확 집어 던진다.

"개자식, 널 죽이고 나도 죽으려 했는데, 마지막까지 저년 주위에서 맴도는구나. 내 널 가만두지 않을 테다."

남편이 신음과 함께 힘겹게 말을 내뱉는다. 최 대위가 발길질을 한 번 하자 남편은 잠잠해진다. 수련이 한 걸음 나서며 손을 뻗친다.

"걱정하지 마. 잘 처리할 테니."

최 대위가 남편을 질질 끌고 관리위원회 옆 감방 쪽으로 걸음을 옮긴다.

3.

민규는 원호를 의자에 앉히고 차근차근 포승으로 묶는다. 그때까지 원호는 머리를 건들건들 드리우고 정신을 차리지 못한다. 민규는 물통에서 물 한 바가지를 퍼서 확 끼얹는다. 건들거리던 원호의 머리가 흠칫 멈춘다. 고개를 쳐든 원호가 주위를 두리번거리다 사태를 파악한 듯 눈을 부릅뜬다. 민규가 뒷짐을 지고 원호 앞으로 천천히 다가온다.

"너 정말 죽고 싶어 몸살이 났구나."

"내가 거저 죽을 줄 아느냐? 너의 더러운 행위를 다 까밝히고 네 자식도 파멸시킬 테다."

"흥, 네까짓 게? 누가 믿어주는데?"

민규가 한 손으로 원호의 턱을 움켜쥔다.

"이 버러지만도 못한 놈아. 네놈은 암만 그래야 더러운 짐승이야."

"개자식, 이 악마 같은 놈!"

민규가 흥 코웃음을 친다.

"맞어. 네 목숨은 지금 악마의 손에 있어. 다음날 아침으로 너는 귀신골로 또 가게 될 거야. 이번엔 영원히 보내주지. 넌 지하 갱도에서 석회석을 캐다가 몇 달 못 버티고 죽을 거구. 그 정도는 각오했겠지?"

원호는 이를 갈며 몸을 뒤틀었지만 움쩍도 할 수 없다.

"이 천벌을 받을 놈, 내가 무슨 죄를 지었느냐?"

원호의 통절한 부르짖음에 민규는 고개를 바싹 들이대고 원호의 얼굴을 찬찬히 마주본다.

"왜? 억울해?"

어느새 원호의 두 볼로 굵은 눈물이 흘러내린다. 더는 피할 길 없는 낭떠러지에 선 약자의 마지막 눈물이다.

"맞아. 솔직히 당신은 별로 죄가 없어. 속이 옹졸해 빠진 것 빼 놓고는, 그래서 말인데, 마지막으로 살길을 내주지. 넌 죽여 버릴 가치조차 없거든. 그러니 귀신골로 갈 건지 아님 내가 시키는 대로 할 건지 네가 선택해."

모든 것을 각오하고 이를 갈던 원호는 언뜻 눈을 치뜨고 민규를 쳐다본다. 그리고 대꾸 없이 고개를 외로 튼다. 민규의 얼굴에 비웃음이 스친다.

"역시 너다운데? 좋아, 네가 얌전하게 수용소 생활을 잘 하겠다는 맹세를 하면 참나무골 숯 굽는 일에 올려 보낼 거야. 꽤 인기 있는 일자리거든. 그러나 계속 나와 맞서겠다면 소원대로 귀신골로 보내주지. 선택은 당신이 해. 내일 아침까지 생각할 여유를 주지."

민규는 감방 문을 닫으며 회심의 미소를 짓는다. 영리한 원호가 무엇을 선택할지는 뻔했기 때문이다.

아침, 감방으로 들어가니 원호는 눈에 벌겋게 피가 져 있다.

"결심했어?"

"살아야 복수도 하겠으니, 내 당신의 뜻대로 하겠소."

민규는 원호의 뺨을 호되게 후려갈긴다.

"이 자식이, 보자보자 하니까 어따 대고 당신이야? 당장 머리를 숙이고 선생님이라고 부르지 못하겠어?"

민규는 진정으로 분노하여 소리친다. 원호는 어쩔 수 없이 고개를 수그리며 윗니로 아랫입술을 꽉 깨문다. 굵은 눈물이 줄지어 흐르며 입술에 맺힌 핏방울과 섞여 턱에 줄을 긋는다.

"마지막 기회라는 걸 명심해!"

민규는 홱 몸을 돌리며 밖에 대고 소리를 친다.

"계호원, 이자를 풀어주라."

4.

남편이 끌려가 어떻게 될까, 한참 생각하다가 수련은 곧 덤덤해진다. 남편이나 자기나 이미 죽음을 각오했으니 별로 걱정되지도 않는다. 이제는 정말로 지금의 삶에서 벗어나고 싶다. 그 평안은 죽음만이 줄 수 있다. 더는 뒤돌아볼 것도 없다. 죽음을 각오하자 그녀의 마음은 구름처럼 가벼워진다. 그토록 무서웠던 죽음의 길이 결심 하나로 이웃집 가기만큼 스스럼없이 여겨진다. 목숨을 포기한다는 것이 이리 간단한 줄 알았다면 그토록 살려고 바동거리지 않았을 것이다.

그녀는 조용히, 추하지 않게, 죽을 궁리를 한다. 시어머니의 죽음이 제일 마음에 든다. 될 수 있으면 선풍이 무덤을 그러안고 죽고 싶다. 하지만 아직 젊은 육체는 그 정도로 쉽게 죽음을 접수하지 않을 것이다. 수용소에는 먹고 죽을 농약도 없다. 비료도 퇴비로 해결하고, 풀도 사람의 손으로 뽑는다. 산으로 올라 벼랑에서 떨어져 죽을 생각도 해보았지만 산산이 으깨진 자기의 죽은 모습이 마음에 들지 않는다.

문득 골짜기 가운데로 흐르는 개울이 떠오른다. 개울치고는 넓고 물살이 만만치 않다. 너무도 신통한 발견이다. 그 개울에 몸을 잠그면 편안하게 죽을 것 같다. 그 개울의 끝은 큰 강과 이어져 있다. 어쩌면 죽어서라도 이 골짜기를 벗어날 수도 있다는 생각에 환희가 솟구친다.

'맞아, 내 아들 선풍은 분명 새가 되어 이 골짜기를 벗어났을 거야. 그럼 난 물고기가 되어 여기서 나갈 거야. 선풍아, 우리 만날 수 있어!'

수련은 어린애처럼 손뼉을 치며 좋아한다. 어서 개울로 가고 싶다. 한시바삐 물고기가 돼서 이 골짜기를 벗어나고 싶다. 그녀는 날이 어둡기만을 기다린다.

모두 퇴근하고 관리위원회 문을 잠근 그녀는 잠시 망설인다. 바로 개울로 나가려고 생각했다가 남루한 자신의 차림새가 마음에 걸린다. 선풍을 만나러 가는데 제일 깨끗한 옷으로 갈아입고 싶다.

창고 안으로 들어온 그녀는 서둘러 옷 보따리를 펼쳐 놓고 뒤적거린다. 누더기 같은 옷가지들이 쏟아진다. 문득 연한 핑크색 보자기에 싸인 것이 눈에 뜨인다. 그녀가 무대에서 가야금을 탈 때 입었던 한복이다. 그동안 쓸 만한 옷은 다 뜯어 선풍이 옷을 지었지만 그 한복만은 건드리지 않았다. 그 옷마저 없애 버리면 실마리 같은 기대마저 영영 사라져 버릴 것 같아 마지막까지 건사했던 옷이다.

한복은 아직 새것처럼 깨끗하다. 이 수용소에서 그 옷을 입게 될 줄은 몰랐다. 거울이 없는 것이 유감이다. 수련은 옷을 입고 등잔 앞에서 한참 옷매무새를 내려다본다. 선풍은 엄마의 이런 모습을 한 번도 보지 못했다. 늘 무릎 나온 바지에 작업복을 걸친 엄마의 모습만 보았다. 머리도 이전처럼 칠칠하게 드리울 수 있다면, 단발머리지만 수련은 물을 추겨 곱게 빗는다. 등잔불을 끈 그녀는 무대에 나설 때처럼 한쪽 치맛자락을 살짝 들고 창고 문을 연다. 순간 수련은 소스라치듯 놀라며 풍덩 주저앉는다.

"수련이!"

속삭이듯 부르는 사람은 최 대위다.

"왜 그리 놀라? 이건 무슨 차림이고? 엉? 아직 이런 옷이 있었어?"

최 대위는 달빛에 어린 수련의 한복 입은 모습을 어리둥절하여 바라본다. 수련은 자기의 달콤한 꿈을 들킨 것 같아 겁이 더럭 난다. 그녀는 어물어물 둘러댄다.

"그냥 입어보고 싶어서……"

"그래? 정말 고운데? 옛날 생각이 난다."

최 대위가 한참을 지켜본다.

"이거 어머니가 만든 토끼고기 만두야. 난 먹었어. 어서 들어가 먹어."

최 대위는 수련의 손에 작은 봉지를 쥐어주고 소리 없이 사라진다. 수련은 고맙다는 말을 하고 싶었으나 기회를 놓치고 말았다. 고마운 사람이다. 그녀를 유린했다기보다 아껴주었다는 것을 그녀는 잘 알고 있다. 그러면서도 한 번 고맙다는 말을 제대로 한 적이 없다. 어쩌면 최 대위가 있어 그녀가 지금껏 견디었을지도 모른다. 그녀는 어둠 속을 향해 깊숙이 허리 굽혀 절을 한다.

5.

도로 창고로 들어온 수련이 등잔을 켠다. 최 대위가 준 마지막 음식을 한 번 보고 부엌 바닥에 묻기 위해서다. 자기가 죽은 다음 최 대위에게 화가 미치면 안 될 것이다. 그렇다고 마지막 걸음에 최 대위가 준 음식을 먹고 싶지는 않다. 선풍이 앞에 부끄럽다. 그동안 한 짓도 너무 창피하다.

부엌으로 내려온 그녀는 꼬챙이로 바닥을 판 다음 봉지를 열어본다. 곱게 빚은 밀가루 만두가 먹음직스럽게 담겨 있다. 순간, 왈칵 구역질이 치솟는다. 걷잡을 수 없이 격렬히 구역질이 이어진다. 저녁에 아무것도 먹지 않았으니 맹물만 나온다. 눈물과 콧물이 흘러내린다. 수련은 큰 숨을 내쉬며, 왜 그러지, 하고 의아한 생각을 한다. 만두를 묻으려고 봉지를 다시 집어 든 순간, 또다시 맹렬하게 속이 치민다. 신물까지 다 토하고서야 구역질이 잠잠해진다.

서둘러 만두를 묻고 난 수련은 부엌 바닥에 풀썩 주저앉는다. 선풍이 임신했을 때 기억이 나며 가슴이 털컥 한다. 그동안 경황이 없어 생리 생각을 못 했다. 날짜를 되짚어 나가던 그녀는 가는 비명을 지르며 손바닥에 얼굴을 묻는다. 두 달째 생리를 하지 않고 있다. 그렇다면 틀림없는 임신이다. 더 놀란 것은 이번 임신은 명백히 최 대위의 아이라는 것이다. 남편하고 잠자리를 같이 하지 않은 지 수년이 되고, 두 달 전에 최 대위와 한 번 잔 기억이 난다. 그때 임신된 것 같다.

"엄마!"

그녀는 공포에 질려 울음을 터뜨린다. 선풍을 만나러 가려고 들떠 있는 순간에 이런 기막힌 진실을 알려준 운명이 너무도 야속하다. 차라리 모르고 죽었으면 편했을 걸 뱃속에서 자라는 생명을, 더욱이 최 대위의 아이를 데리고 함께 죽는 것은 너무 무섭다. 자식이 없는 최 대위에게 그녀의 죽음은 가혹한 짓일지도 모른다. 하지만 그녀는 최 대위의 아이를 낳아서는 안 되는 정치범이다.

거듭 생각을 반복하는 새 온몸이 나른해지고 기진해 온다. 졸음이 몰려오자 그녀는 벌떡 자리에서 일어난다. 더는 미루고 싶지 않다. 그녀는 꼿꼿이 허리를 일으키고 창고 문을 나서 곧장 개울로 향한다.

서늘한 바람을 타고 물비린내가 풍겨 오자 그녀의 마음이 편안해진다. 소란스러운 개울물 소리가 유난하다. 그녀는 주저 없이 물에 발을 잠근다. 온몸에 선뜩한 전율이 흘렀으나 곧 시원해진다. 긴 치맛자락이 젖어들며 발목을, 아랫도리를, 엉덩이를 부드럽게 휘감는다. 물속에서 누군가 자기를 부르는 것 같다. 그녀는 눈을 감고 개울물 속에서 나를 찾는 이가 누굴까, 귀를 강구며[9] 다시 발걸음을 옮긴다. 그 무엇이 그녀의 허리를 휘감는다. 물속에서 기다리던 그 누군가일 것이다. 누구든 맞아주는 이가 있다는 게 다행스럽다. 그녀는 물에 몸을 맡기며 맥을 놓아 버린다.

---

9) 북한말로 '주의하여 듣느라 귀를 기울이다' 라는 의미.

6.

 아침에 관리위원장이 통계원이 보이지 않는다고 민규에게 보고한다. 창고에도 살던 오두막에도 없다고 한다. 민규는 통계원이 갈 만한 데를 다시 찾아보라고 지시했다. 수련을 찾아 한참을 돌아치던 관리위원장이 수련의 신발과 한복 저고리를 들고 나타난다. 그는 컴컴한 얼굴로 물이 뚝뚝 떨어지는 한복 저고리를 내놓는다.

 "이 신발은 틀림없이 통계원 신발인데 개울가에 놓여 있었습니다. 저고리는 물속 바위에 걸려 있는 걸 건져 가지고 왔습니다. 통계원이 이런 저고리를 입은 걸 한 번도 본 적은 없는데 어쩐지 통계원 옷 같습니다."

 말없이 저고리와 신발을 주시하던 민규가 관리위원장을 지그시 쏘아본다.

 "그래서?"

 "통계원이 강물에 뛰어든 것 같습니다."

 다년간 수련과 함께 일해 온 관리위원장은 가까스로 눈물을 참고 있다. 통계원이 아들과 시어머니마저 죽은 뒤 세상을 다 산 사람처럼 행동이 이상했다고 관리위원장이 더듬거리며 말한다. 참 착하고 가여운 여인이라고 종내 찔끔 눈물을 짠다.

 "사람들을 동원해 시체라도 찾을까요?"

관리위원장의 말에 민규가 버럭 화를 낸다.

"그냥 내버려 둬!"

관리위원장은 의아한 표정으로 민규를 쳐다보다 네, 하고 허리를 굽힌다. 민규는 무표정하게 굳어진 얼굴로 관리위원장이 목격한 사실을 쓰라고 종잇장을 내민다.

마침 월요일이라 종합사무실에서 아침 조회를 하며 수련이 자살한 사건을 소장에게 보고했다. 수용소에서 정치범의 죽음은 흔한 일이라 소장은 고개를 끄덕하는 것으로 수련이 사건 종료를 명령한다. 민규는 서류함에 있는 수련의 문건을 꺼내 사망이라고 쓰고 문건과 사건 보고서를 소장에게 가져갔다. 소장은 민규가 쓴 보고서 내용을 읽어보지도 않고 수련이 문건에 사건 종료 도장을 꾹 찍는다. 이로써 이수련이라는 한 인간의 생이 이슬처럼 사라져 버린다.

7.

　　　　민규가 종합사무실을 나와 천천히 걸어가는데 조대위가 뒤따라와서 팔을 붙잡는다.

"안됐군. 아무리 정치범이지만 참 미인이었는데."

조 대위는 눈웃음을 치며 민규의 눈치를 살핀다. 민규는 대꾸하고 싶지 않아 조 대위의 손을 확 뿌리친다. 언젠가 민규의 뒤를 밟다가 들킨 다음부터 조 대위는 더 설설 기는 시늉을 한다. 그러나 본심은 민규의 약점을 잡으려고 기회만을 노리고 있다는 것을 민규는 잘 알고 있다. 이번에도 통계원이 자살했다고 하니 뭔가 낌새를 맡으려고 다가붙는 것 같다. 민규가 냉대하던 말든 조 대위는 넉살 좋게 주절댄다.

"그 여자 참 묘했어. 미인인 점도 있지만 뭔가 고결한 것이 풍겼거든, 누더기 속에서 숨겨진 인간미라고 할까."

"자네 지금 정치범을 동정하는 건가?"

"에이, 뭘 그러나. 솔직히 통계원을 바라보는 자네 눈에서 촉촉한 동정심을 늘 보았거든. 자네 눈은 자기의 감정을 감추지 못하는 장점이자 약점을 가지고 있지. 하지만 내 앞에서는 괴로움을 감추지 않아도 되네."

노골적인 협박이다. 비록 증거는 없어도 수련과 민규와의 남다른 관계를 충분히 짐작하고 있으니 토설하라는 뻔뻔한 압박이다.

"혹시 자네가 그 여자에게 마음이 있었던 게 아닌가?"

화를 낼 줄 알았던 민규가 변죽을 치자 조 대위는 화색을 띠우며 바싹 다가선다.

"그 여자가 왜 자살했을까? 관리위원회 통계원이라면 그런대로 견딜 만했는데 말이야."

"옥별은 왜 자살했는데? 그 애도 통계원으로 그런대로 견딜 만했는데 말이야."

민규는 여지없이 조 대위의 약점을 찌른다.

"너무 그러지 말게. 난 우리 사이가 보다 솔직한 우정 관계가 되었으면 할 뿐이네."

"그렇게 분별없이 까불다간 그 우정이 자네 목을 조이는 올가미가 될 수 있다는 걸 명심하게."

"흥, 이젠 증거 인멸이 완벽하다 그거야?"

조 대위는 계집애처럼 엉덩이를 삐죽거리며 씽 하고 앞장서 걸어간다. 민규는 휴 하고 한숨을 내뿜으며 조 대위의 뒷모습을 쏘아본다.

강 형을 만나다

1.

관리위원회 마당에서 숯구이 작업장으로 같이 갈 짝패와 마주친 원호는 소스라치게 놀랐다. 놀라기는 상대방도 마찬가지다.

"혹시 강 형 아닙니까?"

"그럼 원호 동무 맞아?"

그들은 낮은 소리로 재빨리 말하고는 서로 눈을 끔뻑하며 모르는 척한다. 둘이 잘 아는 사이라는 것을 드러내야 좋을 것이 없다. 수용소에서 제일 경계하는 것은 이곳 사람들 사이에 유대가 생기는 것이다. 그것을 막기 위해 작업조 성원들을 수시로 바꾼다. 한 사람이 도급제를 못 하면 작업조 전체에 벌을 줌으로써 서로를 미워하게 만든다. 작업반장이나 감독에게 권한을 주어 정치범들끼리 학대하게 하는 것도 서로를 신뢰하지 못하도록 하는 일종의 방법이다. 설사 마음이 통하는 사람이 있어도 절대로 표현해서는 안 된다.

강 형과 나란히 서서 작업지시를 듣는 원호는 관리위원장의 말이 하나도 귀에 들어오지 않는다. 옆에 선 강 형도 숨소리는 높다. 수용소 마을을 벗어나 산길에 접어들어서야 그들은 서로를 와락 그러안는다. 둘 다 눈물이 글썽해진다.

"강 형은 언제 들어왔어요?"

"한 달 전에."

"왜요?"

"말하자면 길어. 요약하면 중국에서 무역 일을 하다가 한국 사람하고 거래한 게 들통 났지. 낌새가 좋지 않아 가족은 중국으로 먼저 탈출시켰는데 그만 내가 잡혔어."

강 형은 심각한 이야기를 마치 남의 이야기하듯 말한다.

"자네 오래전부터 보이지 않기에 알아봤더니 지방으로 추방됐다고 하더군, 그런데 여기 들어왔었나? 왜?"

"전 형님과 달리 왜 들어왔는지도 잘 몰라요. 어머니 말씀에 의하면 아버지 때문이라고 하는데, 그 이상은……"

"기막힌 일이군, 결국 연좌제로 들어왔어. 자네가 기자로 있을 때, 날 신문에 내겠다고 취재하려 왔던 때가 눈에 선하네. 그때 자넨 야심만만하고 패기 있는 젊은 기자였는데, 참 운명이란."

"그러게요. 그 인연으로 형님은 저에게 많은 도움을 주셨지요. 결혼식 때도요."

"뭘 그쯤 한 거 가지고, 자네가 기사를 잘 써준 덕에 내 출세에 한몫했으니 쌤쌤 아닌가? 하하."

"형님 배포는 여전하시군요. 이 상황에서 웃다니요?"

"웃지 않으면 울겠나? 그래 가족은?"

원호는 토하듯 한숨을 내쉰다.

"차차 말씀드리지요."

2.

숯 굽는 작업장은 수용소 북쪽 맨 마지막 산골짜기에 있다. 그 골짜기에는 참나무가 많아 참나무 골이라고 부른다. 숯 재료로는 참나무 이상 없다. 주로 여름에 인력을 들여보내 숯을 굽는다. 여기 숯은 질이 좋아 평양 고급 식당에 불고기용으로 올라간다고 한다. 들어온 지 몇 달밖에 안 되는 강 형은 벌써 여러 정보를 알고 있다.

숯 굽는 작업장은 말이 작업장이지 헐어 빠진 숯가마 두 개와 당장 허물어질 것 같은 막이 전부다. 우선 둘이 잘 수 있게 막사를 손질하고 진흙을 파서 숯가마도 보수해야 한다. 막 앞으로는 작은 샘이 있다. 이끼와 가랑잎이 덮이긴 했어도 꽤 크고 맑은 샘이다.

"허, 수용소 치곤 휴양지 쯤 쪄 먹는데? 가을이니까 산열매를 따 먹으면 배고픔도 덜할 거구. 젠장, 아침에 그놈의 기상 종소리만 듣지 않아도 살 것 같네."

강 형은 정말로 휴양지에 온 것처럼 유쾌하게 떠든다. 원호는 눈물이 불쑥 솟구쳐 얼굴을 돌린다. 죽고 싶은 생각밖에 없던 차에 불쑥 나타난 강 형은 생명의 은인처럼 고마운 언덕이다.

첫날이라 숯구이막을 대강 손질하고 잠자리부터 마련하기로 했다. 구멍이 숭숭 뚫린 천장은 차차 손질하기로 하고 우선 바닥의 검불이며 먼지를 쓸어내고 봇나무 껍질을 벗겨 장판처럼 깔았다. 초라한 막일망정 온돌식이어서 불을 땔 수 있다. 구새 먹은 나무로 된 작은 굴뚝도 세워져 있다.

불을 때보니 사방 연기가 나지만 온돌은 곧 뜨뜻해난다. 하나밖에 없는 작은 가마를 부시고[10] 물을 부은 다음 옥수수쌀을 씻어 넣고 죽을 끓였다. 강 형이 어디론가 잠간 사라졌다가 참나무 버섯을 한 줌 들고 나타난다.

"이걸 구워서 소금을 찍어 먹자고, 제법 많더군, 도토리도 많고, 맨 칡이야. 칡을 캐서 우려낸 다음 짓이겨 옥수수와 섞어 먹

---

10) 그릇 따위를 씻어 깨끗하게 하다.

으면 속이 든든할 거야. 이곳에서 산나물만 먹어도 무병장수하
겠는걸."

강 형이 버섯을 대견하게 보며 껄껄 거린다.

3.

저녁이라고 죽 한 그릇씩 먹고 막 안의 따뜻한 온
돌에 등을 대고 누우니 몸이 소르르 녹는다. 구멍 뚫린 지붕 사
이로 파란 별들이 후둑후둑 떨어질 것만 같다. 밤새가 구성지게
울어 댄다.

"처음 수용소에 들어올 땐 죽었구나 했는데, 이렇게 자네도 만
나고 산속에 누워 한가하게 별을 보며 이야기도 나누게 될 줄은
몰랐는데."

"별을 보면 뭘 하고, 달을 보면 뭘 해요. 지옥에서 보는 별인데."

강 형이 손을 뻗어 원호의 어깨를 툭 치며 웃는다.

"호랑이 굴에 잡혀 와도 정신만 차리면 살아난다고 했어. 어떻
게 살길을 찾아봐야지. 난 자네까지 있으니 천군만마를 얻은 심
정이야."

"제가 더 그래요. 전 강 형이 오니 얼마나 마음이 든든한지 모
르겠어요."

"암튼 우리 살아갈 방도를 모색해보자고, 지금 바깥도 여기

못지않은 지옥이 됐어."

"그게 무슨 소리예요?"

"지금이 고난의 행군 시기가 아닌가?"

"고난의 행군? 김일성역사에 나오는 고난의 행군?"

"저런, 정말 모르는군. 하긴 정보가 철저히 차단된 곳이니 모를 수밖에. 김일성이 했다는 고난의 행군은 지어낸 말이고, 지금 진짜로 고난의 행군을 하고 있단 말일세. 사람들이 무리로 굶어 죽어 가고 있다니까. 당국에서는 고난의 행군 시기라고 버젓이 이름을 붙이더군."

원호는 자리에서 벌떡 일어나 앉는다.

"사람이 굶어 죽다니요? 밖에서요? 형님, 좀 구체적으로 말해 줘요."

강 형은 밤을 새며 놀라운 소식을 많이 전해준다. 지금은 밖이나 수용소 안이나 별반 다를 바 없다고 한다. 거리에는 굶어 쓰러지는 사람들과 꽃제비들이 넘쳐나고 배급이 끊긴 지 2년이 돼 온다고 한다. 김일성이 죽었다는 소리에 원호는 화들짝 놀라며 김일성이 어떻게 죽을 수 있냐고 되묻는다.

"어떻게 죽다니? 김일성도 사람이니까 죽은 거지."

원호가 무안하여 얼굴을 붉힌다.

"이렇게 순진한 사람을 정치범이라고?"

강 형이 기막히다는 듯 혀를 찬다. 가는 곳마다 시장이 생기고 사람들이 장사로 연명을 한다는 말도 놀라운 소식이다. 강 형이 하는 말들이 도저히 믿어지지 않는다. 원호가 들어올 때만 하여도 전혀 상상도 못 하던 상황이다. 원호가 살던 세상하고는 완전히 다른 세상이 됐다는 소리다.

"이전의 사회주의 질서는 다 허물어졌어. 사회적 통제가 완전히 마비됐다니까. 가는 곳마다 강도와 도적이 득실거리는 판이야. 공장이란 공장은 다 멎어 버렸어. 연료 사재가 바닥이 나고, 노동자들은 먹을 것을 찾아 뿔뿔이 흩어졌지. 불난 굴에서 흩어져 나온 개미들처럼 당장 굶어 죽게 된 사람들이 집을 떠나 사방으로 밀려다닌다네."

이야기하는 강 형의 모습은 왠지 흥에 떠 보인다.

"동생, 이대로 가다간 이 세상이 무너질지도 몰라. 지금 완전히 무정부 상태야. 군대들도 모두 영양실조가 와서 무리로 죽어나가는 판이야. 당일군들이나 보위원들도 제 먹고 살려고 눈이 발개서 돌아간다니까. 그런데 이놈의 수용소만은 철통이네."

강 형의 말을 듣고 보니 2년 전부터 수용소의 배급량이 급격히 줄어든 이유가 짐작된다. 정치범들의 식량을 빼앗아 부지런히 바깥으로 나르는 것 같았다. 아마 보위원들의 식량 주머니를 채웠을 것이다.

많은 사람들이 압록강과 두만강을 건너 중국으로 탈출한다는 말도 충격적이다. 이 땅에서 더는 목숨을 부지할 수 없어 무작정 국경을 넘는 사람이 해마다 늘어난다고 한다. 이전에는 상상도 못 하던 일이다. 강 형의 가족도 그런 혼란된 틈을 타서 무사히 국경을 넘겼다고 한다.

강 형의 말은 들을수록 놀랍고 머리가 휭 돌 지경으로 혼란스럽다. 이 세상이 변할 수 있다는 생각은 한 번도 해보지 못한 원호다. 심지어 수용소에 들어와서도 사회주의는 여전히 우월한 제도이고, 자신은 그 대오에서 밀려난 낙오자일 뿐이라는 생각을 했다. 사회의 기본 계급으로 지금쯤 많이 발전했을 대학 친구들을 한없이 부러워했을 뿐, 제도 자체를 증오의 대상으로 여기지 않았다. 심지어 수용소의 존재에 대해서도 프롤레타리아 독재에 필요한 것쯤으로 생각했고 다만 자기가 수용소 사람이 된 것이 원통할 뿐이었다. 최 대위에 대한 증오도 지극히 개인적인 관계로 여겼고, 최 대위를 제도적 하수인으로 생각할 줄 몰랐다. 원호는 늘 자신의 운명만을 원망했다. 그런데 절대적이라고 여겼던 그 세상에 대 혼란의 시기가 오다니, 강 형이 원호의 머리에 정을 대고 쩡쩡 까고 있는 것 같다. 강 형의 이야기가 무섭기는 해도 웬일인지 들을수록 쩌릿한 통쾌감이 든다. 강 형은 주머니에서 자그마한 봉지 하나를 꺼내 헤치더니 바싹 마른 꼬챙이 같은 것을 꺼낸다.

"말린 쥐 고기야."

"벌써 쥐를 잡아먹어요?"

"벌써라니? 수단과 방법을 가리지 말고 우선 목숨을 부지해
야 해."

그는 마치 수용소에서 오래 살아온 사람처럼 말한다. 놀라는
원호를 보며 강 형이 피식 웃는다.

"동생, 사람의 팔자는 말이야. 얼굴에서부터 나온대. 그러니
동생, 내일 당장 죽더라도 그 미간의 내 천 자를 좀 펴라고, 그래
야 앞으로 일이 죽 펼 게 아닌가? 응?"

강 형의 배포에 원호는 덩달아 마음이 든든해진다. 밖에서도
느꼈지만 강 형은 아주 대범한 사내 같다. 강 형은 낙엽을 쑤시
며 지나가는 쥐를 봐도 농담을 건다.

"이보게 쥐님, 자네도 나도 이곳 정치범이긴 마찬가지이니, 우
리 서로 도우며 살자고, 이리 오라니까."

그는 느긋하게 속삭이며 미리 준비해온 옥수수 알을 손바닥
에 올려놓는다. 그러면 놀랍게도 쥐가 뒤를 돌아보고 멈칫거린
다. 그 순간 강 형은 날쌔게 쥐를 덮쳐잡는다.

"미안하이. 내 자네 덕을 잊지 않겠네."

쥐를 붙들고 히죽이 웃는 강 형의 얼굴은 들놀이 나온 사람

마냥 평온해 보인다. 원호는 수용소 생활에 수동적으로 끌려 다녔지만 강 형은 첫날부터 능동적으로 적응하고 있었다.

4.

보름 후에 식량을 가지러 관리소로 내려갔던 강 형이 침울한 얼굴로 돌아온다. 왠지 원호의 눈치를 자꾸 본다. 일을 끝내고 저녁을 먹고 난 뒤 강 형이 원호의 손을 슬며시 잡는다.

"동생, 마음을 굳게 먹게. 자네 처가 사망했네. 자네가 산으로 올라온 다음 날, 물에 빠져 죽었다고 하네. 자살했다고 하더군."

원호는 멍한 얼굴로 강 형을 바라만 본다. 그날, 아내를 죽이겠다고 몽둥이를 들고 관리위원회 창고 앞에서 만난 것이 결국 마지막이 된 셈이다. 더 살고 싶은 생각이 없다며 순순히 몽둥이 밑에 고개를 들이밀던 그녀가 생각난다. 자기는 끝내 목숨을 끊지도 못하고, 최 대위에게 굴복하여 숯구이막으로 올라왔지만 아내는 결국 죽어 버리고 말았다.

매운 연기 같은 설움이 서서히 가슴 밑바닥에서부터 차오르기 시작한다. 아내의 죽음에 대한 슬픔도, 자책도 아닌 막연하고 하염없는 설움이다. 뭔가가 잘못되어도 너무 잘못된 거 같다. 돌이켜보면 자기도 아내도 아무 죄도 없이 지옥의 불구덩이 같은 인생을 살아왔다. 원호는 강 형의 어깨에 얼굴을 묻으며 나직이 울음을 터뜨린다.

"형님, 그 사람은 나 때문에 수용소에 들어왔어요. 이젠 있는 정 없는 정 다 떨어진 사람이지만 너무 가여워요. 형님. 세상은 왜 나한테만 이리 가혹하게 구는 거요? 내가 뭘 그리 잘못한 거요?"

원호는 콧물을 들이키며 중얼중얼 한다. 강 형이 넋두리를 해 대는 원호를 꼭 껴안고 등을 다독여준다. 강 형이 잠든 후에 원호는 슬그머니 자리에서 일어나 초막 앞 풀밭에 나와 앉는다. 잠이 오지 않는다. 그냥 아무 생각도 없이 머리는 멍한데 눈만 더 말똥말똥해진다. 선풍이 죽고, 어머니가 돌아가셨을 때처럼 가슴 찢어지는 듯한 아픔도 없다. 다만 속에서 초가 녹아내리는 듯 가슴이 따끔거리고, 뼈마디가 시려 온다.

문득 그녀와 결혼하던 날 일이 떠오른다. 결혼식 날 원호는 몸을 가누지 못할 정도로 거나하게 술을 마셨다. 그리고 동창들과의 술좌석에서 대학 때 했다는 짝사랑 이야기를 장황하게 늘어놓았다. 마주 보이는 신혼 방에 새색시를 앉혀 놓고, 혀 꼬부라진 소리로 거리낌 없이 떠들어 댔다. 첫날밤, 자정이 훨씬 지나서야 지독한 술내를 풍기며 신방에 들어온 원호는 칠보단장하고 앉아 있는 수련의 옷고름을 풀어줄 생각도 못 하고 이불 위에 네 활개를 펴고 쓰러졌다. 아침에 일어나보니 자기는 이불을 덮고 제대로 자고 있는데 그녀는 신랑의 머리맡에 웅크리고 앉아

쪽잠을 자고 있었다. 그러나 다음날 아침에도 원호는 늦게나마 각시의 저고리 고름을 풀고 안아줄 생각을 못했다. 멋쩍은 표정으로 뒷덜미를 긁적인 것이 고작이었다. 일생일대의 결혼식 첫날밤은 그렇게 싱겁게 지나가고 말았다.

그날, 아내는 첫사랑을 잊지 못해 훌쩍거리는 남편을 어떻게 생각했을까. 지금껏 한 번도 생각해보지 못했는데 왜 이제야 그 생각이 나는지 모르겠다. 그녀를 그토록 미워했던 날들이 새록새록 떠오른다. 이제 와서는 누구의 잘못 때문인지 잘 모르겠다. 모든 것이 엉망이고 갈피가 잡히지 않는다. 그녀가 아무리 밉다고 해도, 아내가 하염없이 양보해 왔고, 자신은 그녀의 헌신을 당연시해 왔다는 생각만은 떨쳐 버릴 수가 없다.

'난 네가 너무 미워. 당신을 용서할 수 없어.'

원호는 풀밭에 엎드려 어깨를 들먹이며 어린애처럼 흐느낀다.

5.

일을 하면서도 뭔가를 깊이 생각하던 강 형이 원호의 손을 잡으며 단호한 어조로 말한다.

"동생, 우리 한번 목숨 걸고 모험해보지 않겠나?"

"무슨 모험이요?"

"탈출 말이야."

원호는 황급히 주위부터 둘러본다.

"겁은, 여긴 우리 둘뿐이야. 자유는 용기 있는 자만이 가질 수 있네. 이판사판 아닌가? 잘 생각해보게."

"여긴 사방 전기 철조망이고, 기관총이 걸린 망루가 몇 백 미터 간격으로 있어요. 경비병들이 수시로 순찰하고요."

"걸리면 단박에 총살이지. 난 말이야, 뛰다가 잡혀 총살당하더라도 탈출하려고 하네. 여기서 짐승처럼 살 바에는 차라리 탈출하다 죽는 게 백번 낫지. 동생도 나와 함께 탈출하겠나?"

강 형이 엄격한 어조로 따진다. 원호는 겁에 질려 몸을 움츠린다. 수용소 생활 수년 동안 단 한 번도 탈출을 생각해본 적 없다. 처음 땔나무를 같이 했던 짝패의 총살 장면이 떠오른다. 그 사람도 도망쳐야 산다고 소리쳤다. 심장이 두근거리고 침이 말라든다. 강 형의 제의가 무섭기는 해도 이미 한 배를 탔다는 생각만은 명백히 든다. 원호는 온몸을 덜덜 떨면서도 고개를 끄덕인다. 강 형이 와락 포용하며 단호한 어조로 말한다.

"이건 우리의 운명이야!"

결심하니 마음이 한결 편안하다. 더 추워지기 전에, 몸이 더 망가지기 전에, 탈출을 강행하자는 데 의견이 모아진다. 차근차근 비밀리에 준비해 나가기로 했다. 우선 열심히 숯을 구워 관리자들의 신임을 얻는 한편, 옥수수를 닦아[11] 예비 식량을 마련했다. 재산의 전부인 옷 보따리는 이미 가져다 놓았다. 탈출 행로도 꼼꼼히 밟으며 정해 놓았다. 다행히 그들이 위치한 지점이 수용소 북쪽 끝자락이라 지금의 산줄기를 따라 동북 방향으로 몇 시간 가노라면 낭림산맥 기본 줄기에 들어설 수 있다. 낭림산맥 줄기를 따라 북쪽 방향으로 가면 국경에 닿는다.

겨울마다 땔나무 하러 산으로 다녔고 가을이면 도토리 주우러 다닌 바 있어 수용소 안의 지형에는 원호가 더 훤하다. 철조망이 어디쯤 있는지도 알고 있다. 철조망에 고압의 전기가 흐르고 철조망 주변은 나무를 찍어 번번하다. 철조망 10미터 안에 접근 시, 경비병이 발견하면 무조건 사격하여 사살하게 되어 있다.

그들은 밤에 탈출을 단행할 것인지, 낮에 할 것인지를 두고 거듭 의논을 한다. 밤이 더 위험하다는 결론이 내려진다. 2백 미터 간격으로 있는 망루에서 시퍼런 감시등 불빛이 대낮처럼 밝히고 있는 데다 순찰병들이 더 자주 돌기 때문이다. 낮에도 감시가 심하지만 밤보다는 경계가 덜하고 차라리 주변을 살피면서 상황을 가늠할 수 있어 유리하다는 생각이다.

---

11) '볶다'의 북한말.

탈출

1.

나무 잎사귀가 누렇게 변색을 할 때 그들은 탈출을 단행하기로 했다. 제각기 보따리에서 제일 깨끗한 외출복을 안에 입고 겉에다 허술한 작업복을 걸친다. 밖에 나가도 수용소 사람 티가 나지 않으려면 깨끗한 옷을 입어야 한다.

원호는 옷 보따리를 뒤지다가 결혼식 때 지은 양복이 고대로 보존되어 있는 것을 보고 놀랐다. 수련이 자기의 옷은 거의 다 뜯어 선풍이 옷을 지으면서도 이 양복만은 보자기에 싸서 고이 보관한 것이다. 원호에 대한 아내의 검질긴 미련이 양복에 고스란히 배어 있다.

준비한 식량은 외출복 안주머니에 넣고 낫도 갈아서 하나씩 찬다. 여차하면 낫으로 경비병을 제치고라도 뛸 참이다. 죽음을 각오하니 더는 두려운 것이 없다.

수용소 천연 수림은 한창 단풍으로 물들고 있다. 누덕누덕 깁고 때 묻은 옷을 입은 그들에게는 단풍이 안성맞춤의 보호색이다. 그들은 속도를 내어 산정에 올라 철조망이 보이는 곳에 당도한다. 이전에 철조망을 볼 때 원호는 탈출할 생각은 고사하고 가슴이 섬뜩하여 황급히 도망쳤다. 철조망 가까이에 다가갔다가 탈주병으로 오해받는 것이 무서웠다. 철조망이 완강하게 갈라 놓은 저쪽 세상은 아득히 멀고 낯설어진 과거의 세상이다. 슬쩍 바라만 보아도 가슴이 방망이질하고 눈물이 솟구치는 그리움의 땅이지만 철조망 너머에서 불어오는 바람은 원호를 주눅 들게 했다. 철조망은 보기만 해도 오금이 저리는 불가사의한 공포의 대상이었다.

그런데 지금은 그 철조망을 넘으려고 이를 악물고 다가가고 있다. 해를 가늠해보니 오전 열 시는 된 것 같다. 탈출 시간은 될수록 점심시간을 이용하자고 합의했다. 조금 더 나가니 마침 둘이 몸을 숨길 만한 웅덩이가 나진다. 나무를 모아 웅덩이 위에 덮개처럼 씌운 다음 그 안에 몸을 숨기고 철조망 주변을 감시하기로 했다.

두 시간은 실히 엎져 있었는데 그 사이에 순찰병이 한 번 지나간다. 애젊은 순찰병은 휘휘 휘파람을 불며 장난치듯 흔들거리며 걸어간다. 늘 반복되는 일상에 대한 무료함과 권태가 느껴진다. 거의 두 시간에 한 번씩 순찰하는 것 같다. 그들은 눈을 마주치고 순찰병이 보이지 않자 웅덩이에서 나온다. 양쪽 망루 중심으로, 망루 사이의 거리가 가장 먼 곳을 탈출 지점으로 선택한다. 선택하고 보니 철조망 주변에 풀들이 무성해 포복 전진하기 유리해 보인다.

그들은 자루와 낫을 한 손에 쥐고 포복 전진을 시작한다. 철조망까지 이십여 미터의 거리가 아득히 멀게만 느껴진다. 원호는 입 안이 바싹 타 든다. 만약 망루에서 그들을 발견하면 그 순간에 저격을 받을 것이다. 다행히 허리 치는 풀들이 그들을 얼마간 감싸준다.

철조망 앞에 이르니 심장이 튀어나올 듯이 날뛴다. 철조망 쇠줄들에는 뾰족한 가시철사가 촘촘히 박혀 있다. 쇠줄 사이의 간격은 30센티 정도밖에 되지 않는다. 철조망의 높이는 사람의 키를 훨씬 넘는다. 머리도 빠질까 말까 한 그 고압 전선줄 사이로 빠져나간다는 것은 누가 보아도 미친 짓 같다.

강 형은 엎드려 사방을 살피더니 침착하게 제일 아래 철조망 줄에 가져온 마대 두 개를 씌운다. 그리고 숲 속에서 미리 준비했던 Y자로 된 막대기 두 개로 위의 전선줄을 올려 받치고 막대기 끝을 바닥에 고정시켜 놓는다. 빠져나갈 줄 사이의 간격을 조금 늘여 놓기 위해서다. 감전 방지를 위해 장갑을 끼고 목도리로 목이며 머리를 감고 나니 준비가 끝난다.

이때 쥐 한 마리가 살짝 철조망 위에 발을 올려놓더니 사방을 살피다가 홀짝 뛰어 달아난다. 그들은 눈이 둥그레 마주 본다. 전기가 흐르지 않을 수도 있다는 생각이 든다. 최근에 거의 전기를 주지 않다시피 하는 걸 생각하면 가능한 일이기도 하다. 용기가 생긴다. 잠시 근엄한 표정으로 철조망을 노려보던 강 형이 군사지휘관처럼 명령한다.

"내가 먼저 나갈 테니 뒤따르게."

강 형은 철조망에 다가가 먼저 팔을 내밀어 땅을 짚은 다음 머리를 내밀고 엎디어 네발걸음으로 철조망을 넘는다. 아, 강 형은 무사히 철조망 건너편에 선다. 원호는 가슴이 더 벌렁거리고 마음이 조급해진다.

"침착하게 어서!"

강 형이 건너에서 나직하면서도 단호하게 말한다. 원호는 강 형을 따라 고대로 행동한다. 놀랍게도 무사히 철조망을 건넌다. 원호는 철조망을 넘어선 게 믿어지지 않아 금방까지 서 있던 철조망 안을 멍하니 바라본다. 너무 싱겁다. 평생을 벗어나지 못할 것 같은 지옥을 이렇게 쉽게 건넜다는 것이 황당하고 어리둥절하다. 그토록 아득해 보이던 천국과 지옥 사이가 불과 몇 걸음밖에 안 된다는 것에 조금 어처구니없다. 이렇게 간단히 넘을 수

있는 것을 감히 엄두조차 내지 못하고 십여 년간을 짐승으로 살
았다는 생각에 허탈하기까지 하다.

"뭘 해? 빨리!"

강 형은 얼이 나간 것처럼 굳어져 있는 원호를 툭 치며 재촉한
다. 그들은 철조망에 덮어 놓았던 마대며 나무막대기를 치운다.
그것을 그냥 남겨 놓으면 도망친 것이 발각되어 금방 추격이 뒤
따를 것을 염려해서다.

강 형은 어물거리는 원호의 팔을 홱 낚아채며 수림 속으로 달
린다. 그들은 얼른 수림 속에 몸을 숨기고 북쪽 방향으로 정신없
이 달리기 시작한다. 숯을 가지러 이틀에 한 번씩 사람이 올라오
곤 하는데 전날에 가져갔으니 아직 그들의 탈출을 발견하기까
지 이틀이라는 시간이 있다. 그 다음은 추격전이 벌어질 것이다.
이 모든 시간적 타산도 강 형이 했다.

2.

주로 강 형이 앞서고 원호가 뒤에 서서 달린다. 말
한 마디 나눌 새도 없다. 강 형은 이 주변으로 송이버섯 수집을
온 적이 있다며 지형 가늠을 잘한다. 한 시간가량 달린 후 두 사
람은 겉에 입었던 누더기를 벗어 가랑잎을 헤치고 묻는다. 누더
기를 벗자 둘 다 멋쟁이 신사가 된다. 원호는 양복 차림이고, 강

형이 입은 옷은 짙은 밤색의 점퍼다. 평양의 간부들이 주로 입던 옷이다.

옷에서는 수용소 사람 티가 나지 않는데 신발은 엉망이다. 노닥노닥 기워 형체를 알아보기 힘든 노동화인데 칡 줄로 칭칭 동이기까지 했다. 일단 민가가 나타날 때까지는 그대로 걷는 수밖에 없다. 아무리 흉해도 그 신발의 도움 없이는 무인지경 수림 속을 걸을 수 없기 때문이다.

옷을 갈아입고 나서야 그들은 으스러지게 끌어안는다. 10년을 수용소에서 갇혀 지낸 원호는 수용소 밖의 공기도 다르게 느껴지고 나무도 바위도 모두 달라 보였다. 수용소 연한이 반년밖에 안 되는 강 형도 모든 것이 낯설다고 한다.

옷을 벗느라 잠간 숨을 돌린 그들은 다시 발걸음을 재촉한다. 기운이 있을 때 한발자국이라도 수용소에서 멀어져야 한다. 상황을 알 수 없으니 고도의 긴장 상태를 유지하는 수밖에 없다. 걸으면서 닦은 옥수수 알을 씹는 것으로 저녁 끼니를 해결하기로 했다.

다행이 길을 헤매지 않고 서너 시간 정도 걸어 낭림산맥 줄기에 접어든다. 그 사이 두 개의 골짜기를 내리고 올랐던 것 같다. 목이 마를 것 같으면 산골물이 나타나고, 바위쯤에 샘물이 나타난다. 강 형은 역시 우리나라 산은 모두 명산이라고 감탄한다.

날이 완전히 어두워서야 걷던 자리에 털썩 쓰러져 잠시 숨을 고른다. 그들은 날이 밝을 때까지 산맥을 따라 그냥 행군하기로 했다. 다음날에도 아무런 제지를 받지 않고 하루 종일 걸었다. 조금은 긴장이 풀린다. 가지고 떠난 식량으로 아직 하루 이틀은 더 견딜 수 있다.

식량이 다 떨어지기 전에 예비 식량을 마련해야 했다. 더 중요한 건 신발을 해결하지 않으면 걸을 수가 없다. 험한 산길을 걷느라 몇 번이고 칡 줄기를 갈아 댔지만 이미 신발은 바닥이 너덜너덜해졌다. 이대로 발을 혹사하다가는 얼마를 못 갈 것 같다. 이틀을 걸었으니 이제는 수용소 지역은 벗어났으리라 짐작하고 일단 어디까지 왔는지 확인도 할 겸 민가로 조심히 접근해보기로 했다. 이틀째 산으로만 걸었다. 지금쯤 수용소에서는 소동이 일어났을 것이고 주변 보위부와 보안서들에 연락이 가서 골목마다 그들을 잡으려 대기를 할 수 있다. 수용소의 정치범이 탈출했다는 것은 아주 비상사건이다.

3.

날이 어두워지자 그들은 조심히 산을 내린다. 멀리 반딧불 같은 것이 옹기종기 모여 있는 것들이 보인다. 마을인 것 같다. 일단 그 마을을 목표로 삼았다. 산기슭에는 뙈기밭들이 펼쳐져 있다. 그루터기가 발에 걸리는 걸 보니 옥수수밭 같다. 밭을 가로질러 한참을 내려오니 자동차 하나가 겨우 지나갈 비포장도로가 나타난다. 마을은 도로 건너편에 있다.

바싹 허리를 굽히고 어둠 속을 한참이나 주시해 보았지만 캄캄한 어둠 속에서 풀벌레 소리만 요란할 뿐 사람 하나 지나다니지 않는다. 그들은 살금살금 도로를 건넌 다음 마을을 향해 다시 걸음을 옮긴다. 길 건너편 역시 밭이다. 바라보이는 마을은 농장마을이 분명하다.

숨을 죽이고 걸음을 옮기던 그들은 앞에서 두런두런 들려오는 말소리에 밭고랑 사이에 납작 엎드린다. 어둠 속을 한참 눈여겨보니 말소리는 조금 앞에서 난다. 남녀 둘이 밭에 있는 옥수숫대를 밧줄로 묶고 있다. 아무개 아버지라고 부르는 걸 봐서는 부부간 같다.

"여보, 힘들어도 이 밤중으로 옥수숫대를 다 나르자고. 내일쯤이면 아마 이 옥수숫대도 다 도적질해 가고 없을 거야."

남자의 목소리다. 농장 밭의 옥수숫대를 선손을 써서 훔치는 모양새 같다.

"해야지요. 지금 농장 밭의 것들은 먼저 훔치는 사람이 임자라니까요."

"호호, 노래도 있지 않소. 농장 포전은 나의 포전이라고."

"에그, 이 판에 농담이 나오오?"

부부가 키득거린다. 말투가 평안도 말씨다. 원호는 당황하여 강 형을 바라본다. 북쪽으로 간다고 걸었는데 남쪽으로 내려왔단 말인가, 만약 그렇다면 큰 낭패다. 강 형이 어둠 속에서 원호의 귀에 대고 속삭인다.

"걱정 마, 평안남도 소마대령과 낭림산맥이 잇닿아 있잖아. 우린 분명 북으로 왔어."

원호도 소싯적 배운 지리를 기억해낸다. 그렇다면 노상에 맞닥뜨릴 수 있는 마을이다. 그들은 마주 고개를 끄덕이며 옥수숫대를 묶는 부부의 이야기에 바싹 귀를 기울인다.

"올 분배로 겨울나기도 힘든데 무슨 대책을 세워야지 우리도 굶어 죽겠소."

"이 여편네가? 방정맞게스리 굶어 죽는다는 소린 왜 해? 어떡허든 살아야지."

"누군 머저리가 돼서 굶어 죽소? 아랫동네 순철이네도 맥없이 온 가족이 죽은 걸 보시우. 전번 주에도 두 집이 비었소. 어디 먹을 거 얻으러 떠난 게지요."

"젠장, 이 가을에 농촌에서 먹을 게 없어 굶어 죽는다는 게 말이나 돼?"

"농촌 사람들이 더 많이 죽어요. 도시에서는 장사라도 하는데 농촌에서는 농사밖에 바라볼 데가 있소? 그런데 올해 이렇게 흉년이 들었으니 어쩌면 좋소?"

과연 강 형 말대로 지금 바깥도 매우 어려운 상황이 틀림없다. 부부가 옥수숫단을 지고 마을 쪽으로 사라진 다음에야 그들은 자리에서 일어난다. 아직은 그 누구 앞에도 섣불리 나타날 수 없다. 좀 더 상황을 파악해야 한다.

밭 사이로 한참을 가서야 마을 주변에 도착한다. 멀리서 보일 땐 작은 반딧불 여러 마리가 모여 있는 것처럼 보였는데 가까이 와보니 꽤 많은 집들이 줄지어 있다. 한 개 작업반은 실히 될 것 같다. 어느새 낌새를 챘는지 마을 개들이 덩달아 짖어 댄다.

그들은 마을 주변 밭머리에 웅크리고 앉아 잠시 방도를 생각한다. 막상 인가로 내려오긴 했지만 식량을 구하고 신발을 해결한다는 것이 용이한 일이 아닌 것 같다. 모두가 어려운 상황인 것도 그렇지만 아무 대가 없이 필요한 것을 얻을 수 있을지 막연한 생각이 든다. 그렇다고 무작정 아무 집에나 들어가 도움을 요청하기는 더욱 위험하다. 하지만 어떤 일이 있어도 식량과 신발은 해결해야 한다. 한시바삐 추격에서 벗어나느냐 잡히느냐 하는 사활이 걸린 문제다. 그렇다면 도적질하는 수밖에 없는데 도적질도 뭘 알아야 할 수 있다. 두 사람은 동시에 한숨을 내쉰다.

이때 킹킹거리는 소리가 나더니 희고 자그마한 물체가 원호

앞으로 다가온다. 새끼티를 벗어난 자그마한 중강아지다. 그놈은 짓지도 않고 쿵쿵 코를 원호 옷섶에 문대더니 응석부리듯 낑낑거린다. 강아지가 원호의 안주머니에 있는 닦은 옥수수 냄새를 맡고 왔다는 것을 한참 후에야 알아차린다. 개 코가 예민하다는 건 상식이지만 정말 놀랍다. 개도 항시적인 굶주림에 시달린다는 반증이다.

내일 먹어야 할 유일한 식량이어서 줄 수도 없고 시끄러워 강아지를 쫓으려는 순간, 원호는 번개 같은 궁량이 떠오른다. 원호는 말없이 강아지를 안고 품 안의 옥수수 몇 알을 꺼내 손바닥에 펼쳐준다. 강아지는 냉큼 옥수수 알을 입에 넣고 까득까득 씹어 삼키더니 원호 손바닥을 핥으며 더 달라고 킹킹거린다. 원호는 강아지를 안은 채 살그머니 허리를 펴며 몇 알 더 꺼내준다. 그리고 냅다 걸음을 옮기며 강 형을 돌아본다. 그제야 원호의 생각을 눈치챈 강 형이 뒤를 바싹 따른다.

아까 넘어섰던 길가로 나선 그들은 강아지를 안고 무작정 북쪽을 향해 걷기 시작한다. 위험하긴 하지만 산길이 아닌 도로로 갈 것을 암묵적으로 합의한다. 밤새껏 걷노라면 또 마을이 나타날 것이고 그때 이 강아지와 식량과 신발을 바꿀 생각이다. 원호가 생각해도 참으로 기발한 생각이다. 강아지 주인한테는 미안한 일이지만 그 강아지가 그들을 살려준 셈이다.

4.

　새벽에 도착한 마을에서 마침 50대쯤으로 보이는 아주머니가 마주 걸어온다. 원호네는 강아지를 무작정 내밀며 옥수수 몇 킬로와 신던 것도 좋으니 남자 신발 두 켤레를 달라고 했다. 여인은 그들을 보고 의아스러운 눈빛을 감추지 못한다. 옷은 그런대로 제법 고급스러워 보이는데 발에 누더기 신발을 걸친 그들은 누가 보아도 수상한 행색이다. 여관에서 신발을 도적맞았는데 맨발로 걸을 수 없어 주워 신었다고 강 형이 대강 둘러댄다. 그 여인은 강 형의 말을 믿어서라기보다 강아지를 맘에 들어 하는 눈치다. 밝아서 보니 강아지는 꽤 잘생기고 그만하면 큰 놈이다.

　"아주머니, 우리는 평양에서 큰 사기꾼을 잡으러 내려온 사람들입니다. 혹시 보안서나 법 기관에서 포고문 같은 거 붙이지 않았는가요? 우리가 의뢰했는데 실현되고 있는지 해서 묻는 겁니다."

　보위부 포위망이 어디까지 뻗었는지 알아보려는 강 형의 임기응변이다.

　"허이고, 지금 법 기관에서 사기꾼 같은 건 안중에도 없시요. 사방 널리고 쎈 게 강도에 도적놈, 사기꾼이지요. 사람들이 무리로 굶어 죽어 가는 판에 언제 사기꾼에게 신경을 쓰겠어요. 법 기관 사람들도 제 목숨 부지하느라 눈이 발개 돌아간다오. 게다가 지금은 증명서 없이도 조선팔도 어디나 갈 수 있어서 사기꾼들이 숨기 딱 좋은 때지요."

여인은 손사래를 치며 당신들도 괜한 고생 말고 포기하라고 조언까지 한다. 아주 요긴한 정보다. 아주머니는 허름하기는 해도 신을 만한 운동화 두 켤레와 닦은 옥수수 뒤 됫박 되게 내준다. 보아하니 도중 식사가 필요한 것 같은데 생 옥수수를 가져다 어쩌겠냐고 하면서 마침 아이들 먹이려고 닦아 놓은 것이 있다고 한다.

상상했던 것보다 경계가 삼엄하지 않은 것 같아 조금은 안도의 숨이 나온다. 일단 더디고 힘든 산행은 당분간 그만하고 대담하게 도보로 행군하기로 했다. 여인에게 길을 물으니 북쪽으로 약 50리 정도 가면 ㅁ군읍이 있고, 읍 시장에 ㅎ시까지 가는 서비스 자동차도 있다고 한다.

일단 읍을 향해 걸으면서 앞으로의 방도를 생각해보기로 했다. 서비스 자동차를 타고 가면 단속에 걸릴 확률도 적고 빨리 갈 수 있는데 문제는 돈이다. 돈이 있어야 서비스 자동차를 탈 수 있다. 지금처럼 걸어서 국경까지 가려면 며칠이 걸릴지 모른다. 그러다가 좁혀 오는 포위망에 걸릴 수 있다. 그러나 돈이 될 만한 게 아무것도 없다.

강 형은 걸으면서 닦은 강냉이로 우선 아침을 먹자고 한다. 원호는 먹고 싶은 생각이 전혀 없다. 입 안이 깔깔해 침 넘기기도 힘들다. 그 자리에 쓰러져 한숨 자고만 싶다. 이틀을 꼬박 자지 못하고 걸었다. 강 형도 지치긴 마찬가지겠으나 내색을 않고 한 걸음이라도 더 가서 휴식하자고 원호를 고무한다.

주머니에서 닦은 옥수수를 꺼내려던 강 형이 갑자기 가는 비명을 지른다. 손가락 끝에 핏방울이 맺힌다. 강 형은 머리를 기웃거리며 앞섶을 헤치고 안주머니를 살핀다. 순간 강 형이 탄성을 지르며 안주머니에서 작고 네모난 것을 끄집어낸다. 당 깃발이 그려진 붉은색 판에 김정일의 얼굴이 박힌 네모난 초상 휘장이다.

"희한한데? 이게 어떻게 아직도 있지? 수용소에 들어올 때, 분명 몸수색을 했는데, 용케 들키지 않고 옷 속에 숨어 있었구먼."

강 형은 초상 휘장을 이리저리 돌려 보며 놀란다. 원호도 신기하게 들여다본다.

"이건 '당상'이라고, 중앙당 간부들에게만 수여했는데 우리 무역 일군들도 가졌지."

"그걸 달면 의심이라도 덜 받을까요?"

"이따위 게 우리 방패막이가 돼주겠소?"

별로 시답지 않은 표정이던 강 형의 눈에 갑자기 번쩍 불이 켜진다.

"가만, 이 초상 휘장을 팔면 어떨까?"

"팔아요? 누가 초상 휘장을 산다고 그래요?"

"동생, 모르는 소리요. 이 초상 휘장은 젊은이들 속에서 야매로 거래되었단 말이요. 폼 잡기 좋아하는 젊은이들이 높은 간부들에게나 차례지는 당상을 달고 다니는 게 하나의 유행이었지."

"지금 먹구 살기 바쁜데도 그럴까요?"

"글쎄, 일단 시장에 가서 낌새를 보자고, 이게 돈이 되면 참 좋겠는데!"

잘하면 초상 휘장이 돈이 될지도 모른다는 생각에 저절로 발걸음이 빨라진다. 당장 드러눕고 싶던 생각도 씻은 듯이 사라진다.

5.

정오쯤 되어 도착한 곳은 여느 마을보다 몇 배로 넓고 번화한 마을이다. 3층 4층짜리 아파트도 몇 채 보이고 상점이며 영화관, 이발소 간판도 보인다. 물어보니 읍이라고 한다. 10년 만에 보는 바깥세상의 모습이 신기하여 원호는 연신 사방을 두리번거린다. 읍 골목마다 손에 무언가를 들고 파는 행상들이 바글바글 붐빈다. 모두 작업복을 입고 쫓기듯 어디론가 발걸음을 재촉하고 있다. 여자들은 하나같이 바지를 입었는데 남녀노소 등에 배낭을 지고 다니는 모양이 피난이라도 가는 것 같다. 질서가 허물어지고 생활에 다급히 쫓기는 모습들이 역력하다.

거리에는 그들이 상상했던 보위부 공문 같은 것도 없다. 둘의 사진을 붙이고 신고를 하라든지, 보고도 신고를 안 하면 같은 반혁명분자로 취급한다든지, 하는 포고문은 아무리 눈을 씻고 찾아도 볼 수 없다. 역시 사회적 통제망이 많이 허술해진 것이 분명하다. 두 사람의 발걸음에 힘이 들어간다.

읍 시장은 더 볼만하다. 원호는 평양에서 29년을 살면서 시장을 한 번도 본 적이 없다. 평양 변두리 어느 구석엔가 노인네들이 채소를 파는 농민 시장이 있다는 말은 들었어도 그 시장으로 갈 필요도 없었고 간 적도 없다. 시장은 자본주의의 전유물이고 비사회주의적인 요소로 결코 용납할 수 없는 낡은 사회의 쓰레기 정도로 알고 있었다. 한 개 읍에 이토록 요란한 시장이 서리라고는 상상도 못했다. 강 형이 수용소에서 들려준 말이 다 사실이다. 시장에는 쌀과 채소는 물론이고 생활용품과 의약품, 옷, 신발, 음식, 집짐승까지 없는 게 없다. 원호는 너무 희한하여 연신 감탄을 하며 어리둥절 둘러본다.

강 형은 재빠르게 시장을 판단하고 한쪽에 우줄우줄 서서 힐끔거리는 젊은 남자들에게 다가간다. 강 형은 한 젊은이에게 '당상'을 얼마면 살 수 있냐고 귓속말로 묻는다. 젊은이는 껌을 씹으며 심드렁하게 대꾸한다.

"3천 원인데 물이 없어요."

물건이 없다는 소리다. 강 형이 젊은이에게 더 바싹 다가선다.

"얼마에 넘겨받겠소?"

그 남자의 눈이 커지며 강 형 아래위를 훑어본다.

"정말 '당상' 있어요?"

강 형은 사방을 예리하게 살피며 고개를 가볍게 끄덕인다. 그 남자가 앞장서더니 따라오라고 눈짓한다. 원호네는 조금 간격을 두고 그 남자의 뒤를 따른다. 시장 옆 마을을 한참 돌던 그 청년은 으슥한 골목에서 걸음을 멈추고 보자고 한다. 강 형이 초상 휘장을 보이자 그 남자는 반색을 하며 한참을 찬찬히 훑어본다. 아주 새것이다. 강 형은 이천오백 원을 달라고 하고 청년은 삼천 원을 불러도 홍정하면 이천오백 원에 나가니 이천에 달라고 한다. 원호가 옆구리를 찌르자 강 형은 더 홍정을 하지 않고 못 이기는 척 이천 원을 받고 초상 휘장을 넘겨준다.

참으로 생각지 못한 큰 횡재다. 그들은 속으로 쾌재를 부르며 슬쩍 눈을 마주친다. 당시 쌀 일 킬로 값이 100원 정도였으니 그 돈이면 대단히 큰돈이다. 일단 국경까지 갈 수 있는 노자가 생긴 셈이다. 강 형은 하늘이 우리를 돕고 있다고 확신에 차 말하며 돈을 보물처럼 쓰다듬는다.

"이 돈은 동생이 양복 안주머니에 깊이 간수하는 게 좋겠소. 동생이 경리부장을 하라고, 내가 사장을 할 테니."

강 형이 원호에게 돈을 통째로 내밀며 농담을 한다. 돈이 생기니 천하를 얻은 듯 마음이 든든해지고 기운이 난다. 원호는 돈 넣은 가슴팍을 툭툭 치며 강 형과 소리 내어 웃는다. 수용소 철조망을 넘고 처음으로 마음껏 웃는 웃음이다.

읍에서 한 사람당 200원씩 내고 서비스 자동차를 타기로 한다. 서비스 자동차는 돈을 받고 버스마냥 사람들을 전문 나르는 화물차를 말한다. 국가가 운영하는 운행 수단이 마비가 된 대신 개별 기업소들이나 군부대에서 서비스차를 움직여 돈을 번다. 사회주의 독립채산제를 제대로 하는 셈이다. 길이 좋지 않아 50리를 달리는 데 두 시간 가까이 걸린다. 차가 달리는 내내 가슴을 졸였으나 검문소 같은 것은 나타나지 않는다.

6.

ㅎ시는 읍에 비할 바 없이 시끌벅적하다. 시 안의 사람들이 다 떨쳐나선 듯 길거리가 미어터지게 행인이 많다. 사람들 행색은 지나온 읍이나 별반 다를 바 없다. 모두들 짐 보따리를 이고지고 어디론가 황황히 가고 있다. 아파트 골목마다 물건을 사고파는 사람들로 붐빈다. 행인들 틈바구니로 행색이 꼭 수용소 아이들 같은 꽃제비들이 와와 밀려다닌다. 아이들뿐 아니라 수용소 사람 행색을 한 어른들도 자주 눈에 뜨인다. 어른

꽃제비라고 한다. 수용소 안이나 밖이나 사정이 같다고 한 강 형의 말이 맞는 것 같다.

ㅎ시에 와서도 제일 먼저 신경을 곤두세우고 찾아본 것은 공문이다. 아무리 살펴보아도 그들 사진이나 신고 공문이 붙은 것은 보이지 않는다. 정치범수용소에서 두 명이나 탈출했는데 이토록 무방비 상태라는 것이 오히려 불안하다. 그들이 모르는 함정이 기다리고 있는 것 같은 의심이 들 지경이다. 긴장을 늦추지 않고 군복 입은 보안원들이 눈에 뜨이면 부리나케 몸을 숨긴다. 대신 행동은 더 대담해진다.

돈이 생겼으니 기차를 타고 움직일 생각을 한다. 서비스 자동차로 가면 좋겠는데 노자가 모자란다. 기차를 타는 건 모험이지만 노자를 절약할 수 있다. 일단 기차역으로 나가보기로 했다. 이 모든 계획은 강 형이 세우고 원호는 그저 따라가기만 한다.

ㅎ시 기차역에는 더 놀라운 광경이 펼쳐진다. 역사 앞 넓은 공지에는 입추의 여지없이 사람들이 앉아 있다. 기차를 기다리는 사람들 같다. 인구 유동이 많다는 소리는 강 형에게 이미 들었지만 이토록 많은 사람들이 기차를 타려고 땅바닥에 진을 치고 기다리는 모습은 처음 본다. 그들은 제각기 비닐판막을 바닥에 깔고 배낭이며 보따리를 껴안고 앉아 있거나 누워 있다. 기차를 탈 때까지 그 자리에서 잠도 자고 대기한다고 한다. 마치 전쟁

피난민을 방불케 한다.

'질서유지대'라는 완장을 낀 사내들이 거적에 무엇을 담아서 맞들고 그들 앞을 지나간다. 순간 원호는 몸서리를 치며 고개를 돌린다. 거적 옆으로 때가 가맣게 오른 퉁퉁 부은 손이 비죽이 나와 흔들거린다. 수용소 안에서 죽은 사람을 수도 없이 보아 왔지만 바깥에서 시체를 보니 더 소름이 끼친다. 아직도 지옥을 벗어나지 못한 느낌이 든다. 자유의 몸이 된 것이 의심될 지경이다. 다른 패가 또 거적을 맞들고 역사 안에서 나온다. 역사 안에 사람이 죽어 있었다는 소리다. 엄혹한 현실이 새삼 절감된다. 빨리 이 땅을 떠나야 한다는 생각이 더욱 굳어진다.

그들은 역전 주변 시장을 찾아가 든든해 보이는 운동화를 하나씩 사 신고 솜옷도 한 벌씩 사 입는다. 날이 점점 추워 오고 있다. 천 원이 남았다. 이 돈을 다 쓰기 전에 국경을 넘어야 한다는 것이 강 형의 주장이다. 일단 국경만 넘으면 무역할 때 거래했던 중국인 친구들도 있고 이래저래 살길이 열린다고 한다. 강 형이 있어 원호의 마음은 든든하다.

잠시 후 사람들이 우르르 개찰구 앞으로 달려가는 것이 보인다. 차 시간표를 알아보려던 그들도 덩달아 그쪽으로 달려간다. 떠들썩거리는 사람들의 말을 귀동냥한 데 의하면 청진 쪽으로 가는 기차가 곧 들어온다고 한다. 마침이다. 이 기차를 타면 길주까지는 들어갈 수 있다. 길주부터는 국경이 가까워 도보로 이동해도 된다. 강 형이 원호의 손을 잡으며 눈을 끔벅한다. 이 기차를 타자는 신호다. 아직도 말보다 눈으로 대화를 나누는 데 익숙하다.

처음엔 개찰구에서 차표를 받기 시작했는데 사람들이 와 밀고 들어가자 열차원들도 포기를 하고 아예 문을 확 열어 놓는다. 기차표고 뭐고 그냥 밀고 나가는 사람들 무리에 떠밀려 그들도 개찰구를 빠져나온다. 다른 사람들은 한두 개 이상 짐을 졌으나 그들은 빈 몸이라 비교적 쉽다. 둘의 짐은 먹을 것이 들어간 자그마한 배낭이 전부다.

역 홈에 사람들이 가득 차며 악다구니 소리가 그치지 않는다. 한참 후 열차원이 호각을 들이불며 홈에 늘어선 사람들을 통제하기 시작한다. 기차가 기적 소리를 울리며 서서히 역구내에 들어선다. 순간 원호는 자기 눈을 의심한다. 영화의 한 장면에서 달려오듯 전쟁 피난 열차를 방불케 하는 기차가 원호 앞까지 다가온다. 기차 유리는 하나도 없고 차량마다 사람들이 콩나물처럼 빼곡하다. 열차 지붕과 차량 연결 짬 사이와 계단까지 사람들이 빠짐없이 자리를 잡고 있다. 도대체 사람이 더 오를 자리가 있어 보이지 않는데도 사람들은 죽기 살기로 기차에 매어 달린다. 서로 먼저 오르겠다고 주먹다짐을 하는 것도 보인다.

강 형은 원호의 손을 잡고 앞뒤로 왔다 갔다 하다가 어느 창문 앞에 다가선다. 그 창에는 웬 젊은 남녀가 마주 앉아서 빤히 내려다보고 있다. 강 형은 원호더러 100원짜리 지폐를 한 장 달라고 하더니 창 쪽 그들 앞으로 쑥 내민다. 그리고 올려만 달라고 사정한다. 두 남녀는 잠시 서로 마주보더니 고개를 끄덕인다. 무역을 하던 사람이어서 그런지 강 형은 상황 판단이 대단히 빠르다. 그 사람들이 팔을 당겨주어 원호네는 창문을 통해 가까스로 열차에 오른다.

압록강가에서

1.

　　열차 안은 바깥에서 볼 때보다 더 사람이 많다. 복도에도 사람들이 빼곡히 찼는데 몸을 조금 움직이기도 힘들다. 원호네가 오르자 사람들은 자기네 영역이 좁아졌다고 아우성을 치며 힐난한다. 오른 것만 해도 천만다행이라 그들은 못 들은 척하고 올려준 사람들 옆에 비비고 선다. 의자에 앉은 사람들은 마치 벼슬자리에라도 앉은 자세다.

　　열차가 서서히 움직이기 시작한다. 원호는 모두숨을 내쉰다. 혼잡이 오히려 도움이 되고 있다. 이제는 열차가 부지런히 달려주기만 하면 된다. 그들의 조급한 마음과 달리 열차는 시도 때도 없이 서기를 반복한다. 정전 때문이라고 한다. 보통 대여섯 시간씩 서 있는데 길주까지 가자면 이틀이 걸린다고 한다. 기차가 정상 운행을 하면 열 시간도 채 걸리지 않을 거다. 기차가 아니라 달구지다.

배낭 안에는 함흥에서 마련한, 이삼 일은 족히 먹을 음식이 있다. 이제 증명서 검열만 없으면 일은 얼음판에 박 밀듯이 잘된 셈이다. 사람들에게 증명서 검열을 하느냐고 슬쩍 물었더니 전 노정에 한 번이나 할까 말까 한데 함흥 오기 전에 이미 했다고 한다. 그러니 이젠 검열이 없다는 소리다. 사람 위에 사람이 덧쌓여 화장실도 가지 못할 형편에 검열을 더 할 것 같지는 않다. 그들은 회심의 미소를 지으며 서로 마주본다. 오랜만에 원호의 얼굴이 풀어진다.

한참 달리니 의자에 앉은 사람들이 조금 자리를 좁혀주어 바닥에 웅크리고 앉을 수 있다. 바싹 마주 앉은 그들은 고개를 숙이고 동시에 졸기 시작한다. 그동안 쌓인 피로가 갑자기 몰려오는 데다 조금은 긴장이 풀렸기 때문이다. 둘은 서로 어깨를 의지한 채 노그라져 다음날 아침까지 정신없이 잤다. 앉아서 자는 잠이지만 참으로 오랜만에 푹 잔 달콤한 잠이다.

누군가 발을 밟는 바람에 눈을 떠보니 벌써 그 다음날 아침이다. 15시간은 실히 달렸는데 겨우 신포다. 정신을 차리고 배낭을 뒤져 빵으로 아침을 먹는다.

다시 열차가 달리기 시작할 때, 뜻밖의 상황이 벌어진다. 기차 칸 양쪽 문에 붉은 완장을 두른 군인들과 열차 보안원이 나타난다. 원호는 긴장하여 강 형의 손을 꽉 잡는다. 원호네가 위치한 자리는 열차 중심이어서 조금 지켜볼 여유가 있다. 검열원들을 눈여겨보던 그들은 소스라치게 놀란다. 보안원이 증명서를 검열하고 군인은 사진을 들고 사람과 대조를 해보고 있다. 순간 온몸에 소름이 돋고 긴장으로 숨이 막힌다. 강 형은 날카로운 눈길로 검열원들을 쏘아보고 있다. 원호네를 찾고 있다고밖에 달리 생각할 수 없는 상황이다.

열차는 계속 달리고 있는데 김열원들은 그들이 위치한 곳으로 점점 다가오고 있다. 문득 강 형이 달리는 차창 밖을 내다본다. 마침 열차는 자그마한 간이역으로 들어서며 조금 속도를 늦추기 시작한다. 강 형은 원호에게 눈짓으로 차창 밖으로 뛰자고 한다. 얼결에 고개를 끄덕이기는 했지만 원호는 오금이 저려 움직일 수가 없다. 잡혀서 총살을 당하느니 도망이라도 쳐봐야 한다는 생각은 한다.

열차는 멈추어 설 듯 역구내를 서서히 지나가다가 다시 속도를 내기 시작한다. 서지 않고 지나치는 역인 것 같다. 더는 미룰 수 없는 찰나 차창 쪽에 다가선 강 형이 원호에게 거듭 눈짓을 하고는 먼저 창밖으로 몸을 날린다. 순간 주변에서 비명 소리가 일어나고 사람들이 자리를 털고 일어나 창밖을 내다본다. 사태를 파악한 군인들이 꽉 들어찬 사람들을 강제로 헤치며 원호 쪽

318

으로 다급히 다가온다. 원호는 그만 눈을 감으며 도로 주저앉아 버린다. 뛰어내릴 시간도 용기도 놓쳐 버렸다.

   2.

      열차가 서서히 멎어서기 시작한다. 꼭 지르감았던 눈을 간신히 뜬 원호는 어리둥절해진다. 다가오던 군인들은 급히 바깥쪽으로 나가고 있다. 사람들은 와 창가에 매달려 밖을 내다보느라 아우성이다. 원호는 그제야 강 형의 생사를 알아야겠다고 생각하고 사람들 짬으로 차창에 매어달려 밖을 내다본다.

   바깥쪽에서는 붉은 깃발을 든 승무원이 호각을 연달아 불어 댄다. 철도정복을 입은 사람들이 다급히 뒤쪽으로 달려가고 있다. 열차 꼬리는 아직 역구내를 채 벗어나지 못했는데 뒤쪽에 사람들이 새까맣게 모여든다.

   원호도 뛰어내려 강 형을 찾아가야겠는데 차창이 미어지게 사람들이 머리를 내밀고 있어 도저히 뛰어내릴 수가 없다. 어물거리는 새에 기차는 떠나겠다고 붕붕 소리를 질러 댄다. 열차 뒤쪽에서 달려오는 사람들의 말소리가 들린다.

   "죽었어?"

   "죽지 그럼. 그대로 기차에 말려들어 갔는데 뭐,"

   "왜 뛰어내렸대?"

"몰라."

원호는 바닥에 풀썩 주저앉는다. 그럼, 강 형이 죽었단 말인
가? 강 형이 죽다니! 온몸이 화들화들 떨리고 오줌이 찔끔 나온
다. 그들을 기차에 올려주던 남녀가 원호를 수상쩍은 눈으로 바
라본다.

"죽은 사람이 아저씨 일행 아니었어요?"

원호는 덜덜 떨리는 턱을 흔들어 보이고는 픽 고개를 숙인다.
그 사람들을 마주 보노라면 징제가 발각될 것 같아 무섭다.

아, 강 형이 죽다니, 그렇게 허망하게 강 형이 죽었다는 게 믿
어지지 않는다. 이제 어떻게 하지, 하는 종잡을 수 없는 생각들
이 원호의 띵한 머리를 스친다. 아까 사진을 대조하며 검열하던
군인들이 정말 그들을 추적했다면 강 형의 정체는 바로 드러났
을 것이다. 그럼 원호를 잡으러 이제 곧 이 칸으로 몰려올 테지.
그러니 냉큼 일어나 열차에서 내려야 한다는 것은 생각뿐, 원호
는 온몸의 피가 다 빠져 버린 듯 맥이 탁 풀려 옴짝도 할 수 없
다. 까투리마냥 머리만 무릎 짬에 틀어박는다.

열차 안팎이 한참 시끄럽더니 호각 소리가 울리고 열차가 서
서히 움직이기 시작한다. 원호는 고개를 틀어박은 채 최악의 순
간을 기다렸으나 아무도 그를 찾지 않는다. 무거운 머리를 들고
출입문 쪽을 보니 아까 검열하던 군인들이 더는 보이지 않는다.

원호는 어리벙벙하여 상황 파악을 해보려 애를 쓴다. 검열원들이 이 차간으로 몰려오지 않는다는 건, 사진 속의 찾는 사람들이 원호네가 아닐 수도 있다는 생각이 피뜩 든다. 잡으려는 사람이 혹시 탈영 군인? 그렇다면 강 형은 너무도 억울하게 죽었다. 원호는 꿈만 같아 자꾸 머리를 흔든다. 너무도 허무하다. 앉은자리에서 졸지에 강 형을 잃어버렸다는 게 도저히 믿어지지 않는다.

긴장으로 한껏 말라든 입 안에 비로소 침이 돌면서 눈물이 줄줄이 흐르기 시작한다. 우는 모습을 사람들이 볼세라 다리 사이에 더 깊숙이 머리를 틀어박은 원호는 주먹을 가슴에 대고 아프게 비벼 댄다.

'나 같은 놈은 살고, 강 형이 목숨을 잃다니!'

대쪽 같은 강 형의 성정이 그를 죽음에 이르게 했다. 강 형은 수용소 생활에 자신을 망가뜨리지 않은 매우 흔치 않은 사람이다. 그 골짜기에서 유일하게 목격한 아주 특이하고 신선한 사나이다. 원호의 은인이고 인생의 스승이다.

3.

강 형이 죽고 나서 원호는 비몽사몽간 흐리멍덩한 정신에서 도저히 헤어나지 못한다. 바닥에 박힌 돌마냥 그냥 달리는 열차에 몸을 맡긴다. 아무런 의지도 궁량도 나지 않는다.

잡히는 것도 별로 무섭지 않고 걱정되지도 않는다. 졸다가 눈을 잠간 떴다가 다시 졸고, 그렇게 반복하며 꼬박 하루를 더 지나 차는 밤중에 길주 역에 도착한다. 길주에서는 많은 사람들이 내린다.

원호는 사람들 무리에 섞여 후줄근해진 배낭을 들고 비척거리며 길주 역을 나선다. 부슬부슬 가을비가 오고 있다. 차가운 비바람이 먼지내를 풍기며 낯선 고장의 밤거리를 휘젓고 있다. 자동차 두 대가 다닐 수 있는 포장도로 양 옆으로는 저층 아파트들이 줄지어 앉아 있다. 숨을 죽인 칙칙한 건물이 음침한 그림자로 원호를 덮치고 있다. 정전인지 아파트 창문 몇 개에 수수떡 같은 등잔불이 간들거리고 있을 뿐 거리는 어둠이 통째로 삼켜버렸다. 어디서 자긴 자야겠는데 여관이 어딘지 알 수도 없었고 물어볼 데도 없다. 거리는 오가는 사람 하나 없이 한산하다.

두렵고 막막하기만 한 원호는 강 형이 사무치게 그리웠다. 강 형이 모든 것을 계획하고 원호는 어린애마냥 졸졸 따라다녔다. 이제는 모든 것을 혼자서 해야만 한다. 목표 없이 캄캄한 길주 거리를 걸으며 원호는 흐득흐득 운다. 밤인 것이 오히려 다행이다.

한참을 정처 없이 걷다 보니 단층집들 늘어선 마을 입구에 작은 막 같은 것이 보인다. 한 사람이나 겨우 들어가 앉을 수 있는 작은 막인데 보매 마을 경비 막 같다. 거기에라도 들어가 쉬려고 더듬더듬 다가가보니 벌써 꽃제비 아이들이 바닥에 진을 치고 누워 있다. 다시 몸을 돌려 발길 닿는 대로 흐느적거리며 걸음을 옮기는데 어둠 속에서 웬 아주머니가 원호의 앞을 막아선다.

"아저씨, 혹시 숙박을 하지 않겠소?"

후에 알게 된 일이지만 당시 길주는 개인 집들에서 방 한 칸을 내서 길손들을 재우고 돈을 받는 어설픈 숙박업이 성행했다. 하도 유동 인구가 많은 데다 길주는 량강도와 함경북도, 함경남도를 연결하는 삼각지점이라 특히 길손들이 많다. 그래서 숙박업으로 생계를 유지하는 집들이 많이 생겼다.

당장이라도 바닥에 눕고 싶은 심정인 원호는 그런 청탁을 해온 아주머니에게 절이라도 하고 싶은 심정이다. 자기네 집은 방도 이불도 깨끗하다느니, 남들은 하루에 100원을 받는데 자기네는 80원을 받는다느니, 뭔가 부지런히 설명하는 그 여인의 말에 머리를 끄덕이며 원호는 군소리 없이 뒤따른다. 언제 위험을 따져보고 할 정신적 여유도 없다. 사지는 더는 움직일 여력이 없다.

걸으면서 돈이 들어 있는 양복 앞섶을 문지르며 원호는 꺼이꺼이 다시 울음을 터뜨린다. 강 형이 남겨준 돈 천 원이 고스란히 남아 있다. 그가 아니면 이 돈도 없었을 것이다. 강 형이 앞날을 알고 원호를 살려주자고 돈을 맡겨준 것 같다. 그 여인이 흘깃 돌아본다.

"에구, 또 가슴 아픈 사연이 있구만, 하긴 길손들마다 기막힌 사연은 하나씩 다 있습데, 고단한데 어서 들어가서 푹 쉬시우. 그럼 좀 마음이 풀릴 거요."

투박한 함경도 사투리지만 눈물 나게 고맙다. 그 여인의 집에 들어가 숙박비를 내고 음식이 든 보따리를 맡긴 원호는 옷을 입은 채 그 자리에 꼬꾸라진다.

눈을 떴을 때는 그 다음 날 저녁이다. 옹근 하루를 잔 셈이다. 평생 그렇게 길고 단 잠은 처음이다.

"에구, 일어나긴 나는구먼, 난 아저씨가 죽은 줄 알고 몇 번이나 흔들어보았소. 길바닥에서 얼마나 고생을 했으면 그렇게 자시우."

주인집 아주머니가 혀를 차며 시래기된장국과 강낭밥 한 그릇을 내놓는다. 빈속에 허겁지겁 밥을 들이부어 넣으니 조금 정신이 든다. 그제야 다시 긴장이 된다.

"오다가 증명서를 잃어버렸는데 혹시 증명서 검열을 하지 않는가요?"

"뭐, 이따금 숙박 검열을 하는 때도 있지만 증명서를 잃어버렸다고 하면 되오. 검열원에게 돈 100원만 찔러주면 만사가 해결된다니까."

아주머니가 흔연하게 대꾸한다. 원호는 숙박비를 조금 후하게 치르고 량강도로 들어가게 도와달라고 부탁한다. 그 여인은 어디론가 나갔다 오더니 내일 새벽에 혜산으로 들어가는 서비스 차가 있는데 노자가 삼백 원이라고 한다. 원호는 그 집에서 하룻밤 더 잔다. 10여 년 만에 처음으로 장판을 한 온돌방에서 제대로 된 잠을 자본 셈이다.

4.

그 다음날 저녁, 원호는 국경도시에 도착한다. 국경도시에서도 길주에서처럼 역전 주변에 개인 여인숙업이 성행한다. 길주에서 잔 경험이 있어 원호는 어렵지 않게 잠자리를 얻는다. 여인숙에서 하룻밤 자고 다음날 아침에 원호는 압록강가로 향한다. 강 지형을 살피기 위해서다.

가을인데도 북방의 아침 날씨는 몹시 쌀쌀하다. 여기서는 벌써 사람들이 두꺼운 겹옷을 입고 다닌다. 여자들이 머리 수건을 두르고 다니는 것도 보인다. 원호가 살던 평양이나 수용소 쪽보다는 계절이 한 달 정도는 앞선 것 같다. 서늘한 강바람이 얼굴을 찌르며 맞받아 불어온다. 바람의 날카로움이 오히려 시원하다. 돌아보기도 끔찍한 지옥에서 탈출하여 긴긴 노정을 거쳐, 드디어 이 세상 끝자락까지 왔다.

사방을 경계해보니 별로 수상한 사람들은 보이지 않는다. 여인네들만 무언가를 잔뜩 이고지고 강둑으로 부리나케 다니고 있다. 원호는 산책하는 척 천천히 강둑을 돌아본다. 강둑 위에 오백 미터 간격으로 국경경비대 초소가 있다. 초소 막 앞에 붉은 완장을 두르고 총을 멘 군인이 서 있는 것이 보인다. 군복을 입은 군인을 보자 원호는 어느새 온몸이 경직되고 소름이 돋는다. 언뜻 수용소의 경비대원들이 생각난다. 군인이 당장 달려와 총구를 가슴에 들이댈 것만 같다. 그러나 그 군인은 껌을 찍찍 씹으며 웬 아가씨와 농담을 시부렁대느라 여념이 없다. 원호는 주먹을 꽉 쥐고 태연하려고 애를 쓰며 발걸음을 돌린다.

처음 서 있던 위치가 초소 사이의 중간쯤 되는 지점이다. 원호는 소풍 나온 사람마냥 돌로 쌓은 강둑에 걸터앉아 주변 지형들을 깐깐히 살핀다. 강둑으로 올라오는 길이며 내려가는 길, 강폭이며 물살을 가늠해본다. 강 변두리는 벌써 살얼음이 깔리고 아낙들 몇이 손을 호호 불며 빨래를 하고 있다. 물이 몹시 찬 것 같다. 물살은 별로 세 보이지 않는데 짙은 하늘빛 강물이 몸을 비틀며 천천히 흐르는 모양이 어지간히 깊은 것 같다. 양동이로 물을 긷는 사람들이 가끔 있을 뿐 강변은 무척 한적하다.

원호는 강 건너편을 물끄러미 바라본다. 중국 쪽도 시골이기는 마찬가지나 이쪽과 달리 활기차고 윤택이 흐르는 것이 훤히 보인다. 시골 마을치고 꽤 집들이 많은 게 한 개 읍쯤 돼 보인다.

밋밋한 산기슭 자락으로는 빨간색 아니면 파란색으로 된 지붕을 이고 통유리 창문들이 번득이는 큼직한 벽돌집들이 줄지어 앉아 있다. 살림집들이 자리 잡은 산자락 옆쪽에는 꽤 넓은 밭들이 펼쳐졌는데, 밭들에는 옥수수 이삭으로 쌓은 누런 탑이 여기저기 높다랗게 솟아 있다. 장관이다. 소마대령 마을 농장 밭에서 옥수숫대를 훔치던 농민 부부가 생각난다. 이쪽은 옥수숫대도 남아나지 않는데 저렇게 밖에 알곡을 쌓아 놓는 것이 신기하다. 강 제방도 돌로 울퉁불퉁 쌓은 이쪽과 달리 콘크리트로 반듯하고 높게 쌓았다. 제방 너머 길로는 승용차며 오토바이들이 쉴 새 없이 오고가고 있다.

압록강 저편 중국 땅은 이제 원호가 가야 할 미지의 땅이다. 그 땅에 반기는 사람도, 안정된 생활이 기다리는 것도 아니지만 그 땅으로 가야만 살 수 있는 운명이다. 이 땅에는 더는 숨을 데도 없고, 발을 붙일 수도 없는 도망자의 신세다. 어디선가 날아온 기러기 떼가 남쪽으로 줄지어 날아가고 있다. 불쑥 사무친 그리움이 북받친다. 어머니에 대한 그리움 같기도 하고, 선풍과 강형에 대한 그리움 같기도 하다. 탈출의 긴긴 여정 끝에 있을 미지의 안식처에 대한 갈망이기도 하다.

그날 밤, 원호는 모든 것을 운명에 맡기고 그 지점에서 강을 헤엄쳐 건넌다. 죽으나 사나 건너야 할 압록강이다. 이빨이 떡떡 부딪치는 차가운 강물이 오히려 편안하고 마음이 날듯이 가볍다. 드디어 다른 세상의 입구에 들어선 것이다. 헤엄치는 데에는 누구보다도 자신 있다. 아이 때부터 대동강에서 익힌 수영 솜씨를 그렇게 요긴하게 써먹을 줄은 몰랐다.

7년 후 이야기
- 운명의 재회

1.

    원호는 오늘 세미나에서 할 연설 준비에 특별히 품을 들인다. 국내외 인권운동가들과 유명한 북한 문제 전문가들이 참석한 무게 있는 국제 세미나다. 정치범수용소 체험자인 원호는 주 토론자다.

  남한에 와서 정치범수용소 출신 덕을 톡톡히 입을 줄은 몰랐다. 그 끔찍한 과거로 그는 유명해졌고 사방에서 찾는다. 수년간의 강연 노하우는 비참했던 과거를 한 편의 드라마처럼 만들었다. 언변도 많이 유창해졌다. 처음 한국에 와서 인터뷰 질문에 두서없이 대꾸하던, 혀가 굳어지고 얼굴 근육이 경직되었던 그가 아니다. 이제는 무대 위 배우처럼 억양과 감정을 조절하며 관중과 호흡을 맞출 줄도 안다. 감정도 느낌도 없이 메말랐던 얼굴은 살이 올라 기름기가 번들거리고, 나뭇가지에 매 놓은 끈처럼 어울리지 않던 넥타이도 굵어진 목에 안정되게 드리워 있다.

그러나 강연이 끝나면 원호는 코웃음을 치곤 한다. 초인간적인 고통을 이겨내고 광명을 찾은 영웅, 대단한 인권운동가인 양 행세를 하는 자신을 비웃는 것이다. 요즘 자주 느끼는 야릇한 허탈감이다. 헤아릴 수 없이 많은 강연을 하였지만 자신의 인생을 한 번도 솔직히 말한 적이 없다. 시간이 제정된 강연이나 방송 출연에서 원호가 한 이야기들은 주로 하루에 몇 명이 굶어 죽고, 공개 총살은 몇 번이고 어떻게 집행되었으며, 무엇을 먹었으며, 등등의 내용들이다.

오물이 고인 하수도처럼 냄새나고 더러워 다시 들여다보기도 싫은 것이 수용소에서의 삶이다. 그것은, 기억에서 도려내고 싶은 원호의 치욕이기도 하다. 겉으로는 언뜻 드러나 보이지 않고, 설명하기도 만만치 않은 그 상처들은 추웠고, 배고팠고, 매로 아팠던 육체의 고통에는 비할 바 없이 깊다.

지금은 인간적인 건가? 병을 깨끗이 치료한 환자처럼 이제는 수용소 사람이 아닌 건가? 원호는 솔직히 지금도 행복하게 살고 있다는 주장을 할 수가 없다. 그는 여전히 수용소의 망령에서 벗어나지 못하고 있다. 밤이면 죽도록 매를 맞고 고된 노동에 시달리며 여전히 수용소에서 살고 있다. 눈을 뜨고도 수용소 이야기를 끊임없이 하면서 원호는 지금도 수용소 사람이라 불리고 있다. 수용소 생활은 그의 전 인생 기둥처럼 되어 이전 삶과 지금 삶 모두를 좌지우지 흔들어 대고 있다. 마치 태어날 때부터 수용소 사람이었고 죽을 때까지 수용소 사람이어야 하듯 그렇게 수용소라는 수렁에서 도저히 벗어날 수가 없다. 그러면서도 원호는 매일 강연장으로 나간다. 원호의 직업처럼 되어 버린 북한 인권 강연이다.

2.

세미나장에 도착하니 구면의 양장 차림 여성이 문 앞에서 초조한 기색으로 기다리고 있다. 세미나 참가자들이 거의 다 왔다고 재촉하는 눈치다. 예상보다 차가 많이 밀리는 바람에 회의 턱밑에 도착한 원호는 미안한 마음이 들어 고개를 숙여 보인다. 원호의 자리는 무대 위 중앙석이다.

무대로 올라 이름이 적혀 있는 자리에 앉던 원호는 문득 등골을 타고 줄달음치는 전율을 느낀다. 무심히 청중을 둘러보다가 중년의 한 사나이를 발견한 순간이다. 그 사내는 원호와 멀지 않은 몇 줄 건너에 마주 앉아있는데, 눈을 내리깔고 세미나 순서와 내용을 추려 쓴 팸플릿을 들여다보고 있다.

그자가 눈에 들어오는 순간, 선명한 느낌이 원호의 머릿속을 확 밝힌다. 그 사내한테서는 그 세계, 그 골짜기에서만 느낄 수 있는 체취가 강하게 풍긴다. 댕댕한 이마와 한쪽 어깨를 비틀고 앉은 자세는 평범한 인간이 표현해낼 수 없는 절대적 오만과 경멸, 냉기를 풍긴다.

세미나를 시작한다는 사회자의 목소리에 언뜻 정신이 든 원호는 아니야, 하고 중얼거리며 도리머리를 젓는다. 이승과 저승만큼이나 다른 세상인 그 골짜기의 보위원이 서울 세미나장에 나타날 리 없다. 하도 악몽에 시달리다 보니 환각이 생긴 것이라고 자신을 비웃는다. 하지만 박수를 치는 팔들 사이로 얼른거리는 그 사내의 얼굴은 악몽 속에 수시로 나타나곤 하던 최 대위와 너무도 비슷하다.

그 사내가 피뜩 눈길을 들어 원호 쪽을 바라본다. 다시 한 번 소름이 전신을 통과한다. 바로 저 눈빛이다. 찌르듯 쏘아보는 저 돌적인 눈빛. 얼핏 눈길이 마주친 그 사내의 얼굴에도 당혹감이 흐른다. 찰나의 깜빡이등처럼 스쳐 지났지만 원호는 알아차린다. 그 사내는 얼른 고개를 수그리고 엉덩이를 들썩한다. 분명 원호를 의식하고 있다. 잠시 후, 그 사내가 자리에서 일어나 회의장을 빠져나간다.

거기 서! 하마터면 소리를 지를 뻔했다. 원호는 벌떡 자리에서 일어난다. 놀라 쳐다보는 주변의 눈길을 의식할 새 없이 그 사내를 따라 세미나장을 나온다. 원호는 서치라이트처럼 번뜩이는 눈으로 대기 홀 사방을 훑어본다. 유리문 너머에 그 사내가 보인다. 원호가 회전식 빌딩 문을 열고 밖에 나섰을 때는 붐비는 인파에 가려 그 사내의 모습을 찾을 수 없다. 원호는 우두커니 서서 사방을 두리번거린다. 꼭 귀신에게 홀린 것 같다. 악몽에서 깨어났을 때처럼 온몸이 나른해지고 속이 울렁거린다.

"한원호 선생님!"

누군가 찾는 소리에 원호는 정신을 차린다. 유리문 너머에서 양장 차림의 그 여자가 다급히 손짓하고 있다. 원호가 세미나장 안으로 들어서니 사회자가 안도의 숨을 내쉰다.

"북한 정치범수용소 체험자인 한원호 씨의 주제 발표가 있겠습니다."

원호는 밤새 품 들여 쓰고 연습한 원고를 그냥 기계적으로 내리 읽기 시작한다. 관자놀이에서 맹렬히 뛰는 피 소리가 귀를 멍하게 만들고, 흔들리는 발판에 선 듯 목소리가 떨려 나온다. 세미나가 끝나고 인사를 나누면서 사람들마다 어디 편치 않냐고 묻는다. 원호는 얼 나간 표정으로 말없이 고개를 가로젓는다.

"한 선생님, 오늘 컨디션이 좋지 않으신가보군요."

세미나를 주관한 양장 차림의 여자가 외교적인 미소로 서운한 표정을 애써 감춘다.

"네, 좀…… 죄송합니다. 저, 그런데 오늘 세미나에 참가한 탈북자분들 명단 있나요?"

"네, 오늘 세미나에 초청한 탈북자분들은 주로 한 선생님처럼 정치범수용소 체험자들과 탈북자 단체 대표들이에요."

단체 대표들은 대체로 원호가 아는 사람들이다.

"아 참, 그리고 관련 부문에 종사한 사람들도 초청했어요."

"관련 부문 사람들이요?"

"정치범수용소 경비대 군인 출신이거나, 보위부에서 복무한 경력이 있는 분들이죠."

보위부라는 말이 칼끝처럼 그의 심장을 아프게 찌른다.

"왜 그러세요? 한 선생님, 정말 편치 않으시군요."

"아, 아닙니다. 혹 그분들 중에, 최 씨 성을 가진 사람은 없는가요?"

원호가 이맛살을 찌푸리며 성급히 묻는다.

"명단을 봐야 알겠는데요? 그런데 왜 그러세요?"

"제가 아는 사람을 본 것 같아서, 그런데 중도에 가 버렸지요. 꼭 찾아야 할 사람이어서……"

원호는 얼결에 아는 사람이라고 했고, 꼭 찾아야 할 사람이라고 말한다.

"하긴 북에서 인연을 맺었던 분들이 한국에 와서 우연히 재회하는 경우가 많지요. 외로운 분들이니 얼마나 반갑겠어요."

그 여자는 원호 앞에서 참가자 명단을 뒤적인다. 참가자 명단에는 이름, 나이, 전화번호가 적혀 있었다. 최민규, 나이 48세, 전화번호 010……

"아는 분 맞으세요?"

"네. 맞습니다. 이놈의, 아니, 이 사람의 연락처를 저에게 주실 수 없는가요?"

"원칙적으로는 안 됩니다. 하지만 한 선생님은 저희들과도 인연이 깊고 워낙 유명한 분이시니 믿고 알려드리겠어요. 그분한테 저희들이 오해 사지 않게 잘해주세요."

최 대위 전화번호가 적힌 메모지를 주머니에 구겨 넣은 원호는 텅 빈 회의장에서 길 잃은 맹수처럼 서성인다. 가슴 밑바닥에서부터 달아오른 불길이 머리끝까지 타오른다. 그는 핸드폰에 입력한 최민규의 폰 번호를 충동적으로 눌러 버린다.

"네에, 여보세요?"

칼칼한 목청이다. 대번에 최 대위의 목소리가 기억난다. 입 안이 바싹 말라든다. 누구시냐고 핸드폰이 거듭 물어댄다. 어금니를 악물었던 원호는 휴 하고 긴 숨을 내뿜으며 화를 내듯 소리지른다.

"최…… 최민규 씨입니까?"

"네, 그렇다만, 누구신지요?"

"혹시 북한 OO정치범수용소에 있지 않았는가요? 최 대위로."

원호는 단도직입적으로 들이댄다. 잠시 윙 하고 핸드폰이 침묵한다. 이어 뚝 전화가 끊긴다.

"맞구나! 그 개자식이 맞구나."

속에서 폭죽 같은 외침이 터져 오른다. 원호는 이를 갈며 다시 번호를 누른다. 핸드폰은 상대방의 전화가 꺼져 있다고 친절하게 대답한다.

3.

　　그자가 정말 최민규라면, 치욕을 보상받아야 해! 드디어 복수할 기회가 왔어! 그자를 죽여 버려야 해! 열에 뜬 소리들이 줄곧 그의 머릿속을 울려 대고 있다.

북한 정치범수용소 골짜기에서 제왕 행세를 하던 최 대위가 서울 한복판에 버젓이 나타나다니! 꼬리 자른 도마뱀처럼 그자가 사라져 버리는 바람에 정말로 그자인지를 확인하지 못했지만 그자가 최민규라는 것을 원호는 확신한다. 몸속에 잠재되어 있던 증오가 먼저 그를 알아본다.

뒤차가 빵빵 하고 짜증을 낸다. 정신을 차리고 보니 위험한 거리에서 끼어들려 한다. 핸들을 돌리며 원호는 거푸 숨을 내뿜는다. 차를 타고 가는 것이 아니라 두 발로 뛰어가는 것처럼 심장이 풀무질을 해 댄다. 올림픽대로를 달리던 원호는 핸들을 꺾어 한강 쪽으로 들어선다. 지금의 기분 상태로 운전을 계속하는 건 무리인 것 같다.

여름 한철 수영객들이 법석이던 강변은 늦가을철이어서 그런지 한적하다. 탱글탱글 여문 가을 낮볕이 나른해진 강물 위에서 잔광을 뿌리며 뜀박질을 하고 있다. 원호는 마음이 착잡하거나 힘겨울 때면 차를 몰고 한강변으로 자주 오곤 한다. 평온하고 도도한 강물을 들여다보노라면 자신의 존재가 강물 속의 돌처럼 자연에 풍덩 안겨 위안을 받는 느낌이 든다. 차창을 내리자 쌀쌀하면서도 시원한 강바람이 휙 차 안으로 밀려든다. 한결 머리가 맑아진다. 강물이 수런대는 소리가 도시의 소음을 밀어내며 그의 마음을 다독여준다. 팥죽 끓듯 하던 감정도 조금 가라앉는다.

세월의 흐름만큼 얼마간은 멀어졌다고 여겼던 과거다. 그의 인생에 인두로 지진 듯 새겨진 상처에 이제는 두터운 딱지가 앉은 줄 알았다. 그런데 그 딱딱한 껍데기는 상처를 아물게 한 것이 아니라 일시 숨겨 놓았을 뿐이다. 흉터 밑에 숨은 상처는 수십 년간 땅속에서 익은 술마냥 증오심으로 치명적으로 발효되어 있었다. 그자가 나타나 흉터를 자극하는 순간, 증오는 독주처럼 순식간에 원호의 몸으로 퍼지며 걷잡을 수 없는 복수의 충동을 일으킨다.

갑자기, 오늘 본 사람이 최민규가 아니었으면, 하는 생각이 불쑥 치민다. 차라리 연락처가 없었더라면, 착각을 해 잘못 본 것이라고 스스로를 속일 수도 있다. 여전히 그자는 두려움의 존재인가. 아님 그자의 출현으로 잊고 싶은 과거와 정면으로 부딪치게 됨을 두려워하는 것인지도 모른다. 숨기고 싶은 치욕을 드러내게 된 것에 대한 불안일 수도 있다.

수면 위로 떠오른 물고기 사체처럼 지난 일들이 눈앞에서 어지러이 떠돈다. 시간을 진통제 삼아 잊으려 했던 고통들이다. 원호는 미친 듯이 소리를 지르며 주먹으로 핸들을 연거푸 내리친다. 몸속의 곳곳에 스며 있던 상처가 걷잡을 수 없는 울화로 솟구치고 있다.

이를 갈던 원호는 이맛살을 찌푸리며 오른발을 왼쪽 무릎 위에 올리고 손으로 자근자근 주무른다. 발가락 세 개가 잘려 나간 발은 한 시간만 운전을 해도 다리가 저려난다. 환절기가 되거나 날씨가 차지면 민감하게 반응하는 상처다. 최 대위 때문에 잘린 발가락이다. 그 발가락 때문에 원호는 약간씩 다리를 전다. 그래서 대중 앞에 나설 때면 무척 신경을 쓰곤 한다. 한참을 주물러서야 감각이 돌아온다. 발의 신경이 통하는 것과 동시에 불덩어리 같은 분노가 다시금 치솟는다.

당분간은 안보 강연이나 방송 출연을 미룰 생각을 한다. 쉬고 싶다. 그동안 방송 출연과 강연 요청이 끊이질 않아 정신없이 일에만 매달려 살았다.

4.

　　다음날 아침, 그자의 전화번호를 누르니 없는 번호
라고 말을 바꾼다. 그자가 최 대위라는 확신이 더 생긴다.

"비열한 자식, 내 복수가 두려운 모양이지."

　한국에 와서까지, 그자를 눈앞에 보고도 복수심을 억제만 한
다면 자기는 정말로 벌레 같은 존재라는 자격지심이 분노를 부
채질한다. 어떻게 복수하지? 원호는 그 한 가지 충동으로 살을
떨고 있다. 자신이 받은 고통만큼, 그의 인생을 잘근잘근 파멸시
키고 싶다. 반드시 그렇게 해야만 한다.

　최 대위의 출현은 원호에게 결투의 신호탄처럼 받아들여진다.
세월이 가져다준 안정을 깨어 버린 그자가 가증스럽다. 어쩌면
최 대위에 대한 복수심은 열망이라기보다 기를 쓰고 짊어지려
는 짐 같은 것일지도 모른다. 그 짐을 버리면 자신의 존재 가치
까지 버려질 것만 같은 불가사의한 짐이다. 무엇보다 그자가 대
한민국 국민이 되었다는 것에 못 견디게 화가 치민다. 그동안 최
대위 같은 자들은 상상도 못 하는 자유 세상에서 새 삶을 누리
는 것으로 복수를 대신한다고 위안해 왔다. 그런데 그자가 한국
에 오다니.

끝나지 않은 방랑

1.

절호의 기회다. 그렇게 찾아 헤매던 최 대위가 아찔한 벼랑 끝에 발을 드리우고 앉아 있다. 원호는 숨을 죽이고 최 대위 등 뒤로 살금살금 다가간다. 절벽 밑으로는 짙은 회색 구름이 흘러가고 있다. 회색 구름 밑에는 날카로운 바위들이 깔려 있을 것이다. 아니면 거센 물살이 소용돌이치는 계곡일 수도 있다. 밑에 무엇이 있든 최 대위는 아찔한 저 미궁으로 떨어지면 살아남지 못한다. 좀 불만인 것은 최 대위가 너무 쉽게 죽는 것이다. 더 극심한 고통을 당하면서 죽게 하고 싶다. 흥분으로 심장이 터질 것만 같다. 이상한 것은 최 대위 등 뒤로 가까이 갈수록 발이 잘 움직여지지 않는다는 것이다.

'젠장, 겁을 먹은 거야? 고대하던 복수의 순간이란 말이야. 너무 긴장하지 말고, 슬쩍 떠밀기만 해도 저자는 천 길 나락으로

떨어지는 거야.'

순간, 우레 소리가 천지에 진동한다. 원호는 소스라치게 놀라며 하늘을 쳐다본다. 어둑한 천장이 보인다. 꿈을 꾼 것이다. 아직 한밤중이다. 핸드폰 벨 소리는 옆에서 계속 자지러지게 울린다. 원호는 허우적거리며 머리맡의 핸드폰을 집어 든다. 액정판에는 알 수 없는 전화번호가 찍혀 있다. 031로 시작되는 번호다.

"누가 매너 없이 이 야밤에 전화야?"

원호는 투덜거리며 누운 채로 핸드폰 액정판을 손가락으로 건드린다.

"한원호 씨지요?"

북한 말씨다. 원호는 온몸에 전기가 통하는 것을 느끼며 벌떡 자리에서 일어난다.

"누구요?"

"나요."

"나라니?"

"한원호 씨, 나를 찾아 등이 달았을 텐데……"

방금 꿈에서 본 최 대위의 군복 입은 등 자락이 선히 떠오른다. 원호는 바싹 말라드는 입술을 혓바닥으로 축인다.

"당신 최민규야?"

"그렇소. 나요."

"개자식, 어디야?"

어느새 손은 베개를 움켜쥐고 있다.

"공연히 힘 빼지 말라고 전화하는 거요. 언젠가는 내가 스스로 당신 앞에 나타날 거요. 어차피 당신과의 악연은 청산해야 하니까."

"개수작 말아. 아직도 잘난 척이야? 어디야? 당장 죽여 버릴 테다."

"때가 되면 당신 맘대로 해도 좋소. 그런데 지금은 아니요. 내가 꼭 할 일이 있어서 그러니 시간을 좀 주시오."

"비열한 놈, 허튼수작 말고 어디 있는지 대기나 해."

"허, 당신 성격 많이 변했는데? 당신 소심하고, 이기적인 성격 아니었나?"

"닥쳐, 개자식, 왜? 나 만나기가 무서워? 내 손에 죽을까 봐?"

"그럴 리가, 누가 누구 손에 죽는지는 결투를 해봐야 알지."

"그러니까 대라고, 이 자식아."

"좋소. 여기는 경기도 ㅎ시 술집이니 오겠으면 오시오."

술집 주소를 말하고 전화가 입을 다문다. 자리를 차고 일어난 원호는 부리나케 옷을 입고 주차장으로 달려 내려간다. 내비게이션에 최민규가 알려준 주소를 입력하고 아파트를 빠져나온 원호는 액셀을 들이밟는다.

새벽 거리는 펑 뚫려 있다. 속도계 바늘이 140을 넘어서고 있다. 한참을 정신없이 달리던 원호는 차가 무엇을 타고 넘는 께름한 감각에 차를 세운다. 섬뜩한 느낌이 든다. 차 뒤로 달려가 보니 흰 바탕에 검은 줄이 간 자그마한 물체가 널브러져 있다. 고양이다. 원호는 차 안에서 장갑을 꺼내 끼고 고양이 사체를 길옆으로 끌고 간다. 비릿한 냄새에 구역질이 난다. 상서롭지 못한 예감으로 심장이 후드득 방망이질한다. 바지 주머니의 핸드폰이 다시 소리를 질러 댄다. 아까 그 번호다. 최민규다.

"미안하오. 암만 생각해도 지금 당신과 만나는 건 아닌 것 같소. 내가 사람 하나를 찾고 있는데 그 사람만 찾으면 꼭 당신에게 연락할 것이오. 그 사람은 당신도 아는 사람이오."

"내가 아는 사람? 누군데?"

"지금은 말할 수 없소. 조금만 시간을 주시오."

"개수작 말고 기다려!"

원호는 응답 없는 전화기에 대고 악에 받친 소리를 질러 댄다. 갑자기 소나기가 쏟아진다. 가을비답지 않게 굵고 사나운 빗발이다. 차 있는 데로 가는 동안 옷이 흠뻑 젖는다. 원호는 얼굴의 빗물을 손바닥으로 털어내며 이를 간다.

"최민규, 기다려!"

2.

"여기는 병원이에요. 환자분은 3일 만에 정신을 차리셨어요."

'병원? 환자? 내가 왜?'

머리맡에 매달린 링거 병이 보인다.

"기억나지 않으세요? 환자분은 뺑소니 교통사고를 당하셨어요. 머리에 타박상을 입으셨고요. 수술은 잘 끝났어요."

간호사의 말에 필름이 이어졌다 끊겼다 한다. 머리를 덮치던 거대한 충격과 볼에 닿았던 축축한 바닥의 촉감이 선명히 떠오른다. 그 먼저 눈앞에 명멸하던 불빛, 어디서? 어쩌다가? 민규는 안타까이 머리를 휘젓는다. 아찔하게 현기증이 난다. 머리가 조각조각 흐트러지는 것 같다.

"환자분이 정신을 차렸다고 경찰에 연락할까요?"

간호사가 다가오는 의사에게 묻는다.

"아직은 무리야."

흰 가운을 걸친 남자가 민규의 눈꺼풀을 손가락으로 밀어 올리며 바싹 들여다본다.

"정신은 돌아온 것 같아. 스테로이드를 더 처방했으니 투약해요."

"알겠습니다."

민규는 상황을 이해하려고 눈가에 힘을 준다. 눈뿌리를 누가 잡아당기는 것처럼 아프다. 간호사가 링거 줄에 주사기로 맑은 액체를 연거푸 두 번 투약하는 것이 보인다. 회색 구름이 멀리서부터 흘러오고 있다.

민규는 한밤중에 다시 정신을 차린다. 벌 떼 우는 소리 같기도 하고 노랫소리 같기도 한 희미한 소음이 귀를 간질인다. 멀리 보이는 네모난 빛깔이 장난치듯 바뀌고 있다. 푸르게, 희게, 노랗게, 불그스레하게, 밝게, 어둡게.

'뭐지? 저 도깨비 불장난은?'

한참을 눈여겨보고서야 창문 너머 맞은편 건물의 창에서 나오는 빛이라는 것을 알아낸다. TV화면의 빛 같다.

"여기가 어디지?"

민규는 사방을 천천히 둘러본다. 창문을 투영한 희미한 빛이 방 안에서 흐느적이고 있다. 어둠 속이지만 주변이 선명히 보인다. 방에는 여섯 개의 침대가 두 줄로 나뉘어 있다. 침대마다 불룩하게 솟은 이불이 고요히 흔들리고 있다. 사람이 자는 것 같다.

민규는 머리 쪽으로 손을 올려본다. 긁고 싶다. 팔이 스스럼없이 움직여진다. 손가락에 껄껄한 것이 감지된다. 한참을 더듬어서야 머리에 감긴 붕대라는 것을 알아차린다. 민규는 눈을 감고 곰곰이 생각해본다. 낮에 간호사와 의사가 자기를 돌보던 생각이 난다.

"아 참, 여긴 병원이지."

뺑소니 사고를 당했고, 머리를 다쳤다는 간호사의 말도 기억 난다. 3일 만에 정신을 차렸다고 했지, 불현듯 누워 있는 동안 중국에서 소식이 오지 않았는지? 하는 생각이 먼저 머리를 친 다. 민규는 고개를 돌려 옆 탁자를 눈으로 더듬는다. 핸드폰이 보이질 않는다. 이불을 젖히고 윗몸을 일으켜본다. 방 안이 뒤집 히며 침대가 거꾸로 선다. 뒤로 자빠지며 낭떠러지로 떨어지는 것 같은 아찔함을 느낀다. 머리가 터질 듯 아파난다.

민규는 꼭 감았던 눈을 간신히 뜬다. 방 안의 물건들이 흔들거 리며 제자리로 가고 있다. 그는 다리를 바닥에 드리우고 몸을 천 천히 일으킨다. 속이 메슥거리고 방 안의 것들이 지진을 당한 듯 다시 출렁거린다. 발바닥에 땀 기운이 느껴진다. 이를 악물고 발 자국을 떼어본다. 걸음이 된다. 병실을 나서니 홀 저쪽에 흰 가 운을 걸친 여자가 카운터에 앉아 있는 것이 보인다.

"환자분, 어떻게 일어나셨어요? 괜찮으세요?"

간호사가 민규를 발견하고 얼른 달려와 부축한다. 희미한 향 내가 맡아진다.

"핸······드······폰······"

"환자분의 사품은 우리가 보관하고 있어요. 아직 핸드폰을 쓰 시면 안 돼요."

간호사가 미소를 지어 보인다. 웃는 모습이 낯익다. 살짝 미소만 짓는데도 눈이 초승달처럼 곱게 휜다. 누구더라? 아, 그녀가 이렇게 웃었지, 그녀를 떠올리며 민규는 도리머리를 젓는다. 머리가 형체 없이 흩어지는 것 같고 숨이 차오른다. 다행히 넘어지지는 않는다.

"소식이……"

말이 조금 가볍게 입술을 통과한다.

"누구 소식을 기다리고 계세요? 환자분은 가족이 없으신 거로……"

민규는 대답 대신 전화하는 손짓을 하며 간절한 눈으로 간호사를 바라본다. 잠시 망설이던 간호사가 다시 생긋 웃는다. 또 눈이 한껏 휜다.

"잠시만요. 여기 앉아 기다리고 계세요."

간호사가 민규의 손을 잡고 복도에 놓인 소파에 앉힌다. 찰싹찰싹 간호사 신발 끄는 소리가 재빨리 멀어진다. 잠시 후 간호사가 민규의 핸드폰을 들고 나타난다. 핸드폰을 켜보니 부재중 전화와 문자가 여럿 된다. 대체로 광고다. 기다리는 중국 전화번호는 없다.

'아직 더 기다려야 하는가?'

민규는 깊은 한숨을 내쉰다. 괜히 핸드폰을 뒤적이던 그는 '원수'라고 저장한 번호가 보이자 흠칫 손을 멈춘다. 원호의 핸드폰 번호다. 핸드폰 번호를 바꾸고 전화를 걸지는 않았지만 원호의 번호를 저장해 놓고 있다. 때가 되면 누르려고.

비로소 사고 당하던 날의 앞뒤가 기억나기 시작한다. 경기도 ㅎ시 술집에서 술을 마시고 충동적으로 원호에게 전화를 걸었었지, 술김에도 핸드폰으로 하지 않고, 술집 전화로 할 생각을 하다니, 용의주도한 자신에게 픽 웃음이 나온다. 설마 한원호를 무서워하는 거야? 민규는 홍 코웃음을 친다. 통화 내용도 기억난다. 원호가 서둘러 자기를 찾아다닐 것 같아 조금 참아 달라고 했던 것 같다. 꼭 찾아야 할 사람이 있는데, 그 사람만 찾으면 스스로 나타나겠다고 했던가.

'홍, 취중에도 제법 그럴싸하게 말했는걸. 하지만 언젠가는 원호 그 사람하고 한번 결판을 내야겠지.'

3.

그날, 세미나에 민규도 초청받았었다. 원호가 주토론자인 줄을 알면서도 민규는 참가했다. 원호가 자기를 알아보면 심상치 않은 충돌이 일어날 것이라는 생각도 했다. 하지만 그 세미나에 꼭 참가하고 싶었다. 원호를 실물로 만날 수 있는 기회는 처음이다. 방송이나 인터넷으로가 아니라 실물로 그의 얼굴을 보고 싶었고, 목소리를 듣고 싶었다. 자기가 생각해도 참으로 이해할 수 없는 기이한 심리다. 실지 그날 연단에서 원호를 보는 순간 민규는 야릇한 반가움을 느꼈다.

그동안 민규는 인터넷으로 원호에 대한 정보를 종종 찾아보았고 방송에 출연하는 원호와 TV 앞에서 자주 대면하곤 했다. 짜식, 수용소 생활을 꽤나 잘 우려먹는군, 하고 입으론 비웃었지만 왠지 원호를 보는 것이 싫지만은 않았다. 원호를 TV에서 보면 극심한 외로움이 덜어지는 묘한 기분이 들기도 했다. 어쩌면 유일하게 자기의 과거를 알고 있는 원호에게 동병상련의 유대감을 느꼈는지도 모른다. 그래서 그의 방송 출연이 기다려질 때도 있었다.

그날 첫눈에 자기를 알아보는 원호를 보며 그의 뿌리 깊은 증오를 느꼈다. 민규는 곧 자신의 엽기적인 행동을 후회했다. 그녀를 찾기 전에는 그 어떤 다른 일도 하지 않으리라 철석같이 다짐했었다. 그녀를 찾는 것 외에 다른 일은 민규에게 아무 의미도 없다. 그런데 자기의 충동적이고 경솔한 행동 때문에 원호와 다시 얽히고 말았다.

문득 기다리라고 하던 원호의 악에 받친 말이 생각난다. 그렇다면 뺑소니 사고로 민규를 쓰러뜨린 자가 한원호? 충분히 그럴수 있다. 그날 술집에서 나온 민규는 길옆에서 오바이트를 하고 한참 앉아 있다가 속이 조금 내려가자 길을 건너려고 도로에 나섰다. 건늠길 표식이 따로 없는 도로인데 갑자기 차에 치였다. 술집에서 얼마 가지도 못했다.

'정말로 한원호, 그 자식일까?'

침대에 누웠으나 잠이 오지 않는다. 며칠 만에 깨어났다니 잠은 기껏 잔 셈이다. 원호의 행적이 못 견디게 궁금하다. 정말로 뺑소니 사고를 낸 것이 원호라면 무사히 몸을 피했는지, 아니면 경찰의 수사망에 걸렸는지. 만약 발각되었다면, 자기가 살아났으니 살인미수 아니면 뺑소니 죄에 해당될 것이다.

'바보 같은 자식, 제발 걸리지 마라. 북한에서는 수용소 생활, 한국에서는 교도소 생활, 그건 너무하잖아. 잘 숨어 이 자식아.'

민규는 경찰 조사에서 어떻게 하면 원호에게 유리하게 말할 것인지를 밤새껏 궁리한다. 원호가 발각되는 것을 바라지 않는 자기의 마음에 코웃음이 나간다.

다음날도, 기다리는 중국 전화는 오지 않는다. 지겨운 링거만 반복해 맞는다. 이제는 중국 브로커가 거짓말을 하지 않는다는 것을 민규도 알고 있다. 열 고장을 다녀왔다고 하면 적어도 다섯 고장은 가봤을 것이다. 3년 동안 브로커가 적지 않게 사기를 친 것을 짐작하면서도 끈질기게 매어 달렸다. 다른 놈을 골라 봐야 그놈이 그놈이다. 어차피 돈을 떼일 바에는 한 놈에게 퍼붓는 것이 나을 것이라고 생각했다. 그보다는 그녀를 찾아야 한다는 절박함에 민규는 무작정 그자에게 의지했다. 그자에게 아무리 돈을 떼여도 아깝지 않다. 민규에게 돈이란 그녀를 찾기 위해 뿌려야 할 간절함 같은 것이다. 혼자의 목구멍 건사하는 것 외에는 돈이 필요치 않다. 국가에서 받은 지금의 임대 아파트 잠자리가 있는 한 다른 걱정은 없다.

중국에서 이런저런 막일을 해본 경험이 있는지라 민규는 닥치는 대로 막노동판을 뛰었다. 돈이 모아지는 족족 중국 브로커에게 송금했다. 돈을 보낼 때마다 그녀를 찾을 수 있다는 기대를 세워본다. 막연한 그 희망에 전적으로 매어 달린다. 처음엔 요리조리 거짓말을 해 가며 민규의 돈을 뜯어내던 조선족 브로커는 자기에게 미친 듯이 돈을 퍼붓는 민규에게 미안했던지 정말로 팔을 걷어붙이고 중국 땅을 뒤지기 시작한다. 북한 여자들이 팔려간 곳으로는 다 다녀본다고, 자기 생활은 엉망이라고 엄살을 피우곤 한다. 목숨이 끊어지지 않는 한 돈은 계속 부쳐줄 테니 제발 포기하지 말고 그녀를 찾아 달라고 전화로 애원하곤 한다. 민규는 그렇게 3년째 살고 있다.

4.

"한원호 씨, 경찰입니다. 조사할 일이 있으니 동행해

야겠습니다."

원호는 집 앞에 나타난 경찰을 의아하게 쳐다본다.

"제가요? 무슨 조사요?"

"가보면 알게 됩니다."

관할 경찰서에 들어가자 바로 조사실로 안내한다.

"한원호 씨, 최민규 씨를 아십니까?"

원호의 동공이 반사적으로 커진다.

"아시는군요. 잘 아는 사인가요?"

"아, 네, 북한에서부터 좀……"

"좀 정도가 아닌 것 같은데요?"

"지금 그자가 어디 있습니까?"

"그자라고요? 이미 만나지 않았는가요?"

"한국에 온 후로는 직접 만난 적이 없습니다. 한 번 스치긴 했지요."

"3일 전 밤에 그분과 'ㅎ' 지역 식당 전화로 통화했지요?"

"네."

"통화 후 즉시 차를 몰고 그 식당으로 가서 최민규 씨를 만났고요."

"아니요. 그 식당까지 가기는 했지만 그를 만나지는 못했지요."

"그래요? 선생은 북한에서부터 최민규 씨와 원수지간이라면서요?"

"그걸 어떻게?"

"최민규 씨의 핸드폰에 한원호 씨의 번호가 '원수'로 저장되어 있던데요. 그래서 만취한 최민규 씨를 차로 치고 뺑소니쳤나요?"

원호는 몸을 뒤로 젖혔다.

"그건 또 무슨 소립니까?"

"선생은 최민규 씨와 식당 전화로 한참을 얘기했고, 식당 주인 말로는 싸우는 것 같다고 했어요. 그리고 그 밤중에 차를 몰고 집을 나섰지요."

경찰은 주차장 CCTV에 찍힌 원호의 차 사진과 도로를 질주하는 차 사진을 내 놓는다.

"최민규 씨는 식당에서 조금 떨어진 골목에서 차에 치였습니다. 용의자는 증거를 남기지 않으려고 CCTV 사각지대를 골라 사고를 쳤지요."

원호가 갑자기 몸을 흔들며 소리 내어 웃음을 터뜨린다. 경찰이 어리둥절한 표정을 짓는다.

"왜 그러십니까?"

"통쾌해서요."

"통쾌해요?"

한참을 웃고 나서야 원호는 정색한 표정을 짓는다.

"내가 최민규를 차로 쳤다는 증거라도 있습니까?"

경찰은 눈을 가늘게 뜨고 원호를 지긋이 노려본다.

"당신의 차에 혈흔이 발견되었습니다. 과학수사 결과가 곧 나올 것입니다. 지금 유일한 용의자는 당신입니다."

원호는 다시 비죽이 웃는다.

"그 혈흔은 고양이 피지요. 내가 고양이를 치었거든요. 그것도 법에 위배되는지요?"

"지금 농담하는 게 아닙니다."

"제 말이 농담으로 들립니까? 명백한 근거를 가지고 사람을 잡으시오. 난 아니니까."

원호의 말이 삐딱해진다.

"한원호 씨는 유명인사이니 조사에 적극 임해주시리라 믿습니다. 오늘은 이만 돌아가십시오."

경찰은 얄미울 정도로 깍듯하다. 어느새 주차장에 세워진 자기의 차까지 조사했다는 생각에 기분이 더럽다. 물론 고양이 혈흔으로 밝혀질 것이지만.

5.

다음날, 경찰서에서 또 호출을 한다. 어제 그 경찰이 조금 흥분한 기색으로 원호를 맞는다.

"한원호 씨 차에서 발견된 혈흔이 두 가지인데, 하나는 고양이 것 같고, 하나는 최민규 씨 혈흔입니다."

원호는 허리를 꼿꼿이 세우며 의아한 표정을 지었다.

"그럴 리가요? 그게 말이 됩니까?"

"왜 말이 안 되죠?"

"난 아니라고요."

"그럼 왜 민규 씨 혈흔이 묻었는지 설명해보시죠."

원호는 사태가 심상치 않게 꼬여가고 있음을 느낀다. 경찰은 원호에게 경찰서 유치장에서 대기해야겠다고 한다. 원호는 순순히 응한다. 민규와 변변히 맞서보지도 못하고 어처구니없는 상황으로 몰린 생각을 하면 기가 막힌다. 역으로 추리해보면 원호가 도착하기 전에 민규가 술집을 나와 사고를 당했다는 소리다. 그런데 어떻게 되어 민규의 혈흔이 자기의 타이어에 묻을 수 있는지 도대체 이해할 수가 없다. 원호는 머리를 움켜쥐고 그날의 상황을 곰곰이 돌이켜 생각하기 시작한다.

손바닥에 이마를 들어박고 한참을 골몰히 생각하던 원호는 갑자기 아, 하고 소리를 지르며 벌떡 자리에서 일어난다. 머릿속의 안개가 걷히며 비로소 하나의 그림이 그려지기 시작한다. 그날 술집에 당도하여 민규가 없는 것을 확인한 원호는 흥분을 가라앉히느라 식당 앞에서 담배를 한 대 태웠다. 그리고도 주차한

차 옆에서 한참을 지체하다가 차를 몰고 돌아섰다. 그런데 식당을 얼마 벗어나지 않은 앞쪽 골목에서 앰뷸런스가 사람을 싣고 출발하는 것을 보았다. 경적을 울리며 출발하는 그 앰뷸런스 뒤를 따라 원호 차도 지나갔다. 만약 앰뷸런스에 실린 사람이 민규라면 원호의 차가 민규의 혈흔을 묻힐 가능성이 있다. 왜 이제야 그 생각이 떠오르는지 머리를 쥐어박을 심정이다. 원호는 경찰이 들여다 주는 점심도 먹지 않고 담당 경찰이 나타기를 기다린다.

오후에 그 경찰이 다시 나타난다. 뭔가 만족한 듯한 표정이다. 경찰은 원호를 마주보며 너그러운 어조로 말한다.

"한원호 씨는 운이 좋습니다. 최민규 씨가 정신을 차렸습니다. 모든 상황 설명을 듣더니 한원호 씨 차에 자살하려고 뛰어들었다고 주장하는군요."

"네에? 제 차에 자살하려고 뛰어들었다고요? 헛 참."

원호가 코웃음을 짓자 형사는 표정이 굳어지며 웃음을 거둔다.

"아직 상황을 이해하지 못했군요. 그렇다고 해도 뺑소니 책임은 져야 합니다."

"흥, 알아서 북 치고 장구 치고 아주 잘 돌아가는군요. 난 최 대위 아니, 최민규를 차로 친 적도 없고, 뺑소니치지도 않았습니다."

"피해자가 선의로 나오는데 협조를 거부하면 안 되죠."

"뭐요? 선의? 도대체 뭐가 선의라는 거요?"

원호의 얼굴은 검붉게 달아올랐다 서서히 창백해진다. 원호는 애써 호흡을 고르며 방금 침착하게 말을 이어 간다.

"사고 난 골목길에는 CCTV 없지만 조금 더 앞쪽으로 가서 좌회전하면 CCTV가 있지 않는가요?"

"한원호 씨가 그걸 어떻게 압니까?"

"제가 사고 현장에서 사람을 싣고 가는 앰뷸런스를 보았고 앰뷸런스가 지나간 길로 뒤따라갔으니까요. 그러니 제 차에는 길에 뿌려진 사고자의 피가 얼마든지 묻을 수 있지요. 제 차가 앰뷸런스를 뒤따라간 것은 앞쪽의 CCTV에 찍히지 않았을까요? 시간두요."

경찰은 윗몸을 젖히며 얼핏 당황한 표정을 짓는다. 대답을 하지 않고 잠시 원호를 주시하던 경찰은 핸드폰으로 어디론가 전화를 걸며 밖으로 나간다.

한참 후, 한원호의 담당 형사와 같이 나타난다. 담당 형사는 마주 앉으며 안심하라는 듯 눈을 끔쩍한다.

"한원호 씨, 최민규 씨가 자살로 뛰어들었다고 인정한 이상, 크게 문제될 것은 없습니다. 뺑소니로 일정 벌금만 물면 되니까요. 다행히 최민규 씨가 며칠 만에 정신을 차렸고, 생명에는 지장이 없는 것 같습니다. 그분이 모든 것이 자기 잘못이라고 주장하고 있습니다."

"흥, 병 주고 약 주는군."

"이만해도 다행 아닙니까. 참 운전자 종합 보험에 가입하셨나요?"

원호의 입꼬리가 심하게 이지러진다.

"형사님도 제가 최민규를 치고 뺑소니를 쳤다고 생각합니까?"

"뭐, 꼭 쳤다기보다는 최민규 씨 본인이 자살하려 뛰어들었다고 하니까 그렇게 믿어야죠."

원호가 주먹으로 책상을 쾅 내리치며 치받듯이 일어선다.

"제가 유치장에서 열흘이고 한 달이고 기다릴 테니, 제대로 조사해주시오. 확실한 증거를 찾으란 말입니다."

담당 형사는 입을 하 벌리고 원호를 놀랍게 쳐다본다.

"하긴, 까마귀 날자 배 떨어진 경우에도 예측이 빗나간 경우가 많지요. 알겠습니다. 제가 담당한 사건은 아니지만 다시 알아보지요. 조금만 더 기다려주세요."

원호는 집에서 사건 해결을 기다리기로 했다. 확실한 증거가 없는 조건에서 경찰서 유치장에 계속 둘 수 없다는 것이 담당 형사의 입장이다. 탈북자에게 사건이 터지니 담당 형사는 마치 변호사 같은 자세다. 고마운 일이다. 경찰서에서는 사건 현장 조사도 다시 하고, 목격자를 찾는 현수막도 내걸었다고 한다. 사건 용의자에서 한원호는 한 발 물러선 셈이다.

6.

 며칠 후, 점심이 퍽 지나서 중국에서 전화가 온다. 전화를 받는다는 것이 손이 떨려 그만 끊어 버린다. 민규가 어찌 할 바를 몰라 쩔쩔 매는데 전화가 앙코르를 받은 가수처럼 다시 노래를 불러 댄다. 민규는 눈을 부릅뜨고 액정판에서 파르르 떨고 있는 파란 전화기 그림을 꾸욱 옆으로 민다.

 "여보시오. 최민규 씨지요?"

 "나…… 나요."

 "민규 씨 맞는가 말이오? 아, 여보시오?"

 "젠장, 나라니까."

 "아, 좀 크게 말하시오. 미안하오. 이번에 만난 여자도 당신이 찾는 이수련이라는 분이 아니요. 대신 북한 아가씨들이 여럿 팔려간 곳을 또 알아냈소. 그중 이 씨 성을 가진 아가씨가 둘이나 있다더군, 너무 낙심 마오. 내 또 찾아볼 테니, 아, 브로커 비용은 전번에 보내온 것으로 하겠소. 걱정 마오."

 핸드폰이 병실 바닥에 떨어지며 비명을 지른다. 차라리 이번에 깨어나지 않았으면 좋았을 걸 하는 생각이 든다. 핸드폰을 주우려다 그대로 병실 바닥에 고꾸라진다. 우두둑 뼈마디 무너지는 소리가 들린다. 그녀를 탈출시키고, 바로 뒤따라가서 지켜주지 못한 것이 이렇게 천추의 한이 될 줄 몰랐다.

그날, 수련에게 토끼고기 만두를 가져다주러 갔던 민규는 그녀가 한복을 입고 서 있는 바람에 깜짝 놀랐다. 처음엔 오죽 옛날이 그리웠으면 그러랴 하고 무심히 생각하다가 문득 섬뜩한 느낌에 몸을 떨었다. 아들과 시어머니가 연이어 죽고 남편과 절교한 그 상황에서 한복을 꺼내 입고 과거의 향수에 빠질 여자가 아니라는 생각이 들었다. 번개 치는 예감에 민규는 그녀가 자는 창고로 달려갔다. 예상대로 창고는 비어 있었다. 관리위원회 주변을 돌아치던 민규는 언뜻 개울가 쪽으로 사라지는 흰 빛을 보았다. 그녀가 입은 한복이 떠오른 민규는 무작정 개울가로 달려갔다. 그가 강가에 다다랐을 때, 한복은 절반 이상 물속에 잠겨 너울거리고 있었다.

민규가 그녀를 안았을 때, 수련은 의식을 잃었다. 일단 그녀를 창고로 데리고 간 민규는 그녀의 옷부터 갈아입혔다. 정신을 차린 그녀는 원망어린 얼굴로 민규의 가슴을 두드렸다.

"절 살려주시면 안 되는데, 안 되는데……"

민규가 준 감기약과 물을 마시던 그녀가 갑자기 구역질을 하기 시작했다. 토하는 것이 멎자 그녀가 기어들어가는 소리로 말했다.

"어차피 저 혼자 해결할 일이 아니라서 말씀드려야겠어요. 저 지금 임신했습니다. 두 달 전 최 선생님과 자고 난 후에 된 것 같아요. 그동안 남편하고는 한 번도 자지 않아 남편이 알면 또……"

그녀는 죄지은 사람처럼 고개를 푹 수그렸다. 민규는 한참 정신이 혼미해졌다. 아무 생각도 나지 않았다. 처음으로 생긴 자기 아이를 두고 감격하지 못하고 혼돈에 사로잡히는 자신이 기가 막혔다. 그녀가 자기의 아이를 임신했다면 이건 엄청난 일이다. 일단 그녀를 자리에 눕힌 민규는 창고를 나와 머리를 쥐어짰다. 명백한 것은 자기 아이를 절대로 포기할 수 없다는 것이다. 이왕 이렇게 된 바에 수련이도 마찬가지다. 목숨을 건 일생일대의 모험이 닥쳐왔음을 느꼈다.

민규는 소뿔은 단김에 뽑아야 한다는 결론에 이르렀다. 일단 그녀의 한복 저고리를 강물 가운데 돌에 걸리게 걸어 놓고 신발은 강가에 놓았다. 치마는 사무실 난로에 집어넣어 태웠다. 수련은 오늘 물에 빠져 자살한 것으로 만들어야 했다. 마침 이 골짜기 개울물은 물살이 세고 폭이 넓은데다 큰 강하고 연결되었다. 시체가 떠내려갔다고 해도 고난의 행군 시기여서 누가 강을 따라가며 시체를 찾으라고 할 형편도 안 되었다.

문제는 그녀를 빼돌리는 것이다. 번개 치듯 떠오르는 생각이 있었다. 이틀 후 군 보위부로 나무를 한 자동차를 내가게 예정되어 있었다. 민규가 동행하면 적재함 속에 얼마든지 그녀를 숨길 수 있을 것 같았다. 보위원이 나가는 경우 초소에서는 구태여 짐 검사를 하지 않는다. 그 전에 군에 있는 형님에게 미리 부탁해서 그녀를 국경 쪽으로 빼돌려 달라고 합의도 해야 할 것이다. 마침 형수의 먼 친척이 중국 국경 지역에 있었다.

사무실로 들어온 민규는 그녀를 숨길 데가 없을까 정신없이 돌아쳤다. 사무실이 불에 타는 바람에 임시로 관리위원회 방 하나를 내서 사무실로 쓰고 있었다. 그녀를 숨길 만한 밀실이 없었다. 그런대로 임시로 꾸린 그의 침실이 가장 안전했다. 그 누구도 그의 승인 없이는 침실로 들어오지 못한다. 민규는 잠든 수련을 깨워 일단 자기 침실로 옮겼다. 낮에는 그녀를 침대 밑에 숨게 할 작정이었다. 나무로 짠 높다란 침대 밑은 그녀가 숨기에 충분했다.

민규는 순식간에 세워진 자기의 작전을 그녀에게 이야기하며 무조건 따를 것을 명령했다. 그녀는 눈물이 글썽해지며 고개를 끄덕이었다. 민규의 설명을 재빨리 알아들은 것이다. 자유를 얻을 수 있다는 희망으로 그녀의 눈은 빛나고 있었다. 물론 그 모든 것은 목숨을 건 모험이었다. 자칫 잘못하면 수련은 물론 민규도 끝장이라는 각오를 해야 했다. 하지만 더는 후퇴할 길이 없다는 것만은 명백했다. 정치범의 죽음 같은 것은 보위원 보고 하나로 끝나고 그냥 평토로 묻게 되는 수용소 안이어서 가능한 작전

이기도 했다.

　민규는 다음 날 아침에 나무를 싣고 나가겠으니 저녁 전에 자동차에 나무를 실어 사무실 앞에 대기시키라고 지시했다. 그날 밤 민규는 적재함의 나뭇단을 일부 내리고 사무실에 있던 나무 궤짝을 실었다. 그리고 그 안에 수련을 앉히고 나뭇단을 위에다 다시 쌓아 위장했다.

　다음날 아침, 민규는 권총에 장탄까지 하고 운전칸에 올랐다. 긴장했지만 예상대로 수용소 출입구에서는 아무 의심 없이 자동차를 통과시켰다. 군까지 가는 길은 약 100리 길이다. 산길을 벗어나 군 입구에 들어서는 지점에서 차를 세우게 한 민규는 목이 마르니 개울에 내려가 샘물을 길어오라고 운전수를 보냈다. 골짜기 개울로 내려가 물을 길어 오려면 한참 걸려야 했다. 민규는 재빨리 적재함에 올라 나무 궤짝에서 수련을 꺼내고 주변에서 이미 대기하던 형님에게 수련을 인계했다. 이틀 전에 민규가 전화로 형님과 미리 짰던 것이다. 번개처럼 만들어진 민규의 작전은 현실로 통쾌하게 성공했다.

　며칠 후, 수련을 무사히 국경 넘어 중국 친척집으로 보냈다는 통보를 받고 민규는 혼자 눈물을 흘렸다. 그녀와 멀리 떨어졌지만 그녀와 자신은 절대로 끊을 수 없는 운명의 줄로 이어졌음을 예감했다. 형님과는 중국 친척집에서 수련이 일단 무사히 해산을 하게 한 다음 뒷일을 도모하기로 의논했다.

그녀를 자살로 위장한 다음 날, 민규는 일부러 관리위원장이 수련을 찾아다니게 했다. 그녀의 자살을 객관화하기 위해서였다. 그 후 뒤처리는 민규의 권한이라 군소리 없이 깔끔히 처리되었다. 원호에게도 수련이 사망한 것으로 통보했다. 어쩔 수 없었다.

다음 해 봄, 중국에서 그녀가 무사히 해산했고, 친척의 보호 아래 잘 지낸다는 소식이 왔다. 그 무렵 민규는 보위부에서 제대 되었다. 전 해 가을에 강 씨와 원호가 수용소를 탈출한 사건이 종내 문제가 되었다.

민규의 제대에는 조 대위가 적지 않게 관여했다. 조 대위는 정치범 두 명이나 탈출시킨 민규를 처벌해야 한다고 상부에 상소를 올렸다. 당시에는 괘씸하여 으슥한 곳으로 데리고 가 늘씬하게 밟아주었지만 지금은 오히려 고맙게 생각되는 작자다. 수련이 중국에서 자기 아이를 낳고 기다리고 있는 이상 민규는 북한 땅에 더 이상 미련이 없었다. 고난의 행군으로 혼란된 사회는 민규에게도 절망적으로 안겨 왔다. 그 골짜기에서 시원섭섭하게 빠져 나온 민규는 어머니를 형에게 맡기고 주저 없이 중국에 있는 수련의 거처를 찾아갔다.

그러나 그곳에 수련은 없었다. 친척집에서는 그녀가 아이를 데리고 말도 없이 나갔다고 했다. 민규는 믿을 수 없었다. 중국

말도 모르는 그녀가 젖먹이 애기까지 데리고 그런 행동을 했다는 게 이해되지 않았다. 그녀는 언제 공안에 잡힐지 모르는 불법 체류자다. 민규는 친척집 아들을 협박해서야 수련을 팔아먹었다는 사실을 알게 되었다.

수련이 팔렸다는 고장에 천신만고하여 가보았지만 그곳에도 수련은 없었다. 다시 친척집으로 와서 따졌더니 사실은 행방을 모른다고 했다. 민규는 그 집 아들을 죽도록 패주고 한동안 공안의 추격을 받아 피해 다녀야 했다.

그때부터 민규는 수련을 찾아 헤매기 시작했다. 자기 아이를 낳은 그녀를 찾는 것은 그의 유일한 인생 목표가 되었다. 그렇게 3년을 중국에서 그녀를 찾아 돌아치다가 2년 전에 한국으로 들어왔다. 하지만 그의 방랑길은 여전히 끝나지 않았다.

7.

담당 형사에게서 전화가 걸려온다. 술 한잔 같이하고 싶다고 한다. 틀림없이 사고 문제 때문일 것이다. 맥주 집에서 형사와 마주 앉은 원호는 삐친 듯 뚱한 표정이다. 하얀 거품이 오글거리는 생맥주를 한 모금 들이킨 형사는 코에 주름을 잡으며 소처럼 씩 웃는다. 상대방을 무장해제시키는 묘한 웃음이다.

"오늘 한 선생한테 전해드릴 좋은 소식 두 가지나 있습니다."

"차 사고의 진실이 밝혀졌는가요?"

"에이 김 빼지 마시고 들어보세요. 우선 한원호 씨 아버님 소식입니다."

원호가 번쩍 머리를 든다.

"한 선생 아버님은 한원호 씨가 수용소로 끌려가기 전에 한국에 침투되었는데, 침투 당시에 이미 사망하셨더군요."

"아버지가 한국으로 침투되었다가 사망했다는 말씀인가요?"

"네, 대신 아버님의 친구 되시는 분을 찾았습니다. 한 선생 아버님도 친구분도 변성명을 하신 데다 언제 남한에 침투되었는지도 모르고 해서 시간이 오래 걸렸네요."

원호는 고맙다는 인사를 하며 맥주 한 모금을 들이킨다. 큰 기대는 하지 않았지만 맥이 풀린다. 처음 한국에 와서는 미처 아버지 생각을 못했다. 그러다가 문득 아버지가 대남 관련 일을 했으므로 어쩌면 한국에 살아 있지 않을까 하는 생각이 들었다. 그래서 형사에게 아버지를 찾아 달라는 부탁을 했다. 그때부터 원호는 혹시 아버지를 만나게 되지 않을까 하는 기대를 늘 마음 한구석에 품고 있다. 아버지가 대남 관련 일을 했다는 것, 뭔가 과오를 범해 원호네가 수용소로 끌려갔다는 정도밖에 모르고 얼굴도 잘 기억나지 않지만 아버지가 살아 있기를 바란다. 온 가족이 정치범수용소에서 당한 고통을 보상하는 의미로도 살아 있는 아버지를 만나고 싶다. 아버지라도 자유의 세상에서 잘 살아주셔야 원호의 억울함이 다소나마 풀릴 것 같다.

"그런데 이런 말은 해야 하나 하지 말아야 하나 잘 모르겠지만, 사실 그때 전향한 분은 한 선생 아버님이 아니라 그 친구분이시더군요. 아버님은 침투 당시 전사하셨으니 당연히 전향을 할 수 없었지요."

원호는 의아한 눈빛으로 형사를 쳐다본다.

"말하자면 북한 관계 기관의 오류란 말입니다. 전사한 한 선생 아버님을 전향한 것으로 잘못 알고 한 선생 가족을 연좌제로 정치범수용소로 끌고 간 것입니다. 사람을 헛갈려 처리한 셈이지요. 지금 한국에 생존해 계시는 아버지 친구분의 가족은 평양에서 잘 지내고 있다고 합니다. 그분은 자신의 생존이 북에 알려질까 봐 숨을 죽이고 사시더군요."

원호는 헉 숨을 들이그으며 입을 다물지 못한다.

"아버님 친구분은 한 선생이 수용소에서 고생한 이야기를 듣자 너무 죄스럽다고 했습니다. 참 기가 막히는 일입니다. 그러지 않아도 억울한 한 선생이 더 원통하게 생겼습니다."

결국 원호의 아버지는 북한 체제를 위해 목숨을 바쳤다는 소리다. 그렇다면 원호네는 정치범수용소에 끌려갈 것이 아니라 영웅 가족의 대접을 받아야 했다. 원호는 맥주 한 컵을 벌컥벌컥다 들이켰지만 속에서 부글거리는 열기가 식혀지지 않는다. 형사도 말없이 맥주만 들이킨다.

"아버님 친구분을 만날 의향은 있으신지요?"

형사가 조심스럽게 묻는다. 원호는 불쑥 솟구치는 눈물을 보이지 않으려고 고개를 수그린다. 그분의 잘못도 그분을 탓할 일도 아니라는 것을 잘 알지만 지금은 만날 기분이 아니다. 하지만 언젠가는 그분을 만나 아버지에 대한 이야기를 듣고 싶다.

"두 번째 좋은 소식은 무엇입니까?"

원호가 먼저 말을 돌린다.

"우선 한 선생한테 사과부터 드립니다. 경찰로서 말이지요. 사건 담당 경찰이 내일 찾아올 것이지만, 제가 먼저 사죄하려고요."

원호는 짐작한 듯 덤덤한 얼굴이다.

"뺑소니차를 잡았다고 합니다. 피의자가 그날 음주운전을 했다는군요. 최민규 씨를 치고 도망치다가 길옆 슈퍼를 또 들이받았다는 겁니다. 그쪽 관할 경찰서에서 피의자 차를 오늘 잡았는데 그 차에 있는 블랙박스를 분석하다가 최민규 씨를 친 장면을 찾았나 봅니다. 정말 다행입니다."

담당 형사는 진심으로 기뻐하며 원호의 손을 맞잡고 흔든다. 원호는 허허 김 빠진 웃음을 웃는다. 신파극의 한 장면 같은 며칠 동안의 일이 어처구니없기도 하고, 그 무슨 운명의 암시 같기도 하다.

"제가 담당 형사로서 또 사죄할 일은 내일 이번 사건과 관련하여 기사가 나간다는 것입니다."

원호는 맥주잔을 엎지른다.

"그게 무슨 소립니까?"

"그렇다고 두 분의 인적 사항이 나간 것은 없구요, 그냥 북한 ○○정치범수용소 출신 보위원과 정치범 두 사람이 기묘하게 사건사고에 얽혀 오해받은 후일담이랄까, 뭐, 경찰의 무책임을 비판하는 글이랄까, 하여튼 기자들은 특종 냄새 맡는 데는 귀신이라니깐요. 스토리가 그럴듯하니까 어느 재빠른 사람이 벌써 기사를 냈나 봅니다. 신문엔 내일 실릴 것이고, 인터넷에는 아마 밤중으로 뜰 거예요."

원호는 탁자를 주먹으로 내리친다. 맥주 마시던 손님들이 놀라 돌아본다.

"당사자들 승인 없이 그런 기사를 막 내다니요."

"한 선생도 기자 출신이라면서요? 두 분의 인터뷰도 아니고, 꾸며낸 사건도 아니고, 사실 그대로 내는 기사이기 때문에 우리 경찰도 어쩔 수 없었습니다. 탈북자분들은 실명을 내면 안 된다고 통보하여 실명을 싣지 못하게 한 게 고작이지요. 죄송합니다. 민주사회란 장점이 약점이 되기도 하지요."

형사가 원호의 눈치를 보며 손을 내젓는다. 원호는 화가 났지만 웃는 형사 얼굴 때문에 간신히 참는다. 그 일이 신문에 나면 원호는 세상이 보는 앞에서 최민규에 대한 복수극을 만들어야 하는 셈이다.

"한 선생. 얼마 전 한 선생이 최민규 씨를 대한민국 법으로 심판해 달라고 호소했던 일이 생각나는군요. 전 이번 사건 때문에 본의 아니게 두 분의 관계를 어느 정도 알게 되면서 새삼 마음 아팠습니다. 정치범수용소에서 보위원과 정치범의 관계였던 두 분 사이에 어떤 감정이 흐를 것인지는 누구나 짐작하지요."

원호는 담당 형사가 무슨 말을 하려고 하는지 인내성 있게 기다린다.

"한 선생, 최근에 나온 '뷰티풀 차일드'라는 영화를 보셨나요?"

형사가 갑자기 영화 얘기를 꺼낸다.

"못 봤는데요. 어떤 영화인데요?"

"이성수 감독의 영화인데요. 미주 원주민들의 용서와 화해, 영적 부흥을 다룬 다큐예요. 한인 선교사들의 노력으로 시작된 구원의 이야기랄까, 아주 감동적인 영화지요."

"아, 네, 기회가 되면 한번 봐야겠군요."

원호는 예의상 대꾸했으나 형사는 진지한 표정이다.

"혹시 종교를 가지셨나요?"

"아직요."

"한 선생, 종교를 가져보시는 것은 어떻습니까. 어떤 종교든 말입니다. 많은 위안이 될 것입니다."

"형사님은 교인이신가요? 선교를 하시는 겁니까?"

"경찰 가운데도 종교를 가진 사람이 많지요. 선교를 한다기보다 한 선생처럼 과거의 아픔이 크신 분들이 종교를 가지면 상처를 치유하는 데 많은 도움이 되지요. 사실 증오나, 복수심, 심지어 자그마한 미움조차도 사람을 피폐하게 만들지 않는가요. 미워하는 사람이 더 힘들다는 말이 있지 않습니까."

원호는 피곤했으나 애써 내색을 않는다. 형사는 더 적극적인 어조로 말한다.

"저는 한 선생처럼 갖은 고생을 다 한 탈북자분들이 이제는 행복했으면 하는 바람입니다. 저는 두 분이 용서나 화해는 못 한다 해도 증오하는 마음을 희석시켰으면 합니다."

"희석이라, 참 묘한 표현이군요. 무엇하고 섞으면 희석이 될 수 있을까요?"

"예를 들면, 두 분 다 사회적 희생자다, 하는 이해 같은 것 말입니다."

"형사님, 너무 애쓰지 마십시오. 제가 최 대위에게 칼이라도 들이대는 순간이 오면 형사님의 충고를 한 번은 돌이켜보겠습니다."

"원, 무슨 그런 끔찍한 농담을……"

웃는 형사의 얼굴에 심각한 빛이 언뜻 스친다.

수련이

1.

    아침 햇살이 아들 방에서 아롱아롱 장난을 치고 있다. 수련은 침대에 걸터앉아 새근새근 자고 있는 아들의 얼굴을 하염없이 들여다본다. 오늘은 일요일이라 서두를 필요도 없다. 아들이 실컷 늦잠을 자게 둘 셈이다. 발그레한 아들의 볼이 살짝 흔들린다. 자면서 웃고 있다. 아들의 평온한 모습에 불쑥 눈물이 솟구친다. 아들은 아직 애기 같은데 반년 후인 내년 봄에는 학교에 입학해야 한다. 아들이 학교에 간다는 사실에 가슴이 울렁거리기도 하지만 한편 걱정되기도 한다. 아들은 아빠 없이 엄마 손만 잡고 첫 학교 입학식에 가야 한다. 아직 아빠라는 말도 해보지 못한 아들이다.

    "엄마, 우리 아빠 어디 있어?"

    아들이 빤히 바라보며 물을 때면 그녀는 눈길을 허둥거린다.

"아빠, 멀리 다른 나라에서 일하고 계신단다."

"그럼 언제 와?"

"일을 다 끝내고 우리 아들 이만큼 크면."

아들은 엄마가 표시한 높이까지 두 손을 들어 올리며 실망한 표정을 짓는다. 그녀가 아들에게 말한 아빠 만날 날은 통일되는 날이다. 그런데 그날이 이렇게 빨리 올 줄은 몰랐다.

어제 회사에서 점심을 먹은 후 우연히 신문을 뒤적이던 그녀는 깜짝 놀랐다. 북한 ○○정치범수용소에서 근무하던 최 아무개 보위원과 한 아무개 정치범이 뺑소니 차사고로 얽힌 오해를 풀어낸 기사다. 자칫 정치범수용소 피해자와 보위원 사이의 복수극으로 오해받을 정도로 묘하게 얽힌 사고가 엉뚱하게 음주운전자의 행위였다는 내용이다. 기사는 북한 정치범수용소에서 겪은 트라우마는 그들의 한국 생활에도 어두운 그늘을 던진다고 했다. 실지 원한 관계인 보위원과 정치범 사이에 화해가 깃들기를 바란다고 썼다. 그리고 정치범수용소에서 가족을 모두 잃은 피해자의 고통이 과연 한 보위원의 행위로 가해진 수난인지 묻고 싶다고, 사회에 질문을 던졌다. 간단한 내용이지만 수련은 한원호와 최민규의 이야기라는 것을 대번에 알아보았다. 최민규가 한국에 들어왔다는 사실이 잘 믿어지지 않아 거듭 신문을 읽었다.

한원호가 한국에 들어와 있는 것은 이미 알고 있다. 텔레비전을 통해서다. 처음엔 선뜻 알아보지 못했다. 남편은 너무도 몰라보게 변해 있었다. 겉모습부터 인상, 웃음, 제스처, 목소리까지 다른 사람 같았다. 멋진 양복에 넥타이를 매고 방송에 나타난 남편은 수용소 시절의 모습은 흔적도 없다. 그렇다고 평양에서 반했던 자신감 넘치고 멋스럽던 그 모습과도 거리가 멀다. 젊은 시절 잘생긴 얼굴 모습은 되살아났으나 그의 눈동자에는 깊은 원망과 경계심이 스며 있고 웃음도 부자연스러웠다. 외교적인 표정에서 배어나오는 서글픔까지 그녀의 눈에는 속속들이 보였다.

그녀는 남편에 대한 기사를 모조리 수집했고, 남편의 강연 내용도 빠짐없이 동영상으로 들었다. 남편이 어디에서 살고 있으며, 한국에 온 지 7년이 되어 오지만 아직 독신이라는 것까지, 남편에 대한 거의 모든 정보를 알고 있다. 하지만 그녀는 남편 앞에 나타나지 않았다. 나타나기는커녕 들킬세라 꽁꽁 숨었다. 남편만 떠올리면 그녀는 온몸이 쑤시는 듯한 진통을 느낀다. 남편과 연결된 삶에는 고통과 치욕, 원망과 미움밖에 없다. 두 번 다시 남편을 만나고 싶지 않은 것이 그녀의 솔직한 마음이다. 남편을 포함한 수용소의 삶 전체를 버리고 싶다.

그녀는 남편의 강연을 통해 그 역시 자기와 같은 심정이라는 것을 느낀다. 남편도 과거를 깊숙이 묻어 두고 있다. 강연 내용은 누구나 할 수 있는 일반적인 수용소 실상뿐이다. 강연에서 남편은 수용소를 탈출하던 이야기는 자세히 설명했다. 숯구이막에서 짝패와 탈출한 이야기를 들으며 강 형이라는 사람에게 진심으로 감사해했다. 그 사람이 아니었으면 남편은 스스로 탈출할 용기를 절대 내지 못했을 것이다. 만약 수용소에서 남편이 죽었다면 그 죄책감은 평생을 갔을 것이다.

그녀는 신문을 읽고 밤새 고민에 빠졌다. 과거와 단절하고 현재에만 살고 싶은 그녀에게 과거가 세차게 문을 두드리고 있다. 무섭고 싫다. 하지만 언젠가는 자신이 둘러친 집을 스스로 허물지 않으면 안 될 것이다. 목숨 같은 아들 때문이다. 아들의 아빠가 한국에 나타난 이상 언제까지 아들과 아버지를 갈라놓을 수 없는 일이다. 아들 최수남은 최민규의 아들이다. 그녀가 이름을 지었지만 그녀가 마음대로 바꿀 수 없는 최민규의 성씨를 단 그 사람의 핏줄이다.

남편과 달리 최민규는 그녀에게 고마우면서도 가슴 저린 존재다. 그로 인해 목숨도 건지고 아들도 생겼지만 그로 인해 사랑했던 남편과도 결별했고, 선풍이 죽음도 그와 무관하다고 할 수 없다. 그는 수련을 사랑했으면서도 수치를 안겨주었고, 도와주었지만 고통을 주었다. 최민규 역시 남편처럼 다시 만나고 싶지 않은 존재다. 하지만 그 모든 것을 다 합쳐도 수남이 아빠라는 사실 하나에 비할 바가 못 된다. 아들이 아빠를 기다리고 있다. 그렇다고 그와 결혼한다거나 할 생각은 추호도 없다. 더 이상 인생에서 남자 때문에 수치를 당하고 싶지 않다. 그녀는 평생을 아들의 엄마로만 살기로 이미 결심했다. 수련은 좀처럼 해결이 보이지 않는 고민에 하염없이 빠져든다.

2.

　　오후에 수남을 태권도 학원에 데려다준 수련은 아파트 단지 주변에 있는 공원으로 향한다. 아들을 데리러 갈 때까지는 세 시간의 여유가 있다. 다른 때 같으면 마트에 가서 장을 보거나 집안 청소를 하겠는데 마음이 뒤숭숭하여 아무 일도 하고 싶지 않다. 그녀가 공원에 막 들어서는데 가방에서 휴대폰이 노래 가락을 건드러지게 뽑아낸다. 중국에서 걸려오는 국제 전화다. 그녀는 반가운 마음으로 전화를 든다.

"언니, 어머니 소식 알아냈어요?"

"아직 알아보고 있는 중이야. 그 고장에는 그런 사람이 없대."

"그럴 리가요. 중학교 음악 선생이라면 우리 어머니를 모를 사람이 없을 텐데."

"조금만 기다려. 사방 부탁해 놨으니. 그건 그렇고, 웬 사람이 우리 동네에 와서 수남이 엄마를 찾았어."

"저를요?"

"그래, 이수련, 7년 전 젖먹이 아이가 있는 여자, 키는 얼마만 하고 얼굴은 어떻게 생기고, 설명하는 거 보니 신통히 수남이 엄마더라고."

"그런데 누가 절 찾는대요?"

수련은 진저리를 친다. 겁부터 난다.

"최민규라는 사람이래. 혹 아는 사람인가?"

"네? 최민규요?"

수련의 목소리가 높아진다.

"아는 사이가 맞구만, 최민규 당자는 아니고 그 사람의 부탁으로 조선족 아저씨가 3년째 그 넓은 중국 땅 전체를 뒤지고 다닌다고 하다라고."

"좀 구체적으로 말씀해주세요."

"그 조선족 아저씨 말에 의하면 최민규라는 사람은 북한 보위부에 있던 사람인데 중국에서 3년 동안 이수련, 그러니까 자기를 찾아 정신없이 헤맸고, 한국에 들어가서도 조선족 아저씨에게 숱한 돈을 뿌리며 자넬 찾고 있다고 하다라고, 내가 다 감동받았네. 자네 남편인가? 이보라고? 왜 대답이 없어?"

그녀는 언뜻 정신을 차리고 서둘러 대답한다.

"남편은 아니고요, 제가 한국으로 들어왔으니 더 이상 저를 찾지 말라고 조선족 아저씨에게 전해주세요."

전화를 끊고도 그녀는 한참을 선 자리에 굳어진다. 어제와 오늘 사이 해일처럼 밀려온 두 번째 소식이다. 걸음이 휘청거려 더 걸을 수가 없다. 가까운 벤치에 앉으며 그녀는 뜀박질하듯 날뛰는 가슴에 두 손을 모은다. 공원 가운데 자리한 아담한 못에는 꽃이 진 연꽃 줄기들이 파랗게 떠다니고 있다. 어머니가 그녀의 이름을 수련이라고 지은 것은 함부로 사람들이 꺾을 수 없는 물 위에서 자유롭게 떠다니며 우아하게 살라는 의미였다고 한다. 음악 선생다운 발상이었다. 어머니를 못 본 지도 15년이 넘는다. 그녀가 수용소로 끌려간 뒤로는 소식조차 모른다. 수용소에 있을 때는 소식이 알려지지 않기를 바랐지만 한국에 와서는 어머니를 찾고 싶었다. 그래서 중국에서 그녀를 도와준 조선족 아줌마에게 부탁했다. 그런데 오늘 생뚱맞은 소식을 보내온 것이다.

민규의 인연은 이미 끊어진 것으로 단정했던 그녀다. 그런데 민규가 그 연을 이으려고 5년간이나 갖은 고생을 다했다고 한다. 고마움이나 미안함에 앞서 부담이 산처럼 다가온다. 민규가 그녀를 애타게 찾은 것 못지않게 그녀도 민규를 간절히 기다린 적이 있었다.

3.

　최 대위의 먼 친척이라는 조선족 집에서는 해산하고 두 달까지만 그녀를 보호해주었다. 아무 대가 없이 신세만 지는 것에 대한 송구함으로 몸 둘 바를 몰라 할 무렵, 그녀의 막연한 불안을 비웃듯 폭탄급 문제가 터졌다.

　"당신이 아이를 낳고, 그동안 우리 집에서 먹고 지낸 영수증이요. 먼 친척이지만 아주 남남이 아니기 때문에 최소한의 것만 적었소."

　60대 노부부가 있으나 그 집의 실질적 주인으로 보이는 아들이 뭔가를 빼곡히 적은 종잇장을 내밀었다. 그녀의 해산 비용과 아이 기저귀와 옷값, 식비, 주택 사용료였다. 그 외에 간식비나 수도세 전기세는 뺐다고 주해를 달았다. 도합 중국 돈 4천 원이었다. 다른 이의를 제기할 수 없었기에 눈앞이 캄캄했다. 4천 원은 고사하고 단돈 4원도 없고, 불법체류자 신세인 수련은 무릎을 꿇고 도와달라고 애원했다. 북에 있는 애 아빠 쪽에서 연락이 올 때까지만 기다려 달라고 사정했다.

　"북조선에서 연락이 오면 뾰족한 수가 있다오? 북조선 사람들 모두가 먹기 살기 힘들어 중국으로 도망쳐 나오는 판인데, 애기 아빠 집이 큰 부자도 아니고 중국 돈 4천 원을 어떻게 장만한단 말이오?"

틀린 말도 아니었고, 그녀 역시 국경 너머 멀리 수용소 보위원으로 있는 민규가 자신을 구원해주려 온다고 믿지 않았다. 그냥 시간을 벌기 위한 구실에 불과했다. 하지만 그 순간만은 정말로 민규가 나타났으면 하고 간절히 바랐다. 당시 북을 뜰 때, 형의 집에서 작성한 가장 근사한 시나리오는 수련이 해산 후 민규의 형제들이 달라붙어 수련의 신분 세탁을 철저히 하여 다른 사람으로 재입국시키는 것이었다. 그리고 민규와 결혼시킨다고 했다. 그녀는 민규와 결혼할 생각이 없었으나 아이까지 있고 하여 잠자코 있었다. 당시 그녀가 스스로 선택할 수 있는 일은 아무것도 없었다. 그러나 중국에 넘어오자 수련은 곧 그 시나리오의 허망함을 깨달았다. 그녀는 다시 북한에 들어갈 수도 없었고, 들어가기도 싫었다. 밖에서 들여다본 북한은 더 끔찍했고, 수용소가 있는 곳이어서 다시 돌아보기가 싫었다.

그녀는 망망대해에 혼자 버려진 것처럼 두려움과 절망을 느꼈다. 농사도 좋고, 허드렛일도 좋으니 일을 시켜달라고 애원했다. 일하면서 나오는 수입으로 빚을 갚겠노라고 사정했다. 주인아들의 얼굴에 노골적인 비웃음이 비꼈다.

"순진하군, 누가 애기 엄마를 일꾼으로 써준다오? 빚을 갚을 방도가 없는 것은 아니오."

"무슨 방도인데요?"

"당신이 시집을 가거나, 아니면 아이를 파는 것이요."

수련은 기겁을 하며 아이를 그러안았다.

"미쳤어요? 아이를 팔다니요?"

"그럴 줄 알았소. 그럼 당신이 아이를 데리고 시집을 가야지. 아이가 있어 몸값이 좀 떨어지기는 해도, 의지가지없는 당신은 시집을 가는 게 제일 땡수요."

선택의 여지가 없었다. 주인 아들은 더 이상 수련의 동의 따위를 요구하지 않고 다음날로 뚜쟁이를 데리고 나타났다. 얼마에 팔렸는지, 어디로 가는지도 몰랐다. 대신 주인 아들은 뚜쟁이 몰래 그녀의 손에 중국 돈 500원을 쥐어주었다. 친척이어서 주는 것이라고 했다. 뚜쟁이들은 팔려 가는 여자에게 돈이 있으면 도망칠 수 있다고 돈 있는 것을 허용하지 않고 모조리 빼앗는다고 했다. 수련은 중국 돈 500원을 속옷 깊은 곳에 감추었다.

수련은 낯선 여인에게 끌려 기차와 버스를 갈아타며 이틀이나 생소한 중국 대륙을 횡단했다. 도착한 곳은 산둥성 어느 농촌에 있는 뚜쟁이의 집이었다. 그 여자는 북한 여자들을 넘겨받아 주변 마을에 팔아먹으며 살고 있었다. 조선족이어서 말은 통했다. 뚜쟁이는 그녀를 제일 비싸게 팔아먹을 수 있는 대상을 찾느라 여기저기 줄을 놓기 시작했다. 그 집에 며칠을 묵으면서 그 지역이 중국 청도에서 멀지 않은 농촌이라는 것을 알게 되었다.

청도에 한국 사람들과 한국 기업들이 많이 들어와 있다는 것은 이미 장춘에서부터 알고 있었다.

수련은 주인 여자가 자기를 팔아먹기 전에 도망치려는 결심을 굳혔다. 도망칠 생각 같은 것은 애초에 할 줄 모르는 순진한 여자로 보이도록 애를 썼고, 주인 여자에게 전적으로 의존하는 것처럼 행동했다. 중국말은 한 마디도 모르는 척했다. 사실 수련은 장춘 친척집에 일 년 남짓 있으면서 만약의 경우를 대비하여 중국어 공부를 열심히 했다. 어느 정도 일반 회화는 할 수 있었다. 주인 여자는 아이까지 있는 데다 돈 한 푼 없고, 중국말도 전혀 할 줄 모르는 북한 여자이니 제 재간에 어디로 도망치랴 하고 안심하는 눈치였다.

뚜쟁이의 집에서 묵은 지 일주일이 되던 날 밤, 주인 여자는 친척 생일파티에 가서 거나하게 취해 돌아왔다. 수련은 그녀의 잠자리를 봐주고 다리 안마까지 해주며 그녀를 잠재웠다. 주인 여자가 깊은 잠에 곯아떨어진 한밤중에 수련은 아이를 업고 그 집을 빠져나왔다. 장춘 집 아들이 준 중국 돈 500원이 그녀의 유일한 목숨줄이었다. 그녀는 미리 탐문해 놓은 청도 쪽으로 가는 도로를 따라 밤새껏 걸었다. 길옆으로 우거진 우중충한 숲도, 인적 하나 없는 캄캄한 시골의 도로도 무섭지 않았다. 오직 아이를 지켜야 한다는, 아이를 데리고 더 이상 치욕을 당할 수 없

다는 엄마의 의지가 그녀를 강하게 만들었다. 등 뒤에서 새근새
근 자고 있는 아이의 고른 숨소리와 따뜻한 체온이 그녀의 지친
몸을 힘껏 떠밀고 있었다.

날이 밝자 처음으로 맞닥뜨린 정류소에서 청도로 가는 버스
에 오를 수 있었다. 그렇게 청도로 들어왔고, 직업소개소를 운영
하는 조선족 여인을 우연히 만날 수 있었다. 수련을 도와준 은
인이다. 그 여인의 주선으로 조선족 식당에서 반년 정도 일을 하
며 숨어 지내다가 한국으로 들어오는 줄을 잡게 된 것이다.

한국으로 들어오는 비행기 안에서 수련은 엉덩이를 들썩이며
좋아하는 아기에게 미안해했다. 아이와 아빠의 멀어지는 인연이
슬펐다. 크면서 영원히 아빠를 보지 못할 아들이 가여워 눈물
을 흘렸다. 그러면서도 민규가 한국으로 들어왔으면 하는 기대
조차 해보지 못했다. 수용소 보위원인 민규가 탈북하여 한국으
로 들어온다는 것은 가능성이 거의 희박했다. 통일이 되면 아이
에게 아버지를 찾아줄 생각만 했다.

그런데 그가 한국으로 들어왔고, 5년 넘게 수련을 찾아 갖은
애를 다 썼다고 한다. 민규의 새 소식은 그녀에게 엄청난 충격이
고 난감한 문제이기도 했다. 민규의 가상한 노력을 몰랐던 며칠
전까지만 해도, 민규가 한국에 들어왔으니 그냥 수남의 아버지
로 아들과 정을 나누도록 허락할 마음이었다.

민규의 노력은 의무를 초월한 놀라운 헌신이다. 아무리 자기 핏줄을 찾는 일이지만 그토록 모든 것을 걸고 필사적으로 몸부림친다는 것은 결코 쉬운 일이 아니다. 수용소 안에서도 민규의 진정을 못 느낀 바는 아니었지만 그 정도인 줄은 몰랐다. 하지만 아이 때문에 민규와 얽매이는 것은 싫다. 정말이지 지금의 안정을 깨고 싶지 않다.

고민을 거듭할수록 마음은 더 착잡해져 갔고, 정리가 되지 않는다. 민규에게는 벌써 그녀가 한국으로 들어왔다는 통보가 갔을 것이다. 전화번호는 알려주지 말라고 조선족 여인에게 부탁했다. 마음의 결정이 없이 섣불리 민규를 만날 수 없다.

4.

며칠 후, 핸드폰 액정판에 낯선 전화번호가 뜬다. 전화를 받으니 곧장 최민규의 담당 형사라고 한다. 수련 씨가 꼭 만나줘야 할 일이 있다고 한다. 민규의 담당 형사가 왜 만나자고 하는지 대번에 짐작이 간다. 그녀가 한국에 들어온 것을 알게 된 민규가 움직일 것이라고 생각했지만 이렇게 빨리 연락이 올 줄은 몰랐다. 하긴 담당 형사가 달라붙는다면 얼마 안 되는 탈북자들 속에서 그녀를 찾는 일은 손바닥 안의 쌀알을 고르는 일이다. 어차피 부딪칠 일이고 피해서도 안 되는 일이다. 그녀는 형사와 만날 장소를 약속했다. 형사가 그녀의 집 근처로 오겠다고 한다. 아파트 부근의 커피숍에서 마주 앉은 나이 지긋해 보이는 형사는 살아 돌아온 누이동생을 만난 것처럼 반가워한다.

"수련 씨도 몹시 놀랐지요? 민규 씨는 지금 제정신이 아닙니다. 남자가 그렇게 우는 걸 처음 봤어요. 내 가슴이 다 녹아내리더군요."

그녀는 선뜻 대답할 말이 떠오르지 않아 앞에 놓인 카푸치노의 거품만 물끄러미 바라본다. 수련을 찾으려고 민규가 얼마나 고생을 했는지 알고 있는 형사는 그녀의 담담한 반응이 의외라는 듯 고개를 갸웃거린다. 깊은 사연을 모르는 담당 형사는 단순히 그들 사이를 아이 엄마와 아빠 사이로, 부부 정도로 가볍게 생각하는 것 같다. 부담스러워 하는 그녀의 마음을 눈치챈 듯 형사가 서둘러 설명한다.

"민규 씨는 자기의 일방적인 마음이라고 몇 번이고 강조했어요. 솔직히 두 분의 문제는 두 분이 풀 일이지 제가 간섭할 일이 아니지요. 전 아직 수련 씨 전화번호를 민규 씨에게 알려주지 않았습니다. 수련 씨 승인 없이는 불가한 일이니까요. 제가 수련 씨를 먼저 만난 것은 사실 부탁할 일이 있어서입니다."

수련은 비로소 형사의 얼굴을 똑바로 마주 본다.

"수련 씨도 신문 기사를 보셨는가요? 한원호 씨와 최민규 씨가 얽힌 차 사고 기사 말입니다. 사실 그 사건은 해프닝으로 끝났지만 한원호 씨와 최민규 씨의 문제는 실지 심각합니다."

"……"

"최민규 씨에 대한 한원호 씨의 복수극은 현실이란 말이지요. 그들 사이의 원한 관계는 수련 씨가 더 잘 알고 계시겠지만, 그들 두 사람은 결투를 필연적인 운명처럼 여기고 있더군요. 마치 이미 링에 올라선 검투사인 양 말이지요. 생각만 해도 가슴이 서늘합니다. 한국에 와서까지 그들이 불행해지는 것은 막아야 하지 않을까요?"

그녀는 카푸치노가 아니라 옆에 놓인 물컵을 당겨 꼴깍꼴깍 들이킨다.

"그들의 불행이 사회의 탓이라는 상투적인 말로는 그들의 깊은 상처를 치유하기 힘들겠지요. 그러나 한 가지 명백한 것은 두 사람의 복수극을 막아야 한다는 것입니다. 수련 씨!"

형사의 강렬한 눈빛은 그녀에게 도움을 요청한다고 말하고 있다.

"제가 뭘 어떻게……"

수련이 얼떠름한 표정으로 중얼거린다.

"제가 계속 그들 뒤를 쫓아다닐 수도 없고, 다만 수련 씨가 같이 힘써주신다면 좋은 방도가 생기지 않을까요?"

"저에게 생각할 시간을 좀 주세요."

5.

　　형사와 헤어진 수련이 어린이집으로 향한다. 발걸음이 납덩어리를 매단 것처럼 무겁다. 민규와의 관계를 어떻게 풀어 갈 것인가만 고민하던 수련은 연이어 들이닥친 문제가 너무 벅차고 무섭다. 남자들 세계의 복수가 어떤 것인지 다는 알 수 없지만 두 사람의 사이가 매우 험악한 지경이라는 것만 알 것 같다.

　수용소에서 남편을 마지막으로 만나던 때가 생각난다. 몽둥이를 들고 나다나 너도 죽이고 최 대위도 죽이고 자기도 죽겠다고 했던 남편의 시퍼런 눈빛이 기억난다. 남편의 섬약한 성격에 그 정도의 용단을 낼 정도이면 얼마나 최 대위에게 원한이 사무쳤는지 새삼 가늠이 간다. 남편이 귀신골 완전통제구역에 끌려가 발가락 세 개가 잘렸던 일이며, 아들에게 정을 붙이려는 때에 선풍이 죽은 사연이 새록새록 떠오른다. 더욱이 그들의 격렬한 증오에는 다름 아닌 수련이 자기가 끼어 있다.

　수련이 어깨를 바르르 떤다. 순결한 아들 앞에서 엄마와 연결된 두 남자가 이를 드러내고 싸우는 모양은 상상하기도 끔찍하다. 그렇다고 그들의 사이에 섣불리 끼어들 수도 없다. 그들의 사무친 증오에 그녀가 끼인다는 것은 자칫 붙는 불에 키질하는 격이 될 수 있다. 생각을 가다듬으려 할수록 머릿속은 뒤죽박죽이 된다.

어린이집 마당에서는 아이들이 한창 뛰놀고 있다. 물고기 등을 흉내 낸 미끄럼대로 아이들이 줄지어 내린다. 숨을 쉬듯 한껏 벌린 물고기 입에서 마침 수남이 튀어나온다. 아들은 만세를 부르듯 두 손을 높이 들고 환성을 지른다. 그녀는 한달음에 달려가며 아들을 부른다.

"수남아!"

"엄마!"

아들의 쟁쟁한 목소리가 맑은 하늘가로 날아오른다. 핑크빛 홍조가 어린 수남의 두 볼에서 싱싱한 열기가 느껴진다. 신이 난 아이의 눈에서는 무한한 희열이 눈부시게 발산하고 있다. 수련은 아들의 모습을 홀린 듯 바라본다. 가슴속에 서렸던 시름은 순식간에 날아가고 행복감으로 가슴이 터질 듯 팽창된다. 그녀는 다가온 아들을 맞추어 쪼그리고 앉으며 두 팔을 벌린다.

"엄마 왜 울어? 아파?"

앞에 다가온 아들이 꽃잎 같은 손으로 그녀의 볼을 쓸어 만질 때에야 자기가 눈물을 흘리고 있다는 것을 알았다.

"아니야. 너무 고마워서 그래."

"고마워서?"

"그래, 네가 너무 감격스럽고 너무 고마워서."

"헤헤……"

아이는 엄마의 말을 감각으로 알아맞히고 있다. 그녀의 심장이 쿵쿵 높뛴다. 아이를 품에 꼭 안고 번쩍 일어선다. 그리고 푸른 하늘을 당당하게 올려다본다.

"그래, 너보다, 너의 앞날보다 더 소중한 것은 이 세상에 없어!"

"엄마, 누구 보고 말해?"

"세상에 대고."

"세상?"

"그래, 어른들의 그 어떤 고통도 아픔도 너의 미래보다는 중요치 않아. 소중한 너를 위해, 너의 아름다운 행복을 위해, 어른들은 자신을 바칠 신성한 의무가 있어."

그녀는 수남을 안고 돌진하듯 성큼성큼 걸음을 옮긴다.

파란 풍선

1.

텅 빈 아파트에서 원호는 혼자 술잔을 기울이고 있다. 아무리 마셔도 정신이 되레 말짱해진다. 실없는 웃음이 헤실헤실 내장을 흔들며 나온다.

"수련이 살아 있다고? 최 대위 아이까지 낳고 잘 살고 있다고? 이게 말이 돼?"

아내가 살아 있으며, 한국에 들어와 있다는 소식을 처음 듣는 순간, 원호는 픽 웃었다. 운명의 신이 아무리 전지전능하다고 해도 죽었던 사람을 살릴 수는 없다. 한참을 미친 사람처럼 흐득흐득 웃고 나서야 세상으로부터 철저히 버림을 받은 듯한 배신감이 걷잡을 수 없이 치밀었다. 자기만을 쏙 빼놓고, 자기만을 속이면서 누군가 짓궂은 장난을 한 것 같다.

오랜 세월을 두고 그를 아프게 했던 수련이다. 그녀만 떠올리면 자기의 구질구질한 속내가 너무도 적나라하게 드러나 잊으려고 애를 썼다. 그녀가 죽었다는 소식을 전해 듣고서야 원호는 자기가 그녀에게 뭔가 큰 죄를 지었다는 것을 어렴풋이 깨달았다. 부엉이 소리를 위안 삼아 숯구이막에서 밤새워 울 때, 그녀가 불쌍하다는 생각도 했지만 자신의 기구한 운명을 더 한탄했다. 그녀에게 미안한 생각이 들면서도 자신을 변명하기에 급급했다. 원호도 할 말이 많았고 억울했다. 그녀가 미웠고 섭섭했다.

한국에 와서는 썩은 내 풍기는 오물과도 같은 과거를 지워 버리고 싶어 그녀를 잊으려고만 했다. 그런데 잊으려 애쓸수록 그녀는 생생한 모습으로 그를 자극했다. 밤마다 꿈속에 나타나는 그녀는 늘 을씨년스러웠다. 배가 불룩 나오고 머리를 풀어 헤친 채 나타나곤 했는데 매번 격렬하게 싸우곤 했다. 그녀에 대한 감정을 정리하지 않는다면, 그녀를 제대로 이해하지 않는다면 절대로 편해질 수 없다는 것을 점차 깨달았다.

그녀에게 저지른 자신의 죄악을 제대로 깨닫고, 진정으로 그녀에게 사죄할 마음이 우러나오기까지 오랜 세월이 걸렸다. 이제는 하늘에 있는 그녀에게 편하게 말을 걸고 자기를 좀 이해해주면 안되겠냐고 투정을 부릴 수 있다. 그런데 귀신 놀이처럼 불현듯 나타난 그녀의 소식은 세월이 조약돌처럼 다듬어준 그녀에 대한 모든 감정이 부질없다고 비웃고 있다. 아무 죄도 없는 그녀가 수용소에 끌려와 차가운 강물에 빠져 죽은 것을 두고 가슴을 두드리고 통탄했던 세월을 현실은 조롱하고 있다. 그녀는 최 대위의 도움으로 감쪽같이 수용소를 탈출했고, 중국에서 최 대위의 아이를 낳았으며, 지금은 한국에 들어와 살고 있다. 방송에 수시로 오르내리는 원호를 뻔히 보면서도 자기가 죽은 줄 알고 있을 남편에게 살아 있다는 것조차 알리지 않고 꽁꽁 숨어 살았다.

최민규가 뺑소니 차 사고를 당하던 날, 꼭 찾아야 할 사람이 있다고 전화로 말하던 기억이 난다. 원호도 알고 있는 사람이라고 했다. 최민규가 죽어도 찾아야 할 사람이 수련이라는 것은 차마 상상도 못 했다. 원호는 거듭되는 배신감으로 치를 떤다. 수용소에서의 적의가 생생히 되살아난다. 원호는 술잔을 홱 뿌리친다. 술잔이 부딪친 벽에서 선풍이 웃고 있다.

몇 년 전, 화가에게 부탁해서 그린 선풍의 초상화다. 선풍이 생김을 알려주면서 그 애가 활짝 웃는 모습을 그려 달라고 부탁했다. 화가가 애가 웃을 때의 특징을 말해 달라고 했다. 수용소에서 그 애가 웃던 모습을 아무리 생각해내려고 머리를 쥐어짜도 떠오르지 않았다. 그 애가 웃은 적이 없었을지도 모른다. 화가는 상상력으로 선풍의 웃는 모습을 솜씨 있게 그려냈다. 그 애를 땅에 묻던 날, 마지막으로 보았던, 이가 빠져 검은 구멍이 휑했던 그 애의 잇몸이 꽃잎처럼 벌어진 입술 사이에서 귀여운 모양으로 나타났다. 정말로 그 애가 그렇게 웃었던 것처럼 믿어지는 신기한 그림이다. 선풍의 그림은 원호의 유일한 가족이고, 말동무다. 지금 그 애가 원호를 내려다보며 웃고 있다. 원호는 네발걸음으로 기어가 선풍이 앞에 엎드리며 온몸을 부들부들 떤다.

"선풍아!"

"에이, 아빠, 남자가 뭘 쩨쩨하게, 이미 엄마를 다 용서하고 이해했으면서."

"선풍아, 네 엄마가 살아 있는 거 분명 좋은 일이지? 그렇지? 그런데 아빤 왜 심술부터 부리는지 모르겠다."

"난 엄마가 살아 있는 게 좋기만 한데? 우리 엄마 얼마나 불쌍했어!"

"그건 나도 알아. 하지만 아빠도 너무 억울하다. 선풍아!"

"내가 보건데 엄마보다 아빠가 더 많이 잘못했어. 난 엄마가 가여워. 그러니 용서는 아빠가 빌어야 해."

"니 엄마에게 용서를 빌어야 한다는 거 모르지 않아. 하지만 니 엄만 날 용서하지 않을 거야. 난 니 엄마를 죽이려고 했어."

"아빠, 그 골짜기는 지옥이잖아. 그 골짜기에서의 일들은 다 용서해야 해."

"선풍아!"

"아빠, 엄마의 모든 것을 이해해주고 엄마의 선택을 무조건 존중해줘. 그게 엄마에게 진정으로 용서를 비는 길이야! 그리고 그게 아빠가 원하던 사내의 모습이야. 아빤 사내 콤플렉스가 있잖아. 이번 기회에 멋지게 털어 버려, 아빠."

"내 아들아!"

마침내 원호는 엉엉 울음을 터뜨린다.

2.

민규는 퇴원하는 걸음으로 교회를 찾아간다. 교회는 처음이다. 텅 빈 성당은 민규를 반기듯 활짝 문이 열려 있다. 마주오던 수녀가 민규를 보고 두 손을 합장하더니 얼른 길을 비켜준다. 민규는 의식을 거행하듯 숙연한 감정에 사로잡혀 천천히 성당 홀을 걷는다. 십자가를 진 예수의 모습이 자세히 보이는 맨 앞자리에 이르자 민규는 천천히 무릎을 꿇는다. 정중히 두 손을 가슴에 모아 붙이고 고개를 숙인다.

"하느님, 정말 감사합니다. 수련과 제 아들을 무사히 살려주신 이 은혜 영원히 잊지 않겠습니다. 저는 이제 죽어도 여한이 없습니다. 이 죄 많은 인생을 제발 용서하여주십시오. 하느님!"

민규의 말소리는 흐느낌에 삼켜 버린다. 그는 그 자세로 오래도록 운다.

집으로 돌아온 민규는 몽유병 환자마냥 방 안을 맴돈다. 무엇을 어떻게 해야 할지 머릿속이 새하얗고 아무 궁리도 나지 않는다. 후들거리는 손으로 서랍장을 열고 통장을 꺼내본다. 수련을 찾아 달라고 브로커에게 보내려 했던 돈이 몇백만 원쯤 된다. 안도의 숨을 내쉬며 다시 통장을 서랍에 넣고 지갑에 카드를 꼼꼼히 챙긴다. 부리나케 집을 나선 민규는 버스에 오른다.

백화점에 들어서자 점원에게 아이들 장난감 가게가 어디 있는지부터 묻는다. 7층 장난감 가게에는 별의별 장난감들이 줄지어 앉아 그의 시선을 잡아당긴다. 장난감을 어루만지는 민규의 눈에서 눈물이 줄줄이 흘러내린다. 민규는 장난감을 한 아름 사고 아이들 옷가게를 찾는다.

"아이 옷 사이즈가 어떻게 되세요?"

"일곱 살 사내아이입니다. 아마 튼실하고 키도 크고 그럴 겁니다. 그리고 아주 잘 생겼을 겁니다."

점원은 흥에 떠서 손짓을 하는 민규를 놀라 쳐다보며 고개를 갸웃거린다. 이것저것 옷도 한 보따리 산다. 짐이 많아 버스를 타지 못하고 택시를 탄다.

집에 돌아와 방바닥에 물건을 죽 펴놓은 민규는 연신 벙글거리며 물건을 들었다 놓았다 한다. 옷을 입힌 아들의 모습을 아무리 상상하려고 해도 떠오르지 않는다.

"당신도 참 인색하오. 애 사진이라도 한 장 보내주면 어디 덧나오?"

그는 깊은 한숨을 내쉬며 물건들 앞에 맥없이 주저앉는다. 그녀를 찾아 헤맬 때만 하여도 그녀와 아이에 대한 그 어떤 권리를 확신했다. 그러나 그녀의 소식을 듣는 순간, 그녀 앞에서 자신은 아무런 권리도 자유도 없음을 깨닫는다. 그녀 앞에 나설 용기마저 기어들어 간다. 그녀가 자신을 어떻게 생각할지, 자기를 용서하거나 할지, 도무지 자신이 없다. 민규는 물건들을 둘러보며 중얼거린다.

"다만 간절히 바라는 것은 당신의 아들이면서, 나의 아들이기도 한 그 애를 마음껏 사랑하게 허용해주시오. 그것만 허락받는다면 더 바랄 것이 없을 것이오."

이때, 어디선가 "거짓말!" 하는 소리가 그의 머리를 때린다. 딸꾹질이 터져 나온다. 민규가 가슴을 움켜잡는다. 온몸을 옴짝달싹 못 하게 하는 이상한 통증이 또 그를 사로잡는다. 숨이 막히도록 뜨거운 불망치가 내장을 꽉 메우며 서서히 올라오고 있다.

"사랑해! 사랑해! 당신을 사랑해!"

민규는 장난감을 그러안고 맹렬히 몸부림친다.

3.

크리스마스 날이다. 수련이 이날을 만남의 날로 정하자 민규의 담당 형사는 처음엔 반대했다. 그들이 사고를 치기 전에 하루라도 빨리 만나 화해시켜 달라고 하는 형사의 말에 수련은 웃으며 자신 있게 말했다.

"걱정 마세요. 그날은 산타 할아버지가 기적의 선물을 가져다주는 날 아닌가요. 우리 아들이 그 기적을 그들에게 선물할 거예요. 제 아들을 보면 두 사람의 마음속 얼음도 순식간에 녹을 거예요. 장담해요. 그 애의 순결한 모습 이상 더 소중한 것이 어디 있다고요."

민규는 한 시간도 넘게 먼저 도착한다. 스랜드 곳곳에 크리스마스 장식들이 화려하다. 커다란 소나무에 눈송이 장식을 하고 울긋불긋 아기 전등이 반짝이는 스랜드 홀 가운데서 민규는 두 손을 맞비비며 길 잃은 사람처럼 서성거린다. 부모의 손을 잡은 어린애들로부터 친구끼리 몰려가는 큰 애들까지 온통 아이들판이다. 한껏 들뜬 애들한테서 풍기는 생기와 환희로 스랜드는 흥성이고 있다.

민규는 저 많은 애들 속에서 자기 아들을 못 알아보면 어쩔까 하는 조바심으로 안달을 하며 핸드폰을 들고 수백 번도 넘게 본 아들 수남의 모습을 들여다본다. 어제 저녁 수련의 전화번호와 함께 보내온 그 애의 사진을 바탕화면으로 저장했다. 희고 갸름한 얼굴에 크고 또렷한 눈망울이 그를 향해 천진한 웃음을 보내고 있다. 또 울컥 눈물이 솟구친다.

목을 빼들고 주변을 살피던 민규는 볼을 스치는 서늘한 감각에 홱 고개를 돌린다. 한원호다. 몇 십 미터 떨어진 곳에서 원호가 이쪽을 노려보며 서 있다. 부르쥔 주먹이 멀리서도 단단해 보인다. 어린애 조각상이 안고 있는 커다란 물고기 입으로 분수가 솟구치다 원호의 등 뒤에서 구슬처럼 부서진다.

민규의 얼굴에서도 서서히 표정이 사라진다. 그들은 조각상처럼 옴짝 않고 한참을 서로 쏘아본다. 민규가 먼저 걸음을 떼자 원호도 마주 걸어온다. 약간씩 한쪽 발을 저는 원호의 걸음걸이가 불안해 보인다. 민규는 원호의 저는 발에 일시 눈길을 주며 흠칫했으나 다시 마주 걸음을 옮긴다. 행진을 하듯 뒤축을 대리석 바닥에 들이박는 그들의 구둣발 소리가 유난하다. 위태로운 거리까지 마주선 그들 사이로 거센 숨소리가 오고간다.

"난 너를 절대로 용서할 수 없어!"

원호가 이를 갈 듯이 웅얼거린다. 민규는 대꾸 없이 원호를 지긋이 노려보기만 한다. 당장 칠 듯이 주먹을 부르르 떨며 원호가 한 발자국 더 다가선다.

"내 손에 죽을 각오는 됐겠지?"

"……"

"난 오늘 이 말을 하려고 나왔어. 내가 연락하면 즉시 나와!"

민규의 얼굴에 뜻밖에도 연한 웃음이 스친다. 홱 몸을 돌리던 원호가 다시 돌아선다.

"웃어?"

"오늘만은, 당신도 오늘만은 함께해줄 수 없겠소?"

"흥, 내가 왜? 당신들 깨고소한 잔치에 내가 왜?"

민규가 천천히 무릎을 꿇는다. 원호가 한 발자국 물러서며 얼굴을 일그러뜨린다. 지나치는 사람들이 흘깃거린다. 민규는 아랑곳없이 두 손을 무릎에 놓은 채 고개를 푹 숙인다. 마치 어서 때려주십시오, 하고 기다리는 자세다.

"뭐 하는 짓이야. 이따위로 감히 용서를 바래?"

"용서해 달라는 게 아니요. 그냥 이렇게 빌고 싶소. 다만 수련 씨가 왜 우리 둘을 동시에 불렀는지 그 마음을 오늘만은 이해해 주면 안되겠소?"

원호를 올려다보는 민규의 눈에 눈물이 질벅하다. 이때, 두 사람의 주머니에 있는 핸드폰에 동시에 문자 수신 신호가 온다.

「저, 도착했어요.」

수련의 문자다. 민규는 자리에서 일어나며 사방을 두리번거린다. 핸드폰을 주머니에 쑤셔 넣으며 도망치듯 자리를 뜨던 원호가 먼저 우뚝 멈춘다. 민규도 흠칫 몸을 떨며 굳어진다.

저쪽 앞에 그녀가 보인다. 기억 속의 그녀와는 완전히 다른 모습이지만 그들은 대번에 알아본다. 긴 생머리를 늘어뜨린 그녀한테서는 아직도 싱싱한 아름다움이 풍긴다. 연핑크색 외투를 입은 그녀의 날씬한 자태는 평양에서 가야금을 타던 옛 시절을 떠올리게 한다. 희고 단아한 그녀의 얼굴은 조금 숙연한 표정이다. 수련도 그들을 발견한 듯 걸음을 멈춘다.

그녀의 오른손을 잡고 있는 사내애도 같이 발걸음을 멈춘다. 수남일 것이다. 그 애의 말쑥한 얼굴이 또렷이 보인다. 그 애는 손이 닿으면 금방 파란 물이 들 것 같은 하늘색 패딩을 입었는데, 왼손은 엄마의 손에 맡기고 오른손에는 옷 색깔과 똑같은 파란색의 커다란 풍선을 쥐고 있다. 수남이 엄마의 팔을 당긴다. 수련은 허리를 굽히고 그 애 귀에다 뭔가 속삭이더니 손을 들어 그들을 가리킨다. 그녀가 자신들을 누구라고 소개했는지는 알 수 없다.

수남이 고개를 끄덕이며 그들을 정면으로 응시한다. 두 사람은 동시에 숨을 흑 들이킨다. 그 애는 엄마 손을 놓더니 그들을 향해 발걸음을 떼기 시작한다. 수련이 천천히 뒤따라 걷는다. 민규가 두 손을 내밀며 한 걸음 나서는데 원호는 흠칫 흠칫 뒷걸음친다. 수남은 어른들의 그따위 감정은 아주 시시한 것이라는 듯 누구에게라 할 것 없이 해맑은 웃음을 보낸다. 그 애의 발걸음이 점차 빨라지기 시작한다. 파란 풍선이 날아오르려는 듯 팔락거리고 그 애가 통통 뛰어온다. 점점 더 가까이, 가까이……

人間冒瀆所 인간모독소

초판 1쇄 발행 2016년 2월 18일

지은이 김유경
펴낸이 이광재

책임편집 김미라
디자인 이창주 **교정편집** 맹인호

펴낸곳 카멜북스 **출판등록** 제311-2012-000068호
주소 경기도 고양시 덕양구 통일로 140 (동산동, 삼송테크노밸리) B동 442호
전화 02-3144-7113 **팩스** 02-374-8614 **이메일** book@camelfactory.co.kr
홈페이지 www.camelbooks.co.kr **페이스북** www.facebook.com/camelbooks

ISBN 978-89-98599-15-7 (03810)

• 책가격은 뒤표지에 있습니다.
• 파본은 구입하신 서점에서 교환해드립니다.
• 이책의 저작권법에 의하여 보호받는 저작물이므로 무단 전재 및 복제를 금합니다.
• 이 도서의 국립중앙도서관 출판예정도서목록(CIP)은 서지정보유통지원시스템 홈페이지(http://seoji.nl.go.kr)와
  국가자료공동목록시스템(http://www.nl.go.kr/kolisnet)에서 이용하실 수 있습니다. (CIP제어번호 : 2016003648)